明治への視点　目次

編集付記

一、本書は一九六五年から一九八九年にかけて筑摩書房より刊行された『明治文學全集』の月報所収「明治への視点」を筑摩選書として一冊にまとめたものです。

一、表記は原則として新漢字、現代かなづかいを採用いたしました。ただし、引用文については旧かなづかいを残しました。

一、カタカナ語等の表記はあえて統一をはからず、原則として原文どおりとしましたが、拗促音は半音とし、ヰはヴィに、ヷはヴァに改めました。

一、ふりがなは、原文の元ルビは原則として残し、現在の読者に難読と思われるものは最小限施しました。いずれの場合も現代かなづかいを使用しています。

一、編集部による註は［　］で表しました。

一、今日の人権意識に照らして不適切と思われる人種・身分・職業・身体障碍・精神障碍に関する語句や表現がありますが、作者が差別助長の意図で使用していないこと及び時代背景、作品の価値を考慮し、原文のままとしました。

一、校正の規準に照らして、一部誤りと思われる表現が見られましたが、執筆者及び著作権者の方からの要請がないものについては、原文ままとしました。

一、本書の刊行につきましては、掲載の御許可をいただくべく最大限の努力をいたしましたが、御所在が不明な著作権者の方が若干名いらっしゃいます。お心当たりの方は編集部まで御一報いただければ幸いです。

筑摩選書編集部

明治への視点

恩賜的と恢復的

大江健三郎

お正月には、毎年、その年に集中的に読みたいと思っている種類の本の第一冊を読む。それがドストエフスキーだったこともあればサルトル、ヘンリー・ミラーだったことがあり、ノーマン・メイラーだったこともある。来年のお正月には、渡辺一夫先生訳《ガルガンチュアとパンタグリュエル》の最終巻が刊行されているであろうから、あらためてその第一之書から読みたいと思っている。今年、僕は幸徳秋水著《兆民先生・兆民先生行状記》を読んだ。岩波文庫版の解説者、絲屋寿雄氏の書かれているとおり、これは、

……菊判仮綴一〇二頁（附録二一頁）の小冊子であるが、熱をおびた幸徳秋水の文章はよく革命家兆民先生の風貌をつたえて遺憾なきもの……

である。この小さな本の内容の豊かさは、まことに美事なものであって、この解説をはじめ、幸徳秋水の文章はもとより名文、《兆民先生行状記》に附された小泉三申の文章も独得だし、ごく短い堺利彦の解説的文章は、大内兵衛先生を彷彿させる達意の文章である。僕は父親の書棚から

ユーモア文学全集・堺枯川集という一冊をとりだして読んだことを思いだすが、それにしても、日本の明治生れの社会主義者たちがみなこぞってすばらしい名文章家であることの、なんという壮観だろう！

僕は、漢語を軸にして構成した文章のうち、こけおどかしの悪文と、醇乎たる名文とを見わける基本的な鑑別法は、それが自然なリズムをそなえているかどうか、ということだと考えているが、秋水の青年期と壮年期のこれら二つの文章は、それぞれコミックなものとトラジックなものの二種でありながら、ともに生きいきしたリズム感覚につらぬかれている。そしてそれは直接に兆民の感化によるものであって、兆民はまた、岡松甕谷の飜訳に感嘆し、その門下となったのだった。

……其訳文縦横自在にして絶て硬渋の処なし。先生深く之を喜び、嘆じて曰く、老手如此の人ある耶と……

《兆民先生》も、《兆民先生行状記》も、じつに面白い。これを小説に擬すれば、《兆民先生》は、パセティクな悲しみにみちた、一篇の中篇小説だし、《兆民先生行状記》は、コミックな好短篇であろう。すなわち、それらはともに、あるいは中篇の、あるいは短篇の技巧を、高度に発揮しているといわねばならない。

具体的にいえば、《兆民先生》が第七章、第八章の書束上下をはさんで、第九章末期にいたる、その悲劇的な盛りあがりのたくみさを僕は中篇小説の技巧と呼ぶのである。《兆民先生行状記》の、……先生近時全く政海文壇より隠遁して、専ら心を財利の業に傾けらる……

といった展開のしかた、そして突然に、

……梅花匂へども彤雲尚厚し……

と漢詩の読みくだしの一行を挿入して効果をあげる、そのような手法を、僕はユーモラスな短篇の技巧とみなすのである。

ユーモラスなといえば、それが兆民の性格に由来するのか、秋水の感受性により深くもとづくのか、兆民・秋水師弟の対話のユーモアは豊かである。夕食後、師弟は歓談する、

……天体の事、地理の事、自然の事、社会の事、経済のこと、政治のこと、文学のこと、美術の事、理化の事、英雄のこと、美人のこと、諄々として説来る……

それがついには、されば如何にして男女の別を生じ来るや、ということになり、それは母の食物によるのだろう、と兆民は秋水に教示する。なぜなら信州の養蚕において、蚕にあたえる桑の産地のちがいが、男蝶、女蝶の数の多少をみちびくからである。もっとも秋水が人間の場合について、男女を生みわけるには？　という当然な質問をおこなうと、この先生は、

……「然らば如何なる食物を用ゆるべきや」それ迄は余は究め居らず……

なんと、のんびりした師弟の会話だろう。もっとも当時、兆民一家の生活は、のんびりどころの話ではない。家計のそのような状態について、これはあきらかに幸徳秋水のユーモア文学の才能にもとづく、微笑をさそう一節もある。

……先生も令閨も、長の歳月貧乏には慣れられたれど、今度の如きは珍らしといへり。左もあ

るべし。今迄は新聞雑誌の原稿料毎月多少の収入はありつれど、去年の秋以来、所謂金儲けに着手せられてよりは、収入といふは借金ばかり、段々押詰りし大節季には廻しきれぬ火の車、焔飛散つて眉を焼くやうな騒ぎ……

若き幸徳秋水が、兆民家でどのように自由に、気兼ねなくふるまえる人間であったか、ということも、秋水の瑣事にこだわらない若わかしくインテリジェントな性格とともに、よくでている。

兆民が堺に病むとき、それを見舞った秋水の『夏草（泉州紀行）』は、喉頭癌の兆民が、

……両膝を抱へて蹲踞まり具切開した喉仏の処へ、令閨が布片を宛て丶居る、予は見るから胸が塞がるのを禁じ得なかつた。……

というような悲痛な行をふくみながら、全体には、まことにのんびりしていて、海水浴のことや、兆民の住居にすんでいる三匹の古狸のこと、名物餅屋の売上げのことまで記録されている。

しかし、兆民がいったん死去すると秋水は、じつに哀切きわまりない悲しみの声を発して、

……予亦た涙滂沱として禁ぜず、走つて暗中に入て慟哭する者之を久しく……

するのである。

実業家を志ざした（そのあたりのいきさつは岩野泡鳴の苦闘とそのユーモアを想起させるが、）兆民が禁酒したことについても、《故中江篤介君の葬儀に就て》という大石正己の壮重な演説のなかでは、（この解剖と葬儀の光景は美しく感動的である）

……酒を廃すには命を惜むに就てゞある、国の為に尽すには一日でも命を延べなければならぬ、其命を延べると云ふ方に向つて酒を禁ぜられましたのである……

と、モラルにかかわる意味づけをあたえているのにくらべて、秋水はきわめて即物的に、

……而して先生の一たび牙籌を取るや、酒を廃し、行を慎み、殆ど別人の如し……

と、すなわち、いったんビジネスマンになるや、と禁酒の事情を説明するだけである。そういうところにも、秋水の兆民への親しみの気分はにじみでているように思われる。

《兆民先生》のうち、憲法の発布にあたっての兆民の反応は、にがい味のする悲劇的な一光景である。新憲法の発布をめぐって、それが、あたえられた憲法（あるいはあたえられたデモクラシー）であって、みずから克ちとった憲法（あるいは克ちとったデモクラシー）でないとする、啓蒙的な声が、われわれ子供の耳にも響いてきたものだった。この声はすぐさま当初の自己反省の響きをうしない、反動的な力の後押しにおいて、いまもなお続いている。続いているばかりか、なお旺んになろうとしている。そして、その声は旧憲法こそ、みずから克ちとった日本人の憲法であったと暗示しようとするのであるが、実は、明治憲法のにがい味のする性格について、すでに中江兆民のような人間は、

……憲法の全文到達するに及んで、先生通読一遍唯だ苦笑する耳……

であったのだった。そういうことは僕のような戦後世代があらためて学んでもっともあざやかな印象をうける歴史的事実である。兆民の憲法批判の骨子について幸徳秋水は次のように紹介している。

……先生其著、三酔人経綸問答に於て諷して曰く、世の所謂民権なる者は自ら二種有り、英仏の民権は恢復的の民権なり、下より進みて之を取りし者なり、世又一種恩賜的の民権と称す可き

者有り、上より恵みて之を与ふる者なり……

これは戦後すぐの新憲法批判ときわめて深く似かよっている。民権とは、すなわちデモクラシーということであろう。ところが兆民の声が進取的民権への意志につらぬかれているのと逆に、しだいに悪化しながら二十年つづいてきた新憲法への疑いの声には反動的強権の底意がちらついているというわけである、然り、僕は決してその種の声に満足する者にあらざる也。

さて、僕がこの小さな本に陶然としていると、最近《明治大帝》を特集した、ある綜合雑誌の、僕と同世代の編集者がたずねてきてくれて、きみが近頃、明治の作家たち、思想家たちに興味をひかれているのは、このところの《偉大なる明治》熱にうかされてのことではないか？　という質問である。

そこで僕が答えたのは、つづまるところ、僕にとって明治についての自分の基本的な無知をカヴァすべく試みはじめた動機は、維新とそれにつづくすさまじい勢いの西欧化を、敗戦とそれにつづく二度目の西欧化の洪水とに、比較してみたい、ということにほかならない。したがって僕は《偉大なる明治》熱にかぶれて《卑小なる戦後》説をたてるものではない、ということだった。僕にとってもっとも重要な時代は、やはりこの戦後にほかならないのだから。

いま恩賜的にあたえられようとするこの明治文學全集についても、僕はなんとか自分自身の選択において恢復的に愛読したいと考えている。

（おおえ・けんざぶろう）

忘れられた一つの流れ

村松　剛

田中智学といっても、その名をおぼえている読者は少いかも知れない。このひとは高山樗牛と宮沢賢治と、石原莞爾との師であり、国柱会という日蓮宗の在家団体を組織した人物なのである。石原莞爾が士官学校を出て、少尉に任官したのは、日露戦争の直後、明治四十二年のことだった。彼は将校として兵のまえに立ったとき、自分はいったい何の名において、兵たちに「死ね」という命令を下せるのかという疑問に、とらわれたという。自分たち将校は職業軍人であり、給料をもらってはたらいている。それにたいして兵士たちは、その大部分が、殆ど無報酬で召集されてきた貧しい農民の子弟なのだ。

日清戦争当時の日本の兵士たちは、戦場においても非常に軍律がきびしかったと、クリスティの「奉天三十年」はつたえている。しかし明治末年の日本軍に、その道徳があるのか。もしすでにそれが失われているとすれば、何によって道徳を再建すればよいのか。

石原少尉はこの疑問から、一時は軍籍を離脱しようと決意した。たまたま田中智学の講演を山形でき、感動した彼は智学の門を叩いて、その悩みと決心とをうちあけた。しかし田中智学の一喝にあって、日蓮宗に帰依し、国柱会のメンバーとなるのである。明治二十年代に智学の門をたたいた高山樗牛の例といい、大正初年の宮沢賢治の場合といい、智学というひとは、よほどひとを魅きつける力をもっていたのだろう。

近ごろナショナリズムについての論がさかんだが、どの論も靴をへだてて足をかくような形であり、はなしは一向に煮つまらない。新しい愛国心、新しいナショナリズムは必要であるという合唱が、政界とジャーナリズムとで、むなしくくりかえされているだけのように見える。

愛国心とは国家的エゴイズムの別名であろう。しかし、それが単なるエゴイズムに終始するかぎりは、ひとを説得する力をもたない。アメリカはデモクラシーの使徒としての、ソ連、中国は共産主義の使徒としての使命感をもち、ド・ゴールにはカトリックの伝統につちかわれた大ヨーロッパ思想がある。よかれあしかれそういう理念が、これらの国々のナショナリズムを支えているのである。

ナショナリズムは、その背後に、単なるエゴイズムをこえた理念をもったときに、ひとを動かすことになる。日本も戦争中は八紘一宇とか、アジアの解放とかいう哲学をふりかざしていた。ナチスの哲学でさえ、一応は人類的規模での歴史哲学を、説いていたのだった。

石原莞爾が田中智学に求めたのは、いま風のことばでいえば、このナショナリズムを基礎づける哲学だったことになる。明治四十二年は、文学の方でいえば、日露戦争の戦後派の時代なのである。自然主義が全盛をほこったのは明治四十年から四十一年にかけてで、（長谷川）天渓の

「現実暴露の悲哀」は四十一年の春に発表されている。四十二年は荷風の「ふらんす物語」や「冷笑」の年であり、（岩野）泡鳴の「耽溺」もこの年に出た。同じ四十二年創刊の「スバル」を読むと、ニヒリスティックな孤独な青年が、ベッドにころがって兇暴な夢を追う、といったはなしがしきりにくりかえされる。

この時期は、江戸いらいの遺産である儒教哲学が、その最後の力を出しきったときだったという見方ができるのではないか。日露戦争が最後の貯えを、消費しつくした。伊藤博文は四十二年の十月に死ぬ。明治天皇の死去はその三年後であり、維新のジェネレイションは時代の表面から消えてゆく。明治天皇の死去と乃木大将の殉死に心を動かされて、鷗外と漱石とがそれぞれ「興津弥五右衛門の遺書」と「こゝろ」を書いたのは、あまりに有名な物語だろう。

田中智学が「国柱会」をつくった動機自体が、明治十年の西南戦争に刺激されたためであり、ナショナルな道徳哲学をつくろうとする意図にもとづいていた。彼は西南戦争の当時、理屈では官軍が正しいとしながら、西郷の「賊軍」が勝つと手を叩いてよろこぶ大衆の姿を見て、そこにつよい矛盾を感じる。国家の土台となる道徳哲学の建設が急務であると、若い智学は考えた。国柱会の前身である蓮華会が、こうして創立され、彼は「宗門之維新」という激烈な文書を書くのである。

日蓮宗の特質については、さしあたりくわしく論じている余裕はない。ここではただそれが、黙示録的な経典をもち歴史主義的な使命感をもっている、日本では珍しい宗教であることを、言っておくにとどめる。日蓮は釈尊から法華経を託された上行菩薩の生まれかわりであると、信徒たちは考える。神道をべつとすれば、日本ではもっともナショナルな性格の濃い宗派なのである。

智学と会ってからあとの石原莞爾の生涯は、この日蓮宗の哲学につらぬかれていた。満州事変を起こした張本人が石原莞爾であることは、ひろく知られているが、彼の満州経営という着想も、五族協和の理想も、すべて彼が日蓮宗から啓示された歴史観にもとづいているのである。法華経の説く末法の世は、やがて武器の発達による世界最終戦争という形でおとずれると、石原は信じた。その日にそなえて、日本は東亜諸国を独立させ、東亜ブロックを形成しなければならない。(彼は満鉄や関東州の租借地を、満州に返還せよと主張したという。)

宮沢賢治の場合は、彼が法華経を読み、日蓮宗への信仰にはいったのは大正三年であり、国柱会には大正九年に入会している。田中智学と会ったのは、そのあいだの時期だったのだろう。日蓮宗はここでは、その農本主義と芸術論とを媒介する役割を演じる。賢治はそれ以後、農民芸術概論を書き、また「羅須地人協会」を設立するのである。

彼は街頭で折伏(しゃくぶく)することもしたという。賢治の日蓮宗は有名だが、彼の作品を宗教との連関において分析した論は殆ど見られない。一時論争をおこしていた「雨ニモ負ケズ」にしてもその美しい童話にしても、宗教を背景において、もう一度その意味を、考えなおしてみる必要があるのではないか。

明治は文明開化の時代であるとともに、江戸いらいの儒教を中核とする道徳の遺産が、まだ生きていた時代だった。明治の作家たちはそれを肯定するにもせよ、挑戦し否定するにもせよ、その道徳の存在を前提として書くことができた。しかし日露戦争をほぼそのさかいとして、遺産の涸乾は明かとなってくる。

　そこでそれにかわるものとして、どんな新しい哲学を用意するか、ということが、明治という時代が残した問題であり、一般に近代日本の負わされた課題が、そこにあるのだ。大正の白樺派は人道主義とこたえ、昭和初頭の知識人の多くは、マルクシスムにその解決を求めようとした。彼らの日蓮宗もまたその解答の一つであったろう。

　白樺の人道主義やマルクシスムが、いずれも舶来の思想としてのスマートさをもっているのに比して、国産の日蓮宗にはそういう印象はない。どちらかといえば泥くさいが、それだけにこの戦闘的な宗教は、庶民を動かす力をもっていた。北一輝、僧日召、神兵隊のだれかれと数えて、昭和前半の歴史は、この宗教の力を無視しては考えられないのである。（戦後の創価学会、立正佼正会等についてはいうまでもない。）

　従来の思想史、文学史で無視されてきたこの系統の考えかたに、このさい光をあててみる必要があるのではないか。明治初年の田中智学の運動いらい、この宗教が日本で演じてきた役割を、ぼくは反芻してみるのである。


（むらまつ・たけし）

明治の様式

江藤　淳

不思議なめぐりあわせで、私は花柳章太郎の最後の舞台を見ることができた。それも花柳自身がとってくれた席でである。

昨年の夏、二年ぶりで米国から帰ってしばらくのあいだ、私は無性に芝居が見たかった。それも新派が見たかったが、住む家もなく、家人も犬も病気つづきでそれどころではなかった。暮にようやく定住の場所が見つかり、演舞場の初芝居にでも出かけようかという気持のゆとりもできて、親類同様につきあっている柳橋の「亀清」に切符を頼むと、それじゃあ花柳先生にいいましょうという。切符は二、三日後に無事に手に入ったが、実は番頭が補助席しかないといっているのをききつけた花柳が、見たいといって見て下さるお人は大切なお客様だからといって、自分で手配してくれていたのであった。もとより私は花柳と一面識もない。しかし、この名優の未知の一観客に対する奥床しい心づかいを有難いものに思っていた矢先にその急逝の報に接して、私はしばらくは声も出ないようなショックを受けたのである。

こんなことを書き出したのは、「明治」というと、私のなかに決って新派の舞台を、それも亡くなった花柳を中心とする新派の舞台を想いうかべるようなものがあるからである。新派とは、明治という時代の生んだ様式の演劇的表現である。私の見た花柳の最後の舞台は、川口松太郎作のお祝儀芝居「寒菊寒牡丹」だったが、同じ初芝居の昼の部では、彼は樋口一葉作久保田万太郎脚色の「大つごもり」で十八歳の下女お峰の役を演じていた。花柳の没後、劇評家たちが筆をそろえて、写実的な現代劇に転進するのが新派の今後の使命だと書き立てているのを見て、私はひそかに何を馬鹿なことをと思ったものである。

歌舞伎が江戸芝居の様式を維持してよいなら、どうして新派が今までもこれからも明治という時代のつくりあげた美的様式を維持することに力を注いではいけないか。俳優の芸というものは、只の写生、つまりリアリズムではない。形のよさ、華やかさ、姿の美しさというような要素をまって、はじめて綜合的に開花するものである。花柳章太郎はそういう芸を生きていたと思う。女形だった彼は、只のリアリズムでは芝居がさまにならないということを、早くから身にしみて知っていたはずである。

文学のほうで、こういう芸に対応する要素を求めるとすれば、それはいうまでもなく文章ということになるであろう。福原麟太郎氏が、三月初旬現在「朝日新聞」に連載している「文学と文明」という随想を私は愛読しているが、そのなかで福原氏は、「大つごもり」の作者樋口一葉が、あるとき平田禿木(とくぼく)にむかって、「西鶴というものがあるので力強うございます」と語ったという挿話を紹介している。一葉の自己表現のためにはそれに文体をあたえる言葉がまず必要であり、その言葉を西鶴が提供したというのが福原氏の所論であるが、この挿話は、一葉の時代に作家がいまだに文章に対する鋭敏な様式感覚――それを福原氏は言葉の造型力と呼んでいるが――を喪失していなかったことの証明になるに違いない。同じ随想のなかで、福原氏は、西鶴の影響が紅葉・露伴の上にもいちじるしく、鏡花もまたしかりで、これらの作家は文学をまず文章と考えていたということを指摘している。これはよく知られた文学史的事実であるが、それならいったい何故西鶴が、硯友社の作家や一葉に文章の規範とあおがれたのであろうか。

そのことを検討するためには、硯友社・文学界の新文学の直接の導火線となった坪内逍遙の「小説神髄」が、いったい何を作家から奪い、そのかわりに何を作家にあたえたかをふりかえってみなければならない。私は、先頃「日本文学と『私』」(「新潮」昭和四十年三月号)という論文で、逍遙の「戯作改良」が、実は馬琴・京伝・種彦・春水・一九・三馬などという江戸中期以降の戯作にひかれていた自分の感受性に対する苦痛に充ちた訣別にほかならなかったと述べたことがある。これは、換言すれば戯作という様式を捨てて、「近代小説」という観念の側につこうという決意の表明であるが、ここでの大問題は、《小説の主脳は人情なり、世態風俗これに次ぐ》という「近代小説」の観念の有効性を証明しようとすれば、直ちに江戸中期以降の戯作とは異質な文章の様式が発見される必要があったということである。戯作という様式が捨てられたにせよ、文学とは文章だという様式感覚はまだ確実に維持されていたからである。実作家たちは、文章をはなれて文学を考えることが出来なかった。これは、おそらく文学とは観念のことで、新文学とは新しい観念だという風潮が常識化している今日の読者には、想像もつかぬことにちがいない。

しかし、当時の考え方によれば、文学とはあくまでも文章のことで、それ以外のものではあり得なかったのである。

それでは、異質な文章の様式とはどのようなものであろうか。それは、第一に未来の様式であり、第二に過去の様式である。この前者が言文一致体で、後者が西鶴・芭蕉らの江戸戯作の様式確立以前の文体であることはいうまでもない。この二つの方向、乃至は可能性は、すでに「小説神髄」の議論そのもののなかに暗示されている。逍遙は、一方で西洋の近代小説の「心理学」に立脚した写実主義を唱導して戯作の勧懲主義を排しながら、一方で勧懲主義排斥の先駆者として本居宣長の「もののあはれ」の文学観を推しているからである。言文一致体はこの前者の要請から考案され、元禄期の様式はもとよりこの後者に触発されている。逍遙のあと、二葉亭四迷の言文一致と硯友社の西鶴再発見がきびすを接したのも当然であった。しかし、ここで見逃せぬことは、かりに私が未来の様式と呼んだ言文一致体すら、二葉亭の場合を例にとってみれば、たとえば式亭三馬の滑稽本の会話体がなければ、あのようなかたちにはとうてい仕上らぬはずのものだったということである。

このように考えると、明治の様式とは、文体に関しても新派の舞台の様式に関しても、新しく生命を吹きこまれた江戸期の様式にほかならなかったということになりそうである。花柳章太郎の写生を超えた――しかし決して写生を踏まえないというのではない――芸風は、もちろん江戸期の俳優術の様式である女形芸の上になり立っている。文学の方では、明治はまず江戸末期戯作の華々しい復活によって開幕し、逆に溯行して硯友社・鏡花・一葉の西鶴にいたり、あるいは三馬経由で二葉亭の言文一致にいたる道程に結実する。この様式が崩れるのは、自然主義文学が文学とは観念であるという新しい文学理念をひっさげて登場する明治三十年代の終りあたりからであるが、それまでの作家が、なによりも文学とは文章のことであるという信念を共有していた人々だったということを忘れては、充分な作品理解は覚束ない。明治にもたらされた政治的な変化や思想上の激動はいうまでもなく重要である。しかし、それが直ちに、無媒介に文学作品に反映されると即断するのは大きな誤りである。明治を支えていた江戸の様式の根強さを知らなければ、たとえば尾崎紅葉が、文章に苦心して「金色夜叉」執筆中に命をちぢめたなどということの意味も、何のことだかわからなくなるのである。

（えとう・じゅん）

明治を思う

会田雄次

一

個人的な話になるが、私の父は明治四年に生れ、明治二十七年東大の動物学科のただ一人の卒業生で、京都の高等工芸に勤めていた明治主義者である。祖父は福島から、反幕的だった会津藩に反抗して京都へやって来、有栖川宮に仕えた。もっとも事志とちがって宮は急死し、祖父は庇護者を失って失意の生涯を送ったのだが、それでもやはり骨の髄からの明治天皇の崇拝者だったらしい。祖母は、京都の壬生の、磯貝というかなり高名な「蘭学癖」のある外科医の娘だったそうである。その父のところへは絶えず新撰組の負傷者がかつぎこまれる。勝気でかなりの美人で、明治元年は二十歳前後、当然のこととして祖母は新撰組の連中と親しかった。近藤勇に可愛がられ、自筆の扇子をもらったことと、隊士連中から、「今におれたちは大名になる。そうしたらお前をもらいにくるから」と口説かれたことが、私たちがよく聞かされた祖母の自慢話である。祖父は自称、剣道の達人だった。いわゆる七卿落ちがあって三条実美らをはじめ長州派の公卿たちは、今は京都ホテルが建っている長州屋敷へのがれた。そのとき次の間で、宮から拝領したという三条小鍛冶宗近作の大刀を手に——そんな名刀がやすやすとあるものか、その刀はもちろん贋物だった、——不眠不休で護衛した。それが祖父の自慢の種だったらしい。この話は本当かも知れない。のち祖父が別邸を建てたとき、三条実美公から贈られたという「積善の家に余慶あり」という祖父あての色紙が残っているからである。

私自体は父の晩年の子で、大正の生れであるが、このような伝説にとりかこまれていた幼年時代は、今から思うと、何か濃い明治の色があたりをつつんでいたような気がする。それに花模様を刻んだ恐ろしく大きいホヤのついた数々のランプ、奇妙な置時計、小鳥が羽をふりかざし、口を開けて自由に舞うスイス製の魔術のように精巧なオルゴール、今商標になっているのと同じ型のあのビクターの蓄音器、日露戦争の画報、エハガキ、そういったものが、もうさすがに日常生活には使えなくなったらしく、蔵の中いっぱいに雑然とほうりこんであったのである。

そういうものの中へよくもぐりこんで遊んでいた私たちは、毛頭それに敬意を持たなかった。大正文化の目から見て、オルゴール以外のそれらは何と古くさく、不器用で、時代からとり残されたものであったことか。とくにつみ上げられた多くの写真は、ふき出したいほど奇妙な洋服を着た人や野暮ったい建物、古くさい軍艦や大砲などで埋められていた。

このような感覚は、私にはずっと最近まで持続していたようである。明治は遠くなりにけりという老人の詠嘆を聞くごとに、遠くなったのは当り前で、などとうそぶく気でいた。子供のときの思い出は、なつかしい対象ではあっても、私の明治体験は直接のものではない。こういう気持は当然の結果だったろう。

二

だが先日、私は久しぶりにそんな写真集を調べる機会があった。そのとき驚いたことに、そこにある人物像に、何の奇妙さも、古くささも、無理にそりかえったその姿に対してさえも、全く不自然さや子供らしさを感じなかったのである。おやと思った私は、そのとき、このごろいろいろのところで見ることができる明治の風物の思い出写真などにも、同じような気持で対するようになっていたことに気がついた。東京大学も、大きい建物がならんでいる現在より、三四郎の昔のたたずまいの方が、はるかに学問の殿堂としての権威と気品を持っているかのように思えて、意外さと驚きの声をもらしたのも最近のことである。

それと対蹠的に、若かった私たちの憧れであった昭和の一けた台の日本の風物や人物は何と、うすっぺらで、不潔で、つまらなく見えることか。そのころの洋装やレビューなど顔もそむけたい感がして来たのだ。

これはどうも私だけの経験でないらしい。同じことをいう同年輩の人々も多いのだ。どういうことなのだろう。もうそんな年齢になったということが原因なのだろうか。しかし私はこころみに、中学生の息子やその友人に、同じような写真を見せて感想を聞いて見た。ところが、みな明治時代ないしは大正初期のものの方を肯定したのである。「古くさいけれど、がっちりしていてこの方が要するにカッコいいよ」というのがその答えであった。上野の博物館、それに美術館は大嫌い、表慶館の方がずっとよい、といった調子でである。
どうも私は、昭和という時代は、そして大正もだが、戦前も戦後もなく、はじめから現在まで狂った時代、いや狂ってはいないにしても、もっとも貴重な何かが欠けた時代じゃないかという恐怖を持たずにいられない。そして、その反対に、かりにそうなった原因や方向を内包しているにせよ、明治時代は、私たちに欠けている大切な何物かを持っていた時代のように感じられるのである。

三

私のいうこの失った何物かは、国家意識や忠孝という意味ではない。もっと人間にとって本源的な何ものかである。戦前「奉天三十年」を書いたクリスティーというイギリス人宣教師は、日清戦争当時に日本軍は賞讃に値するほど立派だったが、日露戦争のときは驕り高ぶってかなり質が落ちていたこと、その度がその後、高まって行ったことを観察している。何かが日本人の中から落ちて行ったことがよく判るのだ。それでも日露戦争当時は、ロシアの捕虜に対する日本軍の将兵は、何の虐待もしていない。その道義の根底は武士道だという説があるが、兵士は皆農民である。そうだったとしたら極貧の小作農たちをどうして武士道がそれほど見事に感化し得たのであろうか。一般大衆も同様である。松山市に置かれた収容所の捕虜たちは自由な外出さえも許され、夜店にも捕虜が買物に来た。市民たちは、温かくそれを迎えた。松山は第二の故郷だと書き残した捕虜もいる。外人は全力を尽して戦い、降参したものとして捕虜を名誉とするのだというような知識が、その頃の軍人にも農民や市民にも理解されていたわけではない。それに対し、捕虜になることを最高の恥辱だとする意識は充分日本人の心にしみこんでいたはずだのにである。

日中戦争のときの日本軍はもう駄目だった。日本軍の暴行は、誇大に伝えられるほどではないにしろ、私の経験からしても、もう救い難い人間のすることであった。辛うじて何かを保っていたのは、インテリ兵士を中心とする少数の人たちだけだったのである。

四

大正、昭和の日本人には何かが欠けていると私が痛感したのは、もっと小さい身近な経験からである。最近私は戦国武将のことを書いた「敗者の条件」という小著を出版した。ボツボツいろいろの研究書を読んで見たが、別にとりわけ何を得たという気持にもならない。とくに岩波講座の日本の歴史は、戦後の成果の集大成といわれるものだが、そこにおさめられた大部分の論文は時代というものへの巨視的視野も、もろもろの人間性への共感も洞察も、およそ考え得る限り私たちの人間として持つべき何ものもない断片研究である。他人との会話を拒否することだけが、自分の学問の価値を守る道だという論文だから、読んでも何のことか始めから終りまで判らない。判るものがあっても断片研究だから役に立たない。

私が絶望しかかっているとき、目についたのが、原勝郎博士の「東山時代における一縉紳(いちしんしん)の生活」(大正六年刊)だった(これは筑摩書房刊「現代日本思想史大系」第二十七巻「歴史の思想」

にのせられている)。博士のえがきだした東山時代概観ほど、この時代の本質をえぐり出した概観を私は他に知らない。博士は父の友人で、幼いとき二、三回お目にかかっている。子供心からも察することができたほど「独断と偏見」に満ちた個性的な人である。私自体も小粒だが独断と偏見以外持ち合せがない男である。原博士の説は受容できないものだったが、にも拘わらず教えられたことは、途方もなく大きかったのである。

原博士は明治の人である。それに西洋史の専攻者でもある。当然実証研究にはそれほど深くない。西洋史の研究法を学んだといっても、その理論構成はそう厳格な方でも緻密な方でもない。むしろ直観の方の人である。その明治の直観には、私たちが失ってしまった何かを持って居たということだ。

このように明治が現在に欠ける何物かを持っていたというなら、それは果して何か。あるいは本当に持っていたのだろうか。それが私の明治に対する関心なのである。

(あいだ・ゆうじ)

進化論の衝撃

佐伯彰一

　もう十何年前になるが、小泉八雲の本をまとめて読んだ時、仏教の教義、とくに輪廻説の解釈に、スペンサー流の進化論哲学をさかんに援用しているのに、びっくりした覚えがある。いや、援用というより、進化論哲学をいわば先取りした仏教の合理性、進歩性を大いに讃えていたのだ。もとより、小泉八雲のキリスト教嫌いが、大きに一役買ってはいただろう。それにしても、あの末期ロマン派の申し子みたいな、異国趣味、偏奇好みの放浪作家と、片や「鉄と蒸気の世紀」の体現者というにふさわしい楽天的な元エンジニアの哲学者とでは、組み合せが何ともちぐはぐすぎた。一体どういう事なのかと、彼の蔵書をわざわざ調べてみた記憶が残っている。

　当時ぼくの勤めていた富山大学には、小泉八雲の蔵書や原稿を収めた別棟の図書館があったのだが、入ってみると、スペンサーの著書は、そのほとんどが並んでいた。日本の怪談の木版本の蒐集や、ギリシャ、ラテンの古典の英訳から、大半が英仏の文学書の間に、いささか居心地悪げに、しかし、たしかに八雲の手沢のあとをのこしたスペンサーが、ずらりと並んでいたのだ。

もっとも落着いて思い直してみれば、何も驚くには当らぬことだったかも知れない。小泉八雲が日本に来たのは、一八九〇年だったが、アメリカでは、すでに一八七〇年代から、スペンサーが熱烈に読まれ、広い影響をあたえ出していた。丁度エマスンの超絶主義と、次に来るウイリアム・ジェームズ、またデューイーのプラグマチズムとの間の、アメリカの一種の思想的な空位時代における主役を演じたのが、この英国哲学者であった、といっていい。実際のところ、スペンサーは、本国でよりも、アメリカで、はるかに多く読まれ、大きな反響を生んでいた。彼の『綜合哲学』の第一巻が本国で売行きの不振のため刊行中絶の憂き目を見ようとした時、早速七千ドルの醵金(きょきん)を集めて、著者を励ましたのはアメリカの愛読者グループであった。たんに専門の哲学者の間という以上の幅の広い読まれ方をしていたのはもちろんで、その熱烈な愛読者の中に、ドライザー、ジャック・ロンドン、ハムリン・ガーランド等の自然主義作家たちを数えることが出来る。青年時代の彼らが、スペンサーの著書から知的開眼ともいうべき烈しい衝撃を受けた次第を、いずれも口をそろえて、回想記の中で語っている。そこで、彼らと同じように独学の、知的好奇心の強い乱読家だった小泉八雲が、スペンサー哲学による知的洗礼を経ていたことは、当然すぎる話であった。

という、わが明治文学には直接縁のない昔話を始めたのは、他でもない。わが国でも、ほとんど同じ時期、つまり明治初期の二十年ほどは、スペンサー流の進化論哲学の影響が、意外なほど強かったからである。この間の事情については、すでに太田三郎氏の要を得た指摘があるが、明治三十五年、当時の名家七十八氏に依頼して、十九世紀の欧米名著の投票をこころみた所、『種の起源』二十三、『ファウスト』十六、スペンサー『綜合哲学』十五という結果が出た（『丸善社史』）という。ダーウィン、スペンサーの進化論が、維新開国当時における西欧の、尖端的な新思想にほかならなかったという事情は、もとより大きく働いていたが、たんにはしりの思想界のニュー・モードへの関心というのではない、もっと地道で現実的なやり方で、徐々に浸みこんできた点が、かくべつ注目に値する。

たとえば、まず大学の教壇から、若い教師による共感をこめた講義という形で伝えられた。アメリカの大学に留学した、当時の新帰朝者たる外山正一や矢田部良吉などであり、外山はしばしばスペンサーをテキストに用いた、という。さらに、アメリカから招聘された青年教師、たとえばやがて『東洋美術史綱』を書くに至るフェノローサの哲学講義も、おなじく進化論を中心とするものであった。また、『日本その日その日』の著者、というより、アメリカの古生物学界の中心人物だったモースの来日、大森の古跡の発掘や『動物進化論』の出版も、つよい知的な刺戟をあたえたようだ。

こうした教室や、現場の学問に根を下ろした着実な浸透の方が、一国の思想史にとって、一時的な賑々しい紹介や「運動」などよりよほど本質的な意味をもつ。少くとも、はるかに有効、かつ実りゆたかな影響を及ぼすことは疑えないので、たとえば、外山教授からスペンサーの講読を受けた学生の一人が、坪内逍遙であり、彼をして『小説神髄』を書かしめた内的動因の一つは、明らかに進化論思想にあった。「ローマンス衰へて演劇盛へ、小説盛へて演劇衰へざるべからざること」と逍遙はいい、「かくの如き進化を経て、小説おのづから世にあらはれ、またおのづから重んぜらる。是しかしながら、優勝劣敗、自然淘汰の然らしむる所、まことに抗しがたき勢というべし」と論じた。小説こそ、現代にふさわしい、最も「進化」したジャンルという彼の確信が、何より進化論思想という支えの上に立っていたことは、そのナマな用語法にもはっきりと見てとられる。

外山、矢田部による『新体詩抄』を支えるイデオロギー的な根拠が、おなじ進化論に存したことは、今さらくり返すまでもない。さらには、当時のほとんどあらゆる文化的な分野を風靡した「改良」主義——演劇「改良」から、国語「改良」、人種「改良」におよぶ啓蒙運動をつき動かした動力は、つまる所、新時代の「進化」にふさわしい方向と態度を、という、進化論の素朴な適用に他ならなかった。ぼくは、つい先ごろ田口卯吉の『日本開化小史』を読んだが、ここでも「夫れ社会の発達は他の有機諸物の発達に異ならず、今草木に就きて之を例せん。……社会の制度を立つるものは、恰も園丁の草木を育つるが如き歟。嗚呼如何なる有様にて草木最も長ずるやを知らば、社会発達の如何なる制度の下に於て最も速なるやを知ることまた難からざるべし」といった工合に、生物学的な認識とイメージへの偏愛が、あらわすぎるほど目立つのだ。

さて、日本とアメリカと、文化的伝統も国民の心性も両極ともいいたいほど異なる二つの国において、進化論思想に対するおそろしく敏感な反応、受容という共通の現象がみとめられることは、興味深い。一つには、維新後の日本と南北戦争後のアメリカとは、近代的な統一国家としては同じスタートラインに並んだという共通性があった。何より前進を、と目ざす新興国家にとって、進化論が、好箇のイデオロギー的な正当化を提供してくれた、といっていい。

だが、共通性は、そこで終る。清教徒的伝統は彼にあって、我にないものであり、進化論の生物学的な認識に対する宗教の側からの執拗な抵抗というアメリカ的な反応は、わが国には全く無縁のものであった。という、自明の相違よりも、もっと興味深いのは、わが国の場合、進化論の知的衝撃は、何より進化、進歩という観念の新鮮さに存したのに対して、アメリカで広く愛用されたのは「生存競争」や「適者生存」という用語であり、やがていわゆる「社会的ダーウィニズム」なるアメリカ的なイデオロギーの誕生を見た点である。この理論は、南北戦争以後一きわ苛烈になった資本主義的「競争」を正当化したり、時にはアングロサクソン優越の人種主義とさえ結びつきもしたが、根底では、いきなり未開の荒地での自然との戦いから一切を始めざるを得なかった国民の心性に根ざす「競争」への本能的な偏愛につながるものではあるまいか。

つまり、外来の新理論に対する、両国の反対と土着化の過程における相違が、それぞれの国民の心性に逆照明をあたえてくれる所に、ぼくの興味の焦点があるのだ。これは進化論の第二波たる自然主義小説に至って、一層興味深い局面を示すに至る、という話は、もう他の機会にゆずる他はない。

（さえき・しょういち）

明治と私

高坂正堯

私にとって歴史は、なによりもまず画廊のようなものである。そこには、さまざまな場所とさまざまな時代に、人間が展開したドラマの絵が残されている。そして、それはときどき、現在に生きるわれわれに思いがけないヒントを与えてくれる。そこには、ギリシア時代の歴史もあれば、日本の戦国時代の歴史もあって、そのどちらを賞味するかはわれわれの選択に委されているのである。「明治」という時代の歴史についても、それは私にとって、やはり基本的には歴史という画廊にかけられた絵画なのである。

もちろん、人によっては歴史はわれわれがその上に立脚すべき遺産であったり、あるいは克服すべきかせであるかも知れない。とくに、明治というわれわれの国の、さして遠くない時代の歴史については、そういう気持をいだく人がいたとしても大して不思議ではない。それどころか、私のような見方をとる人はむしろ例外であるだろう。

しかし私は、やはり「明治」を画廊の一つの絵画として見る。そして、その方が歴史はわれわれにより多くを教えてくれると考えている。何故なら、明治は現在の日本に連続しているよりは、むしろ、すでに完結したドラマを表わしているからである。そして、明治の人々が直面していた問題は、今日われわれが直面しているそれとは、似ていると言うよりは異っていると言った方がよい。

とくに私は、それを明治初期に生れた老人たちに出会うときに強く感ずる。彼らは頑固である。ところが、われわれは頑固さにあこがれはするけれども、決して頑固にはなれないのだ。他のいくつかの点においては、明治生れの人々の方が、その後の世代の人々よりも、われわれに近いと思われるところもあるのだが、その信念の明確さと強さにおいて、彼らはわれわれと明らかに異っているのである。

明治はなすべきことがはっきりしていた時代であった。強大な西洋文明の東漸を前にして日本という東洋の小国の独立を守ること、それは余りにも大きな至上命令であったし、この点についてはなんの迷いもありえようがなかった。逆に、彼らは出発点をも共有していた。彼らは西欧の衝撃を受ける以前の日本に育ち、その教育を受けた人々であった。和漢の学問は、夏目漱石のような英文学者や福沢諭吉のような欧化主義者によっても、共有されていたのである。古い日本の生き方を体現するものとしての士道は、彼らのなかに実在として生きていた。

だから問題は、西欧の衝撃に対応するという至上命令と、古い生き方との間の矛盾であり、それをどうつなぐかということであった。何故なら、この場合問題は日本が西洋の文物をとり入れて近代国家を作り上げれば、それで済むようなものではなかった。歴史家トインビーが述べたように、すぐれた外国文明の衝撃を受けた文明においては、つねにその対処の方法として二つのものが生れた。一つは古い生き方にしがみつく「狂信派」であり、他はすぐれた文明を全面的に取り入れようとする「ヘロデ主義者」である。ロシアにおいては、それは「西欧派」と「スラブ派」の対立として現われた。

ところが、「狂信派」は一見そう見えるほど馬鹿げてはいないのである。「ヘロデ主義者」のようにすぐれた外国文明を模倣することは、そのすぐれた技術を模倣することであるが、しかし、いかにすぐれた技術を導入しても、それを使う人間が魂のない、活気に乏しい人間であるならば、すぐれた外国文明の圧力に抵抗しえない。人間がそうであるように、社会や国家も才能だけでなく、強い意思の力を持っていなくてはならないのである。ところが、外国文明の摂取につとめる人たちは、ややもすると生き方のシンとなるべきものを失い勝ちになる傾向がある。

だから、明治の人々がこの矛盾に悩んだのは当然のことであった。そして、中江兆民がトインビーよりも五十年も早く「狂信派」と「ヘロデ主義者」の対立と矛盾を問題にしていることは、きわめて意味深い。中江兆民は「恋旧家」と「好新家」という言葉を用いて当時の日本の状況を次のように描写している。

「そもそも、他国よりおくれて、文明の道にのぼるものは、これまでの文物、品格、風習、感情、いっさいをすっかり変えなければなりません。そうなると国民のなかにきっと、昔なつかしの思いと新しずきの思いの二つが生まれて、対立状態を示すようになるのは、自然の勢いです。昔なつかしの連中にとっては、すべて新式の文物、品格、風習、感情は、みな軽薄で誇張的なところがあって、見れば眼がけがれるような、聞けば耳がよごれるような感じがするし、口にすればへどが出、考えれば目まいがします。新しずきの連中はちょうどこの反対で、旧式の事物であるかぎり、みな腐ってなにか悪臭をはなっているように感じ、一しょけんめいおくれじと新式ばかり追い求めています」(『三酔人経綸問答』桑原武夫訳)

たしかに、日本は世界の歴史で珍らしいほど、「好新家」の力が優越した国であった。ロシアでは、「西欧派」に対する「スラブ派」の反撥がやがてはロシア革命につながった。同様に、中国においても、毛沢東の中国共産党は、一九一〇年代と二〇年代の西欧派の失敗の後を受けて現われた中国派であったと言えるだろう。同じことは、今日の世界においても至るところで見られる。インドネシアのスカルノは、間違いなしに西欧派ではないし、彼が立っている伝統はインドネシアがオランダによって植民地にされる前のものなのである。この場合、古いが故に劣っているという考えはきっぱりと捨て去らなくてはならない。進歩的、反動的という基準でものごとを判断する人々は、ソ連革命や中国革命やインドネシアが基本的には「恋旧家」の伝統に立っているという私の考えに対して強い反撥を感ずるかも知れない。しかし、人間というものにとって才能と生き方とが共に重要である以上、そのいずれを強調するかについて甲乙をつけることはできないのである。私の歴史の画廊には、進歩的とか反動的とかいう言葉はない。

それはともかく、日本ほど「好新家」が成功した国はなかった。そして、日本における「恋旧家」がなくなりあるいは一人の人間の心の「恋旧要素」がなくなって「好新要素」だけになったとき、近代日本は下り坂に入ったのであった。それは日本の軍隊の歴史に代表されている。日清戦争と日露戦争を戦った日本の軍隊には、古い生き方が実在として残っていた。それ故に、諸外国を驚かした軍紀が生れたのである。しかし、それ以後日本の軍隊の技術的レベルはたかまったけれども、それを支える軍人の生き方は実質を欠くものとなり、形だけのものになって行ったのである。私は昭和維新と呼ばれるものは、きわめて日本的な形における「恋旧家」の反逆であったと思っている。ただ悲劇的であったのは、彼らが真に「恋旧家」ではなかったこと、それ故、古い生き方を真実に体現してはいなかったことである。だから、それは失敗し、明治に始まったドラマは終ったのである。

それに対して、われわれの時代はなすべきことがあいまいな点において、何よりの特徴を持っている。そして、われわれを引張るだけ充分に強い古い生き方もそこにはない。私には、過去の束縛を断つことにすべてを賭けているような人のことがよく判らない。幸か不幸か、過去はわれわれに対して、それほど明確な言葉で語りかけてはいないし、それほど強い力を持ってはいないのである。われわれの問題は逆に、われわれを制約すべきものがなにもないことから生じている。われわれは一つの目的を信じ、そのために努力を集中するという生き方はできない。そして私は、そうしようとも思わない。しかし、それが可能であると同時に、つらい必然でもあった明治は、歴史の画廊の中で私の好きな絵の一つなのである。

（こうさか・まさたか）

偉すぎるおじいさん

山口　瞳

　私の家が破産して、内職のためにはじめた小説みたいなものに突如文学賞があたえられ、その方面の客が押しよせることになったとき、私はろくすっぽ書物を持っていなかった。女房の母が、これじゃあいかにもみっともないということで、春陽堂版「明治大正文学全集」を持ってきた。それだって満足にそろっちゃいない。

　なんにもないといっていい部屋に春陽堂版の全集がならんでいることのほうがみっともないと思ったが、女房の手前もあって、しばらく飾っておいて押入れに突っこんだ。

　実をいうと、私は戦前に、つまり中学生のときに、このうちの何冊かを持っていた。改造社版の日本文学全集はほとんど全部持っていた時機がある。全集ものは何度も買っては売り、空襲で焼きもした。

　鷗外全集を何度買い、何度売りはらったことか。読書は苦手であったが鷗外だけは医学論文なんかも含めて大部分を読んだ。父に買ってもらって、それを売って飲み喰いにつかうのだから一種の詐欺である。

文学ということが嫌になって友達にそっくりやってしまったこともある。文学全集というものに抵抗を感じた時機もある。便利だし割安なのを知っていても個人全集でなければ駄目だと思った。

戦争中にも戦後にもそういうことがあり、昭和三十年ごろから、自分のなかから〝文学〟を叩きだしてやれと思った。いまでもそういう気味がある。他人の書いたものを読むまい、原稿用紙を文字で埋めて生活するのは卑しいことだぞという考えが残っている。本当は原稿で生活するのは不可能なことであり、やってはいけないことだという考えが、いまもちらつく。

戦後はほとんど出版社や編集業で暮したが、自分を原稿仲買人と考え、そう考えることは不思議にも卑しいことではなかった。そのほうが実業にちかいと考え、商売することは貴いことであった。特に他人のファイン・プレイを発見し、自分をかげにかくしてしまう編集業を高貴なものと考えた。

＊　＊　＊

そういえばわかってくださる方が何人かはいると思う。ずるいけれど、そういうより仕方がない。文学を捨てて実業をとろうと何度か決心した私の気持に嘘はなかった。文学はアテにならなかった。自分が飢えることや妻子が飢えることは、いけないことだった。私は自分のなかから明治大正文学全集を追いだそうとした。特に泉鏡花なんかを追いはらおうとした。

＊　＊　＊

しかし、今になって思うと、私を支えていたものは文学だった。おおげさなことをいうようだが、それは確実にそうだ。前言と矛盾しているようだがそうではない。

森鷗外をまだ全部は読んでいない。もう一度読みかえしたい、という気持が私を支えていた。そのほか、私の読んでいない立派な文章を読まずに死んでたまるかという気持があった。俺ならば理解できる一行があるはずだという思いあがりもあった。それをしなければ、死んでしまった作家をもう一度殺すことになると思った。

信じられるものは、学問でも政治でも実業でもなく、文学だった。それだけしかない。私のそういう気持が、文学全集を売りはらった気持とつながっているはずである。

文学をふり廻すからといって笑わないでください。自分が文学しようと思っているわけではない。

＊　＊　＊

手許に年表がないので情ないことになるが、若年の鷗外が十何人かで渡欧するとき、彼は日本を背負って立っていた。みんなまとめて面倒みようとしていた。それが鷗外であり、明治であった。それが私にとって文学につながっていた。だから、文学はおそろしいのである。文学を売ろうとしたのはそのためだ。

鷗外は、医者であり軍人であり政治家であり、文学者であった。そのこともおそろしい。とうていかなわぬ。

一方において鷗外は滑稽小説も書いた。そういうところが明治であると思う。実にゆたかである。私は、この筑摩書房版の「明治文學全集」の提灯をもつ気はないが、広告を見てよくぞまあやってくれたという感慨に打たれた。村上浪六や塚原渋柿園や押川春浪まではいった文学全集が出るとは思ってみたことがなかった。これはファイン・プレイだ。

そうして、もう一方において鷗外には例の遺書がある。「余ハ石見人森林太郎トシテ死セント欲ス」。これがどうもまた明治である。文学である。はじめて鷗外の遺書を読んだときに全身ががくがく震えた。滑稽なことに、これなら俺にも出来ると思ったのである。本音を吐けばいいのだろう。遺書を書けばいいのだろうと思った。

＊　＊　＊

明治を自分のなかにひきこもうとすることはもうできない。おじいさんは偉すぎる。三代目は駄目だ。

ただし、義母にもらった春陽堂版「明治大正文学全集」をときどきひろげてみると、文章を大事にしなければいけないという思いに打たれることがある。

たとえば、小杉天外といったような小説家は、病院にはいることを入院（はい）ると書く。入院している患者のことを在院（はい）っていると書く。いまこんな書きかたをしたら妙なことになるが、文章に対する心づかいに打たれる。これが根本だ。

小説というものは文章で成り立っているのだから、文章を大事にしないといけない。一行の文章を成立させるために他の文章が存在するのである。そうしてそこから、こころが発するのである。そんなふうに考える。

偉すぎるおじいさんに迫ることはできないが、あんまり偉くなかったおじいさんと仲好くすることはできる。そうして、おじいさんの遺産であるところの文章を、あんまり乱暴に喰い潰してはいけないと思うのだ。

（やまぐち・ひとみ）

明治初年のパリ

中村光夫

フランスの外務省は、セーヌ河にそったケー・ドルセーにあり、パリのお役所の例にもれず、あまり立派な建物ではありませんが、その五階か六階の奥まったところに資料室があります。

完全に公開されているわけではなさそうですが、一寸した証明があれば、誰でも這入って、むかしの外交記録を閲覧できるようです。

僕もユネスコから簡単な紹介を書いてもらって、時々そこに通いました。図書の出納には愛想のよい中年の女性がいて、あまり待たせずに望みの記録を貸してくれます。

閲覧者の過半は粗末な身なりをした老人たちで、マイクロフィルムなどの存在は知らぬ顔で、分厚い記録を丹念に書写しています。

いま当時のノオトをどこかにしまいなくしてしまったので、はっきりしたことは覚えていませんが、日本にかんする記録は二十冊くらいありました。中国にかんするものにくらべるとひどく少ないのが印象にのこっています。時代は幕末から明治初年ごろまでで、新しいところは、「未整理」ということになっています。

その代り、当時の公使の手紙などの原物がそのまま綴じこみになっています。発信地がｙｅｄｏなどとしてある公文を一枚一枚よんで行くと時代の匂いにいつか濃く包まれます。

幕末のころは、スエズ以東は電信がなかったので、今日ならば暗号電報でする報告類がみな手書きの手紙でなされています。当時のフランス公使では、レオン・ロッシュが有名ですが、彼の前任者であるベルクールという公使が筆跡もきれいな長い手紙をたくさん書いています。しかしその内容はひどいもので、日本にたいする理解も同情もまるでなく、ただ東洋の野蛮国を、自国の利得のための好餌としか考えない態度が――同国人の上司にあてたものだけに――実に露骨にでています。よんでいるとこの馬鹿野郎と思いますが、これが彼ひとりのことでなく、またフランス人だけのことでなかったとすると、当時の日本人で彼等に接触した人々の心労と苦衷がわかる気がします。

栗本鋤雲（じょうん）らが、維新の際にフランスから軍事援助を申し込まれて、断ったというのも、特に彼が大局を見る眼があったというわけではなく、ふだんから彼らの豺狼（さいろう）のような行為を我慢してつきあっているうちに、こういう手合いから、兵隊や武器をかりれば、どういうことになるか自然にわかったのではないでしょうか。

「外国交際」を国家の大患と考えた福沢諭吉の気持も、列強に伍するために「富国強兵」を唱えた指導者たちの心底にあった屈辱と恐怖もこれときりはなせないでしょう。

ベルクールの手紙が癪にさわったせいか、この記録のなかに栗本安芸守の書簡が上下逆さにとじこまれているのも面白くありませんでした。日本語がよめなければ、日本の大使館に一寸問い合わせれば喜んで教えにきてくれたでしょうに。

フランス人には自国の文化を重んじるあまり、外国のそれを積極的に軽侮しないまでも、あまり丁寧に扱おうとしない傾きがあります。羨むべき自信ですが、無雑作に扱われる側としてはあまり気持のいいことではありません。


これに反して、幕末から明治初期の日本人たちは、実に素直な気持で、パリやフランスにふれています。彼等の観察や感想の純粋さは、洋行ということがまだ出世のコースとして定着されて居らず、西洋に感心して帰ることが、生命を危うくするかも知れなかった時代の様相からきていますが、同時に彼等は日本が現状のままでは立行かないのを知り、政治から風俗まで、人間生活のあらゆる面にわたって、新たな規範を求めていたからでしょう。

このような内的要求の切実性が、かえって彼等を無私な観察者にしたので、為にする視察や理窟は、ものの役に立たないことを知っていたのです。

栗本鋤雲の「暁窓追録」はパリの生活に真のポリス、圧制によらぬ秩序と治安の理想境を見出していまます。

彼はまずナポレオン・コードを紹介し、仏国の裁判の実状にふれ、巡査の職分を説き、「予巴里に在る、秋より冬を経て夏に渉る、九月の久に至れり。其間家に蚤蚊鼠嚙の患なく、途に酔謳盗争闘高歌の喧なく、且火災地震なし。真に楽土楽郷と称すべし。」といいます。

ここにこれまで日本人の知らぬ生活があり、それが人間としてより幸福な、より真実な生活であることを――フランス人の徳性にたいする批判とは別に――認めざるを得なかったのです。

フランス船に乗って、はじめてフランス式の食事をし、「郵船中にて諸賄方の取扱極めて鄭重なり」と冒頭して、一日の献立をくわしく日記に誌し、「此等の微事を載るは贅語なれども緻密丁寧に人生を養ふ厚き感ずるに堪たり」と附言した渋沢栄一も同じことを感じたのでしょう。「文明開化」とは一口に云えば、西洋文明の実用的側面の摸倣であったに違いありませんが、異種の文化のあいだに現実の接触が行われれば、おのずからそれ以上のものが伝わります。栗本や渋沢の西洋讃美の念は、それがより天理に適い、「人生」を重んじるからです。ヨーロッパ人同志の間の人命尊重と、それ以外の人間、とくに東洋人にたいする人命軽視との矛盾は、当時の日本人を苦しめた白人の心理でした。キリスト教徒同志の連帯感と、異教徒にたいする排他的蔑視は、やはり日本人にとっては不可解な矛盾と見えました。

明治初年の日本人のパリ滞在記録で一番まとまっていて、面白いのは、成島柳北の「航西日乗」でしょう。彼は明治五年の末から六年にかけてパリに滞在しましたが、旧知の友人を訪ねたり、幕府の招聘した仏人の士官に再会したり、岩倉使節の一行に面会を求めて、大官の知遇を得たり、日本から新来の旅行者の訪問をうけたり、芝居や曲馬を見たり女郎屋に上ったり、実にいろいろなことをしていますが、パリもパリにいる日本人の生活も百年前と今とあまり変りがないという気がします。ホテル、劇場、料理屋、寄席など、そのころからつづいているのが多いだけでなく、日本人同志がお互に訪問しあい、街をつれだって歩く習慣も今と同じです。明治初年の東京の生活記録をよむより、この方がかえって身近かに感じられるのは、石の建物の街と木造の都市の違いでしょう。

（なかむら・みつお）

ひらかれた文学

篠田一士

一年ほどまえ、石川淳氏にお目にかかった折、談たまたま鷗外のことにおよぶや、これだけは是非とも一遍きいておきたいといった口調で石川さんはこう言われた。「ぼくなんかは鷗外先生を身近かなひとだと思ってるけど、君みたいな若い者にはその点どうなんだ?」と。

名著『森鷗外』の作者の口からこんな質問を受けると、だれだって一言も返えす言葉はないはずだが、石川さんが言おうとしているのは、そんな文学的にこみ入ったことではなくて、もっと即物的なことらしい。『森鷗外』のなかに、中学生の石川さんが、朝登校するとき、役所へかよう鷗外を待伏して、わざわざ同じ電車に乗込んだという、羨望すべきエピソードが物語られていることはすでによく知られているが、もちろん、昭和生れのぼくにはこんな「身近かな」経験があるはずもない。

そういえば、学生時代よく立寄った本郷のドイツ書専門のF書院のおやじさんが「森さんが本をみによくいらっしゃいました」というのをきいて、最初だれのことかわからず、まもなく鷗外のことだなと気附いておどろいたことがある。

たしかに森鷗外はぼくには「身近かな」ひとではないが、鷗外の文学そのものは、ぼくにとって、現在もっとも身近かなもののひとつになっている。鷗外ひとりにかぎらない、漱石だって、藤村だって、あるいは花袋や泡鳴などまで、おしなべて明治の作家には少くとも大正の作家よりも、ぼくはなにかしら身近かな感じをいだいている。いや、露伴のように、およそ今日的でない作家にまで、近頃はなつかしい親近感をもつようになったのは、ぼく自身が今日的でないことによるのかもしれないが、ともかくわれながら不思議といえば一応不思議である。

この、ささやかな個人的な好みの問題をときほぐしてゆけば、ぼくなりに明治文学論のようなものを書けそうな、コミいった内容があるようにも思えるが、いまは、その余裕もないし、場所でもない。

従って、個人的な話をもう少しつづけさせてもらうと、たとえばこういうことがあった。もう二十年もむかし、つまり戦争の真最中にはじめて文学書を読みだした当時、ぼくのまえには矢鱈と明治文学があらわれた。偶然といえば偶然かもしれないが、戦争中の、いってみれば文学不在の季節に文壇のカラクリにまったく無知の少年には、コンタンポランな文学を熱心に読めるような手だてはなかったのである。あの頃、日曜日になると朝から自転車を乗りまわして、故郷の田舎都市の古本屋を片っ端から漁って、読みたい文学書をあつめたものだが、主として手に入ったのは、春陽堂の『明治大正文学全集』と改造社の『現代日本文学全集』の端本だった。そして、このなかでは断然明治文学が量の点でも多かったし、またぼくの心を強くとらえたのも、やはり圧倒的に明治の作家の方だった。先にあげた大家クラスの作家はもちろん、マイナー・ライターのなかでも、一例をあげれば、広津柳浪と加能作次郎のふたりをくらべた場合、柳浪の方がずっと文学的なおもしろさを喚起してくれた。世事にウブな中学生に加能作次郎の渋い味なんかわかるはずもないといわれるかもしれないが、現在でも、ぼくはこのふたりのうちだったら、柳浪の小説の方に心を動かされ、より積極的な関心をもつ。

大ざっぱな分類をすれば、明治文学は昭和文学の前々代の文学ということになる。明治が四十五年、昭和がすでに四十年、そのあいだにはさまれた大正文学が十五年では、いかにも短いが、かえって短いだけにそこには独自の性格が、くっきりと浮彫にされ、他のふたつにない求心力が働いているともいえる。文学世代は前代にそむき、前々代に親近感をもつという公式論に照してみると、中村光夫氏をはじめとする今日の指導的な批評家が大正文学に批判の刃をつきつけ、明治文学に熱い共感の言葉を捧げる事態はいかにも公式通りということになるかもしれない。

こうした事態の発端をもとめるとすれば、やはり昭和十年代である。当時の文壇でにぎやかに活躍した花形批評家保田与重郎氏が唱導し、謳歌したのは、外ならぬ「明治の精神」であったことは、いまだにぼくたちの記憶に生々しい。

ということになれば、ぼくが大正の文学よりも、いや、ときには昭和の文学よりも明治のそれに興奮し、共鳴をかつてもち、いまもなお、ほぼそれにちかい状態にあるのは、片々たるぼく個人の身辺の事情によるよりも、やはり、文学に目ざめた昭和十年代当時の一般的な文学風潮のせいだといわれても、それはそれなりに筋道のあることかもしれない。風潮は風潮でよろしい。問題はそうした風潮からひとりの人間がなにを得たかということだろう。

明治文学を復興し、その意義を高らかに宣揚するのはナショナリズムの気運が澎湃とわきおこるときだというのが一般の観測らしい。あるいは、そうかもしれない。昭和十年代の戦時下は、もちろんそうだったし、「日本大国論」が唱えられる現在もまた、この図式にあてはまるかもしれない。

だが、ぼくが明治文学のなかで経験し、獲得したものを、あらためて考え直してみるとき、ナショナリズムという方だけではどうもしっくりしない。明治の文学者ひとりひとりの心は大正時代にくらべて、ずいぶんのびのびとひらかれており、文学そのものが、いわばひらかれた文学とでもよぶべき状態にあった、とぼくには思える。つまり、文学の外側に対してもひらかれていたが、文学それ自身の内面に対しても明治文学は自由闊達だった。文学がなまじっかな自己規定のなかにみずからを追いこみ、不毛の自縛状態におくことはなかった。今日、文学的と一般に認められている、さまざまな事象の大半は大正時代につくられたもので、これは大正文学のあり方が明治のそれに対して、収縮と膨脹のふたつの異った運動のあり方を示していることによるのである。

今日の文学が明治のそれにちかいか、大正のそれにちかいかは論点によっていろいろ議論の分れるところで、昭和文学は昭和文学だというのが一番正確だが、過去との関りについていえば、大正文学の縛めを受けながら、明治文学にはげしい憧憬れをもっているという昭和文学の基本線は、昭和文学がようやく形をとりはじめた昭和十年代以降いささかも変っていない。「戦後文学」

の革命もいまのところでは、この基本線をゆるがしてはいない。半世紀もまえの文学がこれほどの「身近かさ」をもって今日のぼくたちに迫ってくるのは、やはり、かなしいおどろきである。

(しのだ・はじめ)

立身出世主義

荒　正人

明治の人たちの人生観は、立身出世主義という言葉で要約できよう。

徳川時代には、士農工商という階級制度が確立していたから、ごく稀れな例外を除けば、他の階級には移れなかった。各自は、自分の属する階級を運命として受け容れていた。だが、明治政府は、庶民の立身出世のために、門戸を開いた。庶民といっても、大部分は、没落した士族にすぎなかった。貧しい町人や百姓の子弟は、立身出世など、初めから断念していたのである。

立身出世とは何を意味するか。それは簡単には言い尽せないが、政府の役人となって、高位高官に就くことである。それが立身出世の原型である。「末は博士か、大臣か。」という場合、博士は、学者の中身よりも外形に重きをおいた言葉である。学者は業績をあげるよりも、官立大学の教授にならなくてはならぬ。官立大学の教授は、役人に準ずべきものとして扱われていた。

政府の役人になって、高位高官につくと、つぎに華族に列せられて、貴族階級に組み入れられる。華族には、軍人や実業家までがなりたがった。軍人はともかく、実業家が貴族階級を羨望したのは、少し変な気がしないでもない。

西洋の歴史では、絶対王政下の君主は、市民階級と提携して、貴族の権力を弱め、王権の強化に努めている。明治天皇は、絶対君主だといわれるが、その内容は複雑な要素から成っている。啓蒙君主の特色も兼ねていたかと思う。

立身出世という理念の前提には、儒教が潜んでいる。儒教の家族主義が、立身出世欲を強化したともいえる。一門の名をあげるとか、郷党の誉れという発想は、儒教に独特のものである。これは、科挙と結びつく。科挙は、資格試験であり、庶民の誰でもが受験できたらしい。その点で、官立大学の入学試験や公務員採用試験に似ている。東洋ふうの民主主義である。

明治政府が、この民主主義を採用したのは、賢明であった。没落した士族に希望の夢を与えただけではない。国民の好感を得ることにも成功した。民主憲法の代りに、立身出世という手形を振り出したのである。これなら、政府の基礎が危険になる心配もない。この手形は、戦後になっても、まだ効力をもっている。明治生れはむろん、大正っ子でさえも、立身出世という亡霊から完全に自由ではない。官僚組織だけではなく、産業分野でも、年功序列とか職階制などがいまだに通用している。

ヨーロッパに来ていると、日本人の立身出世主義は、随分奇妙なものに映る。ヨーロッパ人のなかで、最も日本人に近い感じがするのは、ドイツ人である。今日、ドイツ人は、金を儲けることに最も熱心になっている。物質崇拝主義者である。日本人は、西ドイツが好きらしいが、何か共通点をかんじているのかもしれぬ。明治政府は、プロイセンの官僚制度を模範としたが、それは偶然の選択ではなかった。プロイセンの精神は、形を変えて、現在のドイツにも生きている。

西ヨーロッパで、イギリスとスカンジナヴィア諸国は、全く対照的である。両方の地域を通じて、日本ふうの立身出世主義は存在していない。現象的には類似している。だが、その内側を覗くと、事情は全く異なっている。

イギリスでは、階級制度が依然として健在である。だから、立身出世主義は存在の余地がない。支配階級の一員となるには、初めからオックスフォード大学やケンブリッジ大学を卒業していなくてはならぬ。最近では、入学資格が幾らか緩和されたが、それでも決して機会均等ではない。一般庶民の子弟は、生涯うだつがあがらない。昔は、靴屋の息子も、そのまた息子も、靴屋として満足していたという。だが、近頃では、階級制度が、若い世代を無力な状態に陥らせてしまったことが、社会問題にもなっている。

一方、スカンジナヴィア諸国は、中産階級の国として繁栄している。イギリスに較べれば、階級制度はないといってよい。個人の生活は、揺り籠から墓場まで、社会福祉で面倒をみてもらえる。激烈な試験を受けたり、刻苦精励して生涯をおえる必要はない。こういう社会には、立身出世主義は必要がない。他人を出し抜くというような生活態度は、スカンジナヴィア諸国には殆ど見られぬ。生活が保障されている国では、何を好んで、立身したり、出世したりするであろうか。

日本人の立身出世主義には、まだ深い原因もあるように思う。それは、日本人の殆ど全てが、儒教の外形主義に侵されていることと結びつく。立身出世した本人の心の内側が満たされているか、どうかは問題にしない。外形の価値だけで判断する。これに反し、ヨーロッパ人の生き方には、内在的価値を重く視る精神が働いている。他人からどう見られようと、自分の内心が満たされているか、どうかが大切なのである。ひとはひと、自分は自分である。これは、簡単に個人主義とだけはいえぬ。内なる権威を大切に扱う態度から来ている。内なる権威はむろん、プロテスタントの倫理である。立身出世主義を根本から否定するのは、結局の所、プロテスタンティズムなのである。その点、儒教とも鋭く対立する。

明治人に最も欠けていたのは、プロテスタンティズムであった。この事実をまず確認しなければならぬ。

（九月一日、コペンハーゲンにて）

（あら・まさひと）

明治維新における主役の交代

杉浦明平

明治の世はあまり明るいようにはおもえない。ブルジョア革命が中途半端であったり、「職工事情」に記録されているようないたいけな女子供の膏血をしぼりとったりしていたからでもあるが、わたしは維新後に日本を支配し指導した顔ぶれがきらいなのである。薩長藩閥政府として自由民権運動家や在野人からたえず攻撃せられていたが、明治政府はけっして明朗な表情をしておらず、三島通庸などに象徴せられるように太い眉にピンとさきのはねあがった太いひげのいかつい田舎ものが肋骨みたいな陰気な黒っぽい制服を着てサーベルをふりまわし、部下の警官兵卒を叱咤して、しょっちゅうわれわれ庶民をおどしつけている、といった感である。そして明治の文学も、その漢文読み下だし調の強い文体のせいか、透明とか明るいとかいう世界とは縁遠く、どこかに内容のともなわぬ威儀をこしらえているものものしさや陰気さが漂っているような気がしてならない。

こういう気分が生まれたのは、一つには、維新を境にして政治家の交替がおこなわれたからではなかろうか。むろん、わたしは旧幕府の老中や年寄たちが政権から遠ざけられたことをいっているのではない。こういう人々の中にも、一かどの人物もまじっていたらしいけれど、一口にいって、無能でとても日本の近代化を促進する力はなかった。あるなら、もっと早く実行していたはずだが、幕末の記録類でうかがったかぎり、愚にもつかぬ格式や先例の網にがんじがらめにされて何一つなしえなかった（たとえば浅野長勲の大名生活の思い出を見よ）。しかし下級の旗本や農民から這いあがってきた人物の中には新しい舞台を与えれば、のびのびと仕事のできたものがいたようだ。渋沢栄一——もっともかれの自伝「青淵回顧録」はかなり手前味噌が多くて、その自慢をことごとく信じるわけにはゆくまい——とか、木村芥舟とか、栗本鋤雲とか。がしかし旧幕臣でもっとも有能な分子の大部分が新政権から排除され、そのごく一部分だけがかろうじて獅子の分前の残りを頂戴するというのは当りまえのことであろう。早くから海外に遊ぶことのできた幕府方が開明政府をつくったら、藩閥政府ほど武断的ではなかったかもしれないが。

わたしのいいたいのは、そういう敗北者、旧勢力側の人物を一応問題外として、権力を奪取した宮廷、薩長側における維新前後の主役の交替についてである。こういう変革期にあっては、破壊を旨とする革命家と新秩序を建設してゆく人々（それは主として官僚群）とは根本的に性格を異にするものらしいが、それにしても明治維新のように比較的ささやかな内戦だけでおさまりのついた変革にしては、役者の入れかえがはげしすぎる。

国学系の皇道主義者が明治政府からおもむろに敬遠されたのは当然であった。維新のわずか数年まえ七卿落ちで名をあげた七人の公卿のうち、三条実美をのぞいてはみんな二度と表面に浮かんでこない。少壮気鋭ではあっても、公卿などはたれかに担がれてやっと一人前の働きができるのだから、仕方ない。ただ沢宣嘉（のぶよし）は外務卿として権力の座を占めえたものの、丸山作楽（さくら）らの内乱計画に関係したかどで免職閉門、憂憤のあまり自刃したとさえ伝えられている。三条実美一人は、維新政府の首班として仰がれていたものの、いわば床の間の置物で、実権をにぎっていたとはおもえない。維新政府を動かした実力者は、わたしの知るかぎりでは、岩倉具視のようだが、この岩倉は、革新派が命がけで勤王を叫んでいたころには、下級公卿で佐幕派のイヌ、「奸党」の一人で、それがいつのまにか勤王派に転向して維新後は実権をにぎってしまった。表面にはめったにあらわれず、たいてい宮廷内で陰謀をめぐらして維新後も次々に反対派の足をすくって倒してゆくところは、ヨゼフ・フーシェだが、明治の政治には岩倉風の陰謀がいつもつきまつわっているような気がしてならない。

　公卿はべつとして、志士たちを見よう。佐久間象山（新しそうで、じつは古くさい人物）や横井小楠については、たいした政治力もなさそうだからべつとして、まず高杉晋作が維新前になくなっている。高杉は偉大な組織者で、町人百姓から部落民までを奇兵隊に組織している。これは明治政府の出した「穢多・非人の称」の廃止令よりはるかに明るい。明治政府は「称」つまり呼び名を廃止しただけで差別を廃止したわけではないが、高杉は人間としての等価値をその社会的行動で証明させようとしたのだから。だが、この奇兵隊のうち、下層庶民や部落民によって編成された部隊は維新後解散を命じられ、暴動をおこして殲滅されてしまった。こういうところにも維新を境として、社会的展望の明暗が感じられる。

高杉の同志のうち、早く戦死した久坂玄瑞については知らないが、田舎医者上がりの大村益次郎はフランス式兵制をとりいれようとしていた。そうなったら、国民皆兵にしても、日本の軍隊はいささかその後のそれと性格のちがったものになったかもしれない。が大村益次郎は明治二年に暗殺されて、それにかわったのが、高級士族出でもっとも陰性な山県有朋だった。山県こそ、数十年にわたって軍のほとんど全権力と政権の一端をにぎり、明治の暗さの象徴みたいな人物である。幸徳事件のでっちあげも、山県から出ているのではないかと疑われている。

同じ長州系でも、維新前にあれほど活躍した桂小五郎――大衆小説ほどでないにしても、「アメリカ彦蔵自伝」によっても、ずいぶん縦横に奔走している――も、維新後の木戸孝允ともなれば、ほとんど発言力をもっていないし、発言しても多くの場合無視されている。前原一誠らと行を共にしなかったのがふしぎなくらいである。西郷隆盛も、桂よりもやや古いが似た型に属するのであろう。

さらに坂本龍馬のような大人物も、暗殺されて維新後活動できなかった。かれは天皇を大いに担いでいるけれど、「世に活物たるもの皆衆生なれば、いづれを上下とも定め難し。今の世の活物にては唯だ我れを以て最上とすべし。されば天皇を志すべし。」といっているところからみれば、天皇制でなくて、だれでも最高支配者になりうる共和国を将来の日本のヴィジョンとしてひそかに胸のうちにはぐくんでいたかもしれない。こういう龍馬の経綸はぜんぜん実現のチャンスもなく、三菱・岩崎弥太郎などが醜悪なカリカチュアを描いたばかりである。

このように、維新前の一流の人物は消え、また消され、政権の内にのこったのは、陰険な謀略家か、政治家として二流の実務家（伊藤博文など）になってしまったのではないか。そして蔭で岩倉、後には山県のような陰謀家がうごき、表では大久保利通（かれは一流の人物らしいが）、次いで伊藤博文などが活動して明治の政治はおこなわれてきたようだ。だから明治の政治家は一流人物ではないし、未来のヴィジョンもまずしく、しかもたえず宮廷陰謀がたくらまれていたために、欽定憲法にもとづく議会政治さえまともにおこなわれなかった。わたしはそもそもの維新直後の人物リストからだけでも、あまり大げさに明治の代を讃美する仲間になりたくない。

（すぎうら・みんぺい）

漱石における政治

高橋和巳

漱石の生きた時代は、〈上滑りの開花〉としての様々の矛盾をはらみながらも、どうにもならぬ政治的破綻というものはまだなく、彼自身の脳裡にも自由民権運動の意味や、「明暗」の中にちらりと出てくる社会主義者が何を目指しているのかという問題意識は、それほど濃くはなかったと思われる。「こころ」の主人公が、直ちに漱石自身ではないにせよ、漱石も明治人としての、国家との一体感は秘めていて、講演などにみられる彼の姿勢は啓蒙―指導する側にあった。反体制運動としての政治、その政治運動と文学の関係いかんといった意味での〈政治と文学〉の論考の対象に従来ならなかったのはそのためだろう。しかし、彼の文学を通じての近代の確立という困難な作業には、より広い意味での政治の刻印が捺されている。晩年の彼の作品の主題を、エゴイズムと罪、宗教的な救いの希求へと追いつめていった大きな要因に〈政治〉があったことを抜きにしては、彼の屈折は理解できないと考える。

漱石は職業的に作家となってのち、小説のいわば本道を歩いた。つまり恋愛や結婚という永遠の主題をビルドングス・ロマン風にとりあげながら、近代的人間がどのような愛によって結ばれ、どのような自我によって相剋するかを追求していった。周知のように、その追求は「三四郎」「それから」、そして「門」へとすすむにつれて、明から暗へと転じ、理念としては既に彼の脳裡にあったと思われる〈近代的人間性〉の確立が作中人物においてはその生活の破滅につらなる形しかとれなかった。彼の三部作の主人公の運命が悲劇的であるばかりでなく、主要な作品に発揚する女性像が、作を追うに従って華々しさを失ったことを私たちは注意する必要がある。作品として成功とはいえないが、例えば、「虞美人草」では我の強い藤尾なる人物を彼は創造しようとしていた。また「三四郎」では秀れた才能をもつ新時代の女性美禰子を登場させ、そのイメージは、結末は現実との妥協に終るにせよ清新なものだった。「それから」においても、友人の妻三千代は古風な女性だが、嫂の利発さよりいきいきしている。だが、「門」にくれば、漱石はもはや、〈女性における近代〉とは何かを考えることをあきらめている。

　むろん藤尾を破滅させ、美禰子を自己の安全のために平凡な結婚にふみきらせている漱石は、好みとして、近代的女性、我の強い女性そのものをあまり好きではなかったのかもしれない。多分そうだろうが、しかし、一たびは作品の主題ではないにせよ、主要なテーマとして女性の近代化を考えようとしながら、それを途中で放棄したことは、彼の作品に示される人間関係のあり方の変化ともかかわる思想の問題であると思われる。何故そうなったのか。それは男―主人公の側の、「それから」の代助を頂点とする近代の確立とその崩壊と相関関係にあり、それを押しつぶしたものは、同じものであると考えられる。

明治三十九年「吾輩は猫である」明治四十年「虞美人草」同年刑法制定。明治四十二年「それから」明治四十三年「門」と並べてみる時、漱石があらがった日本の〈社会及び人々の常識の〉前近代が、権力によって法化されたことと明らかに関係がある。〈上滑りの開花〉、いやそれ以上のものが固定化されたのである。既に明治三十一年に民法は制定せられており、戸主権の絶対、親権、夫権の強大や女性の地位の蔑視は露骨に示されていて、後にそれは〈父と子〉の問題を扱う白樺派の文学の意識的無意識的反抗の対象となるが、それはまだしも、民法であって、遺産争いなどの問題に際して、法廷にもちこめば、かく判定されるという間接的圧力である。漱石の志向は、父と子の問題よりも、愛の問題を通じての近代的人間の追求であった。そこへ国家権力が姦通罪をふりかざしてのしかかってくる。いきおい、愛の種々相は自我とモラルの次元から、親告されれば牢獄に入らねばならぬ現実の罪となった。明治刑法第百八十三条に言う。

有夫ノ婦姦通シタルトキハ二年以下ノ懲役ニ処ス其相姦通シタル者亦同シ
前項ノ罪ハ本夫ノ告訴ヲ待チテ之ヲ論ス但本夫姦通ヲ縦容シタルトキハ告訴ノ効ナシ

セックスの問題を文学があつかえるようになったのは戦後のことにすぎない。あるいは又治安維持法に抵触する恐れのある文章を伏字にした戦前の事実を想起するとき、この刑法の規定が、文学の主題を、大きく制約しただろうことは論をまたない。美とモラルと自我確立の次元において漱石が問題にしようとしていたことを、権力が制限した。漱石は作中にただの一行もこの法律には触れていない。だが〈家〉の桎梏を脱して代助が自からの心情に従おうとするときのほとんど大仰すぎる狂乱ぶり、あるいは「門」の宗助夫婦が、親を棄て、親類を棄て、友達を棄て、社会を棄てて日当りの悪い崖下に住み、御米のかつての夫、安井が近くまでやって来るときの夫婦の恐れにも、この法律の影がさしている。単に人間関係のこじれを恐れるときの恐れではない。作中、御米が「其内には又屹度好い事があつてよ。さう〳〵悪い事ばかり続くものぢやないから」と言うと、宗助は「我々は、そんな好い事を予期する権利のない人間ぢやないか」と言う。

漱石は制定された〈法〉にしばられる世間に向けて敢て「それから」を書き「門」を書いた。男女の問題を政治の規定から文学の中に取り戻し、男女間の裏切にともなう罪の意識を、法の罰から、精神的な、宗教的な罪の側にとり戻そうとしたのではなかったか。大新聞たる朝日に、「門」を書く時、漱石は文学的主題の成長、必然に従って、あえて書いたということだけは確かに言えると考える。作品そのものの視野は狭い家庭に限られておりながら、この時、漱石ははっきりと文学によって明治の社会そのものと対峙していた。だが、小説は地味ながら、味い深いとはいえ、そのとき何かが欠落した。御米という人物の従順さ、古風さ…… 当時の一般意識において、無難な女性像がその欠落の代償として出来あがってしまったのである。以後、漱石の作品には、より深い罪の意識や自我相剋は描かれながらも、青年を魅する女性像はあらわれない。漱石はある面では反抗しながら、ある面では屈伏した。華々しい女性像のあらわれる作品がよいというのではない。一つの女性像にも、政治が投影する事実を看過すべきでないことを言いたいのである。

（たかはし・かずみ）

明治の偉大

杉森久英

明治という時代は、まったくおもしろい時代だと思う。人類の歴史でも、この明治という時代に日本人がしたほどの経験をした民族はあまりなかったのではないだろうか。

第一に、日本はこれまでの鎖国から、むりやりに錠前をコジあけるようにして、国を開けさせられながら、ついに、外国によって征服されなかったということ。これはやはり日本人がえらかったのだということを、率直に認めねばならないであろう。日本人といっても、やはり武士がえらかったのであろう。最近の歴史では、武士でなく百姓町人のほうがえらかったのだという風な言い方をよく見受けるが、私はやはり武士ではないかと思う。

ただ、その武士の精神を、国民全体の中へひろまらせたのは、明治政府の教育方針の成功だろうと思う。すこし前の東京新聞で林房雄氏が、自分は武士の血筋でないけれど、武士の精神というものを尊重するという意味のことを書いておられたが、国民皆兵の徴兵制度をしき、百姓町人の子供もすべて学校へかよわせて、武士的な教育をしたのが、明治の指導者の卓見であった。日清戦争は、こうして武士教育を受けた百姓町人の息子たちによって成しとげられたわけである。

明治時代の人たちの写真を見ると、おかしいくらい肩をいからせ、顎と下腹に力をいれて、昂然とした顔をしている。石川啄木の中学時代、級友といっしょに写した写真が何枚か残っているが、こんなにエラそうな顔をして恥かしくないかと、ひやかしてやりたくなるほど、肩を張っている。しかし、これが明治時代の日本の知識階級の顔なのである。啄木は禅宗の僧侶の息子で、武士の血筋ではないのだが、あの顔はまさしくサムライの顔である。当時の日本は、全国で中学がいくつあったか——一府県に二ないし三校として、百ないし百五十校にすぎぬと思うが、そこを出た毎年一万ないし二万の知識階級が、江戸時代の武士にかわって、日本の指導者になった。だから、あんなにエラそうな顔をしているのである。エラいというのは、かならずしもいばっているという意味ではない。自覚と責任を持っているという意味である。

日清、日露の戦争を、外国への侵略という風に考えてはいけないであろう。あれはやはり、日本がやむにやまれず、受けて立った戦いであったと見るべきであろう。

日清、日露だけ切り離してみてはいけないだろう。安政の不平等条約から、諸外国の圧迫、侮蔑のもとに、ハラワタの煮えくりかえるほど口惜しい思いをして来た代々の政治家たちのことまで考えなければ、あの二度の戦争のほんとうの意味はわからないだろう。

私はながい間、明治という時代が嫌いであった。私が小学校へ入ったのは、大正七年だったから、日露戦争から十三四年たっていたが、三月十日の陸軍記念日と五月二十七日の海軍記念日は盛大に祝われ、町の在郷軍人の将校などが、胸に勲章をいっぱいぶらさげてやって来て、戦争の思い出話をした。私の郷里の能登地方は第九師団の管下で、乃木大将の第三軍に属し、旅順攻略に参加しているから、戦死者も多かったし、九死に一生を得た人もたくさんいたから、激戦の手柄話には事欠かなかった。

しかし、私は戦争のはなしを聞くのがいやであった。軍人たちはいずれも武骨で、粗野で、話が下手だったし、古くさい話を、貧弱な語彙で、要領わるくながながと話して、自分ひとりで感激しているのも、好意が持てなかった。

軍事教練などで、教養のない下士官あがりの教官が、愚かな精神訓話のはしに、何かといえば日清、日露の話を持ち出すのも、私には不愉快であった。ことにすこし上級になり、社会主義入門の本など読むようになると、彼等の言うことがすべて思いあがりとホラ話のように聞こえて、嫌悪というよりむしろ憎悪を抱くようになった。

しかし、今考えてみると、私たちはやはり日清、日露を戦った人たちの、決死の覚悟、乗るかそるかの危機感、自分より何十倍も大きな敵に立ちむかってゆく絶望的な勇気について、まったくわからなくなっていたのである。私たちは貧乏の中から苦労して身代をこしらえた小金持ちの二代目のようなもので、先代がどんなに苦労して、この日本を世界の三大強国にのし上げたかがまるでわからず、何かといえば旅順攻略や、奉天大会戦や、日本海海戦を持ち出す老人たちを、うるさく思っていたのである。これでつくづく思うのだが、若いということは、なんと物を知らず、目の先のことしか見えず、つまらないものであろう。

戦争に勝ったことばかりが明治の栄光ではない。自由民権の運動も、社会主義運動も、やはり明治のものである。しかし、明治の社会主義者は、今日の社会主義者よりも、はるかに武士的であった。

こういう武士気質のくずれた第一の段階は自然主義であり、第二の段階は吉野作造らのデモクラシー運動であり、第三は、昭和初年の共産主義運動であろう。時代が下るにつれて、倫理的な面がすくなくなり、功利的な面が多くなる。人間の崇高な面よりも、動物的な面が強調され、弱い人間、罪深い人間、誘惑に負けやすく、物欲にとらわれやすい人間が謳歌されるようになる。

社会主義運動の変遷の中に、そのことが最もよく看取される。幸徳秋水は揮毫をたのまれると「文章経国大業不朽盛事」と書いた。これは「文章ハ経国ノ大業、不朽ノ盛事ナリ」と読むのだが、今どきこういう文句を揮毫し、こういう信念をもって運動に当る社会運動家はいないであろう。幸徳とその同時代者にとって、社会運動は何よりもまず、倫理的行為であったが、今日では、手段と化してしまっている。

明治の人たちが偉大であったのは、多数に呼びかけ、多数を煽動し、風向きが悪くなるとすべての責任を多数になすりつけて、スッと姿をくらましてしまう昭和の人間特有の、狡猾な処世術を知らなかった——いや、知っていても、用いることをいさぎよしとしなかった点にあるのであろう。若いとき明治を嫌悪していた私も、五十をすぎてようやく、その偉大さがわかってきた。

（すぎもり・ひさひで）

聖者と怪物

中村真一郎

ポール・ヴァレリーが或る講演のなかで、次のような「想い出の想い出」を語っている。想い出の想い出と云うのは、いかにもヴァレリーらしい奇警な表現であるが、要するに老年になった画家のドガスが若きヴァレリーに語ってくれた幼時の想い出を、老ヴァレリーがまた想い出して語る、と云う意味である。

そこでドガスの想い出であるが、彼は子供の頃、母に連れられて或る家庭を訪問し、そこの壁にロベスピエールをはじめとするフランス革命の指導者たちの肖像が架っているのに気付く。すると、ドガスの母は、「さあ、よく見ておきなさい、この怪物共の顔を！」と云うようなことを昂奮して、息子に云う。ところがその家の女主人は直ちに、「何を云うんです。この人たちは聖者なのに！」と叫び返す。

想い出と云うのは、これだけの話であるが、この挿話はフランス近代史上の最大の屈折点とも云うべき大革命に対して、一般市民の感情的反応が、いかに極端に多様であるかを示している。

ロベスピエールが、ある人にとって「怪物」であり、他の人にとって「聖者」であると云うのは、直接、フランス大革命そのものへの評価に繋がって行くだろう。今、仮りに大ざっぱに、「怪物」派を右翼、「聖者」派を左翼と名付けることもできるだろう。

ところが、我が明治維新には——それはフランス史における大革命にも相当する変革であったが——従来、そのような評価の絶対的とも云うべき対立は、学者の間にも市民の間にも存在しなかった。

明治政府の文部省の作りあげた教科書は、勿論、維新を全く「左翼的」に評価していたし、専門の歴史学者たちは、明治政府の維新評価に対して、更に「左翼」の側から痛烈な批評を浴びせていた。

政府は自分たちの遂行した維新を全然、積極的に進歩であり善であると宣伝していたし、学者たちは維新が革命としていかに不徹底であるかを極論していた。つまり、木戸、岩倉、大久保、伊藤の諸指導者たちは、「聖者」であるか、未だ充分に聖者でないかが争われていたわけであって、決して本来、善であった徳川家を亡ぼした「怪物」であると云う風の逆の「右翼」的な評価はなかった。私たちは誰も子供の頃に見たチャンバラ映画で、勤王の志士が善玉であり、京都所司代の役人が悪玉であることを疑ったことはなかった。そう云うように教育されていたし、そう云う風に筋が作られていた。もし市民的感情として、佐幕派が善であると云う人々が半数を占めていたとしたら、そのような通俗映画は、観客を招ぶことは不可能になってしまったろう。

しかし、第二次大戦後は、そうした一方的な単純な解釈は次第に消えて行きつつあるように見える。徳川方の行動は全て否定的にしか評価できないと云う式の偏見は、より客観的な展望の下に改められはじめている。これは勿論、明治以来の政体が敗戦によって、崩壊と云わないまでも、かなりの変質を示して来たから、と云う理由もあるだろう。

江戸の文化に憧憬を抱いていた永井荷風は、戦前から明治以来の政体を「薩長の足軽政府」と、その日記のなかで秘かに罵倒していたが、その日記も戦前だったら当然、発表はできなかったろう。

私は両親が遠州の出身で、幼時、田舎に預けられていた時期があって、そこで曾祖母やその世代の老人たちに触れる機会を持った。彼女は柳亭門下の種員（たねかず）か何かに凝っていて、嫁入道具と一緒に持って来た、極彩色の表紙の江戸末期の小説本を、時どき縁側に坐って陽に当りながら、繰り返して読んでいた。

ところで遠州は駿河や三河と同様、元来、徳川氏に縁の深いところで、父側の祖先は今尚、城跡の残っている地方豪族で家康の下についていたし、母側の家は旗本領と直轄領とにまたがっていたらしい。そうしたわけで、おばあさんたちの喋る古い言葉は、式亭三馬の『浮世風呂』に出てくる御新造の会話と語彙が共通していて、私は二十歳頃にあの作品を読んだ時に、ひどく懐しく感じたものだった。

高等学校に入ると、地方出の同級生が多く、彼等は夫々に郷国の旧藩と関係があったりして、お国自慢が旧幕時代の藩風に及んだりしたものだった。私は自分にはそうした過去が全然なく、その代り特に旧西南諸藩の地方から出て来た連中と話していると、自分の中に「徳川びいき」のような非合理的な感情が湧き出てくるのを感じて、自ら驚いたものだった。

こう云う非合理の感情というものは、自分でもどうにもならないもので、今でも私は、何処かで葵の紋を眼にすると、妙な安らかさのような気持を意識することがある。進歩的な学者が徳川時代の社会制度が、非人間的なものであり、維新がそれを打破した、と云う風に説いているのを眼にしても、それはそうかもしらないが、私の気持は自分でも支配できないのだ、と云う気がしてくる。

そうなると自分がまるで「前代の遺臣」のような心持になって来て、いくら何でも滑稽だと思わないでもないが、しかし、私の田舎の一部を支配していた旗本が、江戸城開城直後に「朝廷御直臣」になるようにと云う願書を新政権から強制的に取られたあとで、数ヶ月して、わざわざあの願書は時勢の急変に思慮を失った結果なので、知行は返上するから、どうか従来通り徳川家家臣のままにしておいてほしいと云う願書を改めて新政権に差しだしている、と云うような記録を読むと、妙に嬉しくなるのはどうしようもない。

そう云えば、やはり私が小さい頃に、親戚の老人に連れられて、田舎の町を貫流している川に沿った料亭に行ったことがあったが、月の光に照らされている川面を眺めながら、その老人が、この風景を「江戸の衆」が見たら感慨に耐えないだろうと呟いたのを、私は印象深く覚えている。老人はその風景に墨田川を連想していたのだ。そういう連想が自然に出てくるところにも、江戸文明の直接の支配下にあった、私の田舎の精神情況が窺われる。当時は警察権も江戸町奉行の管轄下にあったらしい。あの辺一帯を荒らした日本左衛門の一統を逮捕したのも江戸の捕手なのである。

私はいつの頃からか、江戸の漢詩文を読む習慣になってしまっているが、それもこの気分と心の奥のところで微妙に繋がっているに違いないと思う。

何かとりとめのない感想とも追憶ともつかない文章を書いてしまったが、私は「明治百年」と云うような言葉が流行り、明治維新がまたもや絶対的の善であるような既成観念が復活しはじめる気配を感じると、どうも居心地が悪くなる。恐らく次の一世紀の間に、維新に対する市民の感情も「聖者」と「怪物」との両方に大きく揺れるようになるだろう。そうなれば明治という時代の特徴も、もっと虚心に見ることが出来るようになるだろう。


（なかむら・しんいちろう）

鷗外の訳詩

村野四郎

日本の詩の発祥は、衆知のように一八八二年（明治十五年）だから、鉄道やビールの歴史とあまり違わないということになっている。つまり詩も、こうした物質文化と一緒に誕生したものだが、さすがにその生長は物質文化の方が速かった。現代詩が世界の水準に達したのは、ようやく最近のことのようである。

日本の現代詩の世界的評価は、一昨年英国から出版された The Penguin Book of Japanese Verse に対する一般の評価などによっても確認することができるが、俳句、短歌の伝統を断絶して生れた新体詩が、ここまで展開をとげたかげには、今日われわれの想像も及ばない先進たちの大きな駆け足の努力があったにちがいないのである。

この間の事情をしるために、海外とわが国の詩の歴史を年表によって見ることは興味がある。ホイットマンの『草の葉』が英国で出版されたのが明治元年、ロートレアモンの『マルドロールの歌』がやはり同年、ボオドレールの詩的散文『パリの憂鬱』が翌二年、ランボオの『地獄の季節』が同六年で、わが国の詩の生れる十年も前のことである。

こういう作品と『新体詩抄』の中の最初の創作詩、外山、山の、

宇宙の事は彼是の
別を論ぜず諸共に
規律の無きは有ぬかし

にはじまる「社会学の原理に題す」にくらべると、その詩的思考には嬰児と大人ぐらいの相違がある。また最近はやっているリルケにしても、『ドゥイノの悲歌』などの晩年の詩を別にすれば、年代的には殆ど明治期の詩人であり、彼の『家神奉幣』は明治二十九年、日本では透谷、藤村らによって、ようやく浪曼主義が芽を出した頃である。ここまでくるとだいぶその距離がつまってきた感じだが、大正期になって、白秋、露風らの第二期象徴主義時代には、すでにあちらでは、エリオットの『プルーフロックの恋歌』やアポリネールの『カリグラム』が現れ、あの壮大な世界史観を背景にしたエリオットの『荒地』の出た年には、日本ではまだ白秋が「落葉松」をかいていた。

しかし、この時すでに朔太郎の『月に吠える』や光太郎の『道程』が出ていた事実をみると、もはや詩的思考においても、作品の芸術性においても、さほどの落差はみとめられず、殆ど同じ水準において互に呼応しているかに見える。

その後は、昭和期における超現実主義を中心にするモダニズムにかかわるわけである。このモダニズムは、その晦渋性のために、今日になっていろいろその罪が論議されているようだが、大

局的にみれば、それが内蔵する深層心理的思考が、日本の現代詩をどのくらい世界詩としての水準に引き上げたかしれないのである。

いずれにしても、このように一世紀に充たない日本詩の驚くような展開のかげには、もちろん実作者としての詩人たち先進の間断のない努力があったにはちがいないが、彼らに生長の栄養を提供した海外詩の紹介者たちの識見と努力とを思わないわけにはいかない。

実際に創生期における『新体詩抄』をはじめ、『於母影』にしても『海潮音』『珊瑚集』、さては『月下の一群』にしても、これら名訳詩集の現れるたびに、日本詩は段階をなして生長しているのである。

そうした紹介者の中でも、ことに上田敏と森鷗外の存在は大きい。しかし敏の『海潮音』が移植した象徴主義が、彼の名調子とともに白秋以下の日本象徴詩人に及ぼした影響は、史家に限らず万人のみとめるところとなっているが、鷗外においては彼が主軸となった『於母影』の業績以外には、詩の方ではあまり問題になっていないようである。

しかし明治以後の口語自由詩の発展に思いをいたすとき、新しい表現主義的発想とともに口語詩語の成熟に言いしれぬ大きな示唆と典型とを示したのは鷗外ではないかと思う。

その点、敏も荷風も、その語法の影響は、せいぜい大正期に止まるが、鷗外のそれは、なお今日の現代詩に直接かかわっているのである。

日本で初めてリルケを飜訳紹介したのは鷗外であって、明治四十二年十月の「太陽」に、その戯曲「家常茶飯」を訳載しているが、当時のリルケは三十四歳で「マルテの手記」を書きはじめたばかりであった。鷗外は早くもこの青年の異才を見のがさなかったのだが、こうしたことは、クラブントの紹介についても言えるのである。この表現派の詩人クラブントは後に戯曲 Kreides Kreis（白墨の円）をかいた世界的な戯曲家でもあるが、鷗外が彼の詩を『沙羅の木』中に訳出した時は、クラブントがまだ一介の無名大学生であった。これをみても、鷗外がいかに鋭い感受性と深い識見をもって、海外詩壇に眼をさらしていたかがよくわかる。それよりも、われわれを驚かすことは、これを訳した鷗外の口語体にあるのだ。

『沙羅の木』は実際には大正四年に出され、内容には訳詩のほかに自作の詩や短歌をおさめているが、訳詩の方は、デーメルが八篇、クラブントが十篇、モルゲンシュテルン、グルックなどが各一篇となっている。

クラブントの口語訳は、その一部を後に掲げるが、これが訳された当時は、『海潮音』の名調子的文語脈語法をうけた白秋露風を中心にした象徴詩の花ざかりの時期だが、こうした時期に、こうした口語訳が現れたことは、全く考えられない異変のようにさえ思われるのである。

己は来た（クラブント）

己は来た。
己は往く。
母と云ふものが己を抱いたことがあるかしら。
父と云ふものが己を見ることがあるかしら。

只己の側には大勢の娘がゐる。
娘達は己の大きい目を好いてゐる。
どうやら奇蹟を見るに都合の好ささうな目だ。
己は人間だらうか。森だらうか。獣だらうか。

熱

折々道普請の人夫が来て、
石を小さく割つてゐる。
そいつが梯子を掛けて
己の脳天に其石を敲き込む。
己の脳天はたうとう往来のやうに堅くなつて
其上を電車が通る。五味車が通る。柩車が通る。

といったあんばいだが、思うに口語自由詩の革命以後、すでに半世紀以上もたった今日の現代詩人の中でも、この鷗外のような生ま生ましく、かつ洗練された素の口語で詩のかける詩人が、果して何人いるだろうか。今更ながら、口語詩の魅力の真髄をつかんだ鷗外の詩人的偉大さに驚嘆するのである。この訳について、日夏耿之介もその著『明治大正詩史』の中で、「〈沙羅の木〉の訳詩も亦未来性のある預言力に富んでいた。謹厳たる文語体のこの完成者が、同時に自由な口語体の成功的な試験者であったことは、当時詩林の驚異であり、青少年のための緑林泉でもあった」としている。

朔太郎は口語詩語の完成者といわれているが、彼の『月に吠える』は、この訳詩集より二三年後に出ている。しかもこの鷗外の非感傷的でシャープな口語々感は、ある意味で朔太郎よりも、ずっと新しいのである。鷗外の『沙羅の木』をみるとき、わが国の現代自由詩は、このような先覚の驚異的な感性と識見によって、今日の生長をとげてきたものであることを、つくづく思わないではいられないのである。

（むらの・しろう）

民友社遺聞

中村 哲

明治の初期には山の手といえば虎之門、赤坂などを称んでおり、人力車以外には乗り物がないので、勤め人は朝日をうけて下町の方に向ってテクテク歩いたので胸が真黒に焼けたと篠田鉱造「暮しの素顔」に書いてある。山手に向って通った下町の人々は夕陽を背に受けて帰ったので「山手の胸黒、下町の襟黒」といわれたという。御一新とよばれて急に活気づいた東京の人々の動きをよく伝えているが、こういう東京の自然的環境を私は大正十二年の大震災と昭和の戦災で二度まのあたりにみた。ビルが焼け落ちて、さえぎるもののない東京の空の下には限りなくつづく焼野原の起伏と富士をいだく大山の山ひだが手にとるように鮮かにみえた。

透谷が富士を詠じ、独歩や蘆花が武蔵野を描いた東京の原形がこれなのである。明治二十年から筆を起している田山花袋の「東京の三十年」をみると、このころには渋谷、牛込、大久保あたりが山の手と称ばれて、急速な人口の増加を物語っている。都会流入者の町だけあって、これらの土地には職人などのいうお家敷とよばれる大きな家は少く、市ヶ谷、本郷などに比べて中流の俸給生活者が多かった。

私は大正初期、小学生のころまで、まだ郊外の感じもどこかに残っている大久保で育った。あの一帯は日比谷公園に移植された後のつつじがいたるところに咲き乱れて、植木職の目立つ土地であった。大久保百人町というのは江戸時代の伊賀ものの百人組の住んでいたところで薄給であったため内職に植木を栽培していたといわれる。植木職といっても士族の果だったのであるが、ここで私が聞いた名には、今から思うと「国民之友」「文学界」などのキリスト教知識人が多かった。これは私の祖母が大西操山（そうざん）の母にあたる人などとともに、熊本バンドにつぐ岡山の初期キリスト信者の一人だったからである。彼女らは維新の変動期に未亡人となった武士の娘や妻だったという点で、女子でありながらキリスト教運動の先頭に立ったのである。

大正二年の「大久保誌稿」をみると、明治四十三年坪内逍遙、大町桂月、水野繁太郎、上杉慎吉らが賛助して茅原茂なる人が大久保文学クラブを作り、会員二百名で文庫を設け、雑誌図書の回覧をしたとある。知識人のサロンを作ったものとして珍らしい記録であるが、当時の大久保は今の杉並、世田谷にあたる土地柄で、いわゆる主義者とよばれた社会運動家の名も聞いたし、自由民権の壮士だったという人もみかけた。この人々は町では、いくらかこわがられていたのである。

逍遙の家は東大久保の抜弁天の南にあり、稽古場などもあったように思うが、帝国劇場の新劇などをそのころは、まだ壮士劇とよぶ人が多かった。あの一帯には早稲田の文科の教師たちが住んでおり、もとは宣教師出身であった竹越与三郎（三叉）、水野繁太郎という二人の伯父の家もここにあったので、子供の耳にきいた名は早稲田派の文士や「民友社」の人々のことであった。

このなかで印象深いのは斎藤野の人と山路愛山のことである。野の人は水野が仙台の二高で教師だったときの同僚高山樗牛の弟で、胸を病んでいたので伯母をたよりにしていた。樗牛は田舎者なのに東京風のキザな風体の人だったが、弟の方は素朴で身なりもかまわずズウズウ弁丸出しの好青年で、その才能も知る人は兄より評価していた。たまたま最近、ケーベルの随筆集をみたら、そのなかに野の人にあてた追悼文があり、噂にたがわぬ惜しい人だったことを改めて意識させられた。ケーベルの肖像を高校生のとき、この伯父からもらい、ショーペンハウェルのレクラム版「パレルガ・ウント・パラリポメナ」を読めといわれたが、これがケーベル、野の人につらなる思想的背景だったのである。

愛山は心の友の多いともみえない三叉にとって終世ゆるした友人であって、家庭的なつき合いが深かった。三叉は（徳富）蘇峰に迎えられながら、ある時期から訣別して感情的に反撥していたが、三叉の口ぶりからすると愛山も同じでなかったかと思う。愛山は三叉が大正四年高崎の衆議院選挙で苦戦したときも熱心に応援した。三叉が蘇峰と張り合っていたことは、（徳富）蘆花の「富士」にもみえており、国民新聞らしい社の一室で宗教論争をする新潟君とあるのが彼のことである。「ある日の暖炉会議は宗教が主題であつた。孔子は紳士だが耶蘇は若い、と兄は言ふ。Blasphemy（神に対する冒瀆）だと新潟君が瞋（いか）ると、兄は『我輩は Truth を求めて居る』と言ふた」とあり、指原安三「明治政史」の明治二十一年十月二十七日の欄に、政府に建白した耶蘇信者「小崎弘道、伊勢時雄、竹越与三郎、新島襄、徳富猪一郎、井深梶之助」とあるくらいだから、古くはキリスト教思想家として行動していたのである。

愛山は体のでっぷりした天衣無縫の人であった。夏の夕には、屋根の上で読書していて、来訪者があるとはし子で上って来いといった。また居留守を使っておいてすぐ気がとがめると、下駄を下げて玄関に廻り、いま帰ったよというので夫人が困ったときいている。

明治三十年前には、愛山、（国木田）独歩、三叉らの民友社グループは渋谷に住んでおり、このことはこの全集の山路愛山集の解説に詳しいが、渋谷という土地は玉川の砂利置き場であった。このことは亡くなる前年の柳田國男先生にうかがったことである。柳田さんは民友社の史家の中では愛山を一番高く買うといった。

佐々城信子との恋愛事件は渋谷に住んでいたころのことで「欺かざるの記」が詳しく記しているが、その結婚式は独歩の自宅で植村正久、蘇峰、三叉の立会で行ったと記されている。しかし、三叉のいうところでは蘇峰と独歩の弟収二と三人で立会ったという。これは日記の方に信頼をおくのが当然であろう。ただ私の知るかぎりでは三叉が関係したというのは三叉の妻竹代が信子の母佐々城豊寿と同じキリスト教矯風会の副会頭をしていて、彼女の尽力があったからだときいている。竹代は竹村というペンネームで初期には国民新聞の婦人記者を兼ねており、婦人立志篇（明治二十五年警醒社）ウエスト女史遺訓（明治二十六年東京婦人矯風会）の著書もあって、景山英の事件で留置されたこともある。また「趣味」の独歩追悼号で宮崎湖処子（こしょし）が新婚の国木田夫妻が北海道に旅行したのは三叉の開墾地がそこにあって夢をいだいたからだと記している。三叉は談話でなぜか、このことを否定しているが、それは函館から西に入った厚沢部という土地のことで、その後、松島兼治という老人にまかせてしまった田園のことである。

（なかむら・あきら）

明治の時代

吉田健一

　この頃になって強く感じるのは、明治の時代が大正に比べて如何に立派だったか、或は少くとも、そう思うほかないかということである。大正の時代はまだ多分に記憶に残っていて、それと明治の遺跡とも言うべきもの、或はこれもそのうちで記憶に残っているものと対照することになるからであるが、その材料の一つに建築がある。大正時代の建築というのは、この時代の後に生れたものは気付かなくても、今日残っているものを見ても投げやりで単に新しいものを望んでいる感じがして、この時代に多く使われ始めた化粧煉瓦がただそれが化粧煉瓦だということだけで建物全体とは関係なしに壁に張られ、木造に漆喰ならば、外に出ている木の部分がその頃流行した英国風に従って斜に、或は曲線を描いて漆喰の部分を区切っているに過ぎない。また、窓は明治時代と比べて大きくなっても、それもただ窓は大きい方がいいということになったからで、壁に窓をやたらに開ければどういう印象を与え、また実際にどういう結果になるかは少しも考えられていない。

　それを違ってということを示すのに、芥川龍之介の小説に、明治時代の洋行帰りの一人がすっかりフランス風の生活に馴染んで、大理石の炉の上に松の盆栽を置き、炉に火を焚いてユーゴーの「東方詩集」を読んでいるところが出て来る。ユーゴーの詩集の中で作者が「東方詩集」を選んだのはただそれが東洋と縁があるということだけによってだったかも知れないが、この洋間に大理石の炉があり、その上に松の盆栽が置いてあるというのは、それがそうであって少しも可笑しくないことで全く明治であり、また事実、そういう松の盆栽や日本の蘭の鉢植えが置いてあっても、或は窓から日本風の庭が見降せてもちぐはぐな印象を受けない立派な洋館が昔は幾らもあった。その洋館を建てるのに人間が住む場所、或は恒久的に使用する建物として充分に念を入れたから、同じくしっかりした伝統を持つ日本風の生活をそこでするのに別に不都合なことはなかったので、今日僅かに残っている明治時代の建物を見てもそれは解る。

これは例えば、福沢諭吉という人間一人について考えても納得出来る筈のことで、この傑出した人物について色々と論じられていても、根本的にはこれも人間の生活というのが何であるかを知って、その存続を望んだ生活人だった。第一に、こういう明治人には観念的なところがないのが我々を圧倒する。後に、観念的という言葉が出来る程、我々の観念というものの扱い方が粗末になって、生きた思想がどこかへ行ってしまったが、福沢が望んだのも日本という場所で日本人が人並に生活することだったのであり、そのための自由であり、民権であり、教育であり、また、西洋の事情に対する開眼だった。当時の議会の議事録を読んでいると、ヒヤ、ヒヤなどという掛け声が盛に出て、笑顔になるのではなくて顔が歪んで来ても、その議会に集った代議士達は、民主々義というのはいいものだから我々は民主政治をやっているのだというような愚にも付かないことは考えていなくて、代議士に一度もなったことがない福沢が死んだ時、哀悼の意を表する決議案を可決するだけの見識があった。

確かに、明治の人間は外国の文物については、その長を取り、短を捨てという態度で臨み、そんなことが出来るものだろうかと今日の我々は思って、この態度が随分、奇妙な結果を生むことにもなっても、もしこれを自分に必要なもの、実際に欲しいものを取り入れて、そうでないものは受け付ないという意味に解釈するならば、これは今日の日本、また、いつの時代のどこでだろうと常識でなければならない筈であって、明治の人間が大体のところはその通りにしたことは明白である。例えば西洋料理であって、明治の生き残りの料理人が作る料理から察するならば、明治の人間はまずい西洋料理を西洋料理だというので食べはしなかったので、寧ろ当時の日本の西洋料理は世界的に言って一流のものだったに違いない。またその伝統は残って、昭和の初め頃まで日本で作られる西洋料理は確かに一流のものだったのであり、そうした味を知るためにわざわざ外国に行く必要はなかった。

しかし明治の人間はまずいものはまずいと解るということがあった。それが大正との決定的な違いであって、食べものを旨いとか、まずいとか思うにはそれだけしっかりした生活の基準がなければならず、明治の人間の背後には日本の文明の伝統があった。またそれ故に彼等は外国に出掛けて行っても別に引け目を感じることはなかったので、鷗外がドイツに留学した頃のことを回顧し、「全く処女のやうな官能を以て、外界のあらゆる出来事に反応して、内には嘗て挫折したことのない力を蓄へてゐた」と「妄想」で書いているのは多かれ少かれ、当時、日本から外国に留学した青年達に共通の精神状態だったと考えられ、漱石の英国行きが寧ろ悲惨な結果に終ったのは、この精神状態に答えるものを彼の性格が彼に英国で見出させなかったからであり、彼の日記や紀行のどこにも少くとも劣等感というものは全くない。またそのようなものを抱く必要も彼にはなかった。

彼等の根性がしっかりしていたということは、その生活がしっかりしたものに根差していたということである。それは長い健全な文明の伝統に根差していたので、そのことを思うならば、世界史で劃期的な日本の近代化ということについて幾らどのような形で論じられても、寧ろ驚嘆すべきはそれを比較的に容易に成就させたそうした文明の伝統の方であり、我々が明治の時代というものを回顧する時、我々の眼は当然そこから日本というものとその文明に向けられなければならない。一つだけここで言えるのは、明治の日本人が所謂、知的には外国から何も学ぶことがなくて、学ぶ必要があったのは、当時の言葉を借用すれば、西洋の物質文明だけだったということであり、そのことから明治という時代そのものに対する評価もこれからかなり変って行くことが予想される。しかし明治に行われたような変革は、それが日本人の手に負えないものでは少しもなくても、その代償が要求される性質のものだった。つまり、疲れが来ることを覚悟しなければならなかった。そして明治時代の日本人の業績が大正に入ってからのその疲れを支えて昭和の時代まで日本を持って来た。大正の時代は明治の末期に外国に出掛けて行った荷風で既に始っている。その「あめりか物語」や「ふらんす物語」の歯が浮くような外国かぶれがそのことを語っている。

（よしだ・けんいち）

私にとっての明治文学

高田博厚

私は昭和初期から三十年代まで日本を離れており、その間日本の文学書は全く読まなかった。また帰ってきてからも、現代日本文学は一つも眼を通していない。このような人間に一文を書かせるというのは不審にも思えるが、しかし考えてみると意味はある。つまり、明治から大正へかけての日本知性はその滋養の大部分を西欧のそれから享けていた。だからその時代に育った私たちは、日本の文学を鑑識しあるいは「批判」しようとした時にも、不可避、ほとんど無意識に西欧のそれと対比していた。学究的な比較論ではなくて、私たち自身の思索反省の対象の大部分が西欧思想であり文学だった。独立した日本文学観になると、「国学」というせまい範囲に押しこめられ、和歌や俳句だけが「文学的地位」を保っていた。これは私たちの精神態度が誤っていたのではなくて、むしろ人間知性本質の当然の運命だったのである。この頃の「日本再吟味」とか「再発見」として掘り返そうとすることは、歴史学として意味はあるだろうが、日本知性の歩むべき道程としては逆流である。問題となるのは価値論でも比較論でも、また「批判」でもない。

極言すれば日本にはまだ本当の意味の「批評精神」はできていなかった。そして明治以来日本知性が西欧精神から享けたものは、この批評精神の根底をなす「自我」なる当体と対象との厳密な「関係」への理解であった。分析や体系化を学ぶ以上に、この「認識方法」を教わったのである。そしてそこまで到達すれば東洋と西洋の思惟方法、認識方法のちがいも識別されるだろう。そして「自我」の位置を定められるだろう。西田哲学がきわめて東洋的、禅的観念の抽象化であっても、そこに「自我」が存在する以上、西欧思惟と比較しての価値判断はなりたたない。けれどもこういう場合、「日本的」であろうと、「日本的」なものを見出そうとする人はしばしば錯誤を犯しはしないか？　西洋が物質的で東洋が精神的などという俗論はともかくとして、西欧思想や芸術文学の層の厚さに圧倒された日本知性が、ほとんど悲鳴に近く、日本の美と価値を再発見する例がたくさんある。大いに理解できることではあるが、そういう際、彼等は自分を「批評家」の立場に置く。しかしそこで比較論を試みてみてもはじまらない。問題は私たち日本人が、曾て若い頃洗礼、点火された内部の火が燃えつづけるか、消えたかにある。日本の美しさを私たちは知りぬいている。問題は「自我」との関係なのだ。そして「日本再発見」がこの「自我放棄」であったならば、それは自分の精神態度の疲労敗退を意味するだろう。なぜなら、結局「自我」の精神態度が常に対面し、到達しようと求める「窮局のもの」「極限」が芸術文学の根本義であるからである。

　私はフランスにいて、阿部次郎が晩年に歌舞伎に傾倒したり、和辻哲郎が桂離宮研究に専念したことをふしぎに思った。かつての「三太郎の日記」や「ニーチェ」「ケルケゴール」を書いた若い時代の彼等とどういう内部の関連があるのだろう。「ウィリアム・ブレーク」を書いた柳宗悦と彼一生の民藝に対する熱情に、私はごく自然な、あるいは忠実な経路を見て、矛盾を感じないのに、阿部、和辻という日本知性のすぐれた例の晩年になにかそぐわないものを感じる。絵画の方の例だが、岸田劉生の作品をまとめて見た時、初期の印象派に傾倒した頃の作と「麗子像」以後の作を較べて、「もし劉生が若い頃のあれをそのまま押して行ったら、大した画家になったろう」と思った。私たちが「西洋的」になるとか「東洋的」になるとか、そんなけちな問題ではない。いったい私たちがゲエテに、ニーチェに、ドストイェフスキーに感じるものはなになのであろう？　若い時私たちがなぜあれに感動したのだろう？　そして明治以来の日本文学を考える時、なにか貧困を感じるのはなぜだろう？

　明治知性の経路が文学に示された好例は鷗外、漱石、藤村たちにあると思う。紅葉や鏡花、露伴などは江戸性格とその趣味の延長にすぎない。鷗外や漱石で私の興味を引くのは、初期の「西洋風」の作品と晩年の作品とのちがいである。この二人は明治期に西洋知性にもっとも深く浴みしたと思える。しかし彼等一生の傑作と見られるのは、「記録小説」や「門」「道草」以後のものだろう。ことに漱石の場合は「窮局のもの」への態度が作品の根幹になっている。そしてこれをもっと「西洋くさく」衒学的で、それだけに矛盾に苦しんだのが二人の後に出た芥川龍之介だったろう。明治大正にかけて文学の根源である「人間普遍」の問題に取組もうとする意欲、さらに適確に云えば苦悩が現われだしたのではないか？　そしてそこでの精神態度は「日本的」ではなくて「西洋的」、むしろ西洋知性に洗礼を受けてからのものだった。藤村の「エトランジェ」などは、西洋を解釈したり自分の看板にしようとしない、謙虚で素直な述懐であろう。あの頃は西洋から来た理想主義や人道主義が隆(さか)んになった「よき時代」だった。単純ではあったが「白樺派」がそれを代表している。その中の志賀直哉は傑出しており、その文章はジイドに匹敵する。しかし彼の傑作である「暗夜行路」がめざした「窮局のもの」とジイドの諸作品に現われたそれとちがいを感じないか？　武者小路実篤がその作によって日本で得ている位置と名声は、日本でなければ成りたち得ないものだが、それと同様なものが直哉の場合にもある。思惟の極限が西洋のそれとはちがうようである。そしてこの点では、名文家だったジイドと異なっており、かえってジイドと一生彼を悪口していたモーリアックとの方に共通して「窮局のもの」がある。結局これは作家自身のせいよりも、日本の精神風土のせいだろう。漱石の場合の「則天去私」はまさに日本土壌に育てられた窮限だった、と私は思う。

　日本人が西洋化するとか西洋式になるとかいうばかげたことではない。西欧思念が「人間普遍」について考えつづけてきた集積に、私たちも参劃(さんかく)し得るかの問題である。なぜなら人間が思索する以上、不可避的に当然ぶちあたるものが「窮局」のものであり、そこで西洋と日本のちがいが現われている。西洋では結局は人間思念が「神」という言葉で現わされるものに到達するのだが――宗教信仰としてではない。――それならば、この「神」を、私たち東洋観念内の「仏」に置きかえられるか？　この極限思念が内蔵されていない時、「人間普遍」が文学の根幹主題とはならないだろう。「日本には私小説しかない」と云われているのも、広汎な人生観や社会観を土台としていないからではない。人間思念自体が要求する緻密さに欠けているからだろう。文学は情緒ものではない。いったいトルストイの「アンナ・カレニーナ」やドストイェフスキーの「カラマゾフ」は家庭小説なのか？「人間小説」なのか？

（たかた・ひろあつ）

明治の目きき

安東次男

チャールス・フリーアといっても、一般にはなじみがうすいかもしれないが、ボストンと並ぶ東洋美術のコレクションの創立者で、有名な宗達筆「松島図屛風」の収蔵家、といえば思いあたる人も多かろう。そのフリーアが、ホイッスラーの絵に惹かれた縁で日本に興味をもち、はじめて来日したのは明治二十八年である。例の「松島図屛風」は、フリーアの収蔵目録によれば明治三十九年とあるから、じっさい買ったのはそれよりもすこし前かもしれない。何度目の来日のときかいま詳らかにしないが、最初に訪れたときからやっと十年、それもホイッスラーを通じて知った浮世絵版画に興味を抱いていた程度の外人観光客が目をつけた買物としては、これは破格である。これが思いつきやまぐれ当りでない証拠には、その前後に買ったと思われる宗達派の絵が、同館にはほかにも何点かある。

明治三十九年といえば、日本人の美術愛好家のあいだでも、宗達はもとより光琳でさえも、まだほとんど注目されてはいなかった。こころみに明治三十四年刊行の『日本帝国美術略史』（三十三年のパリ万国博事務局の委嘱によってつくられた、はじめてのまとまった美術通史）を見ても、宗達の項には「意匠巧妙にして最も装飾画に適す」とし、「毫も俗臭を帯びず」とは認めているが、かんじんの作品の方となると「草花図屏風」一双のほかに所在不明のもの一点を挙げるのみである。もちろん、今日かれの優作とされるものは、一点も記録されてはいない。光琳についてもほぼ事情は似たものである。

そういうことを考えれば、フリーアの目ききぶりは抜群であったといわねばなるまいが、ホイッスラーの一愛好家がいったいどうしてそんなことになったのか？　周知のように、日本の古美術にいち早く目をつけたのは、明治十一年に日本政府の招きによって来日したフェノロサであるが、かれは古画鑑定のために狩野家に入門し永探という号まで貰ったほどであるから、町衆文化の生んだ大和絵師の大胆な装飾画など、理解しようともしなかった。晩年かれがその偉大さを世に知らせることを自分の誇りとするとまで言った光悦の芸術についてさえ、フェノロサにとっては弟子ともいうべきフリーアがその蒐集品を見せてくれたのが機縁となった、とはフェノロサ自ら告白しているところである。

ところで、こうしたフェノロサの狩野派一辺倒は、じつは徳川三百年の因習からまだ抜けきれなかった当時の日本人一般の美意識でもあったわけで、一概にフェノロサを責めるわけにはゆかないが、そこにはまたかれがニューイングランドの名門に生まれた哲学者であったという事情も関わっていたように思う。筆法から教育まで格式のゆきとどいた狩野派の絵は、このニューイングランド人にとって、意に適ったものであったにちがいない。一方、フリーアにとっても、同様の事情があった。というのは、このデトロイトの少壮実業家には、京都の新興町衆の富力を背景に生まれた斬新奇抜な装飾画が大いに気に入った、と考えてよい理由があるからである。フェノロサが明治新政府の中に見た日本の姿を、フリーアは十六・七世紀の町衆文化の中に見たといってもよい。そしてそのことがまた、とりも直さず十九・二十世紀の交にあたるアメリカ文化の二相、ニューイングランドとミシガンとの反映でもあったのである。と見ることは面白いが、そこにはもう一つ、フリーアにとって殆んど奇遇としか思いようのない恵まれた事情もあった。

　横浜の大きな生糸貿易商で、若くより古美術に関心がつよく、のちには日本でも、一、二の蒐集家となった原三渓（富太郎）と、いま一人は三井の大番頭で近代の大茶人といわれる益田鈍翁（どんのう）（孝）との出会いが、それである。明治二十八年来日したフリーアは、矢代幸雄の伝えるところによれば、まず原に、ついで原によって益田に紹介されたらしい（このとき原は二十七歳、益田は四十七歳である）。ちょうどこのころ原は、当時まだ一般には流行していた文人趣味の鑑賞から脱して、ようやく本格的な古画、古器物の鑑賞に移りはじめていたが、当然かれは、数奇者としてすでにその道の先輩であった益田から、いろいろ学ぶところもあったのであろう。この二人が、当代の異色蒐集家としてその頭角を現わし、かつまたよい意味でのライヴァルでもあったことは既に伝説的になっている。その代表的な一例が、明治三十四年に、井上馨所蔵にかかる平安仏画の名品「孔雀明王図」と「十一面観音図」を、原と益田がそれぞれ一万円と三万五千円で買い分けたという事件である。この商談の仲介者高橋箒庵（そうあん）の言によれば、これらはいずれもそれまでの古書画売買では考えられない高値であって、井上自身が驚いたという。それにしても、今日から考えれば嘘のような話だが、それほど日本の古美術とりわけ古仏画、大和絵のたぐいは発掘が遅れていたのである。それを阻害していたのは、根づよい狩野派のアカデミズムと、いま一つ、政府要人たちの低俗な趣味に迎合した、いわゆる文人物の流行だったろう。そしてそういう風潮に先鞭をつけたのが、ほかならぬ三条実美や木戸孝允だった。その中にあって、井上馨がひとり早くから古書画に目をつけ、安くこれを買い漁っていた、というのは面白い。いうまでもなく井上は、三井その他財界とは密接な関係を持った男だし、その井上と、益田や原のような有能な後進実業家とが、日本の古書画、それも当時一般にはまだ注目されなかったものを通して結びついた、ということが面白いのである。益田や原が古書画とりわけ光悦派に惹かれ、あわせて茶事に手を染めたのは、かれらに明治に生きる実業人としての誇りがあったからだと思うが、あるいは井上にも日本の芸術をそういう目で眺めるところが幾分芽生えていたかもしれない。

ともあれ、フリーアが知り合ったころのかれらは、すでにそうしたいわば明治の町衆の自覚と誇りを持っていたと見てよく、明治二十八年、益田が新入手の弘法大師筆座右銘一巻の披露を兼ねて古書画鑑賞会を開いたこと（のちの「大師会」の起こり）や、同年また古来稀筆とされる「寸松庵色紙」（貫之筆）の一枚を入手して披露の茶事をもよおしたことなど、その現われであろう。じじつこのあたりから新たな探美の機運は動きはじめたので、これが古筆騰貴のきっかけとなったといわれる。因みに、箒庵の伝えるところによれば、益田がそのとき入手した「寸松庵」の価格は、二百円前後だったという。それが、大正五年伊達家蔵品の入札では、すでに一枚二万二千円の高値を呼んでいる。それというのも一般鑑賞古画とちがい古筆が茶人にとりわけ喜こばれるという特殊事情があったからであろう。これが宗達とか光琳なら、屏風でも当時まだそれほどの値は呼ばなかったはずである。このあたりに茶事のもたらしたゆがみはあるにせよ、ともかく美を求める新しい動きが、明治の新興実業家茶人によって先導されながら、ほぼ今日の評価にまでつながってきたことはたしかで、その点フリーアがまず信用したのは、益田や原の単なる博識ではなくて、かれらの美意識を支える新興町衆の自覚であったかもしれない。そういうふうに、三人は胸襟を開いたように思う。

京都鷹ヶ峰の光悦寺には、横たわる大きな自然石に、「チヤアレス・エル・布利耶碑 MONUMENT OF MR. CHARLES L. FREER」と刻んだ記念碑が据えられている。字は鈍翁益田孝である。この碑は、そういういろんなことを、私に語りかけてくれる。

（あんどう・つぐお）

「土」と「田舎紳士」

永原慶二

長塚節（たかし）の「土」は明治四十三年六月から十二月にかけて朝日新聞に連載された。明治がまさにおわろうとするころ、同時代の農民生活が、文学作品上にはじめてえがきだされるようになったのである。

明治四十三年といえば、その二年ほど前からはじまった日露戦後の恐慌が、農民にもっとも手ひどい打撃をくわえ、農産物価格がどん底までおちこんだ年である。しかもこのころ、日本の全耕地のほとんど半分が地主の手にあつめられ、小作人は高い小作料にあえいでいたのだから、貧農たちの生活がどれほどきびしいものであったかは、今日ではたやすく想像もできない。「土」はまさにそのような時点での茨城県鬼怒川のほとりの一貧農の生活を記録した作品である。

極度の窮迫のゆえに、ほおずきの根で四カ月の胎児を自分の手でおろし、それがもとで破傷風にかかって死んでゆく貧農の女房お品。あとにのこされた亭主の勘次と娘のおつぎと幼な子の与吉。小心で無智であると同時に、狡猾で欲ばりな勘次を中心に、その身辺に起伏する貧農のみじめな日常のくらしが、いやというほどリアルに描きつくされている。

長塚節は、その村の地主の息子として生まれ、農事にもふかくかかわっていたからこそ、これほどに現実を深く観察することができたのだろう。かれの生活上の立場は勘次とはまったくちがっていたが、勘次親子をみる目にはあたたかい愛情があり、それが自然主義流のあの救いのない筆致とはちがった印象をこの作品に刻みこむことになっている。

私はこの「土」を、明治人が同時代の農村、農民をありのままに、ふかくとらえた最初の認識として、その意義を高く評価したいと思う。だがそれにしても、明治の知識人たちは、みずからの社会の母胎である農村と、自分自身の原像である農民の姿とをなぜかえりみることがすくなかったのであろうか。「土」は漱石の推輓（すいばん）によって「朝日」にのせられることになったらしいが、漱石自身はあれほどの文明批評家でありながら、農民の問題をその視界のうちにとりこむことはまったくなかった。

しかしこれよりさき、明治二十年代のはじめ「国民之友」によって活躍した徳富蘇峰は、明治の文化人のなかでは例外的に農民にたいする積極的なイメージをうちだしている。蘇峰のいわゆる平民主義は農村の「中等階級」あるいは「田舎紳士」たちにきたるべき「平民社会」のにない手をみいだそうとするものであり、そこにかれの期待が托されていた。蘇峰が「中等階級」といい「田舎紳士」といった農民の実体は、一、二町歩を経営する中堅農家のことである。

明治十年代の不況をつうじて、農民は土地をうしない、地主の土地集中が進んだとはいえ、当時の情況はまだ長塚節の時代ほどに暗く、未来への展望をうしなってはいなかった。むしろ、明治十九年いらい、不況からぬけだした日本の社会はいたるところ活気にみちており、農村でも企業熱がおこって、小さな製糸工場や織物工場や銀行などがぞくぞくとつくりだされ、鉄道敷設の計画がすすめられていた。そのような企業熱の担い手の中心に「田舎紳士」たちがあったことも事実である。熊本県の豪農の家に生まれた蘇峰がそこに期待をよせたのも当然であろう。

しかし日本のばあい、この「中等階級」はイギリスのように「田舎紳士」＝農村ブルジョアジーとして健全な成長をとげることはできなかった。かれらはたちまちのうちに事業に失敗して没落するのがふつうであり、なかに成功したものは貸付地主に転生していってしまった。明治二十五年になると、蘇峰ははやくも「田舎紳士」への期待をやぶられ、「中等階級の堕落」をなげかねばならなくなっている。

蘇峰の絶望いらい、明治の知識人はもはや農民のなかになんらかの前向きの期待をみいだそうとすることはなかったようである。三十年代は資本主義がようやく本格的な軌道にのって、日本の経済の発展のテンポがにわかに速度をましてゆく時期であった。しかしそれは工業と農業とがともかくもあいならんで発展するというようなものではなかった。大多数の農民はむしろ「土」に描かれたような状態におとされてゆき、農政そのものも地主の利益を正面におしだしてゆく。「土」の勘次一家はまさにその結果としてあらわれてくる当時の平均的な貧農像にほかならないであろう。

日本の近代文化が健全な土着性をもたず、漱石自身がついに絶望を感ぜざるをえなかったような日本近代の皮相性や都市と農村との分裂は、じつはこうして、明治二十年代から四十年代のあいだにかけて、つくりあげられていったとおもわれる。近代の展開のなかで農民がおき去りにされるとともに、誰もが農民の未来像を描こうとしなかったこと、そこにこそ明治の暗さがあるであろう。

長塚節は農民にたいするそうした無関心が全体をおおってしまったころ、「土」をかき、漱石をして「殆んど余等の想像にさえ上りがたい所を、ありありと眼に映るやうに描写した」と歎息させた。それはたしかにそれ自体として大きな意義をもつ。だが半面、かれは「土」のなかにどのような解決をも見いだしていないし、また見いだそうともしていない。主人公の勘次は、肉体をすりへらす開墾作業を正月三カ日も休まずにつづけるような苦闘のなかで、年ごろになった娘おつぎにやっと赤い帯を買ってやれる程度のゆとりをもつようになる。しかしそれも束の間、老父と与吉の失敗から火事でふたたび無一物になってしまうところでこの長篇はおわるのである。

じっさい、このような貧農の一家族を主題とするかぎり、作品としてはどのような解決をも発見することはできないだろうし、それが現実にたいする忠実さでもある。だから長塚節は、そのような貧農の生活をありのままに描きだすことに意義を見出し、それに満足せねばならなかった。しかしそれにしてもその解決を摸索するものが、昭和のプロレタリア文学まで出現しなかったのは何としたことだろうか。だがそのような責めはもちろん文学にだけ向けられるべきではない。学問のどの分野も、ヨーロッパの学問の摂取にあれほどの意欲をもやしながらも、農村の現実にはわずかの例外をのぞいてほとんど関心をよせなかった。農民が背負わねばならなかった矛盾を直視しようとすることもなかったし、農民の中に潜在する未知数のエネルギーを発見しようともしなかった。明治百年をむかえる私どもは、明治人のこのような農民像の貧困がもたらした負い目をむしろここではっきりと受けとめることが必要であると思う。

（ながはら・けいじ）

所謂自然主義時代――回想五題　その一

本間久雄

所謂（いわゆる）自然主義が、一つの運動として、若き時代を支配したのは、私の記憶に誤りがないならば、明治四十年から、同、四十三、四年にかけてのことであった。谷崎潤一郎氏は、その『青春物語』の中で、その当時を回想して、それは「平家にあらずんば人にあらず」と云うように、「自然主義にあらざれば、作家にあらず」と云ったような時代であったと云っている。谷崎氏と年齢をおなじくしている私も亦（また）、おなじような感懐を、その当時抱いていた。ただし、谷崎氏は、自然主義への反撥として、そう云っていたのに対して、私は自然主義への礼讃として、そう思っていたというちがいはある。とにかく私は、自然主義でなければ文学ではないというほどの狂信家であった。

尤（もっと）も、自然主義が、どういうものであるかと云うことについては、私は明確な知識を持っていなかった。もともと自然主義という言葉は、明治三十九年に公けにされた藤村の『破戒』を先頭に、独歩の『運命』から、明治四十年九月の「新小説」に発表された花袋の『蒲団』など、従来の文壇には、見ることの出来なかった清新な情趣と気分とを湛えた作品群に与えられた言葉として、誰れからともなく云い出された言葉であった。島村抱月は、明治四十一年一月の「早稲田文学」に、『文芸上の自然主義』と題する長論文を寄せて、藤村の『破戒』に始まる上記の文壇を、文壇の「日の出前」と呼び、そして、その雰囲気を次のように云っている。

「茲では文壇の夜あけがたに、何時となく東山の第一峰から鮮やかな一道の光を射上げて来た。万物は一斉に頭を回らして之れを見つめてゐる。中には早く既に若い日の息に感じて歓呼の声を揚げるものもある。自然主義といふ一語の被らされる限り、小説も何となく清新なもののやうに思はれ、議論も何等かの新暗示が其処に期待せられるやうになつた。作に於いても論に於いても、自然主義といふ一語が不思議に今の文壇を刺戟する。殊に新代の人に対しては、此の刺戟力が鋭い。云々」

自然主義という新しい運動の起りかけた当時の雰囲気が、いかにも見事に、ここに述べられている。まだ、稲門の一学生であった私なども、いわば「若い日の息に感じて歓呼の声を揚げた」ものの一人であった。実際、自然主義という言葉そのものが、すでに何等かの暗示と、魅惑と、刺戟とを吾々に与えたのであった。私の自然主義狂信も、つまりは、そういう時代的雰囲気と、その雰囲気のかもし出す気分と情趣とに、浸り漬って、飽くことを知らぬというところにあったのである。

しかし、その時代的雰囲気や、それからかもし出される情趣そのものの本質に至っては、その当時は、ついに明らかにされずに了ったのであった。つまり、その当時の自然主義は、作品の上からも、理論の上からも、ついに一個の定説を樹立し得ずに終ったのであった。無論、抱月や花袋や、長谷川天渓、片上天弦（かたがみてんげん）、相馬御風（ぎょふう）などは、夫々（それぞれ）の立場から、自然主義についての定説樹立のための論説を数多く書いた。しかし、そこには、共通した点と共に、相違した点も亦数多くあった。或いは全く相反したものもあった。そして天渓の如きは、却ってその相違した点、相反した点の多いところに、自然主義の自然主義たる所以（ゆえん）があるとさえ云った。

　しかし、世界文学史の通念から云えば、自然主義の自然主義たる所以には、一定の限界がある筈である。イギリスのマクドウォールが、その著『写実主義』と題する著書において、写実主義と自然主義とを明確に区別し、そして、自然主義を定義して、それは、自然科学の人生観によって、人生を考察し、自然科学の研究方法によって、作品をつくり上げたものであると云ったが、自然主義の自然主義たる所以は、おもうに、そのあたりにあるであろう。そしてその点から云えば、自然主義の、少なくもその本格的なものは、ゾラ及びその系統のものと云うことになるのである。

　ところが、日本の自然主義は、例えば、上に挙げた藤村、独歩、花袋の作品について見ても、藤村の『破戒』は、写実主義の新しい様式を創（はじ）めたものとして、自然主義には最短距離にあるものとは云え、独歩の諸作は、よりよき生活を憧憬願求（がんぐ）した一種の理想小説であり、花袋の『蒲団』は、所謂「現実曝露の悲哀」――私はむしろその「誇示」と云いたい――の情調を描いた一種の告白小説であって、ゾラ及びその系統とは、むしろ程遠いものであった。というのは、そこには何等自然科学の考察や研究方法を応用したという形迹が認められないからである。独歩の如きは「余は自然主義者にあらず」と自ら豪語していた程であり、花袋の『蒲団』は、抱月が自然主義の「標本」でもあるように推賞していたにかかわらず、事実は、浪漫主義的要素の極めて多い作品であった。

自然主義の解説者、主張者の間にも、自然主義の本質——科学的人生観による考察や、科学的研究方法の意義、必要、価値などについての論議の交されることは、殆んどなかった。却って、それは、曲りなりにも、文学史家が、常に「前期自然主義」の名称で呼んでいる明治三十年代中葉の永井荷風や小杉天外などの所謂ゾライズムにおいて見ることが出来たのであった。

抱月の自然主義論は、抱月が、泰西美学の基礎に立って纏め上げた一種の芸術論であった。——「在るがまゝの現実に即して全的存在の意義を髣髴(ほうふつ)す。観照の世界なり。味に徹したる人生なり。此の心境を芸術といふ。」——この有名な識語は、抱月が明治四十二年に公けにした論文集『近代文芸之研究』の表紙に彫り込まれたものであった。抱月の学的生涯のすべては、この識語の闡明(せんめい)にあったと云ってよい。抱月の芸術論は、云うまでもなく、明治における芸術論として、鷗外や樗牛のそれと共に、重要視さるべきものの一つである。しかし、それは、自然主義という特殊の芸術を対象として、或いは資料として考案された芸術論ではなかった。天渓、天弦其他の人々の自然主義論に至っては、或いは現実曝露と云い、或いは偶像破壊と云い、其他、幻滅、懐疑、人生未解決と云い、その立論と所説の中核をなすものは、むしろ浪漫主義に属すべき事柄であった。私は、私の近著『続明治文学史』下巻において、当時の自然主義をPseudo-Naturalism(似而非自然主義)又はDistorted Romanticism(歪曲浪漫主義)と呼ぶべきであるとしたのは、このためであった。(この稿つづく)

(ほんま・ひさお)

自然主義と私――回想五題　その二

本間久雄

その頃稲門の学生であった私たちに愛読されていた雑誌は「早稲田文学」「文章世界」「太陽」「新小説」などであった。始めの二つは、全誌を挙げて自然主義の喧伝に力(つと)めていた文学雑誌であった。「太陽」は政治、経済、社会其他一般にわたったその当時の大きな綜合雑誌であったが、この雑誌の「文芸時評」欄は、もと高山樗牛の活躍した舞台であっただけに、その頃も亦、文壇の権威と目されていた。そこに毎号筆を採っていた長谷川天渓は、その所論の多くが、粗枝大葉のものではあったが、そこに裏づけられた筆者天渓の烈しい情熱の故に、当時の青年層に多くの愛読者を持っていた。無論、私もその一人であった。

抱月の稲門での講義は、「文学概論」「英文学史」及び「美学」の三課目であった。日頃、抱月に最も多くの敬意を寄せ、雑誌や新聞に載った抱月の文稿は、殆んど逃さずに読んでいた私は、それらの講義においても、その熱心な聴講者であったことは云うまでもない。講義の相間(あいま)々の、一寸とした通りすがりの言葉まで、一々聞き漏らすまいとしていた。実際、そういう通りすがりの言葉こそ、抱月その人の体験と人柄とから、おのずから滲み出た言葉なので、そこには、今日まで、私に取って忘れがたい印象となって残っているものもかずかずある。そういう私であったから、その当時、自然主義の提唱と解説とに一切の情熱を傾けていた抱月から、一しお、大きな影響を受けたのも当然なことであった。

抱月に、『人生観上の自然主義を論ず』と題する長論文がある。これは、抱月が明治四十二年六月に公けにした『近代文芸之研究』の序文のために新たに書き下したものであって、云わば抱月の自然主義論の総決算とも云うべきものであった。其時迄の抱月の自然主義論は、主として文学史上又は文学理論上に関したものであったが、上記の論稿において抱月は始めて、自然主義提唱の立場から「いかに生くべきか」の問題を取上げ、そして彼れ自身の日常の実際生活を率直に告白したのである。

抱月の実際生活は、その芸術論の纏った、統一されたものであるとは反対に、――彼れの告白によると「一つも確乎不動の根柢」がないのであった。実生活に処する上の彼れの心は、いつも「空虚な廃屋」のようなもので、その時々に、「一時凌ぎの手入れに、床の抜けたのや、屋根の漏るのを防いでゐる」という「継ぎはぎ」だらけのものであった。尤も彼れの生活は、一見極めて平穏であった。彼れは外に出でては多くの門下に仰がれる早稲田大学の教授であり、内にあっては、妻に取っての善き夫であり、子等に取っての善き父であった。しかし、彼れの内生活――心は上のように惨憺暗鬱のものであった。「灰色の天地に、灰色の心で、物凄い荒んだ生を送つてゆく」――人生とは、所詮、そういうものである。抱月は、そういう諦観に達したのであった。

しかし、抱月は、そういう諦観にも徹し切れなかった。「一方には赤い血の色や青い空の色も欲しい」――彼れは、そういう思いにも駆られたのである。つまり諦観と憧憬の中有(ちゅうう)にさ迷っていたのである。

　私は、抱月のこの論稿に異常な共鳴を覚えた。そして自分の生活を振りかえって見た。そして、私の眼の前にも、やはり、一望、灰色の天地が茫漠と展開されているのを見出した。ただ抱月のと異なるのは、「赤い血の色や青い空の色」など云うロマンティックな憧れ心地が、そこに微塵もないことであった。つまり私は、ただ灰色の虚無の世界に低迷するだけであった。尤も私の、そういう気持には、抱月ばかりでなく、天渓の「幻滅」や「偶像破壊」や「現実曝露」なども大きな影響を与えていたであろう。それはとにかく、灰色の空のあなたに、「赤い血の色、青い空の色」を求めた抱月の憧れ心は、後に述べるように、やがては抱月の生涯を千々に打砕くこととなった例の恋愛事件へと移っていったのであった。

　私は、明治四十二年の七月（その頃の卒業期は七月であった）に稲門を出て、間もなく、相馬御風の推挙で、早稲田文学社の同人に加えて貰い、次第に雑誌の雑報欄其他に筆を採ることになったが、翌年四月の雑誌の特別倍大号に『頽廃的傾向と自然主義の徹底的意識』と題するやや長い論文を載せて貰うこととなった。この論文は、その当時の私の虚無と頽廃と無為の気持を、外国の近代文学の作品などを例に挙げて、私なりに解剖し分析したものであった。元より、識も浅く、経験も足りない、二十四、五の青年の筆であるから、今日からは、無論、見るに足りないものであるには相違ないが、私の気持を率直に語って、その依って来たところを明かにしたいと思ったことだけは確かであった。正宗白鳥が当時の読売新聞に寄せた文章の中で、私のこの文稿を取上げて、「早稲田文学」の其号所載の論文中「最も身に染みて感ぜられた云々」と云ったのも、恐らく、私のその当時の心境の率直な告白に、好感を持ったためであったでもあろうか。ともかくも私は、灰色の世界に灰色の心で、何の感激もなく、何の幻影もなく、何の生活意志の潑剌たるものもなく、ぐずぐずと其日々々を送っていたのであった。つまり、私は、そういう虚無と頽廃と無為の気持を所謂自然主義から得たのであった。自然主義の提唱者は、抱月にしても、天渓にしても、花袋にしても、天弦にしても、少なくもその提唱の情趣においては、何れも熱沸々たる浪漫主義者であった。その影響を受けた私たちは、少なくもその情趣においてむしろ一切のことに不感無覚のナイヒリストであった。皮肉と云えば皮肉である。

しかし、私は、いつとはなしにこういう不感無覚の心境から脱し得るようになった。それは、エレン・ケイや、ウィリアム・モリスやウォータア・ペイタアなどを次から次と読み漁っているうちに、「如何に生くべきか」についての別な、新しい方向を次第に見出し得るようになったからである。後年（大正五年）私が、「早稲田文学」に寄せて、当時、いささか問題をかもし出した『民衆芸術の意義及価値』と題する一文は、私に取って、いささか上記の心的径路を物語ったものであった。

私は、私の古稀紀念として、明治から大正にかけて書き散らした文章を集め『自然主義及其以後』（昭和三十二年）と題して公けにしたことがあった。この書についての、成瀬正勝氏の批評の中の「著者の気質からすれば、むしろ耽美的志向に富み、自然主義は、あたかも梅雨の季節の如く、若き日の彼には偶発的な出会いのようである」という文句は、私に取って、いみじく、穿ち得た、ほほえましくも、謝すべき知己の言であった。ただし、私が耽美的志向に富むか否かは別である。（この稿つづく）

抱月と須磨子——回想五題　その三

本間久雄

島村抱月は、大正七年十一月五日に、牛込横寺町の「芸術倶楽部」の侘しい一室で、当時、日本全土を襲った悪性の所謂(いわゆる)スペイン風邪(かぜ)のために、突如として亡くなった。行年四十七歳。それから二ヶ月後の大正八年一月五日、おなじ『芸術倶楽部』の舞台裏で、松井須磨子は、師抱月の跡を追い、自ら縊(くび)れて、その華やかな女優生活の幕を閉じた。年は三十四であった。それから今日まで略(ほぼ)半世紀。抱月と須磨子との恋愛は、一種哀切な事件として、常に人の口の端(は)に上っている。

私は大正七年の九月に「早稲田文学」の編輯者兼発行者の名儀を抱月から受け継いで、雑誌についての全責任を負うこととなった。それは抱月が「芸術座」の仕事に忙殺されることとなって、雑誌の方まで手が廻り兼ねるという事情からでもあった。爾来、昭和二年の十二月に、早稲田大学の海外研究生として、渡英する関係から、雑誌の仕事を辞するまで、約九年、私は「早稲田文学」を、恩師抱月の遺業の一つとして、大切に護って来たのであったが、それはとにかく、雑誌の責任者としての私に、最初に課せられた大きな仕事は、『島村抱月追悼号』と銘を打った特別倍大号の雑誌を、抱月の死の翌、十二月に刊行することであった。何しろ、時日の切迫に加えて、スペイン風邪の猛威をふるっている時でもあり、私自身を始め、編輯部の誰れ彼れにも、軽重の差はあるにしても、いずれもこの風邪に侵されているという有様で、寄稿の依頼、蒐集、文稿の整理を始め、編輯上、かずかずの苦労は一通りでなかったが、ともかくも、一応、計画通りに纏め上げたのであった。無論、それは、寄稿諸家の同情と厚意の賜でもあった。この『抱月追悼号』は、恐らく、抱月研究の基礎的資料の一つとして、永く珍重される筈のものであろう。寄稿者は全部で四十三名、その中、三十七名は、今日すでに故人である。私は、うたた感慨の深きを覚える。

さて、抱月と須磨子との恋愛問題は、その依って来たところが、遠く且つ複雑である。ただし、抱月が、はじめて、そして公然と、その恋心を表白したのは、大正元年十一月の「早稲田文学」に『心の影』と題した、二十八首の和歌においてであった。その中には

或時は二十の心或時は四十の心われ狂ほしく
いたづらに此世を過す迄もなし我身亡びよ天地崩れよ
ともすればかたくなりし我心四十二にして微塵となりしか

などいう烈しい苦悶の情を歌ったものもあった。序でながら、抱月は、明治三年の生れで、此時事実、四十二歳であった。又、そこには

くれなゐに黄金に燃えて水色にさめてはまたももゆる君かな
住吉の塔の東の窓に倚り人の世せましと君かこちしか

などのような哀艶のものもあった。そこには、又

　ペレアスがメリサンド恋ふそもそもの不思議を思ひ思ひ寝たる夜

　セリセット死にぬ哀れの妻なれど妻に代へたる恋もたうとし

などのように、メエテルリンクの作品を借りて自分自身の、いたましい三角関係的な感懐を、多少諦観的に述べたものもあった。

　抱月の友人の誰れもが、その門下生の誰れもが、又、抱月の人物を知る誰れもが、この『心の影』を読んで、皆、一様に驚きの眼を見張った。というのは、冷静と謹厳とを以て知られていた抱月のものとして、これらの和歌は、余りにも人々の意表に出たものであったからである。そして、その恋の対象の須磨子であることは、誰人にも容易に想像されることであった。やがて抱月に対する世間の非難が起った。妻帯の男が、妻以外の女性に思いを寄せることそのことが、まだ既成道徳の権威の強かった当時においては、非難に値することであった。況(いわ)んや、恋の対象の女性が、自分が責任を以て臨むべき筈の弟子であるという関係においては、猶更のことであった。

　抱月は、翌大正二年の十一月に『雫』と題する文集を公けにし、その中にこの『心の影』を収載したのであるが、それに小序を附して、その中で、「『心の影』に情の真実はあつても事実の真実はない。『心の影』の中の二三の歌が、世間の一部から、事実の記録であるかのやうに批難せられたのを私はかなしむ」と云って、一部の世間の非難に答えている。そして、抱月は、どこまでもその恋を「情の真実」にとどめようと力(つと)めた。「事実の真実」には到らしめまいと念じた。そしてそのために、心の手綱をしっかりと握り占めようと、ただ力めに力めた。「早稲田文学」

や「読売新聞」などに寄せたその当時のかずかずの文稿は、一つとして、この当時の抱月のこのことについての苦悶録ならぬはないのである。

抱月は、一時は自己の苦悶そのものを、所謂「観照」の世界の中に取り入れて、第三者の立場から、それを他人事のように、傍観することに依って、その苦悩を脱しようともした。芸術の至極境を「観照」という心的境地に置いた抱月として、いかにも適わしい考え方であった。つまり自分自ら「役者であると同時に、見物人」であろうとしたのである。しかし、それは、モウパッサンの云っているように「生きながら皮を剝がれる」ような苦痛であって、誰人も永く堪え得ることではないであろう。抱月は、そういう深刻な苦悩を嘗めた末に、大正二年九月の「芸術座」の旗上げと共に、「情の真実」と「事実の真実」とを、ついに、表裏一体のものとして了ったのであった。

抱月の恋心は、『心の影』より、少なくも二三年方、遡ったところに、その芽生えを求め得るようである。明治四十二年、九月の二十三日から、三日間、「文芸協会」は、かねて牛込大久保余丁町の坪内逍遙邸内に建築していた「研究所」で、その落成を兼ねての第一回「試演」を催した。その演目の一つにイブセンの『人形の家』があった。『人形の家』の上演は、もともと抱月の推挙にかかり、その飜訳も演出も、すべて抱月の担当するところであった。須磨子を主役のノラに振り当てたのも抱月の希望であった。そして須磨子のノラは一躍名声を挙げ、且つ後には彼女一代の当り役の一つとなった。抱月の須磨子への恋心の芽生えは、恐らくこの『人形の家』試演の時にあった。（この稿つづく）

抱月と須磨子——回想五題　その四

本間久雄

抱月と須磨子の恋愛を思うとき、私はいつもダヌンチオが三角関係の悲劇を深刻に描いた『ジョコンダ』を思いうかべる。主人公のルチョを抱月に、妻のシルヴィアを抱月夫人に、そしてジョコンダを須磨子に、どことなく、それぞれなぞらえられるばかりではなく、そこには、芸術家とモデルとの関係についての重要な問題が暗示されているからである。

彫刻家のルチョは、貞淑な妻のシルヴィアを愛しながら、一方、モデルとして雇い入れたジョコンダという女性を愛している。彼れは、妻と情人との間に身を置く苦悶の果てに自殺をはかる。妻の献身的な介抱によって生命を取り止めて、元の身体となる。妻への感謝を兼ねて、情人とは永久に別れることを妻に誓う。しかし彫刻家としての彼れは、同時に生ける屍となるのである。というのは、モデルである情人ジョコンダに依ってのみ感じ得ていた芸術的感興や制作意欲が、ジョコンダを失うことによって、彼れの中から消え去って了ったからである。ルチョは云った。「私はジョコンダを一見した瞬間、イタリーの山々に埋もれている大理石の一塊々々を掘りおこして、それで以て、彼女の一挙手一投足を彫り刻んで見たいと思った」と。モデルによって喚起されるこういうインスピレーションこそは、芸術家に取って、たしかに貴いものであるにちがいないのである。だからこそ芸術家は——優れた芸術家であればあるほど、そのインスピレーションの発射体であるモデルを尊重するのである。そして、その尊重の念が、そのモデルが女性である場合、屢々（しばしば）、恋愛へと移行するのである。

その例は乏しくない。十九世紀中葉のイギリスの芸術壇を飾った詩人・画家のダンテ・ロセッティなども、その有名な一つである。最初に、シダルという若い女性の金髪の美しさに魅せられたロセッティは、やがて彼女をショップ・ガールの境界から引き抜いて画室のモデル台に据えた。『ピアトリチエ』や『受胎告知』その他、ロセッティ初期の傑作の殆んどすべては、このシダルをモデルとしたものであった。そしてロセッティとシダルとの結婚が、十年の永きにわたった彼等の恋愛の結果であったことは周知のことである。其他、メエテルリンクがその『アグラヴェーヌとセリセット』や『モンナ・ワンナ』などの戯曲を営ってはその恋人であり、後にはその夫人となった女優ルブランのために書いたことや、ダヌンチオが、その恋人の女優デューゼのために上記の『ジョコンダ』を始め、『フランチェスカ・ダ・リミニ』や『死の都』などの名作を書いたことなど、何れも、同じ例の一つである。尤も画家対モデルの関係を戯曲家（並に演出家）対女優の関係と同一視することは、当を得たものではないかも知れぬ。しかし、戯曲家が或る特定な女優を所縁として、自己の芸術的感興を具体化しようとする心理には、そこに共通したもののあるのはたしかであろう。

抱月と須磨子の関係も、恐らく、上に述べたかずかずの例に漏れないであろう。抱月はイプセンの『人形の家』を「文芸協会」の舞台に上せるに当って、先ず第一に、作の含む問題や意義を始め、主人公ノラの性格、人物について深く考察し、周到に検討した。そのことは『ノラの解釈について』（明治四十四年十一月「歌舞伎」）の一篇にも、よくうかがわれるのである。次に、抱月は、自分の脳裏に描き出されたノラの映象を、「文芸協会」の研究生であり、且つ自分の講義――抱月は其時、「文芸協会」の理事であると共に、「近代劇」を担当していた講師であった――の熱心な聴講生であった須磨子の中に見出したであろう。次に抱月は、当然に、須磨子によって、或いは須磨子によってのみ、自分の脳裏にあるノラの映象を、始めて舞台に実現し得ると思惟したであろう。抱月須磨子の交渉は恐らく、そこに始る。怜悧で、負けず嫌いで、野心満々の須磨子――女優として優れた素質を持っていたことは云うまでもない――は、恐らくノラ役に抜擢して呉れた抱月を徳とし、それに師に対する尊敬の念を加えて、ノラ演出上の抱月の指導と誘掖（ゆうえき）とに、彼女は、一切を挙げて、寄りかかったであろう。わが新劇史上に一時期を劃した輝かしい舞台上のノラは、かくして、事実、抱月と須磨子との「合作」だったのである。

抱月は、須磨子を所縁として、輝かしいノラを舞台に創造したのを手始めに、ズーダアマンの『故郷』（『マグダ』）、メエテルリンクの『モンナ・ワンナ』、オスカア・ワイルドの『サロメ』、トルストイの『闇の力』など、かずかずの名作を舞台に上せた。何れも須磨子との「合作」であったことは云うまでもない。この中でも『闇の力』――大正五年八月、「芸術座」試演――などは、森田草平が、「新小説」に寄せた批評の口吻を藉（か）りれば「新劇始つて以来、イヤ、日本の芝居始つて以来、これほど面白い芝居は嘗つてなかつたと云つてよい」というほどの出来栄えであった。私なども、当時の「早稲田文学」で「いかなる讃辞を以てしても、称讃し過ぎるといふことのない位、見事な出来栄えである」と云ったことを今でも覚えている。それというのも須磨子の扮した女主人公が際立ってよかったからである。

ワイルドの『サロメ』の女主人公なども、私は、川上貞奴のを始め、幾人かのを見てはいるが、須磨子のサロメほど、原作の息吹きを伝えたものは嘗ってなかったと思っている。一つはヨカナーンに扮した澤田正二郎や加藤精一の見事な演技にも因ったのではあるが。サロメは先ずヨカナーンの声の美しさに魅せられる。そして近寄ろうとして斥けられる。次にヨカナーンの肉体の「野の百合のやうに白い」のに魅せられ、「触らせて呉れ」と云い寄って、又、斥けられる。次にヨカナーンの頭髪の「黒い葡萄」のようなのに魅せられ、それに触れようとして、又、斥けられる。次にヨカナーンの唇の「薔薇の花よりも赤い」のに魅せられて、接吻しようとして又斥けられる。そして、一つ一つ、斥けられる毎に、サロメのヨカナーンに対する要求が、いよいよ情熱と熾烈とを加えて行き、「接吻したい」から「接吻せずには措かぬ」というクライマックスに達するまでのサロメの心理描写は、須磨子の、たくましい、緊張した、力強い演技によって、見る人の心を捉えたのであった。須磨子のこういう演技も、そこに抱月の例の周到細緻な役の性根の解釈が基礎となっていたからにちがいないのである。

「芸術座」は、トルストイの『復活』を平俗に劇化したカチューシャが大当りを取ったので、世間には、往々「芸術座」の演劇運動を低調卑俗なもののように考える人もあるようである。しかし、私の知っている限り、抱月は、上に挙げたような近代劇の名作を、いささかもその格調を崩すことなく、わが国の新興民衆の前に提供することに、「芸術座」の目標と本領とを置いていたのであった。そのことは、ここに細説の暇はないが、抱月晩年の文稿である『民衆芸術としての演劇』（大正六年二月「早稲田文学」）の一篇が、極めて明快に語っているところである。（この稿つづく）

「早稲田文学」の『推讃の辞』——回想五題　その五

本間久雄

明治三十九年の一月に、島村抱月によって再刊された「早稲田文学」は、翌四十年の二月号に『明治三十九年文芸教学史料』と題する三十二頁にわたる長篇を載せている。これは前一年間の文芸教学の全分野にわたった史料を丹念精細に記録し、且つそれに綜合的な解説と、穏健な批評とを加えた労作であった。爾来、「早稲田文学」は、毎年の二月号に、前一年間の文芸教学の『史料』についての労作を載せるのが、毎年のならわしになっていた。その上、明治四十一年から大正二年までは、毎年の二月号に、上記『史料』の外に、「社説」として『推讃の辞』と題する文章が、かかげられている。これは、題名の示すように、何等かの意味で、前一年間において、特筆に値する作品と作者とを特に取上げて解説し、批評し、推賞したものであって、内容的に云えば、『史料』の綜合的解説の一部を、特に力説したようなものであった。

偶々(たまたま)、明治四十三年二月号の『推讃の辞』が、その中で、永井荷風作の『歓楽』を推讃の対象として取上げたことが、阿部次郎の『自ら知らざる自然主義者』と題する一文による非難となり、それに対する相馬御風の『一家言』の反駁となり、更に両者の応酬となって、当時の文壇の一つの話題となったことは、今日から見れば、日本自然主義史上の一つの挿話としてばかりではなく、又、図らずも、「早稲田文学」そのものの雑誌としての特色を考える上の一つの資料を提供したという意味で、興味あることであった。

阿部次郎の非難の要旨は、自然主義者を以て自ら任じている「早稲田文学社」の同人が、自然主義と対立関係にある享楽派の荷風を推讃するのは、自ら知らざる暴挙であり、自然主義を以て、文壇当来の指針としている以上、荷風を推讃するには「自然主義の立場からする義務」があると云うにあった。これに対する御風の『一家言』における反駁は、荷風の作『地獄の花』を引合いに出して、自然主義の立場から荷風を推讃することが、必ずしも不当ではない筈だと云うにあった。

この二人の応酬は――私の『続明治文学史』下巻の中で、すでに書いて置いたのであるが――二つながら、共にその的を外れている。前者の的外れは『推讃の辞』を余りにも偏執苛酷に解釈したところからおこる。『推讃の辞』は、前にも述べたように、前一年度の『文芸史料』の綜合的解説の一変形なのである。「早稲田文学社」の同人は、云うまでもなく、何れもその当時の所謂自然主義の主唱者であり、提撕者であった。しかし、主義の提唱と、文壇的諸現象の解説とはおのずから異っている。『推讃の辞』が『歓楽』を推賞した理由として述べているところによれば、それは「その作、靡爛せる歓楽の心と、生に対する一切の拘束を呪ふの心とを以て、譬へば木犀の香の咽ぶが如き風味を成す」と云う点にあった。これは『歓楽』の特色を、簡単ながら、恐らく最も豊潤に味解し得た評語である。そして、それは、云う迄もなく、近代の頽廃派、享楽派文芸の特色でもある。そして、そういう特色を持った新しい文芸の風潮乃至傾向が、荷風の『歓楽』を一つの標本として、当時の文壇に起りつつあったのが事実である。この時の『推讃の辞』の筆者は、恐らく相馬御風だったであろう。彼れは人も知るように、人一倍、熱心な自然主義の鼓吹者であった。しかし一面、彼れは「早稲田文学」の記者として、上記『史料』の編纂者、解説者としての任務を持っていた。そして、その任務を果すための記者としての彼れには、必ずしも、彼れの自然主義持論の立場を固執する必要はない筈である。この場合の彼れに取っての最重要事は、むしろ文壇諸現象についての冷静な観察と公平な批判力とであった筈である。従って彼れは——『推讃の辞』の筆者と仮定して——少なくも「自ら知らざる自然主義者」と云うような非難を、どこからも敢えて受けるに及ばなかった筈である。『推讃の辞』の筆者が、彼れ以外の同人の誰れであったとしても、その点は同様である。

ただし、御風の『一家言』は、如上の立場からの反駁の代りに、「自ら知らざる自然主義者」という非難の矢を、余りにも正直に、そして又余りにも真向から、受けとめようとしたがために、却って、効果のない、的外れの受け方をする結果となったのである。というのは、彼れは、せっかく『歓楽』の特徴を正しく把握しながら、『歓楽』とは似ても似つかぬ往年のゾライズムの作品『地獄の花』（明治三十五年刊）を、わざわざ取上げることによって、荷風を、強いて自然主義の範疇に入れようとしたからである。つまり、阿部次郎も相馬御風も、共に、「早稲田文学」の一面——文壇現象の整理者、解説者としての一面を忘れていたのである。私なども、無論、それを忘れていた一人であった。だからこそ、「早稲田文学」三月号の『評論の評論』と題する一文の中で、御風とおなじような立場から、阿部への駁文をものしたのであった。

ただし「早稲田文学」の如上の態度、すなわち『文芸史料』の編纂者、文壇「現象」の整理者、解説者としての態度、坪内逍遙の所謂「記実」の態度は、その源流をたずねると、逍遙がその編輯者であり、主宰者であった第一期の「早稲田文学」すなわち、明治二十四年の創刊以来明治三十二年の休刊に至る迄の「早稲田文学」にまで遡らなければならぬ。逍遙は、この雑誌の創刊号に『時文評論』欄というものを設けているが、それは、逍遙自らの云うところによると、「明治文学に関係ある百般の事実を報道し、且つ至公至平なる評論」を、それについて幷せ加えることであった。逍遙は、おなじ号の「普告」——読者への訴え——で「早稲田文学は、公平なる報道者を以て自ら任ぜんとす」とも云っている。逍遙の『時文評論』の如何なるものであるかは、例えば、明治二十八年五月稿の『新国字論』の一篇を取出して見ても、よくうなずかれる。すなわち、その当時の国語国字の諸問題を、あまねく、ひろく蒐集し、そしてそれを一々分類整理して、その上、種々の立場から、その利害得失を検考したのちに、逍遙自らの結論を差控えて、むしろその結論を読者に委せるような「謹みて大方の稽査判断を待つ」という一句で、この長篇を結んでいるのである。この『新国字論』の如きは、今日の国語国字の諸問題にも、そのまま当て嵌るのであるが、それはとにかく、逍遙のこういう文壇現象の報告と整理の態度——記実の態度は、抱月による再刊「早稲田文学」にも、そのまま受けつがれたのであった。

さて、逍遙は、何のために、そういう態度を採り、又、どういう意味で、そういう態度を重んじたか。逍遙自らの言葉を借りれば、それは「明治文学の未来に関する大帰趨の素材」を提供するためであった。今日から見て、少なくも明治文学の研究の立場から見て、「早稲田文学」が、他には求め得ない意義と価値とを持っている所以の一つは恐らくそこにある。そこには、その時々に生起した、文壇の諸現象や諸問題が「未来に関する大帰趨の素材」として、吾々の前に、惜気もなく、ふんだんに提供されているからである。明治文学の研究家である限り、恐らくは、「自ら報告者」「記実者」を以て任じた逍遙のこの恩恵を受けないものはないであろう。私なども、その最も多くを受けた一人である。（完）

青年達の愛読書——明治文学閑談　一

森　銑三

博文館の雑誌「文章世界」で、「予の愛読書」という題を出して、文を募った。十部以内の愛読の書を挙げて、愛読する理由を述べよというのであった。そして集った文の中から秀逸十五篇を選んで、大正二年の新年号に掲載し、更にその後に、応募者の全体の選んだ書物の点数表というものを作製して載せているのであるが、今日から見ると、その十五篇の文よりも、却って後の点数表の方に興味がある。明治時代の文学作品を、明治の末期から大正の初期へかけての青年達が、いかに受入れているかという事実が窺われるからである。

尤(もっと)も明治の四十年台から大正へかけてのわが国の文壇は、殆ど自然派の作家に依って独占せられていた形であったし、殊に「文章世界」は、自然派の総師ともいうべき田山花袋が、主筆として納まっていたのであるから、その読者達は、多分に自然派かぶれしていたわけであり、そうした傾向の点数表にも出ているのを見逃すわけには行かないが、自然派文学の全盛期にも、同派以外のよい作品は、やはりよい作品として読まれてたことが、その表から知られる。そうかと思うと、一方にはまた、単なる通俗小説に過ぎないと見るべき著作までが挙げられていて、「文章世界」にも、かなり程度の低い読者のあったことを認めなくてはならないが、それはそれとして、大体に於ては時代の好尚ともいうべきものの、表に現れていることが看取せられるのを愉快とする。依って同表に現れた著作を中心に、以下私一箇の感想を述べて行って見ることとしたい。「予の愛読書」の点数表に於て、最高位を贏ち得た書物は何だったか。それを明らかにしたら、今日の青年諸君は、意外な感じに打たれよう。徳冨蘆花の「自然と人生」が、三十九点を獲得して、最高位に上っているのである。意外といえば意外かも知れないが、当時の青年は幼稚であったなどと、簡単に片附け去るべきではない。

　兄蘇峰に訣別の書を与えて、思切りよく民友社を去ってしまった彼れ、トルストイに逢いたさに、その人に逢うことだけを目的として、はるばるロシアまで出かけて行った彼れ、東京から粕谷村に家を移して、文壇の動向を余所目に半農生活を実行し、それに依って自分を養おうとしていた彼れ。そうした蘆花には、なお今後に於て、すぐれた作物を公にしてくれるであろうという期待が大きく懸けられていた。当時の蘆花は、ただ青年達の間だけではなく、社会全体の敬慕の的となっていた。そうした事実をまず知って置かねばならぬ。

「自然と人生」は、蘆花の初期に成った小著というに過ぎないが、その中の文章は、短いものの多いのが都合がよかったのでもあろう、当時の中等学校の教科書には、必ず、一二篇が載っていた。だから当時の青年達は、それらの文章を教室で教えられて、これを文範として反覆諳誦し、それだけに満足しないで、進んで「自然と人生」を求めて、その文章に親しんだ。私が東京へ出たのは、明治四十三年であるが、当時の東京の絵草紙屋まがいの小さな本屋までに、「自然と人生」の新本の無地の袋に入ったのが積まれていたことを思い出す。「文章世界」の読者達が、この書をいかに喜んで読んだであろうかは、想像するに難くない。「予の愛読書」に於て、この書の首位を占めたのにも、それだけの理由はあったのである。

なお「自然と人生」以外の蘆花の著作では、「思出の記」が十九点、「寄生木」が十五点を得ている。しかし蘆花の著作はそれだけで、「不如帰」は出ていない。「不如帰」の時代は、既に過ぎ去っていた。「自然と人生」の愛読者も「不如帰」まではありがたがらなかったのである。

然らば「自然と人生」についで、第二位に上ったのは何か。それは国木田独歩の「武蔵野」であった。「武蔵野」は三十三点を得て居り、「自然と人生」よりは六点少い。但し三十点以上を得たのはこの二部の書に止まり、以下二十点台となる。然も第三位になっているのは二十六点の「独歩全集」で、二位と三位とを独歩は独占している上に、なお後には、「独歩集」十七点、「病牀録」十二点、「運命」三点と、都合五部が挙がっているのだから、独歩の得た点数は、蘆花の点数の上に出る。

「自然と人生」と「武蔵野」と、なお拡めて、蘆花対独歩ということを考える時、そこにいろいろな問題が涌いて来る。今その問題を、正面から取上げてはいられぬが、「自然と人生」の一書を蘆花の代表作とはしかねるのに反して、「武蔵野」こそは、正しく独歩の代表作だった。よしそれにツルゲーネフの影響が認められるにもせよ、独歩の「武蔵野」は、前後に類のない詩的散文として、明治文学史上に璨然（さんぜん）たる光を放っている。独歩の短篇小説も、小説というよりも詩を生命とする小品文というに過ぎないものが多いが、然もその点に独歩の文学の独自性があり、私等はその詩趣に惹きつけられる。そうした独歩を、蘆花は眼中に置かざるを得なかった。独歩の眼中には蘆花はなかった。蘆花が今日の読書界に、人気を失っているのと反対に、改めて編纂し直された独歩の全集の刊行が、現に進められつつある。独歩とその作品とは、更に新しく見直されようとしている。私はそのことを欣快とする。独歩は大文学者ではなかったであろう。しかしその文学は、今日読んでも清新である。恐らく永久に古びを帯びない文学として、いつの時代にも読者を持つであろう。

蘆花、独歩の両人の著書が、三十何点ずつを得たのに続いて、田山花袋の「田舎教師」と、島崎藤村の「春」とが、共に二十五点を得て、次座を占めている。そしてなお花袋の著作は、「生」と「花袋集」とが十七点、「妻」が十三点、「縁」が十二点、「村の人」が九点、「近作十五篇」と「朝」とが八点、「花袋文話」と「死の方へ」とが四点、「従征日記」が三点と、夥しく挙がっている。応募者は少々花袋に阿っているのではないかと思うと、面白からぬ気もするが、「文章世界」の読者達に、花袋その人の大作家として映じていたのは、動かすべからざる事実だったのである。

一方藤村も、「春」について「破戒」と「藤村集」とが二十点、「家」が十九点、「藤村詩集」と「食後」とが十七点、「若菜集」が七点、「緑葉集」が五点と、それぞれに点を得て居り、前の蘆花と独歩とについで、ここに花袋と藤村とが対立する。

蘆花と独歩とについで、花袋と藤村との二作家を併せて考えることにも興味が持たれるが、それにしても花袋の方は、その後に人気が転落して、今では一部の文学史の研究家でなくては、顧みようともせぬ人となってしまって居り、私などは、幾らかでもその盛期を知っていただけに、なおさら気の毒に感ぜられて来るものがある。（つづく）

（もり・せんぞう）

点数表中の歌人・詩人——明治文学閑談　二

森　銑三

花袋の人物は誠実であった。友人としても、頼もしい人だったろうと思う。そして勉強家でもあった。西洋の小説も読み、わが国の古典をも読んでいる。ただ遺憾にして、文学者としての花袋の天分は、豊かだったといいかねる。自分の小説のスタイルというものを作上げているのはよいとして、そのスタイルをどの作にも繰返して、あまりにも安易に文を書流す習慣を附けてしまって居り、その小説からは、ただ大味な感じを受ける。花袋その人に座頭役者としての貫禄のあったことは認めるが、その作物は、人物に添わない憾みがある。

花袋は人気を失ってしまったのに、藤村の方は、「破戒」を公にした頃から今日まで、依然として高い評価を維持し続けている。それだけ藤村の作品は堅実に組立てられて居り、並々ならぬ刻苦の余に成っている点に敬意の払われるものがある。しかし自分だけの感想を、ありのままに述べることを許されるならば、奥歯に物の挟まったような藤村の物のいい方に、私は甚だしい不快を感ずる。私などのように、ただ自分の好尚に随って文学作品に親しもうとしている者には、藤村はありがたくない作家である。藤村崇拝の人々からどういわれようとも、努力をしてまで藤村の作品を手にしようとは思わない。

「田舎教師」と「春」とよりは僅かに一点少く、二十四点を得て、「樗牛全集」が次席を占めている。人々からは、意外といわれそうであるが、「樗牛全集」がそんなに読まれていたということには、何か嬉しいものを感ずる。樗牛の人物には、明治という時代の精神の強く感ぜられるもののあることよりして、或はそうした気持に導かれるのかも知れないが、樗牛の人物は颯爽としている。旗幟が鮮明で、その文章は歯切れがよくて、情感が籠っている。「樗牛全集」も今の青年諸君には、縁遠い書物となってしまっているようであるが、私には樗牛の「わが袖の記」その他を、涙を流して読む青年達のあった時代を、回想するだけでもなつかしい。

「樗牛全集」の高位を得ているのを意外とする人は、その次に尾崎紅葉の「金色夜叉」が二十三点を得ていることをも、また意外とするであろう。「金色夜叉」のような古臭いものが、大正の青年にも読まれていたのかという人があるかも知れない。

「金色夜叉」が通俗小説だということは、作者の紅葉自身も承知していた。しかもなお且つ紅葉は、この作品の執筆に全力を傾到して、ついにその完成を見ない内に、自分の方が斃れてしまった。「金色夜叉」をくさすのはたやすいが、この未完の小説の六巻には、作者の魂が宿っている。高い作品でないにもせよ、繙けばつい釣込まれて、一冊くらいは一気に読んでしまう。そして「金色夜叉」の今なお通読に堪える小説であることを感ずる。「金色夜叉」を以て、他の通俗小説と同一視すべきでない。

点数表には、今一つ紅葉の作品が挙がっている。「多情多恨」がそれである。但しこれは僅かに三点を得ているのに過ぎず、「金色夜叉」との間に、大きな開きが出来ている。「多情多恨」が紅葉第一の傑作だということは、花袋なども、折に触れては書いているのに、年の行かぬ「文章世界」の読者達には、この方はただ退屈な小説として映じたのかも知れない。紅葉という作家も、今日では人気を失ってしまっているが、「多情多恨」を紅葉が二十台で書いていることを思う時、私は紅葉軽視すべからずの感を深うする。その後の作家の誰れがそんな若さで、「多情多恨」に匹敵するだけの作品を書いているかといいたい。

点数表の十点台に入ると、石川啄木の「一握の砂」と、「悲しき玩具」とが、共に十九点を得て、十位での筆頭に居り、ここに始めて歌集というものが現れる。それでは序(ついで)に、点数表に出ている明治の歌集に、どのようなものがあるかと見て行くと、与謝野晶子の「春泥集」が十七点、金子薫園の「山河」が十三点、若山牧水の「路上」が十一点、次に今一つ晶子の「みだれ髪」が三点、同じく土岐哀果(あいか)（善麿）の「黄昏に」も三点ということになっていて、小説についでは、歌集も相当に読まれていることが知られる。

けれどもその中には与謝野寛が逸せられている。生活を歌にすることは、啄木よりも先に、既に寛がして居り、啄木の歌の依って来るところは寛に在ったと私は思っているのであるが、さようなことは不問に附して、啄木ばかりを切離して持上げようとする、そうした態度を私は取らない。明治の歌壇の第一人は誰れだったか。それを極めるのはむつかしいとしても、啄木の歌は軽い。啄木を以て明治の代表歌人などと目すべきではないだろう。

啄木の二歌集の十九点に迫って、十八点を得ている書物に、北原白秋の「思ひ出」があり、歌集についで、ここに詩集も登場する。「藤村詩集」の十七点を得ていることは既に記したが、「思ひ出」は「藤村詩集」をうわ廻る読者を得ていたと見てもよいかと思われる。そしてそれにつぐ詩集はというと、三木露風の「廃園」の十三点で、露風は白秋と並称せられていたけれども、点数表の点は、白秋よりもやや少い。

しかし露風は別に、「寂しき曙」も三点を得ているが、白秋の「邪宗門」はない。なお詩集には、土井晩翠の「天地有情」十一点、横瀬夜雨（やう）の「二十八宿」五点、富田砕花（さいか）の「悲しき愛」四点があるが、蒲原有明、薄田泣菫（すすきだきゅうきん）二先達の集はなく、伊良子清白の「孔雀船」もない。寛の詩集もない。しかしそれよりも上田敏の訳詩集「海潮音」のないのを、寂しいこととしなくてはならぬ。

次に「思ひ出」と同じく十八点を得ている注目すべき小説のあるのを記そう。谷崎潤一郎の「刺青」がそれである。自然派の小説ばかりが幅を利かせていた文壇に、突如として異端に属する作家潤一郎が出、「刺青」という強烈な色彩と香気とを持つ作品を公にして、一躍人気作家の座に上った。潤一郎ほど花々しく文壇に打って出た作家は、前にも後にもないかも知れない。潤一郎の出現は、徒らに単調な自然派の小説のようよう飽かれようとする気運に向いつつあることを、端的に語ってくれるものだった。「文章世界」の読者も、新しい小説「刺青」の出現を歓迎せずにはいられなかったのである。

次の十七点の書の六部は、既に随所に挙げて来た。その次の十六点の書には、二葉亭四迷のた「平凡」と、中沢臨川（りんせん）の「露西亜印象記」とがある。「平凡」の十六点は、或は妥当な得点だったろうとも思われるが、「露西亜印象記」には、やや戸まどいさせられる。実は私は、それがどのような書物なのかも知らないからである。（つづく）

「吾輩は猫である」十四点——明治文学閑談　三

森　銑三

中沢臨川の「露西亜印象記」という書物を、私は全然知らなかったのであるが、秀逸十五篇の中の阿部鳩雨(きゅうう)君の文の中に、この書の取上げられているのを読むと、これは翻訳書なのであった。点数表には、翻訳の書も相当に多いが、その内ではこの「印象記」が、最高位を占めているところから、良書であったらしいことが知られる。但し表にはなお、昇曙夢(のぼりしょむ)訳の短篇集「毒の園」以下、ロシアの小説六部が数えられるし、戯曲には同じく曙夢訳の「どん底」の一部がある。それに拠って大正の初年頃のわが国の青年達の間に、ロシア文学に対する関心の高まりつつあった事実を知ることが出来る。

二葉亭のものは、「平凡」についで、「二葉亭全集」十三点がある。そのロシア文学の翻訳では、ツルゲーネフのものはなくて、アンドレーフ原作の「血笑記」が、五点を得ている。

次に移って、十五点の「毒の園」と同点を得ているものに、なお徳田秋声の「黴」と、永井荷風の「あめりか物語」とがあって、秋声と荷風と、異質の作家が同じ列の中にいる。

秋声は自然派作家の内でも、取分け地味な存在であったし、殊に秋声の評判作はというと、大正に入ってから生まれるので、表に出ている著作は、ただ「黴」の一作に止まる。

それに対して荷風の方はというと、「あめりか物語」の十五点に続いて、「すみだ川」と「紅茶の後」とが、同じく十二点を得て居り、飛んで「冷笑」が三点を得ていて、自然派に属しなかった荷風が、既に文壇に確乎たる地歩を獲得していることが知られる。右の三部の内では、「すみだ川」の方が、「あめりか物語」の上に出そうなものだのにと、私などは思うのであるが、「すみだ川」は都会情調の小説で、地方の青年向きでなかったことから次点となったのかも知れない。この「すみだ川」からは、自然派文学を興すに努めた「早稲田文学」で、推賞の辞を呈した事実などが、回顧せられて来る。

次に十四点の書の二部があって、その二部が夏目漱石の「吾輩は猫である」と、森田草平の「自叙伝」とであることが注目を惹く。漱石がようようここに現れて、しかも門下の草平と肩を列べているのが、何かくすぐったいようでもあり、多少皮肉に感ぜられもする。しかし漱石の小説などを、自然派作家は認めようともしなかった。「吾輩は猫」の十四点は、まずそんなところだったろうかとうなずかれもする。外(ほか)の漱石の著書では、「四篇」が七点、「虞美人草」と「文学論」とが三点を得ているが、ただそれだけで、「坊つちゃん」がない。「草枕」がない。「三四郎」以下の諸作もない。とにかく大正初年に於ける「文章世界」の読者達には、漱石は特に重んずべき作家でも何でもなかったらしい。

森田草平の方は、「自叙伝」の外に、今一つ問題作の「煤煙」が三点を得ているが、「煤煙」だの「自叙伝」だのといっても、今の若い人達は、殆ど関心を持たぬであろう。そうして草平という作家も、次第に忘れられようとしている。

草平の「自叙伝」よりも一点少い十三点を、同じく漱石門下だった鈴木三重吉の短篇集「返らぬ日」が得ている。しかしこの「返らぬ日」には、どのような作品が収めてあったのか、今思い出すことが出来ない。三重吉の作品としては、処女作の「千鳥」や、第二作の「山彦」を、私は第一に買うのであり、それらを収める「お三津さん」「千代紙」の二書も、六点と三点とを得て、なお後に出てはいるが、その二書の外に、「女と赤い鳥」が十点を、「小鳥の巣」は「千代紙」と同じく三点を得ている。三重吉の作品に対する評価も、当時はまだ区々(まちまち)であったらしい。

それでも三重吉の作品は、右の五点を数えるが、ネオ・ロマンチストとして、三重吉と並称せられた小川未明の作品は表にはない。未明には、「早稲田文学」などで、故意に箔を附けようとした形迹がないでもない。

十二点の書に移ると、そこに「一葉全集」が挙がっている。やれやれ、この全集も出たかという感じである。一葉女史こそは、明治文壇の生んだ唯一の天才作家だったと思うのであるが、一葉の小説を喜んで読んだのは、恐らく自然派文学の洗礼を受けない人達に多かったのであろう。「吾輩は猫」の十四点も少いが、「一葉全集」の十二点もまた少い。しかし明治末期に、「一葉全集」が二冊本として刊行し直されている事実は、一葉の愛読者の多数にあったことを語ってくれる。

同じく十二点の内に、正宗白鳥の「微光」がある。なお白鳥のものは、「白鳥小品」が九点、

「落日」が五点、「毒」が四点、「泥人形」が三点と、都合五部挙げられる。白鳥は自然派作家として既に一家を成していたことが知られるし、前の花袋と藤村とに対して、十点台に秋声と白鳥とが見出されるのが、偶然でないようにも取られる。

なお自然派の作家といえば、岩野泡鳴という愉快な人物が浮かんで来るが、泡鳴の名は、点数表には見えない。泡鳴の小説に、泡鳴らしい特殊の味いの出るようになるのは、大正に入ってからではあるが、その名の全然見えぬことには、多分の寂しさが感ぜられもする。泡鳴の存在は、文壇を賑かにしていたのである。

十二点にはなお、自然派以外の長田幹彦の「澪(みお)」が挙がっている。幹彦も当時は花形作家の一人で、美しい文章を書くことに於ては、荷風と何れかなどといわれていたのに、いつの間にか通俗作家に転じて、文壇から離脱した形となり、その純粋作家時代の作品までが、今は問題にされなくなってしまっている。「澪」は装幀の美しい菊判の本だったように記憶するが、その書を手にしないことが久しい。

次の十一点の書の内に、川上眉山(びざん)の「ふところ日記」のあるのがなつかしい。眉山の小説は、何一つ挙がっていないけれども、この「ふところ日記」さえ出ていれば、それで十分だという気がする。「ふところ日記」はいわゆる美文調の紀行ではあるが、文章のための文章に堕せず、豊富な語句を自在に駆使して、胸にわだかまる悶々の情を写して居り、その一語一語が読む者の心を打つ。強いて書こうとしないで、おのずからにして成った書物というところに、この書の尊さがある。眉山は硯友社では、紅葉と並ぶ名文家といわれたのであるが、紅葉にはついに、この

「ふところ日記」に匹敵する著作がない。

以上で十点台も終った。九点に移ると、その中に大町桂月の「学生訓」があり、同じく桂月の「一簑一笠」が三点の間にある。共に初期のものであるが、同じく初期の著作で、美文韻文を集めた「黄菊白菊」はない。嘗ては天下の青年を率いて立った桂月先生の時代は、既に過ぎ去ったという感じを受ける。（つづく）

僅かに二点を得た鷗外——明治文学閑談　四

森　銑三

八点の内には、茅原華山の「華山文章」がある。この人も一部の青年の間に人気のあった時論家であったが、その後聞えなくなってしまった。桂月翁の文章は、私などは今でも時々読み直すけれども、華山には気がない。華山の人物には、桂月翁のように、人を惹きつけるものがない。人格と結びつかぬ文章の生命は短いのである。

七点のものも、既に挙げた。六点に移ると、そこに水野葉舟の「響」がある。論客の華山と、小品文作家の葉舟と、どこか共通するものが認められもするが、この人も田舎に引込んで、代表作ともいうべき著作もなくて終ってしまった。一時的な人気というものの当てにはならぬことを知る。

次の五点には、厨川(くりやがわ)白村の「近代文学十講」がある。これは私なども、若くして啓発を受けた書物であるし、今でも好著だと思っている。西洋の書物の受売ではなくて、自分で多くの作品を読んで、よくそれを消化して体系を立てているのを認むべきであり、白村の著作ではこれを第一に推すべきではあるまいかと思うのであるが、今日の青年は、もうかようの書を読んで見ようとはせぬらしい。しかし一時、「何々文学何講」というような書名の著作の続出したのは、白村のこの書の影響だったのであろうかと思う。

同じく堅い書物で、黒岩涙香の「天人論」が五点の内にあるのも珍しい。誰かが素朴なる哲学書だといった書物である。しかしこの「天人論」にしても、どこまでも涙香自身の著作であるところに生命があり、借り物なのではない。それだけに読んで心に響いて来るもののあることを感ずる。「天人論」が出ているならば、三宅雪嶺の「宇宙」もあってよい筈であるが、雪嶺の著書は、「宇宙」ばかりか、その外のものもない。点数表には、その外にも硬派の文人達の著作の挙げられているものの乏しいことが物足らぬが、それは致し方のないことだったとすべきであろうか。

同じく五点の内に、薄田泣菫の「落葉」がある。泣菫の詩集はなくて、却って文集のこの書が出ているのであるが、この書の中の文章なども、今ではやや古びの附いてしまったことを感ずる。関西らしい趣味の自らにじみ出ている点を買うけれども、それだけにややこってりとしていることが否まれぬ。

四点に移ると、そこに武者小路実篤の「おめでたき人」が挙がっていて、それだけでも清新な感銘を受ける。白樺派の人々のものは、ただこの一部が見られるのに過ぎないが、自然派の作家達に取って代ろうとする青年達が、将（まさ）に出でようとしているのであり、「おめでたき人」の書名にしても、旧来の型を破っているところに新味がある。漱石が新しい作家としての実篤を、いち早く認めたのは、さすがであったといいたい。

同じく四点の内に、小栗風葉の「青春」と、「恋慕ながし」とがあるが、「恋慕ながし」はいうに及ばず、作者が大いに意気込んで書いた「青春」にしても、旧い殻から脱出しかねていることを感ずる。力作ではあったろうが、無い袖を無理にも振ろうとしているのが見え透いて、感心しかねる。文庫本にもなっているけれども、果してどれほどの人に読まれているだろうか。

同じく四点の内に、小杉天外の「コブシ」がある。但し一層評判の高かった「魔風恋風」の方はない。「コブシ」は実業家を書いた作品とのことであるが、私は読んでいない。「魔風恋風」の方は、つい先頃読み返したが、卑俗な感じの附いて廻っているものがあって、いやだった。「青春」よりも、更に低いところにある作品だと私は見る。

同じく四点の内に、「星湖集」もある。作者の中村星湖は、早稲田派の作者として、堅実な作風が認められていたように思うが、この人も早く創作から身を引いてしまった。作者としての星湖に就いて、私は何等いうべきものがない。

今一つ四点の内に、木下杢太郎（もくたろう）の「和泉屋染物店」のあることから、また爽かな感じを受ける。これは杢太郎の処女著作であり、且つ点数表中に見出される唯一の創作戯曲でもあるのが注目せられる。杢太郎は医者で文学者を兼ねたところから、森鷗外の後継者のように目せられ、鷗外同様に文壇からの風当りが強くて、また別のペンネームで小説を書いたりした。しかしその人の戯曲集に、とにかく四点でも点の這入っているのは、杢太郎を認める人達も、ないのではなかったことを語っているものと見てよいだろうか。

次に三点に移ると、そこに長塚節の力作「土」の出ていることを、第一に挙げなくてはならぬ。根岸派の歌人として、一部の人々が認めていたのに過ぎぬ節が、この「土」の長篇を新聞に連載したのに対して、時の文壇人達のこの作を見る眼は、冷淡を極めていた。その完結後に、夏目漱石の長序が附せられて単行本となり、次第にその真価は認められはしたけれども、伝統的にといってよかろうか、かような歌人の書いた小説などは、というような態度を、今でも文壇人達は執りつづけている。日本の小説の何を海外に紹介しようかというような評議の行われる度ごとに、私は第一に、この「土」を思うのであるが、ついぞこの作の話題に上ったことを聞かぬ。文壇人たるわれわれは、文壇人以外の手に成った小説などまで取上げる必要はないというような態度はいかがであろうか。よい作品をよしと見ることが、どうして出来ないのであろうか。そうした「土」に対して、「予の愛読書」の応募者中、僅かに三人でも、この書を選んでいるというのは嬉しい事実であり、今では名前も分らぬその三人に、敬意を表して置きたい気がする。

同じく三点の内に、高浜虚子の「鶏頭」がある。節の「土」に対して、「鶏頭」は俳人の書いた小説で、これにも漱石が序文を書いて、自然派の文学以外に、この種の作品も存在すべき理由のあることを主張し、余裕派の文学という名称をこれに附している。この「鶏頭」のよさなども、認める人々は少かったのであるが、本書を愛読書に数えた人が、やはり三人あったというのが珍しい。「風流懺法」「斑鳩物語」などの好短篇がこの内にある。

三点の書の内には、まだまだ問題にすべきものがある。森鷗外の短篇集「涓滴（けんてき）」が、この三点の内にあるのであって、鷗外漁史という大物が、ここに始めて顔を出す。これなども、あまりといえばあまりであったといってよいだろう。漱石の作品は、ただ黙殺に附してしまうのが、文壇の習わしだった。それに対して、鷗外の書いたものといえば、寄ってたかって悪口をいうのが、また文壇での仕来りになっていた。鷗外の作品に対する悪評を輯(あつ)めたら、それは優に一部の書を成すであろう。私は明治文学の研究家に、そうした書物をも編纂して貰いたい気がしている。

(つづく)

閑却せられた作家達——明治文学閑談　五

森　銑三

三点を得た「涓滴」には、「杯」「あそび」「普請中」などの好短篇が収められて居り、この集はこの集として、もとより見るべきものがある。とはいうもののただこの一部で、鷗外その人が尽されるものではない。点数表に鷗外の他の創作も、あまたの翻訳も、一切不問に附せられた形になっているのは、どうしたものかといいたくなる。

「即興詩人」は翻訳ではあるが、雅文脈、漢文脈、洋文筋を一つにしたその訳文がめでたくて、朗々誦すべき名文を成している。これは明治文壇の最大収獲の一に数えてよいものではないかと私は思う。私は鷗外の創作の何れよりも、この「即興詩人」を高く評価したい。鷗外の純文学的業績としては、この翻訳を第一に推したいと思っている。それだけに「即興詩人」の点数表に見出されぬことに、大きな不満を感ずる。

それにつけても、自然派の小説にあらざれば文学にあらずといったような偏した主張が、どれほど当時の青年達を毒したか。幸いにして私は、やや後れて生れたお蔭で、そうした偏見には感染しないで過ごすことを得た。それで「即興詩人」を今でも愛読書の一に数えているのであり、はっきりそのことの口にせられるのを嬉しく思う。

三点の著作で、今一つ挙ぐべきものに、久保田万太郎の「浅草」があった。万太郎の作品は、都会趣味を振廻わし過ぎるところがあって、時に反感を催すのであるが、その初期の淡い情趣を基調とした小説や戯曲には、好ましいのが幾つかある。とにかくこの点数表にも、谷崎潤一郎、武者小路実篤、木下杢太郎、それからこの久保田万太郎と、次の時代に活躍する人々が、幾人も顔を出していることに、時代の推移を感ぜさせられる。

四点、三点の著作には、取上げずにしまったものもあるが、点数表の一瞥は、一応これで終えたこととしよう。二点、一点の七十余部は、掲載を打切ってしまってある。だからその内容は知ることを得ない。

しかし点数表には見えなくても、明治の作家として逸することの出来ぬ人がまだまだある。その内の幾人かに就いて、一言して置きたい。

点数表には幸田露伴がない。自然派文学の勃興後、露伴は文壇の外に押出されてしまった形となって、文学者というよりも、寧ろ学者として立っていた。それで「文章世界」の読者も、露伴の存在を忘れてしまっていたのかも知れないが、その旧作の内の「ひげ男」などは、花袋もこれを推称している。花袋が後に歴史小説に筆を染めたりしたのは、多少この作などの影響があったのではあるまいか。そういう気がせぬでもない。

小説家の露伴は、またすぐれた随筆家でもあった。「潮待ち草」などの単行の随筆書もある。

しかしそうした随筆書を繙く趣味を、「文章世界」の読者などは、解するに至っていなかったかも知れぬ。

点数表に洩れた作家に、斎藤緑雨もある。緑雨は緑雨で、小説よりも寧ろその随筆に、雑文に、よく自己の面目を発揮しているのであり、その文を読む度ごとに、溜飲の下る思をする。しかし緑雨の文学の真趣の如きは、全く特別のもので、「文章世界」の読者に、なぜ緑雨を認めないかなどとまではいいかねる。緑雨の方でも、取上げられなくて仕合せだったと、皮肉な笑いをたたえるかも知れない。

点数表には正岡子規もない。伝統的な俳句に、また歌に、新しい生命を吹込んだ子規は、一文学者というよりも、明治の生んだ一偉人と見た方が適切な気がするが、その子規の句や歌は、東洋趣味に立脚している。「文章世界」の読者達は、子規を中心とする「ホトトギス」よりも、星や菫を礼讃した西洋趣味の「明星」の方が、一層ありがたかったのであろう。

泉鏡花は、当時自然派の作家達から露骨な排撃を受けていた作家であったから、その人が点数表に見えないのは、不思議でも何でもない。しかし、そうした苦境に置かれながら、鏡花は自分の世界を護りつづけて、少しも屈するところがなく、苦境に在りながら、「歌行燈」その他の名作を書いている。そうした鏡花に、私は真の芸術家の魂を見る。鏡花の愛好者は、今はまたまた減ってしまっているが、鏡花の作品は、その内にまた何人かに依って新しく見出される時が来るであろう。鏡花の文学の永久に滅びないであろうことを私は信ずる。

まだまだ人物がないでもないが、これだけ挙げただけでも、点数表の評価に、不満な点の多いことが知られよう。しかし点数表に見えたる人々に、洩れた人々をも補充して考える時、明治時代のわが国は、一時に文運が興隆して、多くのすぐれた作家が出、多くのすぐれた作品を公にしている。そうした事実を認識せざるを得ないことになる。

今年が明治百年に該当するというのに就いて、明治なんぞ取るに足らぬ、好ましからぬ時代だったというようなことを、事もなげにいい放って、得々としている人がある。そうした言説に耳を傾けて、なるほどそうかと思込もうとしている年少の人達もあるかに見受けられる。さような考え方に対して、ここに一言して置きたいものがある。

或時代の国家が興隆期に在ったならば、その時代の文学美術は興隆の相を持つであろう。衰退期に在ったならば、文学美術も衰退の相を取るであろう。国家が好ましい状態に置かれているか、好ましからぬ状態にあるかは、文学美術を通じて、これをトすることが可能である。美術はしばらく置いて、明治を好ましからぬ時代とする論者は、明治時代の文学をどのように考えるのか。まずその一事を考えよといいたい。明治時代のすぐれた作家達と、そのすぐれた作品群とを、一部の論者達はどう観察しているのか。

勿論明治時代にも、凡庸作家はあって、幾多の凡作を書いている。しかしそうした例証を山と重ねて、だから明治は下らぬ時代だったのだという論を立てたらどうだろうか。その論がいかに巧妙に組立てられていようと、それを以て具眼の士を服せしめるわけには行くまい。一部の論者の議論の立て方は、それに類するものがあるのではないか。

明治時代をいかに把握すべきかという人があるならば、私は明治の代表作家達の代表作品を、まず通読すべきことを勧める。明治時代の文学作品は、即ち明治という時代の産物に外ならぬ。それらの文学作品を通じて明治という時代を観察するという作業も、今後大いになさるべきであり、そうした作業を進めるについては、この明治文學全集が、大きな役目を勤めてくれよう。私は本全集の完成に、その点でも大きな期待を懸ける。

島崎藤村について

生方敏郎

島崎藤村の学歴はユニオン・カレッヂ明治二十四年（一八九一年）のアルムニということだ。此（この）カレッヂは築地大学ともいい、後港区芝白金今里町に移り明治学院と改名した。私はそのアルムニで藤村より遅れること十年の、いわば同窓生なのだから初めから他と異なる縁故があり交際は彼の死去の日まで続いた。

私が学院に入学しヘボン館に寄宿した時、藤村はまだ数え年二十八歳だが新体詩人としてすでに盛名を博し、ヘボン館には彼に関する種々の伝説さえ生れていた。例えばサンダム館の二階は図書館だが、そこの書棚にあるイングリッシ・メン・ノブ・レタースのシリーズの中のミルトン伝の赤インキのアンダー・ラインは藤村が曳いたものだ、という類で特にミルトン伝を皆が貴重品あつかいしていた。

学院には西洋人教師が奨励して種々のミーティングがあるが毎週金曜日の夜の文学会は盛大だ。文学会といっても演説会だ。その文学会の例会の記録は選挙に依る会長副会長が執筆且つ保管して次期の会長に渡すのだから、私も会長として二年間あつかったが、藤村時代の記録が最も花やかだった。

それによれば毎週の演説会の他に年に一回演劇もやっている。沙翁［シェイクスピア］劇ジュリアス・シーザーの役割も記録されてあった。邦語訳でなく英語でやる。勿論外人教師の指導の下にやるのだが、藤村の役はアントニーで中で一番の儲け役だ。同級生の戸川秋骨、馬場孤蝶、和田英作、松浦和平、中島久万吉、高島徳右衛門、直下級の木村鷹太郎その他の一座だが、藤村は主役を割りふられている。

島崎さんは明治三十五年（一九〇二年）に「落梅集」の公刊を以て新体詩に筆を絶ち信州小諸に引籠って小説の創作に専念、「破戒」を著わし次いで明治四十年春から東京朝日新聞に長編小説「春」を発表し、翌年之を自費出版された。その時、島崎さんからの名指しで之を私が批評するようにとて読売新聞から申入れて来た。「春」の内容は彼が同窓の友人たちと東海道吉原の宿に旅行するあたりから始まるもので、後輩のアルムニである私が最もよくアップレシエートするものと考えられたからであろう。また小説「春」は沈滞した古臭い当時の文壇には型破りの作品であったから、陰口をきく者は多いがその評価を公表する者は一人もないから、特に学校を出たばかりの私を名指したものであろう。仍て私はその読後感を読売記者正宗忠夫君に郵送して、「春を評す」を日曜文芸附録に発表した。此一編の作品によって島崎さんの小説家としての声価は定り、おかげさまで私は一朝にして評論家を以て許されるに至った。

大正十四年（一九二五年）春四月、島崎藤村和田英作二人連名で明治学院同窓の「白髪を数える会」をやろうじゃないかとの通知を得た。

右二人は明治五年生れだから此年五十四歳でぽつぽつ白髪の出はじめる年頃、寄宿舎で一つ釜のおまんまを分けあった仲なのだ。

学窓を出てすでに三十年、Aは東京美術学校長としてBは大正文壇の長老として、人生も此辺までくると甚くオールド・チャムの顔が見たくなる。世界はとかく窮屈だ。人生の闘いにはつかれた。懐しいものは学生時代の友、遠慮会釈も屈託もない腕白時代のチャムの顔、同窓会がやりたくなったのだ。

とはいえあれから既に三十年、アルムニ会の名簿は膨れすぎた。会は毎年始業式の後に催されるけれども、学校本位で形式的に流れさっぱり面白くない。だからあれはあれとして別に老人組の有志だけで集ろうじゃないかというのが本会の主旨だそうで、弱輩生方敏郎（四十四歳）のところまで召集令が下ったのである。

四月十四日、会場は桜花らんまんの芝公園内紅葉館、幸い当夜は薄曇の空ではあったが、風弱くして花を散らさず天低けれども雨を誘わず、かれこれ十四五人は集った。

「案内状を出しただけ皆来てくれたよ」

島崎和田両幹事は、開会前から上機嫌だった。

来会者は流石に発起人たちの同期生が多く、戸川秋骨、馬場孤蝶、松浦和平（工学博士、「春」の中では雷という仇名の、とある）、高島徳右衛門及び彼等前後のアルムニで水芦幾次郎（当時明治学院中学部長、哲学者堀秀彦君の実父）、関露香、三宅克巳（洋画、水彩画の元祖）、桜井鷗村、北村重吉（精養軒主人）、池田藤四郎（故岩野泡鳴のクラス・メート）などで皆五十歳以上のオールド・ボーイ。遥に離れて生方敏郎と村井五郎（村井銀行）の二人だ。神学部と高等科までは案内状が出してなかったとやら。

さて、彼等発起人組の浮々したハシャギ方といったら、之でも家庭ではオヤヂであり学校では先生なのか知らと疑わせるばかりの茶目々々しさ、何しろ白髪頭で腕相撲を試みようというのですから。

「イヨウ、ちんがん、しっかり」

「負けるな、青竹の手摺」

と応援するのは二人とも葉巻吸の煙突組。松浦馬場の両教授、戸川教授（慶應大学文学部）は之も得意の皮肉を時折投げ付ける。

因に、此ちんがんは本字に書けば珍顔で和田英作画伯の仇名、片や青竹の手摺は島崎藤村さんの綽名である。然るに自伝小説「春」の中に現われる主人公の仇名は「いかけやの天秤」となっている。心は出過ぎ者なのだそうだが、それは小説としての創作で、学校時代の本当の仇名は青竹の手摺、心は生意気で摺ッからしという訳である。

私たち若者の眼には、いつみても温顔抑遜の島崎さんにも、青竹の手摺時代があったかと思えば、人間は修養次第でいくらでも立派に成長するものである。

とかくする中、大先輩の白頭翁杉森此馬（神学博士）さんが現われたので一同忽ち大マヂメになり、膳につく。

於是乎(これにおいて)、島崎幹事起って開会の辞を述べ、満座静聴、杉森老人感謝の祈り終って、乃ち一座盃を挙げ、和田幹事在学中の回顧談あり、当時寄宿舎の流行歌（作者不詳）

国会開けて

寄宿舎焼けて

マグネヤ、コレラで

死ねばよい

を唄い出せば、島崎、松浦、戸川、馬場の諸君声張あげて合唱した。

因に、マグネヤ先生は寄宿舎監だが非常にきびしく、舎生は寄宿舎（当時築地に在り）が焼けて学校が休みになればよいとの意味である。

食事中、再び雑談に入り、島崎幹事は

「天狗俳諧をやろうよ、これなら杉森さんにだって入れるから」

と細かいところへ気を配る。果して面白い句が二三出来て一同笑壺(えつぼ)に入る。

更に幹事の趣向として島崎さんが紫ちりめんの袱紗をとけば短冊数十枚と画帖一冊が出た。此材料は島崎さんの寄附で、之にべたべた会員の似顔を描くのが和田美校長の役目。画帖はクジ曳きで口の悪い松浦工学博士に当り、短冊は数枚ずつ一同にくばられてお開きとした。

（うぶかた・としろう）

田山花袋の俤 （一）

生方敏郎

島崎さんと私は同窓の関係だが、田山花袋さんと私は同郷人の関係で親しくして頂いた。田山花袋の名を知ったのは中学二年生の時だ。従姉の一人が彼の著書「ふるさと」を持っていたのを見たからだ。他郷に出て暮していて時に故郷へ帰ってくる、一木一草思い出が深い。此様なテーマは青少年に好まれる。之よりあと、花袋さんは博文館に入り日露戦争実記の記者として従軍し、実記の方に多く寄稿したのを、私は愛読したが、文士として花袋さんを記憶したのは「ふるさと」が初めだ。

明治四十年八月頃、私は東京朝日新聞社の編輯室で花袋さんの小説「蒲団」を読んだ。私の本職は司法記者で毎日東京地方裁判所へ朝から詰めかけるが、注目すべき公判がなければ早く退きあげて京橋区滝山町（今の銀座西六丁目辺）の社に帰り、種々編輯のお手伝いをする。新刊書新刊雑誌の紹介もその一つだ。これは一ト通り読んでからやるのだから時間もかかるし一ト仕事だ。しかしそれはヒマをみてやるのだから急ぐにあたらない。小山内薫君の「新思潮」の紹介も私がやった。私のした紹介はすべて言文一致体だからすぐ他人の文と見分けがつく。

とにかく私は「蒲団」を一読した時、従来見慣れていた小説と大分趣きがちがうと思った。そこには力強い執着がシンになっていた。その読後感を一筆したのである。

けれども新刊紹介なんてものは短歌や俳句と同様、新聞では埋草なのだ。また広告部では本屋から広告をとる時の材料にするのだから、新刊紹介はマジメな律義な批評でなく提灯持にして貰いたい。あまりくそマジメな紹介をすると広告部長が苦情を持ちこんでくる。

私は若い駆け出し記者だからその様な新聞の内情は知らない。一本気のマジメな紹介であったが十分「蒲団」をほめたつもりだ。

当時編輯室には渋川玄耳社会部長の他に白仁(しらに)三郎西村酔夢がいたが、何れも自然主義には反対する人々なんだが、まだ此時は自然主義の火の手があがって居らず、田山花袋も大した小説家ではなかったから、私の「蒲団」の紹介をみて立腹する人はなかった。また世間でもこの小さな紹介をみて兎(と)やかくいう人もなかった。流石に作者の花袋さんだけは一読して忘れなかったようだ。

その翌日私は自分の家のすぐ近くの早稲田文学発行所である島村抱月さんをお訪ねした。すると雑談の間に、例により

「最近何か目新しい創作を見ましたか？」

と訊かれた。河竹繁俊博士の著書にも時々みえる通り、島村抱月という人はいつも生欠伸(なまあくび)をしている力なさそうな人なのに、早大教授と文芸家協会と早稲田文学主筆のかけ持ちで多忙を極めている。だから門人たちの顔をみれば近刊書を読んだかと訊き、その答によって自分も読んでみ

て、それから批評にとりかかる。

翌月の「早稲田文学」に抱月先生果して花袋の「蒲団」をほめていたが、年も暮れんとして、明治四十年に於ける文壇の収穫総決算という段になると、大々的に花袋を持上げた。そこで花袋は一躍して藤村花袋と東西の文壇両大関の一人に成り上った。

運というのも可笑しいが、運もある。

近年に於ける文壇の流行児は、十年前に亡くなった樋口一葉、之は明治三十二年頃博文館から一葉全集が出たので一般に行き亘り、次いで徳冨蘆花が「不如帰」で出て「思出の記」「黒潮」の出た頃が人気の絶頂であり、一方尾崎紅葉の「金色夜叉」も世紀末の作品で、紅葉死後は泉鏡花の花盛りが続いたが、日露役の終り方にはちょっと文壇がお留守になった。

戦時中は小杉天外の「魔風恋風」、小栗風葉などが評判ではあったが、明治三十九年には新人夏目漱石の一人舞台みたいな華やかさで、従来の硯友社風の作家の色は褪せ、御大将の紅葉は亡く、森鷗外漁史は九州小倉の軍医部長として赴任し、根岸派の幸田露伴は新たに生れた京都大学文学部教授となって東京を去った。明治四十年夏目漱石は健在なれども春から東京朝日新聞に入社したので、文壇からひどく遠くなり、ほとんど絶縁した如くになって、それで文壇がおるすになった。

明治三十八年から九年一ぱいあんなに評判だった漱石の名が、明治四十年以後の新聞雑誌をどう探したって何処にも見えない。ただ銀行員の家庭にしか見られないような東京朝日新聞に「虞美人草」がみえるし、時たま俳句雑誌の「ホトトギス」に短編小説をかく漱石の名が見えるほかは、——図書館であの頃の新聞と雑誌をよく調査して御覧なさい——何処にも漱石に対する批評もなければゴシップもない。殊に文学専門で売り出していた読売新聞に漱石という文字は恐らく彼の死を報じた大正五年十二月まで一ぺんも見えないだろう。

此隙間に田山花袋の名は島崎藤村と共に之又大きく大きく出た。何地（いずち）を向いても出ている。「趣味」という文学雑誌が大分読者を牽き付けたが、藤村花袋白鳥青果、たまに徳田秋声かな。明治四十二年に創刊せられて大正三年初めまで続いた「スバル」は決して自然主義派ではなく早稲田文学反対派であったが、之にも殆ど漱石の名は見えない。

明治四十三年春、「早稲田文学」の用事で私が花袋さんを訪れた時までに、彼は東京の西郊代々木村の畑の中に相当立派な家を新築して之に移っていた。

田山さんが「蒲団」を発表したのは多分春陽堂発行の「新小説」誌上と思われるが、その時分から大正二年の暮近くまで彼は博文館発行の「文章世界」の編輯人であった。月給は四十五円くらいなものだろう。

併し（しか）「蒲団」以後、読売新聞に長編小説「生」と「妻」「田舎教師」など、あの太い背面に黒毛のモジャモジャ生（は）えてる無器用そうな手でエネルギッシュに書きつづけ、今や立派な家を建てた。

「折角こんな遠くまで来てくれても此辺には駅前までいってやっと蕎麦屋が一軒あるだけで、何もなくってね。蕎麦やうどんなら自分で打った方がいい。今日は生方君ゆっくりしてボクの打つうどんを食べてってくれないか」

といい、大きい木鉢を持ち出し、話しながら赤いたすきをかけて粉をこね、板にのせて上からあんぺらをかぶせ、足で踏んで、更にあんぺらを取りのけ板の上でめん棒でのして、畳んで刃の幅の広い庖丁を持って来て細くきざんだ。丁度山鳥の到来物があったので私も久しぶりに上州へ帰省した時の気分になって御馳走になった。（この項つづく）

田山花袋の俤（二）

生方敏郎

島崎さんときたら西大久保（明治四十年）にいた頃、ひどく貧乏して奥さんが今いう栄養失調で鳥眼になったりしたことは有名だが、田山さんはその反対に経済には腕があった。二十四貫目以上ある、あの体力で我無しゃらに書き立てた。

博文館からは「文章世界」の他に「太陽」「文芸倶楽部」「女学世界」「中学世界」「農業世界」など沢山の雑誌があったが、原稿をかけば月給外の収入になるので、あすこの社員の話に田山君は月末には札（さつ）を鷲摑みにして袂へ入れて帰ると、私に語ったことがある。

こんな事もあった。明治四十四年頃、日本橋本町の博文館の応接室で田山さんと話している時、

「今、下に島崎君が来ているんだがね」

というから、私は

「誰のところ?」

ときくと、

「今井君（出版部長）のところへさ、もう七日もつづけて大久保くんだりから毎日やってくるんだがね。ボクには到底あの根気はないなあ」

と少し腹立たしげだ。それは博文館から文集を出す筈になったが印税——文士では恐らく印税の初期だ——を今井は六分というのを七分にしろという掛合なんだといって田山さんは笑うのだ。しかし私はむしろ島崎さんに同情した。田山さんは力で行く人、原稿も数でこなすが、島崎さんにはそれができない。後年私は田山さんと共に旅行したが、私が六時頃顔を洗っていると、田山さんは

「何だ。今起きたんか？　ボクは四時に起きてもう一回書き上げたところだ」

という。「大阪毎日新聞」に連載中の小説の一回だ。安い月給取の一ヶ月分のかせぎだ。

また田山さんは少年の頃はひどい貧乏だったが青年時代からは月給取で月々定った収入がある。島崎さんはその反対に富裕の家に育ち学校も好い学校を出て好い友達もあるが、文芸の為めに貧乏するのだ。

春陽堂出版の「一葉集」以下「落梅集」まで一つ二十円で原稿の売り切りと聞いたら、誰だって驚くだろう。私も島崎さんの口から聞いた時にはびっくりした。あれは大正十年の八月だ。アメリカ帰りの中塚栄次郎（今尚存命）に私は窮乏せる岩野泡鳴の遺族の為めに彼の全集を出して貰った御礼として、島崎さんの全集出版に尽力しようと引受けた。それは他方フランス帰りの島崎さんが大に金詰りでいるのを伝聞した時でもあったからだ。早速島崎さんに相談すると「ボクはフランスへ行く時、全部の著作権を売り払ったから全集出版はボクと関係がないが、有

島生馬君と万事相談してくれ」

という。その時、春陽堂の詩集のことも聞いたのだ。そこで有島君と二人で行って春陽堂からも実業之日本社からも博文館からも新潮社からも、一旦売った著作権をまたロハで返してもらって、大正十年に藤村全集が出たようなわけだ。

之に対して、田山花袋さんは自然主義時代が過ぎ去った大正十年には、身辺ずいぶん淋しくみえた。そこで私は近所の川俣馨一君に訴え、田山花袋全集を出版してもらうことを約束した。之は途中に関東大震災があったりして、おくれる月もあったがとにかく十何冊か全部発行できて、花袋さんを満足させた。

そこで田山さんには度々旅行に誘われた。彼の郷里の館林のツツジの花山へもいった。文福茶釜の茂林寺の藤も見にいった。又別の時上州伊香保温泉にも行き、太田の呑龍さまへもいった。西長岡鉱泉へも誘われた。また時には一寸近くの向島やら森ヶ崎へも遊びにいったが、連中は私一人ではない。窪田空穂、吉江喬松（たかまつ）、前田木城（ぼくじょう）、片上伸、岡村野水と私と田山さんの大一座で豪遊的であった。

但し、島崎さんだって、大正末期以後は福々で、また他人のためには金を惜まなかった。例えば大正四年赤坂星ヶ丘茶寮に於ける親友馬場孤蝶さんの還暦祝賀会は仲々ぜいたくな会だったが、費用全部を島崎さんが支払った。あの時の客は岡野知十（ちじゅう）老人をはじめ、戸川秋骨、森田草平、生方敏郎、土岐善麿、水上（みなかみ）滝太郎、久保田万太郎その他であった。今生きているのは土岐君と私だけになった。又、田山さんと旅行の時の仲間はつい此春まで窪田空穂君が生きていたが今では之も私一人になった。

こんな金銭上の内所話も私がしなければ誰も知らずにしまうかも知れない。

初めて島崎さんを麻布狸穴（まみあな）に訪ねた時、

「先生の家は暗いなあ」

と私がいったら
「明るい家には金が入らないっていうから暗い家をみつけたのさ」

と冗談をいわれたこともある。

田山さんは六十歳で死に、島崎さんは七十二まで生きた。田山さんの体格はすばらしく土木の親分みたいだったが、脆かった。島崎さんは均整のとれた体つきだし、養生もよかった。そして二人とも日本の盛大な時だけを見て、独立を失ったような惨めな日本を知らずに亡くなったのは幸福だった。

田山さんの学歴は小学校だけだがその頃の小学校は英語を盛んに教えたので、後は独学で英書をよく読んだのには感心する。一方雑誌記者をやりながら創作のかたわら偉い勉強で丸善に注文して、例えばモーパスサン全集の英訳本の如きも購読していたから、時勢の動きに対処していつまでも古い人間にはならなかった。といってまた古い時代の人だけに漢詩が得意で、また和歌も作り、書もきれいに書いた。島崎さんも書はうまいが田山さんの字は枯れていて味がある。

田山さんは晩年になって向島で豪遊したこともあるが、遊ぶにも渋味があり遊蕩文士連とは遊び方がちがう。小唄一つでも之を解釈したり、端唄の作られた時代研究をやったりした。

若き日の永井荷風

生方敏郎

先年永井荷風君が亡くなった時、遺産と著作権相続のことから、妻子はなく、令弟威三郎氏の名前だけが見えたが、荷風君には尚もう一人貞次郎という弟さんがあった。そして私は貞次郎君とは親しかったから、永井君とはまた一般文士とはちがった交際であった。

明治三十五年（一九〇二年）私は早稲田大学の今でいえば高等学院に当る高等予科へ入学した。初めて生れた私立大学というので学生間には大変な人気で、予科生は千人以上になりAからFまで六組に分れた。私も貞次郎君もF組に入れられ、そこで二人は友達になった。まだ共産党のような極左思想はない時代で、キリスト教がヤソ国賊といわれ政府から睨まれた。私等二人は市ヶ谷（文京区）の植村正久牧師の講義所で結ばれた信仰の友であったから、お互の家庭にまで往来した。

貞ちゃんは祖父の跡を継ぎ鷲津姓を名宣っていた。下谷竹町佐竹通り（台東区）の彼の家は広い家で、彼の部屋は南向の二階だが、あの広い家に他に幾人住んでいるのか殆ど人影を見ない、いつ行っても静まり返っていた。医院らしかった。

同じ兄弟でも荷風君は色白の面長で、下世話に「長男は尺八を吹く面に出来」とはよく云ったものだと思わせるが、貞ちゃんの方は色浅黒く体はガッチリしていた。翌年本科に進学する時、私は文学部英文科を選んだが貞ちゃんは政治経済科に入った。彼は明治三十九年に卒業すると、誰もするように一年志願をし除隊して植村牧師の基督教神学校に入った。

彼が志願兵の時の或日曜日に日比谷公園でパッタリ出逢った。その時に彼は将来神学校に入るというから
「それでは君は牧師になるのか？」

と訊いたら、

「とにかく、僕は信仰生活で行く」

と答えたが、果して其通りに神学校に入り、後アメリカの大学で更に神学に研きをかけた。しかるに天か命か帰朝して間もなく大正五年頃亡くなった。

荷風といえば世人は色を漁り金銭を惜むだけの畸人と見做す傾きがあるが、他面貞ちゃんのような生一本な信仰の道徳堅固な弟があることから考えれば、荷風の性格をそう簡単に片付けるわけには行くまい。

弟とは懇意でも兄荷風との交渉は、私の早大卒業後明治四十二、三年頃、荷風君から「歓楽」という短編小説集を寄贈してきた時に始まる。明治四十一年、荷風は欧米から帰ると博文館から「あめりか物語」を公刊し、早稲田文学社へ「高評」の判コを押して贈ってきた。相馬御風はひ

どく之に惚れ込んで私にも読めとて持参した位だ。「早文」で好評したので彼の声価は頓に上り、折節新たに文学部を作ろうとしていた慶應大学では、部長に森鷗外、機関雑誌「三田文学」の編集に永井荷風を招いた。右両人とも元々三田出身ではなく外からの輸入であった。そして「早文」の方へも協力してほしいと相馬御風まで申入れて来た。私の「歓楽」の紹介文は「早文」か又は読売新聞日曜附録の何れかに載った。

その後間もなく私は京橋三十間堀（中央区銀座）のやまと新聞に入社したので、森鷗外さんからも荷風君からも特に三田文学を頼むとのお声がかりもあり、私は同誌に出た久保田万太郎の「朝顔」を、又後に水上滝太郎の「その春の頃」を推奨した記憶がある。

新聞社へは午前十一時出社し午後三時に退社するのだが、正午から二時半までポッカリ仕事の手がすくから、私は新橋を渡るとすぐの烏森まで歌沢の稽古に通っていた。明治四十五年七月の或日、師匠から芝派の女師匠芝勝のおさらい会の切符を付合ってほしいと依頼され、新聞社が退けてから夕方近く傍聴に行った。

家元の芝金のおさらいだと毎年日本橋詰の常盤木倶楽部で盛大に催されるのだが、芝勝は新橋界隈を地盤とする此派の重鎮で年齢五十歳くらい、でっぷり肥えて貫禄のある女、しかしおさらい会は自分の家でやる。弟子の多くは銀座八丁の内の金春新道、板新道と電車の東側ウラ通木挽町二丁目の信楽新道の芸者衆と半玉、待合と料亭花月湖月等の女将や女中たちで、立派な商店の旦那衆も少し交っていた。それから無論この辺いったいの娘子供たち、数にすれば最も多かろう。数え五つ六つからの幼女が髪をくわいの取手に結んだのや、も少し大きい小学生とかつら下地や結綿や桃割つぶし島田の娘たち。

それらが代る代る赤毛氈（もうせん）を敷いた高座にのぼり、見台に向い、師匠の三味線に導かれて一つ二つずつ唄うのだ。子供たちが悉く終る頃は、夏の永い日も暮れかかる。軒には釣忍（つりしの）ぶに風鈴、簾は半ば捲きあげられて狭いながらに石の築山や草木をあしらった打水涼しい庭もあり、外には豆腐屋がラッパを吹いて廻ってくる時分、古風な下町情調の捨てがたい明治の銀座であった。

子供たちの唄が終って大人が壇に登り初める頃、参会者一同に記念のおみやげとお弁当がくばられ、酒も出る。女弟子が終りそろそろ旦那衆の番が廻ってきた。旦那弟子の一人が赤毛氈に登った時、

「あれ永井さんよ」

と兼て私には顔馴染の妓（こ）がささやいて教えた。

「誰さ」

と私が聞き返すと、

「永井荷風さんて、小説家よ」

とその妓が答えた。

想いがけないところで会うもんだと、私は思いながら、そう知ったので、またよく彼の顔を注視し耳をすまして一句一音もきき洩らすまいと、心を緊張させてきいた。

「すだれ」という唄で声も節廻しもなかなか立派だ。もう一つ何かやったが、それは忘れた。

「すだれ」を唄うのは一年や二年習った初心者ではゆるされない。名取でなくてはなるまいと思

いつつ私は聞いていた。

彼は唄い終ると高座をおりて、私の近くにあった自分の席にもどった。

すでに文通の上では三年も前から知人の筈なんだから、私はすぐ彼のそばへにじり寄って名刺をだし、初対面の挨拶をした。

「今のはステキでしたね」

と私が頭からほめると、彼は

「いや」

と微笑して、

「尺八なら幾分自信があるのですがね」

と、大変な上機嫌だ。そして私に盃をさした。すると傍にいた若い芸者がお酌してくれ、また折詰の煮しめを箸にはさんで開いた私の口へ入れた。

「八重次です」

荷風君が紹介した。

私は新聞記者のくせに荷風に八重次のあることを其時まだ少しも知らず、紹介されてもただの歌沢仲間と考えていた。

新橋金春新道（西銀座五丁目ウラ通り）巴家（ともえや）八重次さん、後の藤蔭静樹（ふじかげせいじゅ）さんは、年なら私より二つ三つ上なのだから、此晩すでに三十路の坂を越していたのに、つぶし島田のみずみずしさ美しさ、私は十九歳の新妓（しんこ）ほどにしか見なかった。

彼女は私の名刺をみて、主人の為めと思ったのだろう。愛想よく話しかけ酒をすすめたりしてもてなした。

丁度そこへ三毛猫がのそのそ入ってきた。八重次姐さんは手をのばして猫を引っぱり寄せ膝に抱きあげ、猫の両手を自分の両手でにぎり後足で膝の上に立たせ、猫の額猫の鼻を自分の鼻にくっ付けた。

「お前も猫、私も猫、どっちの鼻が冷たいか?」

私はついぷっと吹きだしてしまった。

野人泡鳴

生方敏郎

　永井荷風も正宗白鳥も私より三歳の年長というだけだ。しかし私は先輩と考えた。荷風の弟の貞次郎とも白鳥の弟得三郎とも親友だったからかも知れない。岩野泡鳴は九歳の長者で島崎藤村より一つ下というだけだ。それだのに泡鳴は最初から友人という気がした。時には「オイ、岩野」と呼びかけたものだ。それだけに親しくザックバランに交際できた。これが岩野の人柄なのだ。花袋や白鳥は自然主義を奉じた芸術家だが、泡鳴は俺だって芸術家だと叫ぶ自然人だ。

　与謝野鉄幹がひどく泡鳴を嫌うのは、他にも何かあったか知れないが、とにかくあの泡鳴の不遠慮な態度であろう。正直はいいがムキ出しは困るというわけなのだろう。それともう一つ「押し」の強いこと。鼻が大きく、その鼻を天井へ向けて大声で話し大口あいて「あッはッはァ」と笑うこと。いずれも伝統的な芸術家には我慢できないところだろう。

　かげで話す時でも一般に誰でも鷗外先生逍遙先生というところを泡鳴一人は坪内君森君という し、読売新聞に泡鳴は評論を寄稿するのに「坪内君は第三流作家」などと書いたこともある。

だから鷗外さんを初め藤村花袋といったその頃大家を以てゆるされた人たちは、社交会でも泡鳴を避けてなるべく会おうとしなかった。

だから泡鳴はずいぶん自分の方から交際を求め、従って交際は広かったが対手はみんな若い人たちばかりだった。若い人でもたとえば相馬御風などはまだ学生時代こそ泡鳴と一しょになって「白百合」とかいう雑誌をやった仲だけれども、早大を卒業して早稲田文学記者となってからは、殆ど交際してはいなかった。片上伸だって勿論同様だ。

そもそも私が岩野泡鳴という詩人がいることを知ったのは、明治三十五年（一九〇二年）の初夏だ。神田のＹＭＣＡに詩人たちの自作朗読会がある由を新聞で知り、学校が終ると牛込矢来町から人力車で駆けつけた。島崎藤村と与謝野鉄幹のナマの声が聴きたかったからだ。すでに満員の盛況だったが藤村は出場せず、泡鳴が詩の形式に就いてとか何とか長話をするので、会場が騒ぎたて

「泡鳴、引っ込め」

と、そこら中から叫ぶ声があった。しかし泡鳴は退場せず、会場は蜂の巣をつついたようになった。幹事の生田葵山人（きざんじん）が現われ、ようやく泡鳴の講演を中絶させて会を続けた。新体詩人泡鳴はまるきり人気のなかった人だ。

明治三十九年春、私たち早大文科三年生は、牛込原町三丁目の島村抱月先生の狭い二階に毎週火曜日の晩に会合して、その月の文壇を評論し合った。片上伸、相馬御風、白松南山、それと私とが正会員で、片上が田村逆水を連れてきたり早実の学生竹久夢二が「早稲田文学」にカットを

描きたいとて来たこともあった。

そして月々早稲田文学社へ寄贈してくる雑誌と本とを評論するのだが、たまたま岩野泡鳴の詩集がきたのを片上が採り上げて朗読した。

「金無垢ゐたか、金無垢ゐたぞ、
銀無垢ゐたか、銀無垢ゐたぞ、」

もうそれだけで、ぷッと噴きだすものもあり、「古い古い」という声もあり、詩集は畳に投げだされて、次の寄贈本が採り上げられた。

明治四十一年秋から私は読売新聞日曜文芸附録に毎号寄稿することになったが、その附録に泡鳴の長い論文が屢ば現われた。彼は此年から詩を捨て評論家になった。その翌年頃私に本を贈ってきた。「耽溺」という小説だ。恐らく初めての小説だ。話の運びは下手だがハツラツたる新しさがある。前に誰も批評しなかった藤村の「春」を私が手がけたので、泡鳴は自分の創作も私なら批評すると考えたものらしい。私の紹介でとにかく彼は小説家ということになった。独歩藤村花袋のような大家ではないが、後藤宙外や田村松魚みたいな古臭いところでもない作者とみなされたようだ。日露役中「魔風恋風」で鳴らした小杉天外や「不如帰」の徳冨蘆花さえ新聞雑誌の編集者群から敬遠される時代となった明治末年に、青年作家でもない泡鳴は、とにかく正宗白鳥真山青果の後を追うて行くことが認められた。

明治四十五年、平塚らいてう等の新しい女の一群、「青鞜」が活動しはじめると泡鳴はフェミニストとして之に近づき、遠藤清子と「共同生活」とか大変な社会問題を惹き起し、とにかく男児一人ある先妻と別れた。そしてすぐ又翌々年には清子の弟子の蒲原英枝（かんばらふさえ）とできて清子と別れた。東京の新聞が又もや盛んに泡鳴を攻撃する。読売も白鳥が明治四十三年に退社したから泡鳴の味方ではない。

此中に在って泡鳴は没落しなかった。

月報33号に中村星湖君が、島村抱月先生が妻子ある身で松井須磨子と恋に落ち坪内博士の勘気に触れて早稲田を追われた時、場合によると「深刻な悲劇となって云々」といっていたが、あの時抱月先生の攻撃を書いたのは時事新報一紙だ。他紙はすべて人見東明と私の顔とで食い止めた。泡鳴などは東京の全紙から何十回悪罵されたか分らない。それに弟子は一人もなく、力になる派閥もない。孤立無援だ。そこを生きぬける半獣主義者で彼はあった。

別れた清子が彼と法廷で争ったのは生方敏郎が煽動したからだと、彼の日記にあるそうだが、その頃英枝女史と同伴で拙宅へ遊びにきている。新刊の著書を持参した。「古神道大義」だったか「半獣主義」だったかだ。私はパラパラッと頁をめくるとコーリッジの「古代の水夫」という活字が見えた。

「コーリッジの詩なら老水夫だ。古代の水夫なんて詩はないぜ」

と私が冷笑すると、彼は

「老いれば古いじゃないか？　だから古代でいいんだ」

と無茶な言葉を吐く。エンシェント・マリナーの誤訳をごまかすのだ。万事此調子だ。蛙の面（つら）に水だ。普通の文士にはとても此真似は出来ない。此日新夫婦でやって来たのは彼の主催する十日会に毎月顔をだせと強請的勧誘のためだ。

十日会の会場は神田めがね橋の一品料理ミカドで会費五十銭、コーヒー一杯とライスカレー一皿とは、あの頃としてもお手軽すぎるが、之が泡鳴式。集まる顔ぶれも作家歌人詩人画家評論家学者、誰でもござれだが、特色は婦人が多いことだ。別れた遠藤清子女史の友人だって多勢いる。大正三年から彼の死の後まで続いた知識人の派閥のない社交会であった。大正五年の正月には遠く大森町の森ヶ崎へくり出した。あすこに唯一軒の料亭の池で舟遊びした。泡鳴は立って竿を押した。一巡二巡三巡して岸へ上る時、丁度平塚らいてうさんが片足を桟橋にかけたはずみにもやいの綱がゆるみ、女史はどぶんと池に陥った事件もあった。此日参加したのは泡鳴夫妻、らいてう、荒木しげ子、埴原久和代（くわよ）、小寺健吉、同菊子、広瀬哲士、川路柳虹と私など。

ミカドの時の常連は岡本かの子、生田葵山、加藤みどり、同朝鳥（あさとり）、三島章道、川路柳虹、大須賀乙字、今井邦子、岡落葉、川俣馨一、秀しげ子その他であった。

尾崎紅葉　明治、折り折りの人　一

荻原井泉水

尾崎紅葉にはじめて会ったのは、巌谷小波が独逸から帰朝して、その歓迎の句会のときだった。日本橋の南詰、大通りから東にはいる横丁の、河岸通りとはすかいになった角から二軒目のところに日本橋倶楽部という貸席があった。長唄研究会、落語研究会の定席であり、書画の展観や売立などもあった、その席が小波歓迎句会に宛てられたのは、秋声会、硯友社、白人会などの合併で凡そ百人あまりが集まったからだった。

主賓の小波と紅葉が並んで坐っていると、小波のインドめいた黒い貌と紅葉の病人めいたほどに白い顔とが対照的だった。そのころの私は俳句好きの青年で、正岡子規の日本派一ぽうにはなりきれず、むしろ秋声会のほうに親しみをもっていたし、ほうぼうの句会に出ることを楽しみとしていた。高等学校の一年生のときだったろう。年を数えてみると、私が十八歳のときだから、明治三十四年である。紅葉や小波とは齢が二十年近く違うから、私はずっと末席に居たわけだが、紅葉には読売新聞の俳壇でいつも選をしてもらっていたから、〝先生〟という敬愛感をもって挨拶をした。そのころ、こうした句会では、臆面もなく、短冊を持ちだして書いてもらうのが誰もよくすることで、先生がたも気やすく筆をとってくれたものだ。私が書いてもらったのは

じだらくや朝飯おそき白魚鍋　　紅葉

会場の入口に出張している短冊屋から私が求めた粗末な松葉ちらしの紅冊を、紅葉は左手に取りあげて、膝の前においてある硯箱から、あり合わせの使いふるした筆で、さらさらと書いてくれた。いかにも手慣れたものだった。そして紅葉独得の柔かい、流れるような字体だった。句もまた、江戸趣味の、ことに紅葉趣味の花柳情調をうれしく、頂戴したのだった。

紅葉は金色夜叉を書いて、小説家としては当時一番に人気のあった作家。小波は少年のときからお伽噺のオジサンとして知られていた作家。そのほか、幸田露伴も俳句を作った。多くの作家の句はみな余技としてのアソビだけれども、紅葉だけはシンケンに作った。元禄の井原西鶴ははじめ俳諧で一家をなしてから後、小説に転じた。紅葉は西鶴を慕って、俳句の号は別に「十千万堂（とちまんどう）」と称していた。短冊にも「十千万堂」と書いたものが多いが、私がもらったのは「紅葉」と書いてあった。

紅葉という人に私が特に親しみを感ずるのは紅葉の家と私の家とが目と鼻のように近いところにあったからである。処は芝の神明町（当今の地番は港区新橋三丁目）。神明町という名は芝の神明太神宮に因んだもの。太神宮の境内を囲んで、芸者屋や待合や料理屋が軒を列ねている。ここは江戸時代からの花柳街であって、神明芸者と呼ばれている。私の家は太神宮の大鳥居の正面通りの鳥居内にあったが、花柳街とは日蔭町という横町を隔てて、ふつうの商家ばかり並んでい

る、その一軒だった。だが、買物にくるお客には芸者や半玉がよく来た。大鳥居の前の街道は「大通り」と呼ばれて、日本橋、京橋、新橋から品川に通ずる旧東海道。当時はまだ電車はなく（馬車は汐留を始発としたので）、荷車や人力車が通るだけには広すぎるほどの道幅。この大通りを隔てての向う側もまた神明町。そこに三河屋という大きな酒屋があり、その北側の天ぷら屋との間に細い路次がある。紅葉の家は此の路次にあった。私の家が十一番地。紅葉の家は九番地ではなかったか。大通りを跨いだ直線距離にすれば百メーターばかりである。もっとも、私が日本橋倶楽部ではじめて会ったころの紅葉は牛込に移っていたので、神明町の家はおとうさんの「谷斎さん」だけが住んでいた。私は小学校にはいる前のコドモのときから、谷斎さんを好く知っていた。私の家にも、ときどき話しに来たし、彼がまっかな縮緬の羽織を着て、いつも浮かれあるくように神明界隈を自分の持ち場として泳ぎまわっていた、一ぴきの大きな金魚であることは、私たちコドモたちに甚だ興味をひいた。彼はコドモが数名集まっているところに近づいて——「さあさあ、みんなおいで、おかしをあげるよ」と言って、赤い羽織の袂から、オセンベイやカキモチを取り出して手に手に分けてくれたりした。「谷斎のおじさん」と言って、コドモたちのほうから寄っていくこともあった。

こうした身なりや仕草でも分かるように谷斎さんは神明花柳街の幇間なのだった。

春陽堂版の「明治大正文学全集」の第五巻『尾崎紅葉集』巻末に、泉斜汀が紅葉の略伝を書いている。——

「父は谷斎と号し、名人の聞こえ高き彫刻師であった……」

これは嘘ではないが卒直な書きかたでもない。谷斎の彫刻というのは、象牙を彫って、煙草入の緒締めなどにする。私の父が谷斎作の牡丹の留金抑えをもっていた。神明町附近では、谷斎彫りとして、商品になっていたには違いないが、それは谷斎の余技が彼のお小遣になるという位、本業はれっきとした幇間に違いなかった。このことは邦枝完二の「花あやめ」という小説にも書かれている。堀切の菖蒲園の中にある茶屋で、谷斎が幇間として、扇子で額をたたいたり、尻をはしょって踊ったりしている。そこをたまたま花菖蒲を見にきた紅葉が遠くから見て、苦笑する気持がよく描かれている。神明町の三河屋の路次に、親子して住んでいたころの紅葉の気持も推察される。

元日の更けて雪駄を鳴らしけり　　紅葉

という句は神明界隈の感じをよく出している。私の家など商家は、正月松の内は夜早く大戸をおろして、往来はひっそりしてしまう。人の足音もきこえない。そこに雪駄の足音がきこえる。お茶屋で遊んでのお帰りである。雪駄は歩くとチャラチャラと鳴る。しかも、自分でそれを意識して、好い機嫌になって通る。（少し千鳥足かもしれない）。それが「鳴らしけり」という表現である。いかにも十千万堂好みの句である。これは客観的な取りあげかたでも出来る句ではあるが、この雪駄の主人公は、若き日の紅葉自身であったのではないか、と私には思われる。

（おぎわら・せいせんすい）

内藤鳴雪　明治、折り折りの人　二

荻原井泉水

内藤鳴雪には、「文庫」で私は選を受けていた。「新声」（「新潮」の前身）で選を受けていた。また、「文芸倶楽部」でも選を受けていた。私が俳句というものに、指を染めた、十五、六歳ごろだろうから、俳句ではいちばん早くお世話になったのだ。その鳴雪に、はじめてお目にかかったのは、正岡子規がなくなった年の、根岸の子規庵における蕪村忌のときだから、明治三十五年の十二月、私が一高の二年生のときである。

そのころ、私は子規の日本派よりも秋声会派のほうに親しみをもっていたのだが、一高の同じ寄宿寮にいた子規門下の柴浅茅とは、級は一級、彼のほうが上ではあったが、寮の中にはただ一人の俳句の話し相手として、殆ど毎日のように会っていた。その浅茅が――〝秋声会の俳句などはアマイもので、ツキナミと類したものだ、現代の俳句は日本派のほかにない〟と、しきりに説得された。そして――〝日本派の句会に出てみろ、自分も行くから〟と勧められた。十二月二十五日が毎年、蕪村の忌日。句会はその日に近い日曜日で、その年は二十八日だったかと思う。浅茅は、自分は都合ですこし遅れるからというので、私はひとりで根岸庵をたずねて、出かけた。通称、鶯横丁と言う、いかにも鶯の笹鳴でもきこえそうなひっそりとした細道。塀のある家ばかり。

子規の名を墨で消したり今朝の冬

誰かの句にあるように「正岡常規」と書いた標札の「常規」というところを墨で消してある。「押せばあく門の扉や秋の風」という誰かの句もあった。門の扉の裏に縄で石がつるしてある。押すと開いて、手をはなすと自然にしまるのだ。玄関には足も踏み込めないほどに下駄がいっぱい。（そのころ、洋服を着てくる人は少なかったものだ）。六畳八畳の襖を取りはらった座敷には二、三十人が集まっていた。縁側の日南（ひなた）に出て脚を垂らしているものもいた。冬としては暖かい日で、庭に面したガラス障子もはずしてあった。——「糸瓜（へちま）咲て痰のつまりし仏かな」と辞世にある糸瓜棚はずいぶん高い棚作りであって、糸瓜はまだ沢山に垂れさがっていた。子規の文章や句にある小鳥の追込籠もあり、鶏頭は枯れたままに、縁の近くに見える。

蕪村忌の会はほとときす発行所の主催なので、虚子は幹事として、来会者に帳面をまわすとともに会費二十銭を受取るのだ。この帳面は「着到（ちゃくとう）」と称して、住所と姓と号と年齢とを書く。この紙をめくってみると先着の人が誰々かということも分かるのだ。碧梧桐（へきごとう）は庭の裏木戸からはいってきた。着到簿に私の名を見出して、猿楽町から根岸に転居したから日本俳句はそこに送ってくれと言われた。坂本四方太が来た。佐藤紅緑（こうろく）が来た。そのそぶりや話しぶりでその人と察せられた。だが、鳴雪こそ、能面の翁のようなアゴヒゲで紛れもなく其人と分かるのだった。

鳴雪はそのとき、座敷はいっぱいに詰まっていたので、玄関に近いところに坐っていた私の隣に少しの明きを見つけて、割り込んでこられた。着到簿を点検するように目を通して――「ほほう、十代のかたが一人おいでですな、おう、あんたですか」と私に言って、すぐ「だが、あんたの十代ももう三、四日だけでやすな」と言って、アゴヒゲを軽くしごきながら、ヒッヒッと笑った。着到簿に十九歳と書いてあったからだ。

その会は兼題で「絵」という題だった。日本派の句会は、秋声会のそれとは違って、めいめいが小短冊形の紙片に書いて出した一句ずつを、その席で半紙に清書する。それを膝ぐりにまわして、十句（その中に天位一句）を選する。それを幹事の虚子が読みあげて、傍らで採点をするのだ。私の句は、そのとき、高点句にはならなかったが、虚子から天位に選まれ、また碧梧桐から天位に選まれた。その句は、幼稚なものだったが――

油絵のかくやくとして煖炉かな

そのころは洋画のことを「油絵」と言ったものだ。洋風の応接室ということを煖炉で現わし、油絵の画面のいかにも油ぎったテラテラとした色彩を「かくやく」（赫奕）と形容したのが両選者の目にとまったのだろう。このとき、碧梧桐と虚子とから天位をもらったことに、私は気を好くした。日本派の句に身を入れて勉強するようになったのも、それからのことである。

鳴雪は私が一高の寄宿舎にいることから、自分の家は弓町だから話しにきなさいと言われた。本郷三丁目から近いことでもあるし、学生の気易さから遠慮なくお邪魔した。鳴雪は話しずきの人で、話題は自分からいろいろと持出された。――〝碧梧桐は俳句は新しくなければならないと言って新奇な試みをするが、それが遂に俳句を逸脱することになりはしまいかと思うが、あんたはどう思うか〟というようなことから——〝藤村操という人を知っているか、華厳の滝の巌頭に書いた文句、ホレーショの哲学何するものぞという、ホレーショという哲学者はどんな人か〟——などと、私に質問された。藤村操は私より一年下のクラスで、私と同じ寮室に阿部次郎がいたから、ときどき話しにきたので、知っていた。私は鳴雪が老人にもかかわらず、知識欲の旺盛なのに驚かされたものである。

鳴雪とは、あちこちの句会でも、よく会うようになった。いつも、袂から〝三オンス〟入りの小さな投薬壜を取り出して、その中の冷酒を一口ずつ飲まれるので、〝三オンスの鳴雪翁〟と呼ばれていた。よく、冗談を言って人を笑わせるが、その中にはチョッピリと皮肉がふくまれている、そして顎の翁ヒゲをひっぱって、ヒッヒッヒッと笑うのが特徴だった。当時は、三人称に話すときは、「虚子さん」「碧梧桐さん」と言っても「虚子先生」などとは言わなかったが（虚子は齢三十歳の青年時代である）、だが、鳴雪だけは「鳴雪翁」と言ったものだ。第一に風采が〝翁〟めいた点もあるし、日本派の最長老として、他の選者たちよりも、ずっと年上だった点でもある。然し、今から考えると、そのころ鳴雪は五十五歳（弘化四年生れ）であって、還暦にもなっていない。それをみんなで〝翁〟と呼んでいた気持はみんなが三桁位若かったからである。

夏目漱石　明治、折り折りの人　三

荻原井泉水

〝こんど来た夏目先生というのは正岡子規の友人で、俳句を作るんだそうだ〟——第一高等学校の学生同志の間で、こんな話をするものもあった。私たちは「ホトトギス」を読んでいたので、夏目先生が写生文を書くことを知っていたし、句集「春夏秋冬」に——「蛇穴をいづれば周の天下なり」など数句出ていることを知っていた。

そのころ、一高には、柴浅茅と私とが幹事になって「一高俳句会」というものが出来ていた。会場は根津神社の境内にあるシイタケ飯屋で、毎月一回催した。鳴雪、碧梧桐、虚子などいう先輩をゲストとして招くことにしていた。そのゲストに夏目先生を俳人として招いたのだった。先生はまだ「坊つちやん」を書かない以前であって、先生が後に小説家として有名になられようなどとは誰も想像してもいなかった。

夏目先生の英語の時間は私のB組にはなかったが、A組の友人の談によると、講義はなかなか文学的だということだった。教科書（スチブンソン「自殺倶楽部」）の一節で、直訳すれば「聖書の言葉に拠って」というところを、そこは男がタンカをきる場面なので——「お経の文句で申そうなら……」と訳されたには感心したという話など。そのほかに英国に長く留学していられたことと、松山の中学校の教師から転任されたこと位しか、予備知識はなかった。先生の俳句なるものも、松山時代の古いものだろうと、私たちは内心、むしろ、ロンドンの話などを聞こうと期待していたのだった。

夏目先生は気軽に私達の句会に出てきてくれた。——「さあ、俳句というもの、ずいぶん長い間作らないからね……題は何だね」と言われる。題は「鮓（すし）」というのだった。

めいめいが紙片の短冊に書いて、折畳んで出したものを、箱の中でまぜあわせて、十枚ずつ、めいめいに配って、半紙に十句ずつ清書する。いつもの句会でする通りだ。先生も出席者の一人として、筆を取って詠草の清書をされた。そして選句十句も書いて出された。——この毛筆の原稿が今残っているとすれば骨董品であろう。

さて、めいめいの選句を読みあげて採点してみると、ナンと先生の何年ぶりに俳句というものを作ったという句が最高点だった。それは——

雷を盥に伏せて鮓の石　漱石

空から落ちてきた雷公をつかまえて、そこにある盥をかぶせて、遁（に）がさないように、鮓を圧すのに使う、鮓の石をオモシにしたというユーモラスな句なのである。

先生が一高に教鞭をとっていたのは長いことではなかった。私が一高から東京大学の文科にはいったとき（明治三十八年）、先生は大学の教授になっていられた。私は先生からシェーキスピーアの講義を聞いた。「キングレア」と「ロメオとジュリエット」を二年つづけて聞いた。そのころは、夏目漱石として文名さくさくたるときだった。

　私たちの同級の中で、安倍能成、中勘助、小宮豊隆などが漱石の家にしげしげと出かけはじめた。文科と言っても、私は言語学科の学生で、研究を本命としていた。文学をやろうという気は少しもなかった。――一高時代にあれほど熱心だった俳句も、そのために学科試験の点が足りずに落第したことから――心を改めて、学問専心にという気持のときだった。で、漱石の自宅に推参して文学の話を聞こうというような気はなかった。ただ、教室では、机も最前列に座をとって、熱心に聞いたり、克明に質問したりしたので、学生のうちでも先生に顔を知られていた。

　文科の教室の東側には私達が「ごてん」と呼んでいた旧前田侯の御殿と池とがある（この池は後に漱石の作品に因んで〝三四郎の池〟と呼ばれるようになる）。教室と池との間の通路は広い道幅であって、池寄りに弓道部の矢場があった。私は一高のときから弓道には身を入れていたので、大学にはいってからも、授業時間のあいまには、この矢場に来て、ひとり弓をひいていた。そこへ、やはり、時間のあいまらしい漱石が通りかかって、矢場の中まではいってきて、腰をおろした。私は先生にはかまわずに弓をひいている。先生も黙ってそれを見ている。〝中(あた)るかな〟という軽い興味をもった顔をして――。私はふと、先生の顔を見て、先生は弓のことはさっぱり知識がないなと思った。というのは、先生は的のほうばかりに目をつけているからだ。弓の妙味は〝射前〟にある。私のひく弓を見てくれるならば、私の射前を見てもらいたい。そして射前として見て、当然あたるべきものは中り、当然はずれるべきものははずれる。そこを見てもらいたいのだ。

的のほうばかり見ていられるのでは、見てもらう甲斐がない。私は的から矢をぬいてきて一休みしたとき、そのことを話した。先生は——「うん、そうか、なるほどそうだな」とうなずかれた。

大学の教壇に立ったときの漱石は謹厳そのもので、この人が「坊つちゃん」の作者だとは思われないようだった。金属性の高い調子で、すこし鼻にかかった発声だった。漱石の授業ぶりについての名高い逸話もある。私の聞いた時間ではないから、真偽のほどは分からない。おそらく、先生が有名になってから後に、巧みに創作された〝伝説〟ではないかと思う。

先生の講義を聞いている学生の一人がいつも片手を懐に入れている。懐手というのは失礼なことである。先生はそれが不快におもわれたので「君、講義をきくときに懐手はやめたまえ」と言った。その生徒は答えずにうつむいて、やはり懐の手を出さない。隣席のものが「この人は片手がないのです」と言った。先生は「ああ、そうか、それは悪かった。だが、自分も無い知恵を出して話しているのだから、君も無い手を出したまえ」と言われたという話である。

漱石の写真は全集類を見ても、数が甚だ少ない。当時は今日のようなスナップ写真などのなかった頃ではあったが、先生自身が写真ぎらいであったかと思われる。私達が卒業記念として、「ごてん」の丘の上で撮ったものには、普通、漱石肖像としてどこにも出ているものとは少し違った顔が写っている。これにはいっている先生がたは金沢庄三郎、坪井正五郎、藤岡勝二の諸博士とも、みな寸高い硬質のカラをつけていることと、ヒゲを立てていることが共通している。漱石は講義のとき、そのカイゼル髯のさきをひっぱりながら話したものだが、かくべつ気取るわけではなく、〝そこにヒゲがあるから……〟ということだったに違いない。

河東碧梧桐　明治、折り折りの人　四

荻原井泉水

〝河東碧梧桐〟と言うと反射的に〝高浜虚子〟と言われるのが、明治時代における俳句界の一般の観念であった。この二人は正岡子規の嫡々たる弟子として、子規在世中から後嗣者に擬せられていた。勿論、お互にライバルとしての意識もあったとともに、人間的に刎頸の交りともいうべき関係にあった。従って子規の亡きあとは、車の両輪のごとく、子規の遺業を推進すべき立場にあり、じっさい、没後しばらくの間は、碧梧桐は子規の本命たる「日本俳句」の選を継承し、虚子は『ほととぎす』を主宰して新派俳句の機関としていたが、「日本俳句」が『日本及日本人』に移るころから、『ほととぎす』とは正反対の立場になって、碧梧桐と言えば〝アンチ虚子〟であり、虚子と言えば〝アンチ碧梧桐〟というふうに見られ、また当人自身も遂には「倶に天を戴かざる」ような感情の対立となったのは人間的に見れば非常に残念のことだけれども、この二人の性格の上から、結局はしぜんにそのようにならざるを得なかったのだと、私にはおもわれる。

もちろん、表立っては、俳句芸術的の立場が進歩と保守とに大きく分かれたからではあるけれども、こうした芸術的の主張の対立ばかりではない。結局するところ「人」の差である。

もっとも、ここで私が「明治人の面影」として碧梧桐を語ろうとするのは、明治という年号に属する時代のことで、私としては東京大学を卒業してのち、俳壇に新俳句運動が起る直前、学究よりも句作にネツをあげはじめたころ、碧梧桐は第一次の全国旅行を一旦、切りあげて帰京したときである。

碧梧桐の全国旅行は、元禄以来の俳諧史を通して空前のことだった。昔の俳人にして旅に生涯を暮らしたものは少くないが、彼のごとく、俳句界革新という理念と意欲とをもって、全国的にそれを啓蒙するために組織的に行動したものはない。それは芸術的な信念のほとばしるところではあるが、彼の所属している政教社という〝党〟は頭山満、犬養毅、中野正剛などいう反骨というか硬骨というか、常に風雲を呼びおこそうとする志士のグループだった。碧梧桐はこれを俳句界にもちこんだとも言えよう。もちろん、彼自身の風格が豪傑肌だった。そしてカミソリのような鋭い切れ味をもっていた。この点が、虚子の外見大人的な、鈍重的な、成を守るという性格と正反対なのである。

そのころ、上根岸の碧梧桐庵（海紅堂）にしげしげと足を運んできて、しぜんと顔を合せたものは、細谷不句（後の医学博士、細谷雄太）、永雄戦車（後の経済学博士、永雄策郎）、松本金雞（きんけい）城（じょう）（後の文学博士、松本彦次郎）、大須賀乙字（文学士、大須賀績）、それに私。みんな東大出身のもの。今日の言葉で言えばインテリ。新進気鋭にして次代を担おうという意気さかんなる連中。もっ現代の俳句は如何にあるべきかという問題に対しては学人的な説論と信念とをもっていた。もっとも理論よりも実作という信条には一致していて、三人集れば必ず一題十句の俳三昧だった。そのあとでの碧梧桐の句評は非常にきびしくて、ピシリピシリと批判が下された。そして、その批判には無条件に、みんな推服した。彼が師匠としての指導方法は絶対的だった。彼は禅の道場における〝老師〟のごとくでもあったが、軍隊における司令官のごとき威容をもって、指揮刀を揮ったものである。

全国旅行における碧梧桐は新傾向俳句のキャンペーンとともに、未開拓地のフロンティーアとして、勇躍の気持をもって各地へ乗り込んだ。地方では、子規の没後、その俳風が沈滞していたとき、旧い作家でも鬱屈を感じていたし、新しい道を求める青年も少なくなかった。で、「碧梧桐来る」と言って将軍を迎えるような気運だった。〝新傾向ブーム〟というべきものが捲きおこされた。「新傾向にあらずんば俳句にあらず」と言う声もひろまった。もっともこの新運動についていて行けない者も少なくなかったが、落伍するものは落伍せよ、自分につづいて進む元気のあるものだけが進め、というのが碧梧桐の叱咤の声だった。その声が人気となって、ラッパが吹かれた。第二回の全国旅行には、中国、山陰、九州、四国を踏破して、山陽から東海道に踏み入った。彼は精気はつらつ、意気けんこう。英雄的なる意識が過剰であったほどだが、彼を迎える人たちには彼の英雄ぶりが人気なのであった。そのころ、虚子なぞは碧梧桐の眼中になかったのである。

私はこの旅中の碧梧桐に備中の竹原で会った。新傾向の機関誌として『層雲』という雑誌を創刊しようと思うがどうか、という相談のためだった。明治四十三年の秋である。そのとき十日ばかり、宿を共にして碧梧桐の旅行ぶりを見たが、「大名旅行」とも言うべき豪華のもので、今日から思うと、〝明治の好き時代〟なればこそ、ああいう生活と気分とが経験されたのだと思われる。

それにつけて比喩的に考えられることは、明治の〝日本〟の国運の隆々とした伸長と、「日本俳句」を本命とする碧梧桐の運勢とに似通ったものがある。「日本俳句」は子規を祖とするものだが、新派俳句が旧派のツキナミ俳句を征服した明治二十七、八年は日清戦争の勝利に似ている。そして三十七、八年ごろからの碧梧桐の新傾向運動は日露戦争に似ている。碧梧桐の大旅行が終り、『層雲』が創刊された明治四十四年は、新傾向運動が開運の絶頂にあったときと言ってよろしい。とともに、新傾向運動内に自己批判がおこり、新傾向に圧迫されていた人々の反動的な運動がおこり、大正時代に入るとともに新しく〝自由律運動〟というものがおこって、物情騒然となる。そして、碧梧桐の英雄的な位置も動揺せざるを得なくなる。これを俳句文学史的に分析すればおのずから別問題となるが、パラボリックに言えば、〝明治時代〟というものが去ってしまったからである。碧梧桐は明治時代の一面を象徴する人であって、明治時代に「日の昇るごとき人」であった彼が大正の時代になると、日は中天にあっても乱雲の曇りが多く、さらに昭和時代となるとまったく「斜陽の人」とならざるを得なかったのである。

久米正雄が私に話したことがある。――「自分はとにかく文壇で認められて、得意になっていたこともあるが、新傾向俳句の時代に、自分の句が碧梧桐の選に依って、日本俳句の巻頭に十数句もズラリと出たときの得意さとは較べものにならない、新傾向俳句時代の〝情熱〟（エンサシアリズム）というものは、今の文壇にはない。ああした〝情熱〟はまったく懐しいものだった。」

云々。久米正雄（三汀）ばかりではない。滝井孝作（折柴）にしても、新傾向俳句に血道をあげていた時代があったのである。そして久米正雄の処女創作「枝から枝へ」、滝井孝作の処女作「ほんとうの事」は『層雲』で初めて活字になったものである。

高浜虚子　明治、折り折りの人　五

荻原井泉水

高浜虚子は明治、大正、昭和の三代に通じて俳壇に活躍した人ではあるが、碧梧桐が「明治の人」であったのに較べて、彼は「昭和の人」である。虚子の明治時代は碧梧桐というライバルがあって、碧梧桐が新傾向運動に君臨したころは、虚子のカゲは薄かった。自分でも、俳句よりも写生文としての創作のほうに興味をもった。『ホトトギス』に載せた夏目漱石「吾輩は猫である」が非常な好評で、雑誌の売行も急騰したので、書肆(しょし)俳書堂主人としてホクソ笑んでいられたかと想像される。漱石が朝日新聞の専属客員となって、『ホトトギス』には書かぬことになったとき、『ホトトギス』の編集の指標は古典復興の唱道だった。一つには能楽の再認識と、一つには芭蕉俳諧の再認識だった。虚子自身が能楽の修練に達していたし、肉親に池内というその道の名家があったからだ。芭蕉俳諧の復興は好いことに気がついたものだった。漱石と合作した連句もある。寺田寅彦が連句芸術の新しい解明をしたりした。だが、能楽が興隆すれば、その専門の雑誌には及ばないし、連句の提唱は時勢に乗らなかった。『ホトトギス』経営の内輪のことは、委(くわ)しく知るところでなく、また私として書くべきことではないが、そのころ碧梧桐が「ホトトギスの命運もさき細りだよ」と私に話したことがある。虚子が牛込船河原町から鎌倉に居を移したのはそのころ。何となく〝都落ち〟という観があったようである。明治四十四年、私が『層雲』を創刊するとき、『ホトトギス』に広告を出してもらうために、芝佐久間町の発行所（ある下宿屋の侘しい一室）を訪ねて、一ページの広告代金五円を払ったとき、虚子は甚だアイソ好く、『層雲』の成功を祈るという言葉だったが、彼の心の内は知らず、虚子という人はジョサイのない人である。

そのころの『ほととぎす発行所句会』というのは麴町富士見町で毎月二十五日という日にきまっていた。休日ではなくとも、いつも十数名は集った。碧梧桐もたいてい同席した。虚子は二三歳の女の子を膝に載せながら、運座――十句ずつ清書した無記名の詠草を膝ぐりにまわして十句選をする――をした。虚子の隣に坐っていた碧梧桐が「あらX子ちゃん、何かヘンな音がしたね」と言うと、皆なで笑った。そんなふうに和やかな空気だった。上根岸の碧梧桐庵の「海紅堂句会」は毎月第一日曜だった。碧梧桐庵には幼い子供はなく――後に茂枝夫人の姪にあたる美矢チャンが養女になってきたが――笑い声などはあまり聞かれないのに較べて、富士見町は明るい感じだった。例会に集るものの常連はわれわれ学生たちのほかは会社員、商店主という顔ぶれだった。運座の採点がきまれば、高点をとったものは好い機嫌になって散会する。ここでは厳しい批判などはなく、みんな一会を楽しむというふうだった。碧梧桐、虚子と仲の好かった時代だが、根岸と富士見町との句会の空気――はその指導ぶりの差とともに此の二人の人がらの差がしぜんとあらわれていた。運座の選句が読みあげられると作者は自分の号を名乗る。碧梧桐はヘキ・

ゴ・トウと三綴をはっきりと切ってごつごつとした発声。虚子はキョーシとはじめのキョにアクセントを置いてはねあがった発声。こんなところにも、この二人の性格の差が見えるようでもあった。ほととぎす発行所が牛込船河原町にあった時代のころは訪ねたこともないから、どういう人が集っていたか、また虚子の気持も私は知らない。だが、古い門下の人たち――その中には新傾向に取り残された人、及び反感をもつ人たちが、虚子に俳句に全力をそそいでほしいという突きあげもあったのではあるまいか。虚子自身も、小説には行きづまりを感じていたのではないか。新傾向俳句のぎこちなさと、むずかしさは大衆のものではないということを見てとったのではないか。自分が再び立つのに好機至れりと感じたのではあるまいか。彼は「平明調」ということを提唱した。碧梧桐の「拮屈調」に対するものだ。新傾向が伝統的な俳句として「破調」であるのに対して「正調」ということだ。この行き方が時運にうまく乗ったのである。世相としても明治という時代はすべてに前向きの姿勢だった。それが足ぶみをはじめたとき、異質のものを消化して己れを成長せしめる明治精神がある限度に対したときである。日露戦争に勝利を得たあとの安易なる泰平ムードがすべてに保守的な態度と安逸を楽しもうとする大正時代のまさに始まろうとするときである。俳句の世界においても、この世相の反映されないことはない。虚子の正調復興はこの時運に乗ったのである。

虚子が再び俳句に旗上げをしたとき集ってきた門人の中には三菱の重役、逓信省の高官、関西の醸造家の主人というような人があった。『ホトトギス』の雑誌に選ばれる句の順位は官庁内の地位の順になっているという噂もたつようになった。『文藝春秋』に「ホトトギス太平記」という暴露記事の載った頃である。ホトトギス発行所は丸ビルの六階に高上りした。佐久間町の下宿屋の一室とは雲と泥との違いとなった。そして彼が俳句会の〝大御所〟と呼ばれるようになる。――〝大御所〟という言葉から連想される徳川家康が虚子だとすると、碧梧桐は豊臣秀吉という比喩も敢て当らぬことはないようである。とにかく虚子という人は好く時運に乗った人であって、つまり「運」の好かった人ということに尽きる。

時運の主なものは、大正から昭和にかけてのマスコミ隆盛時代に於て、新聞雑誌に定型俳句というものが歓迎されたことである。かくて、ウドン粉を十七字の鋳型に流してチョッピリと季題のアンを入れたミニ表現がマスプロダクションされる。言ってみれば一種のクロスワーヅのごとき文字並べの遊びである。然し、これはアタマの体操としても好く、日曜会合としても面白いので、大衆には喜ばれた。定型俳句雑誌と俳句会は雨後の筍のごとく発生した。それを虚子は〝俳壇の隆昌〟と称したのであるが、本質的の芸術とは縁の遠いものである。これを逆に言えば、芸術の世界の中に、城壁のごとき壁を作って、その城内に立てこもって、理論や批判には耳をかさないことこそ彼が世間的に成功した所以(ゆえん)であろう。

碧梧桐のごとく、進め進めと先きにばかり出ようとしては、いつも壁にぶつかったり、「碧梧桐よ何処に行く?」と云われる。城壁の中に居て動かなければ、このような心配もない。根気好く籠り、一つ覚えのような「花鳥諷詠」を唱えていれば、昔の諺に「根」「鈍」「運」ということく、しぜんに「運」がまわってくる。とにかく、虚子は「運」の人である。

逍遙・抱月・御風　明治末期の文学者・詩歌人（一）

服部嘉香

明治三十七年四月、早稲田大学高等予科に入学した。迷いに迷ったあげくのことであった。漱石の「坊っちゃん」で知られた愛媛県立松山中学校を卒業、できれば一高をと心がけていたが、『文庫』の詩友小牧暮潮（ぼちょう）からは「進んで官学に来たるの勇なきや」といって来るが、中学の先輩で早稲田大学に在学中の詩友片上天弦（伸）からは「坪内逍遙、増田藤之助先生の講義を聞けば、官学何の怖るることかあらん」と勧めて来るし、従兄の藤野古白が早稲田に在学、坪内先生の知遇を得たことなど考えると、引力は一高より強かったが、父の遺産、銀行株の利子で大学卒業までは凌がねばならん事情もあったので、高等予科一年半という好条件もあり、早稲田にきめた。

入学してみると、田舎の中学から来たぽっと出には驚くことばかりであった。建物は母校松中よりは立派だし、小規模ながら白壁美しい大講堂と称するものもある。講義は入学早々坪内逍遙の文学講話があり、菊池晩香（ばんこう）の文選、五十嵐力の文章講話、永井一孝の平家物語、煙山（けむやま）専太郎の西洋古代史など、さすがに新知識の吸収に事欠かさない名講義を聴かされた。逍遙は羽織、袴のいでたちで、片手（右？）をふところに入れて風に靡かすように振りながら教壇に上がり、早口で出席をとったあと、まず要点を筆記させる。そのノートはまだ保存しているが、「文学講話、坪内博士講話、筆記概要、明治三十七年聴講」とあって、あとは逍遙のいう通りを書いている。

一、文学の定義。（二）事物を観察するに三様の態度あり、ダッシュ、人間に対しても、ダッシュ、自然に対しても——三種の心の据え方——利用（utility）——考察（speculation）——賞翫（admiration）

——よしの山の桜に対する材木商、植物学者、俳諧師——（以下略）

一々「ダッシュ」というのが、いかにも懇切にひびいて感心したが、以下「二、文学の本質、三、文学の躰式（フォーム）、四、文学の品質」と続いて、三と四は、逍遙特技の細かい表解となっている。

以来四年半、明治四十一年七月、大学卒業までに聴いた逍遙の講義は、「ルネッサンス時代」（ノート現存）、トルストイの復活、イブセンのブランド、近代英国詩選、メイビーの文学論の外、二年三年で聴くはずのシェイキスピアは一年から盗み聴きをしていたので、ハムレット、シムベリン、オセロー、マクベス、テムペスト、リヤ王などを聴いた。舞台を髣髴（ほうふつ）させるような、せりふを使い分けての講義で、おもしろいことこの上なしであったが、静かに聴いていると、日本語の美しさが解るのであった。

片上天弦が坪内増田と併称した増田藤之助からは、十九世紀英国評論集、同じく小説集、パンコーストの英文学史、エマスンの偉人論、ホーソーンの七つの破風ある家とを教わった。まことに堅実無比の名訳、快訳、巧訳で、二三紹介済みのものもあるが、例えば、star by star を「星がたくさん輝いて」などと訳すと、先生は「星又星」と訳す。eddy by eddy というのが出て来る。占めた！　と思って「渦又渦」と訳す。先生はそれでは渦が動かないという。先生の訳を待っていると、「渦は渦を追うて」となる。the fox Wickliff をできのいい学生が「狡猾なるウィックリフが」と訳すと、狐の習性は狡猾ばかりじゃないといいながら先生は「ウィックリフのこんこん野郎は」と訳される。It must be must は「それならそれで仕方がない」となり、though they are the harmless insects は「彼等は罪なき虫けらであるが」となる。英語を教わると同時に日本語をも教えられた訳であった。

しかし、学生の多くが心から待ったのは抱月島村滝太郎であった。三年半に及ぶイギリス、ドイツの留学を終えて明治三十八年九月に帰朝する抱月を、新しい文学革新の先駆者、指導者として期待したのである。同級の安成貞雄は「坪内先生はもう早稲田のリヤ王だよ」などといったものであるが、逍遥がトルストイを語り、イブセンを講じて新時代文学に対する理解を示したにも拘らず、何としても保守主義的態度があき足らなかった。しかも学生以上に抱月を待ちかねていたのはこの逍遥で、帰朝早々『早稲田文学』を再刊し、広範囲の文学革新、演劇革新を目的とする文芸協会を設立し、もちろん大学内にも新機運を起こさせようとしたのである。抱月の講義はウィンチェスターの文学原論、欧州近世文学史、十九世紀英文学史、美学綱要（以上三種ノート現存）であったが、たいてい和服で、左手を袴をつけた帯の下に差し入れ、右手でしきりに頭を撫でながら、テーブルに置いた教科書やメモの小紙片に時々目をやりながら、新鮮で明晰な講述をした。「要するに」の濫発が癖で、どこで要されるかと心配したものであるが、原則を立てての演繹を多岐多端に拡大しながら、段々と一貫的に帰納した結論に導いて行く話術の巧みさには驚いたものであった。

対外的には抱月の文壇的活動は華々しいものであった。『早稲田文学』を舞台として片上天弦、相馬御風を両翼とし、『太陽』の長谷川天渓と呼応して自然主義文学の理論的指導に活躍し、創作の面では、正宗白鳥、中村星湖、徳田秋江など早稲田出身者の活動を助けた。夏目漱石が畔柳郁太郎への手紙に、

僕の胃ガン、君の肺炎、竹風の美的生活、早稲田の自然主義、大概同程度のものだらう。何れも心配するに及ばず。

と揶揄しているのもおかしくない。逍遙は明治十八年の『小説神髄』で写実主義を唱え、抱月は後に『近代文芸の研究』(明治四十二年刊)で明らかにしたように、明治末期において自然主義の闘将となり、師弟相連れて日本の文学革新に画期的な功績を残している。

ところが、三代目と目された相馬御風は、突如として早大を去り、文壇を棄て、東京と別れた。詩人として、歌人として、評論家として、飜訳家として注目されながら、外的な求め、知識的な求めから引き返して、根本的に一平凡人に還り、自己改造の第一歩から踏み出すべきだと宣言して、大正五年三月、郷里に引退し、郷里に近い出雲崎の一凡人良寛に傾倒して後半生を彼の研究に没頭した。それには、自然主義文学への失望、トルストイの影響、デモクラシーの感化、第一次世界大戦の勃発による人間への不信など、四五の動機は数えられるが、最大のものは抱月への失望からであった。大正二年、抱月が松井須磨子との恋愛関係を生じたため逍遙と別れ、早稲田

を去って芸術座を組織した時は御風もそれに参加したものの、以後旅興行人となってしまった抱月に対する哀惜の感は失望となり、性来の孤独に還り、淋しがりやの良寛と、良寛と異体同心の一茶、芭蕉を友として残生を送ったのである。引退のかなり前であるが、御風が「坪内ブラッキ、島村ダキツキなんて、早稲田もつまらんことになったものさ」といったことがある。御風引退の最大の動機は、この一語に尽きるといっていいであろう。

（はっとり・よしか）

天外・荷風・漱石・敏　明治末期の文学者・詩歌人（二）

服部嘉香

日本の自然主義文学は、日露戦争を契機として生まれたといっていい。戦争には勝ったが、文学には負けた形においてである。

当時の文学青年は、争ってツルゲーネフを読み、トルストイを読み、ドストイエフスキーを読み、チェホフにも親しんだ。同時に、早くから紹介されていたフランスのゾラ、モーパサンをむさぼり読んだ。すべてを近代写実主義を越えた自然主義文学として無差別に読んだ。わたくしは明治三十七年に上京、早稲田大学の予科に入学したが、授業の後教室に居残っての話題は前記の作家の作品が多く、読んでいないのにぶつかると仲間はずれにされるので、当時読書家で話のうまかった馬場孤蝶のところへ五六人で押しかけて筋書を聞いておいて事に備えたこともある。

だから、自然主義とは何ぞやというような本質的なことを考えるよりも、宗教、道徳、哲学のような権威を無視したり、偶像破壊、形式打破を生活態度とするようになり、長上を敬うことも忘れ、彼も人なり、我も人なりなどと思い上っていた。しかし、生存競争の激しさから来る生活の不安、物と金との偏在から来る欲望の不満に苦しむことは、人生の姿として、自己の体験として知っていたし、懐疑、倦怠、疲労、孤独感に悩む結果として、我等の前途には狂もしくは死が待つのみだなどと、むしろ気取っていう者も多かったので、未解決の文学、現実暴露の文学、幻滅悲哀の文学などといわれた自然主義文学に慰めを求めるがための耽読、濫読であったといえる。そういう環境の中にあって、当時の文学青年の多くが、自然主義作家や自然主義的作家に直接会ってみたい、触れてみたいと思ったであろうことも、おのずからうなずけるのである。

わたくし自身の経験としても、それがあった。そして二人に失望し、二人に満足した。

明治四十二年夏、事を構えて小杉天外を訪問した。『蛇いちご』（明治三十二年）、『はつ姿』（三十三年）、『はやり唄』（三十五年）、『魔風恋風』（三十六年）、『コブシ』（三十九年）、『長者星』（四十一年）などの大作を続々と発表した後のことである。日本の自然主義小説は島崎藤村の『破戒』（三十九年）、田山花袋の『蒲団』（四十年）に始まるというのが定説であるが、天外のゾライズムは前期自然主義の先駆的意義を持つものとして、作に巧拙はあったが、人気の高いものであった。その天外に敬意を持って会いに行ったのである。芝の高輪台町、正午過ぎに行くと不在だという。二度目もるす。帰りかけると、高輪御殿の前ですれ違ったのが写真でなじみの天外である。尾行する。美髯（びぜん）を貯え、金具のぜいたくなステッキを横さまに抱え、洋服の上に着た夏外套の袖を風になびかせながら颯爽と行く後ろ姿は、想像した小説家らしくないものであった。邸は堂々たるもので、門から玄関まで多摩川砂利が敷いてあり、玄関は檜材を用いた宏大な感じがあり、そこへ天外が立つと、下段の式台には女中が二人左右にかしこまって天外の靴をぬがせ、中段には袴をはいた書生が平服し、畳廊下には細君と天外の妹とがしとやかに出迎えている、という有様。歌舞伎河内山の松江侯の玄関など、大いに貧弱に見える光景で、わたくしの天外熱は一挙に醒めてしまった。

それでも、せっかく来たのだからと刺を通すと直ぐに会ってくれたが、「何も話なんかないよ」と予防線を張りながらも、尋ねることには一々尊大な目つきをしながら答えてくれた。中で、「妙なもので、実業界は競争が激しいせいか、反対派から相手の内幕を委しく知らせてくれたので都合がよかったよ。会社や商店の内部にはいってみると、案外に基礎が薄弱なことが解ったよ」といったのが記憶に残っている。

永井荷風にも失望したことがある。天外と共にゾライズムの作家、明治三十五年に出た『地獄の花』は、内容も文章も天外を凌ぐものがあり、四十二年の『あめりか物語』、『ふらんす物語』、『歓楽』は発売禁止になったが、手早く手に入れていて、若さの溢れた、抒情味豊かな名文に酔いながら耽読したものである。訪ねたのは東大久保のこれも堂々たる邸。玄関で女中に「荷風先生、いらっしゃいますか」というと、ていねいに「若様でございますか」といい返す。自然主義の作家が自分のことを若様といわしてやがる、何が若様だ、くそくらえ、というような気持になって、ここでも荷風熱がいっぺんに醒めた。なお悪いことに、通されたのが座敷へ通る控え部屋で、そこへ煙草盆を持って来て、片足を立膝のままで面接するのである。金持のせがれは仕様がないなと思ったことである。

うれしかったのは夏目漱石である。度々訪ねているが、四十二年十一月の頃のこと。早稲田南町の家。座敷に通ると、漱石が巻煙草の箱を持って静かに現われる。膝までしかない前垂をしている。煙草の火を落す癖があるからだという。鏡子夫人の厳命でもあろうか。満州から帰ってからのことか、頭髪をきれいに分けており、瞳は茶褐色に見え、笑顔がやさしい。髯の先はうねりを打っており、その髯が頰の肉を離れるあたりに時々皺が寄ってピリッと動く。猫の神経だと、とっさに思った。

実に話題の豊富な人で、また巧みでもあった。この日も相変らずで、——近頃謡を初めましたがね、私は唱歌も歌えない男で、謡も上達しません。家の者は承知しないし、下女は吹き出して邪魔をするし、ですが、もう奥ゆるし物をやっていますよ。師匠は金さえ出せば何でも教える義務がありますからね。といった調子である。——君は坂本四方太の「夢のごとし」を読みましたか。あれは面白いと思った。自然派の作品はこうしたものを書かねばならんという心持で書いたものが多いから却って不愉快になるが、四方太のは、その点超然としている。時々干物のようなものを書くが、嚙みしめると、案外うまい味を出しますよ。……

「へえ、君も松山ですか」と驚いたようにいったあと、子規とは藤野古白を隔てての従兄弟みたいな関係にあるというと、更に驚いて、以後、直弟子ではないが、可愛がってもらったようである。『三四郎』、『それから』、『門』は、発刊の度に署名入りの本をもらったし、条幅は一枚、胃腸病院に見舞に行くと、自分の短冊に五六本書いてもらえたこともある。(子規と古白とは母親が姉妹、古白とわたくしは父親が兄弟なので、子規とわたくしは、血は続かないが、背中合わせの従兄弟である。)

上田敏、薄田泣菫、蒲原有明の三人には二度ずつ会っている。敏について一と言。

四十二年五月某日、京都の寓居に敏を訪ねた。京都大学教授であるが、月に一度は東京の家に帰らないと、沈滞の気分になってしまう。京都には、熱烈な社会主義の運動とか、太鼓叩きの救世軍だとか、若い人の自然主義運動を入れて攪乱しないと駄目ですよ。ですがね、私など、京都の人間には勝てますが、京都の自然には負けますねえ、と、東山を見、鴨川を眺めながら感慨深くいう。やはり『海潮音』の詩人であった。

口語詩から自由詩へ　明治末期の文学者・詩歌人（三）

服部嘉香

その頃の青年詩人群――と書き出してみると、いろいろのことが思い出されて、感慨深いものがある。歌謡、俗謡に見られる言文一致調でなく、近代詩としての口語詩が始めて詩壇に現われたのは、明治四十年九月の『詩人』誌上であり、自由詩の出現は、『早稲田文学』の四十一年五月号であった。その口語詩も自由詩も、当時の青年詩人、二十台の人々によって成されているのであるが、その四十一年を時点として、現役として活躍した詩人の年齢（数え年）を挙げてみると、相馬御風、人見東明が二十五歳、山村暮鳥二十四、北原白秋、木下杢太郎、加藤介春が二十三、萩原朔太郎、服部嘉香が二十二、川路柳虹、森川葵村が二十、三木露風十九、日夏耿之介、室生犀星が十八、西条八十が十六、佐藤春夫十五であった。ついでに先輩詩人の年齢を挙げると、薄田泣菫二十七、横瀬夜雨三十、蒲原有明、吉野臥城が三十二、野口米次郎三十三、河井酔茗が三十四、岩野泡鳴、与謝野鉄幹が三十五、島崎藤村三十六、土井晩翠、島村抱月が三十七、前田林外四十四である。先輩詩人と青年詩人との間には、凡そ十年の隔りのあることが知られるが、この間隔は、自然主義以前と以後ということにおいて前時代性と近代性を分かつほどのものである。そして、始めて口語詩を発表したのが二十歳の柳虹であり、自由詩を発表したのが二十五歳の御風であり、論として口語詩、自由詩を支持したのが二十二歳の嘉香であったのだ。そして、柳虹と嘉香とは酔茗の組織した詩草社の同人であり、御風は早稲田詩社の主宰者であった。

詩草社と早稲田詩社とは、自然の機運に促がされてほぼ同じ頃に結成された。詩草社は数十名の同人を集め、明治四十年六月一日盛大な発会式を挙げたが、後年、酔茗自身が『詩作』に詩草社と『詩人』について書いたところによると、明治三十七年の後半の頃から、かつて覚えないほどの勢いで詩の気運が若い人達の間に動きそめていた。それは『文庫』詩壇の選者として直接に感じていたが、もちろん自然主義という大きな背景があったからだ、とある。さすがに敏感な詩人らしい感じ方である。一方、早稲田詩社は四十年四月頃、抱月の示唆によって、沈滞した現詩壇に意義ある新運動を起こそうとして創立の準備を始めたもので、御風、東明、介春、露風、野口雨情の五名の研究団体であった。そして、四十年九月、柳虹の口語詩第一作『塵溜（はきだめ）』が現われ、四十一年五月、御風の自由詩第一作と露風の「暗い扉」が発表されているので、後には双方とも口語自由詩と呼ばれるようになったものの、柳虹のは、口語は用いたが、自由詩らしく見えながら、五七調、七五調、五七五調が隠されており、御風のは、四十一年二月、三月、四月の『早文』に、口語の使用、詩調の自由、行（ライン）と聯（スタンザ）の制約破壊を中心とした三詩論を発表した末に、五月号に実践作品としての「痩犬」を発表したのであるから、明きらかに自由詩の試作に外ならんのであった。柳虹は作を重ねる毎に定型律的声調を蝉脱（せんだつ）し、御風、露風らと共に純粋の自由詩を書いた。そのいずれもが、自然主義文学が旨とした権威無視、偶像破壊、形式打破の方向の進転を示したものであった。

この三つの合言葉は、当時の青年詩人の実生活の上にも現われていた。権威を無視するために宗教や哲学を失い、道徳、社交の形式を打破して自己陶酔あるいは自暴自棄に陥る者、人生観の確立を知らない懐疑、不安、さては倦怠、孤独、虚無に悩む者、生活の不安はありながら享楽、贅沢に走る者などがあった。一々例は挙げられないが、二三をいえば、白秋、杢太郎らパンの会の連中の行動など、貧乏学生、貧乏詩人からは羨ましい限りであったが、あれで不安はなかったのかと思ったこともある。大正に入ってのことであるが、新潮社から童謡集が刊行された印税二千円を代表者として白秋が受け取り、寄稿者に配分すべきを怠って取り巻き連中を率いて吉原の遊郭へ繰り込んだこともある。四谷見附のところにあった三河屋という牛肉屋の二階で誰かの詩集出版記念会があって、白秋がまず祝辞を述べ、次いで米次郎が立つと、周辺の三四人と白秋が頻りに私語して煩さく、シッ、シッという人もあったが、やめない。次にわたくしが指名されて立つとまた私語を始める。うるさいので、わたくしは「白秋、だまれ!」とどなる。と、白秋の隣席にいた朔太郎が椅子の上に立ち上って、両手を波打たせながら「まア、まア、まア」という。その恰好がタクトなしで指揮するストコフスキーとそっくりで、そう思って見ると、顔もよく似ているので、つい笑ってしまったが、白秋は笑顔に安心した様子で、おとなしくなった。わたくしのどなったのは、吉原行のこともあり、腹に据えかねたためかも知れないが、愛すべき横暴として許していいことであった。

犀星にも行動に粗暴なところがあった。馬場孤蝶が『都新聞』に三日にわたり、「悪文なるかな」と題して犀星の小説の文章を漫罵したことがある。わたくしは「名文なるかな」と題して、やはり三日にわたり反駁し、随所に名文の卵のある進歩的文章だと讃えたが、しばらくして新宿の三丁目、今ある不二家の真向かいに明治屋の店があり、二階でこれも誰かの詩集出版記念の会が催されていた。宴が始まると間もなく若い人の間で争論があり、険悪な空気が流れかけたが、犀星は突如起ち上って椅子を振り上げ、「遣れ遣れ！」とけしかけたものである。その気配に呑まれて、会は却って静かになったが、犀星は、ふと、隅っこにいたわたくしの姿を認めて、照れくさかったか、そのまま帰りかけて、わたくしに「ありッ！」と声をかけて階段を降りて行った後姿には、激しいものは消えていた。『都新聞』の記事について「ありがとうございました。」というつもりであったのが、フルにいうのが照れくさいか、忌ま忌ましいか、語尾を消して「ありッ！」で済ませたところ、いかにも犀星らしいと思ったことである。

泡鳴とは新聞や雑誌でよく論争した。それについて一度会ってみたいと思ったので、西大久保の泡鳴宅を訪ねた。通されたが、窪田空穂、吉江喬松（たかまつ）、水野葉舟などが先客である。明治末期ぎりぎりの頃で、例の艶聞高かった遠藤清子が大丸髷の赤手絡（あかてがら）で出て来たことを覚えている。この女のために大倉商業学校を辞職したのかと思うと、泡鳴が哀れでもあり、清子が憎らしくもあった。座中の話は旅行のことで、日程の相談らしかったが、突然、泡鳴が、「おれは今、麻病（りんびょう）をやってるから、宿屋の風呂は一番あとではいるよ。」といい出したので一同苦笑したが、空穂が「いつものことだよ。」と吐き捨てるようにいったので、笑いに紛れてしまった。後輩のわたくしは、泡鳴が案外、常識家らしい一面のあることを知って失望した。愛すべきハレンチではあったが。

口語詩、自由詩が詩壇に歓迎されるにつれて、泡鳴は立ち遅れに対するあせりがあった。嘉香が断片詩、印象律の称を用いると、林外は印象断片、臥城は印象雑詩、藤井莫哀は印象詩、泡鳴は内容律の称を用い、文語定型律の分解を試みた『新体詩作法』を学位論文とする考もあって、自作品を口語自由詩とは呼べないので、内容律ある散文詩として主張した。これも泡鳴を低評価する原因ともなった。

直文・鉄幹・子規・茂吉　明治末期の文学者・詩歌人（四）

服部嘉香

明治詩壇の革新は、四十年九月の『詩人』に出た川路柳虹の「塵溜（はきだめ）」に始まったが、歌壇の革新は、早くも二十六年の落合直文の浅香社の結成が原動力となった、いわゆる新派和歌の興隆にあった。自由主義、浪漫主義の運動の一環であるかのように見る人もあるが、それほどの意志的な文学運動を計画した集団ではなく、ただ何となく時代の新気運に促されて、新しい歌風を求めようとしたものと見ていいであろう。新気運というのは、まず坪内逍遙の写実主義文学を唱導した『小説神髄』がある。二十年には政治改良の先登を切った条約改正の交渉開始がある。同じ年に徳富蘇峰の『国民之友』が創刊されて、自由主義、平民主義を華々しく主張した。やがて数年、浅香社が生まれ、北村透谷が現われ、『文学界』が出た。執筆者は透谷、星野天知、平田禿木（とくぼく）、島崎藤村、戸川秋骨、馬場孤蝶、上田敏、戸川残花、田山花袋、松岡（柳田）國男等々、明治文壇に活躍した人々であるが、浅香社の方は、直文を中心として、歌人、歌論家として直文の弟鮎（あゆ）貝槐園（かいかいえん）、与謝野鉄幹が最も出色とされ、大町桂月、塩井雨江、武島羽衣（はごろも）、内海月杖（げつじょう）、服部躬治（もとはる）、尾上柴舟、金子薫園、堀内新泉、国分操子、師岡須賀子などが参加し、もしくは師事して、詠草の添削を受け、歌会に出席した。顔ぶれを比較すると、『文学界』の人々は、浪漫主義文学、自然主義文学、近代抒情詩、象徴詩など、確然とした文学運動の上に活躍した人が多いが、浅香社の人々にはそれがなく、後継者を得て歌道の末広がりに貢献した人が目立つ。薫園は、三十六年、白菊会を起こし、土岐善麿（湖友、哀果）、吉植庄亮、田波御白、岡橙里、武山英子などを歌壇に送り、柴舟は、三十七年、車前草社を起して、正富汪洋、前田夕暮、若山牧水らを世に送った。

浅香社に次いで短歌革新ののろしを挙げたのは正岡子規である。三十一年二月に始まった「歌よみにあたふる書」がそれで、「貫之は下手な歌よみにて、古今集はくだらぬ集に有之候」と獅子吼したのは、唯美主義を排して俳句改革に試みた写生を短歌にも試みようとしたためで、根岸短歌会に伊藤左千夫、岡麓、香取秀真、赤木格堂、長塚節、森田義郎などの俊秀を門弟とした。左千夫は子規の写生を心の写生に発展させ、感激によって発する叫びを根柢とすべきだと主張したが、茂吉は更に進んで、実相観入説を唱え、自然・自己一元の生を写す。これが短歌上の写生であるとして、子規、左千夫の客観、主観の説をその融合の道にまとめた。一方、鉄幹は、三十三年、『明星』を創刊して唯美主義的浪漫主義の道を行き、窪田空穂は、三十八年、詩歌集『まひる野』を出して以来、生を終えるまで現実派、人生派ともいうべき一貫の道を歩んだ。善麿もまた同行者であるが、三十八年、ローマ字の歌集“Naki-warai”に三行書きの創意を示し、石川啄木これを摸して、彼の創意かと思わせるほどのものとした。

おもしろいことに、明治歌人には、同時代に併立もしくは対立するものが多かった。子規と鉄幹、柴舟と薫園、茂吉と空穂、北原白秋と川田順、牧水と夕暮、善麿と啄木。その人物、生活、主張、歌風、技巧などに、相似たもの、異なったところがあった。

今一つおもしろいことは、歌人は、詩人や小説家や思想家にくらべて、品行方正の人が多いのである。鉄幹のことや、明治ではないが、順のことなどが直ぐ思い出されるが、文壇には、もう忘れられていよう。現存の某の四角関係の問題があり、某々の細君取替え事件もあった。大正に入っての島村抱月、徳田秋声、石原純、有島武郎のことなど、恋愛受難の悲劇として同情すべきものがあり、鉄幹が鳳晶子という稀世の女流歌人を発見し、絢爛、縦横にその歌才を発揮させたことは、むしろ功績として讃えてもいい。河井酔茗の『詩人』の用件で、森川葵村と千駄ヶ谷の与謝野邸に鉄幹を訪ねたことがある。迷ってぐるぐる廻りをしているうちに、曲れば正門と教えられた板塀のところに来たので、「オイ、猫臭いぞ、猫臭いぞ。」と森川にいいながら曲ると、果たして表門に来た。「オイ、聞こえたぞ。」と森川がいうので、ちょっと照れくさかったが、会えば折目正しく着こなして端坐する鉄幹は、品行方正の紳士なのである。綽名（あだな）の猫なんか、聞こえたろうが、その気配も見せない。富士見町の邸に晶子を訪ねた時は、いんぎん、丁重で、しとやかで、にこやかな淑女であるのに驚いたぐらいであった。明治四十二年に出た歌集『佐保姫』に、

さきに恋ひさきに衰へさきに死ぬ女の道にたがはじとする

というのがあって、柔肌の歌人を見直したことがあるが、会ってその感を深くしたことであった。

詩においての柳虹のように、歌壇革新の業は誰に始まるかという個人の名を挙げることはむつ

かしい気がする。浅香社の直文といえはするが、その主張、その作家の質からいえば、子規にその功を帰したい。直文なり、浅香社の人々は、清新な歌風を求めはしたが、古典趣味を脱し切れないところが見える。

小瓶(こがめ)をば机の上に載せたれどまだまだ長し白藤の花　(直文)

瓶にさす藤の花ぶさ短かければ畳の上にとどかざりけり　(子規)

直文は、藤の花房の長々と畳の上に布いているところを美と見ている。昔ながらの美意識に外ならない。子規は事実を事実として写生に徹している。

病み臥せるわが枕べに運び来る鉢の牡丹の花ゆれやまず　(子規)

病める児が臥す枕べにくれなゐの牡丹の花びら散りみだりたり　(左千夫)

どちらも病気見舞の牡丹花を詠じている。子規のは、花の揺れやまぬところを捉えているが、人の気づかない発見であり、枕頭に置かれるまでの待ち遠しさの気持も表現されている。左千夫のは、叫び説に捉われた感情の誇張があって、作りもののような気がする。児とあるから幼児であろう。その枕頭への見舞ならば、小さな鉢に一木(ぼく)か二木、花も一花か二三片。とすれば、散り乱れる光景はないであろう。「くれなゐの」にもわざとらしさがありはしないか。

今の我に偽ることを許さずばわが霊の緒は直ぐにも絶ゆべし　(左千夫)

これならば、叫びの歌になっている。

大正二年に出したわたくしの詩誌『現代詩文』に、短歌には定型律の拘束があるために、象徴歌は成立しないであろうと書いたところ、早速茂吉につかまって、『童馬漫語』の四にあるように二三回応酬があった。篠弘氏の「短歌論争史」に取り上げてあるが、その後のわたくしの象徴詩論の中には象徴歌の可能性を説いてもいる。が、茂吉は知らないかも知れない。

めん鶏ら砂浴びゐたりひつそりと剃刀とぎは過ぎ行きにけり　（茂吉）
のど赤きつばくらめふたつ梁にゐてたらちねの母は死に給ふなり　（茂吉）
最上川にごりみなぎるいきほひをまぼろしに見て冬ごもりけり　（茂吉）

動と静との対照、生と死との対照、有と無との対照、そしてそれぞれがその時の境涯をしみじみと感じさせる。そういう感じ方によって三首とも象徴歌といっていい。定型律も、さまで苦にならないのである。――斎藤君、この声、聞こえますか。

恋愛受難の人々　明治末期の文学者・詩歌人（五）

服部嘉香

これは明治の話ではなく、大正に入ってのことであるが、その根は明治末期にあるので、拡大明治百年の中に含めて、回顧することにした。

恋愛沙汰は青年期のもので、少々脱線しても、受難などという感を起こさせないが、中年者の恋は、悩ましくも傷ましく、浅ましくも悲しいものである。今はフリー・セックスなど平気な世の中になったが、明治末期にはせいぜいフリー・マリッジ、自由結婚が問題となったぐらいで、文壇人としては、明治四十年の田山花袋の「蒲団」に始まった中年の恋がある。「中年の恋」という新語もそれ以来のもので、「わたくし小説」という称もそれを出発点とし、島崎藤村、近松秋江、葛西善蔵、志賀直哉、嘉村礒多（いそた）、太宰治などへと脈を引いている。だが、これは作品についてのことである。事件としての中年の恋には、島村抱月と松井須磨子、石原純と原阿佐緒、有島武郎と波多野秋子、徳田秋声と山田順子、この四組の悲劇があって、文壇的にも、社会的にも、大きな物議をかもしたものである。

この四組八人の男性側は、学者であり、文学者であり、紳士であり、きまじめなお坊っちゃんめいたところがあり、女性側は、淑女という型の人ではなく、媚態の巧みな、魅惑的なところがあった。だから、心理的にも、生理的にも、不惑とはいいながら、誘惑には勝てなかったのである。そして、男性側の四人が四人、結末を異にしているところに「男」を感じさせるものがあり、それぞれの性格を遂げしめたといっていいのである。すなわち、抱月は勇敢に闘い、純は窮退し、武郎は責任を回避し、秋声は淡々とそれを楽しんでいたといえよう。

抱月は事件を隠そうとしなかった。事の起こりは、明治三十九年に発足した文芸協会で須磨子が抱月に「ハムレット」の講義と演技指導を受けたことにあった。つづいてイプセンの「人形の家」を帝国劇場で、ズーダーマンの「故郷」を有楽座で公演したが、須磨子はノラとマグダを主演し、明治も終末に近い四十五年春の頃から、演技指導が恋愛沙汰となり、

ともすればかたくななりし我心四十二にして微塵となりしか

ちょうど厄年の大厄となった形となったのであるが、須磨子はすでに自分のタメになりそうな人として文芸協会の後援者酒井某と関係があり、協会所属の俳優東儀鉄笛（てつてき）外一二と関係を結ぼうとしたり、坪内逍遙にさえモーションをかけたなどの噂もあり、要するに抱月の「お坊っちゃん」が須磨子の誘惑に負けたといっていいのであるが、中年の恋の最初の大きな事件でもあり、いやしくも学者、教育者として恥ずべきことであったので、非難、誹謗の包囲攻撃を受けるに至ったことは、今から六十年も前のことであるし、当然のことであった。それに対して抱月は、敢えて弁解もせず、逃避もせず、『早稲田文学』の「僕のページ」によって正面切って闘争しなが

ら、一族興業師の賤称に甘んじて、飜訳劇のこなし方、新劇の普及、演劇趣味の向上に捨て身の活躍をつづけたが、病気のため悲壮美の生活を閉じた。

ただ一つ無念のことがある。河竹繁俊の『人間坪内逍遙』に書かれているが、須磨子が便所から、「先生、紙を頂戴——」と呼んだのは、「書くさえ不快なエピソードだが、両者の間がどんな程度に達していたかを端的に物語っている。」とある。われわれ学生時代から人格者とも敬していた抱月が、須磨子の愛情手管に憤りを感じなかったらしいことに憤りを感ずるのである。

石原純と原阿佐緒の恋は、怯懦（きょうだ）、因循であった。事件は外部から報道されただけで、純は世間の非難、攻撃に追われて、逃避的な生活を送っていたので、生活的にも、性格的にも、中途半端なことで終った。房州方面でのこと、二人の愛の家や生活ぶりが目障りになるという理由で、土地の教育者達から住所立退きを強要されたことがあるが、純はそれに対して反撃を加えるでもなく、『改造』誌上に一文を寄せて、余計なことはいってくれるなと訴えただけ。阿佐緒は『婦人画報』で反駁したが弱く、短歌によって鬱憤を漏らしたがこれも弱く、二人とも痴情沙汰を合理化しようとしたに過ぎない程度のことで終り、岡焼半分のゴシップに一々こだわったことが、愚痴のくり言みたいになって、むしろ醜態と見えるのであった。

有島武郎と波多野秋子は、オール・オア・ナシングの途を選んだ。武郎が人格高潔の人として一代の珍と仰がれていたために、事件発覚後の懊悩は深刻なものがあったであろうが、抱月の勇敢と純の因循とのいずれの途も採らず、その性格のごとく厳粛な方法によって解決をつけた。同行者と共に天下に詫びるつもりであったのか、行きつまった袋小路の奥に追いつめられた果ての逃げか、恐らく後者であろうが、縊死の醜骸を残したのは、まずい。世人の同情も半減する。

徳田秋声には、過去の過失はなかった。だが、夫人の死があった。子供達の世話、自分自身の身の廻り、炊事はどうであったか、とにかく、あれこれと煩わしいことが秋声に残されたところへ山田順子が現われ、秋声に「ね、いい芸術を書かしてね。」などと甘えかかっている。一種の便宜と媚態と功利に秋声は負けたのである。けれども、秋声はこの中年の恋によって作家としての勝利をつかんでいる。大正十五年の後半期、彼の創作は、老大家の作品としては類例のない若々しさを見せて来たし、そのいずれもがほとんどすべて好評を博した。多少は老痴ともいえる点はあるが、秋声がその新生活のありのままを、本格的な心境小説として淡々と描出して倦むところを知らずといった態度で貫ぬいて行ったのには、文壇人も、一般人も、非難を忘れて次の新作を期待したものである。文壇関係の何かの記念会（外人音楽家の演奏会？）が日比谷公園の市政会館で催された時、休憩時間に、広場で諸人の挨拶を受けていた秋声が、胸を張り、恐れ気もなく堂々と振舞っているのを見て、さすがに老大家だなと思ったが、背の低い秋声が衆人の中に埋もれながら、背の高い順子を前後左右いずれかの至近距離に離さなかった手際には感心したものである。

男性側四人の苦難に対して、女性側四人は、実に恵まれていた。須磨子、阿佐緒、秋子、順子、すべてたしかに才女である。何らかの点で名をなし、世人の注意を惹いていた。だが、同時に虚栄心のとりこでもあった。それが四組の運命悲劇の原因ともなったのではないか。

女性はまた自分の師長を尊敬する。四女性にとって抱月、純、武郎、秋声は十分尊敬するに足る人々であり、尊敬が崇拝となり、尊敬、崇拝が相手に容れられるにつれて独占欲が強くなり、相手が、独占して十二分に光栄とするに足る人ならば虚栄心も満足する。そこに男性側の運命悲劇が胚胎する。そして、男性側は失うところが多く、女性側は得るところが多い。すなわち、恋愛受難の受難者は、この場合、男性のみにあったといいたい。

少年時代の読書歴　明治の思い出（一）

中村白葉

昨年来、明治百年ということがよくいわれた。しかし実際には、明治という年代は、四十五年で終っている。その四十五年のちょうど半ば、明治二十三年に、私自身は生れているから、明治の中でも特筆にあたいする、日本が三十七、八年の日露戦争に勝って、にわかに戦後的活況を呈しはじめ、文芸思潮の分野でも自然主義の勃興によって新時代に突入した感のある四十年前後から大正期へ移る時期には、十三四から二十歳にかかろうとする少年期にあった。こんど明治時代の思い出を書けといわれて考えてみると、日ごろはすっかり忘れているいろんな記憶が、さすがに雲のように湧き起ってくる。

いまさら数えてみるまでもなく、それはもう六十年近い昔である。思えば自分も生きたものだと、若干の感慨を催すのであるが、それにもまして思われるのは、自分もちょっといい時代に生れ合せたものだということである。いわばそれはちょうど、明治が、多くの意味において一つの頂点にさしかかろうとしていた時期、社会的にも文化的にも持てる総力を挙げて新しいものを吸収しようとしていた活気あふれる時期であったからである。しかも人間にとり、十四五から二十前後という年齢は、あらゆる方向に触手をひろげてすべてのものを貪婪に摂取しようとする年代にあたる。このめぐり合せが、私にとってもどんなにありがたい運命であったかは、今になってみるとよけいにわかる気がするのである。

しかし、こんなひとりよがりの感懐に耽っていてもはじまらない。で、今日は「明治の思い出」の手初めとして、まず自分の読書歴から書いてみようかと思っている。

当時の学制は、小学校が尋常科四年、高等科四年で、高等科の二年を終ると、中学への受験資格ができ、五年の中学を四年までやると、旧制高等学校その他への受験資格ができるのだった。こんにちの制度でいえば、高等小学校の一二三年が、ちょうど今日の中学にあたるのである。

文学少年だったとはいえ、私なども当時の少年の御多分に洩れず、尋常科のあいだはいわゆるお伽話程度から少年雑誌へと進み、やっと高等科へ移ったころから、少し本らしいものを読むようになったにすぎない。そしてその時最初に手にしたのが、たしか押川春浪の「海底軍艦」（冒険小説）であったと記憶する。つぎが外国の冒険小説、「復讐奇談」と銘打った「ノーチラス号」という、これも潜水艇での潜航記で、今でこそ潜航は家常茶飯事であるが、当時はまだ仮想の産物であった。それに読み耽って、ネモーという名の艇長の数奇な運命に異常な悲痛感をおぼえたことを忘れない。つまりこれが私の、生れて初めて接した翻訳小説であった。どんな文体でどんな翻訳がしてあったか、その記憶はほとんどないが、ただ文章が言文一致でなく、どこか肌ざわりの違った感じだったという記憶だけは残っている。

私の読書歴はこうしてはじまり、冒険小説から歴史物語（「源平盛衰記」「太平記」「平家物語」等）にうつり、ついで馬琴の「八犬伝」支那の「水滸伝」と進んで（これらは主として私の育てられた叔父の家にあった帝国文庫によった。）それからしだいに現代物の小説類へと進んだのであるが、そのうち偶然に手にしたのが、長谷川二葉亭訳の「片恋」（原題ツルゲーネフの「アーシャ」）であった。そしてこれがそもそも私がロシヤ文学に接した第一の書であった。

その頃、私の住んでいた名古屋の家の近くに一軒の貸本屋があった。私はいつかこの店の四十ばかりと思われた禿げ頭のおやじと馴染になった。「片恋」はたしかこのおやじのすすめで読んだのだったと思う。しかしそれはまだ私にはよくわからなかった。ただ、外国の旅先でふと会って別れてしまった若い男女の恋心に、変にもの悲しい、やるせない思いを残された程度であったが、そのあとまたこのおやじのすすめで読まされた同じ二葉亭の、こんどは創作物で、朝日新聞だかに連載されていたという新版の小説「その面影」にも、同じようなあと味の妙に哀しい印象を受けた。

つづいて私は、そのころ一世を風靡した感のある小杉天外の「魔風恋風」を、これもおやじにすすめられて読んだ。このほうは、私自身にもしだいに成長があったと見えて、胸をときめかして読んだ記憶がある。ことに、初野という女主人公の女学生が、男からキスを受ける場面は何度も繰り返して読んだと見えて、「生れてここに十九年初めて男のキッスを受けた、胸はおどり……」といった文句は今でもはっきり頭に残っている。

尾崎紅葉の掉尾の大作「金色夜叉」を知ったのもその前後であったらしい。これは文語体の小説だったが、名だたる文章家の作品だけに、その調子のいい文章は、読後長く記憶に残って、ともすれば口ずさみたくなるような文句が随所にあった。紅葉が三十七歳かで早世し、その追悼記事が華やかに新聞雑誌に載ったのを読んで、そんなえらい人だったのかと初めて知ったのも、たしか私がまだ名古屋の高等学校生だったころであったと思う。

その前後から日本の文学も、急速に新時代の方向へ変りつつあった。紅葉の硯友社もしだいに時流からはなれ、一方には、北村透谷、島崎藤村らの『文学界』があり、それに少しおくれて、『文章世界』という文学雑誌なども発刊された。『国民之友』の民友社によっていた徳冨蘆花の「不如帰」「思出の記」などが、若い読者層に愛好されたのは、これより少し前のころであったろうか。

蘆花の「不如帰」にも私は心酔した記憶がある。この心酔から蘆花という作家が好きになり、その後手に入れた(これは貸本でなく、自分で買った。)「自然と人生」は、その後幾年ものあいだ私の座右の愛読書となった。白い紙表紙の青い蘆などをあしらったまん中に「自然と人生」という文字をたて書きにした、さっぱりした小型の本であった。一冊は間もなく読み破り、二冊目を買って、それを長く愛読した。この二冊目は今も本箱のどこかに残っている筈である。私にものを書くきっかけと喜びを与えてくれた最初の動機は、今から考えると、あるいはこの一冊にあったのではないかという気もする。

蘆花についで私に、文学というものに対する目を開かせて、強い影響と清新な興味を与えてくれたのは、国木田独歩の「独歩集」であった。紅葉の名文とはまた違った、生きてぴちぴち動いているような独歩の文章の魅力は、ほんとに今思ってもすばらしい。

この独歩から、私の読書系統はしだいに新文学のほうへ移るのであるが、この独歩については、後段でもう少し書いておきたいと思う。

（なかむら・はくよう）

新文学への転換期　明治の思い出（二）

中村白葉

独歩についで、私は田山花袋を知った。これも第一に読んだのは『花袋集』であった。有名な「蒲団」も読んだ。だがこれは、前の「片恋」（ツルゲーネフ）や、天外の「魔風恋風」などより一層わからなかった。「蒲団」はひと口に中年の恋を書いたものだということであったが、中年の恋とはいったい何か？　私は見当もつかなかった。今でもそうであるが、何事にも成長の晩かった私には、恋愛などというものは若い者のすることで、中年の妻子ある男が恋をする――そんなことはちょっと考えられないこと、あってはならない、不思議な気のすることだったのである。

しかも、その頃からこの中年の恋という言葉は、だんだんそちこちで用いられだして、「蒲団」の発表後間もなく、小栗風葉の「恋ざめ」なる作品が出たりもして、私も読んだが、ひと口にいうとこれらの作品は、人間の真実を書くのが目標だというのだったのだから、私などはただもうそういうものかと感心しているほかはなかった。思えば私など、もう十七八になっていながら、一向に幼稚なものだったのである。

こうして日本文学も、日露戦争を中にはさんで、にわかに新文学のきざしを見せはじめたとはいえ、外国文学、殊にロシヤ文学の翻訳などは、まだなにほどのものも出てはいなかった。「片恋」のつぎに私が読んだのは、やはり二葉亭訳のゴーリキイ作「ふさぎの虫」や、ツルゲーネフの「浮き草（ルーヂン）」などであった。むろんまだ、ゴーリキイが何者で、ツルゲーネフがどんな作家かということも全然知らず、ただ二葉亭の軽妙暢達な言文一致訳に魅せられて、胸をおどらせたにすぎなかったのであるから、今から思えばこれまた二葉亭ものは面白いときめこんでいた貸本屋の禿げ頭に感謝するほかないのが、実状である。

それらのほかには、徳田秋江（後、近松秋江）の英訳からの重訳によるトルストイの「生い立ちの記（幼年・少年のこと）」などがあったが、名古屋の学校にいるうちには、私はまだそれを知らなかった。

私は明治四十一年の春市立名古屋商業学校を卒業して、その六月初めて東京へ出た。その春は折あしく、九十歳という老齢の祖母が死にかけていたため、出京して一ツ橋高商を受験する機を失してしまったためであった。東京では私は、叔父の許へ寄寓して、翌年の受験にそなえ、正則英語学校の受験科へかよいだしたのだったが、翌春うちへは無断で方針を変えて東京外語の露語部へ入学した時には、かつてそこに教鞭をとっていた二葉亭は、朝日新聞特派員としての露都からの帰途、印度洋の船上で死んでいたことを、後に知った。

生れて初めて家を離れ、ただ一人の友もなく、叔父とはいえ初対面の老人の許でひとりぼっちの日々を送ることになった十七歳七ヶ月の私は、さびしかった。このさびしさが私に、投書ということをおぼえさせた。

そのころは、多くの雑誌が投書を募集していた。『ハガキ文学』『秀才文壇』『女子文壇』『中学世界』『女学世界』『文章世界』等であったが、中では『文章世界』が最高級で、その投書欄は、わけても小説欄はいくらか文壇でも認められていて、後には私設文科大学とか、文壇の登龍門とかいわれるまでになって行った。

私も実は、まだ名古屋にいたころから『ハガキ文学』『秀才文壇』『中学世界』などには何度か投書して、当選したり没書になったりしていたが、『文章世界』にはおそれをなして、一度も出さなかった。それを、上京後間もなく、思い切って、四枚ばかりの叙事文なるものを投書してみた。

ところがそれが一発で、翌月号の誌上に掲載された。たしかその欄の三位か四位に載ったのである。しかもその末尾に附された選者の批評の中に、「独歩の筆致を思い出させる。いま少し主観の背景が深かったらばと、望蜀（ぼうしょく）の念をもいだかしめられた」という一句があった。一読再読三読して、私は文字どおり天へも昇る心地であった。なにしろ前述の通り、当時私は独歩崇拝没頭時代だったのだから。

それは「暗夜」という題で、ただ一場のスケッチ——ある闇の夜、波の音だけが耳に聞える砂浜を、男女とおぼしい二つの人影が何か争うようにもつれながら駆けすぎて行く、これだけのことを、——事実私自身が南紀尾鷲の海浜で見かけたままに書きつけたにすぎないものであった。

二回目はこれに気をよくして「がま」という題で、内容はもう忘れてしまったが、同じような見聞を書いて出した。しかしこの方は六号活字でやっと掲載された程度であった。

　この国木田独歩は、明治四十一年六月、私が上京して叔父の家へ落ちついたころに、私などはそれまで名も知らなかった湘南茅ヶ崎海岸の南湖院で死んでしまった。宿痾（しゅくあ）の肺病による死であった。

　いま書いたような投書の件のあったあとだけに、この死から私の受けた衝撃は大きかった。しかも当時独歩の天才的名声は絶頂であった。多くの雑誌は争って独歩追悼号を発行した。そしてその無二の親友として独歩の名とともに華々しく脚光を浴びたのが、その頃すでに文芸雑誌界で全盛の名をほしいままにしていた『文章世界』を主宰していた田山花袋その人であった。

　前にも書いたが、花袋はその時ちょうど、出世作「蒲団」発表後、初めての長篇三部作の第一編「生」を、たしか『読売新聞』に連載していた。私は、何年か後田山さんに親炙するようになってから、直接その口から「あの時はほんとうに大変だった。『生』はなにしろ自分の母親を俎にのせてその人間性をあばこうという作品だから、ぼくとしては、家庭的にも社会的にも、ほんとにすべてを賭けるくらいの真剣な気持だった。そこへ国木田が急に……まいったね、これには……それかって新聞は休めないし、国木田のほうもほっとくわけにはゆかないし……」こういう述懐を聞いた記憶がある。

　その時点において、田山花袋は、いつか時代の主潮となっていた自然主義思潮の先達であり、その驍将（ぎょうしょう）という名で呼ばれていた。しかも年はまだ四十前後であった。独歩の享年はたしか三十八か九だったから。

もちろん当時は、一方に森鷗外の大きな存在があり、夏目漱石も「吾輩は猫である」によって、一躍洛陽の紙価を高からしめてはいたが、しかし妙にこの人たちは、文壇の主流ではないような印象を一般に与えていた。つまり、それほど一時は文壇に自然主義の旗色が濃かったのである。

しかし、時代はぐんぐん動いていた。自然主義全盛のかげには、早くも『白樺』派などの人道主義的傾向が擡頭しかけていた。

華厳の滝での藤村操という一高生の死――まだ二十にも足りぬ年配で、人生不可解をなげいて自ら死に赴いた哲学的自殺が一世の耳目を聳動(しょうどう)したのも、この前後ではなかったかと思う。

東京外語入学のころ　明治の思い出（三）

中村白葉

私が東京外語の露語科へはいり、同時に生涯の友米川正夫と知り合ったのは、明治四十二年の四月だった。爾来三年のあいだ、私たちは同級生としてロシヤ語を学び、卒業後も同じロシヤ文学の道を歩きつづけて、三年前米川が喉頭癌で倒れるまで、六十年近い歳月を無二の僚友としてすごすことができたのである。

今にして思うと、これは米川にとっても私にとっても、その後の生涯に関する運命的なできごとであった。少くとも、私だけはそう思っている。生来怠け者で、仕事のおそかった私は、タフな米川の先導がなかったら、今だけの業績も持たなかったかもしれないのだが、その代り米川が死んで後も、いまだにこつこつと同じ道を辿りつづけなければならぬ日々に喘いでいる。やはり人間は、この世でするだけのことをしてしまわないと、神様からお暇が出ないとでもいうのであろうか。

トルストイの「復活」が内田魯庵の重訳で出たのは、たしか私たちが外語へはいった頃であった。内田さんの訳本は丸善の出版で、その頃としては、紙装ながら上品なハイカラな本であった。私たちはまだロシヤ語では何も読めなかったので、早速とびついてそれを読んだ。といっても、全部を通読したわけではなく、まず最初は初めのほう、例の復活祭週の春の夜にニェフリュードフがカチューシャを強要する場面を、同好の文学仲間でたれいうとなくその頁まで教え合って、抜き読みした程度であったが。

　前に書いたとおり、有名な二葉亭はすでに死んでいたから、その頃、原語からの直接訳でロシヤ文学の紹介にあたっていたのは、ニコライ神学校出の昇曙夢氏一人であった。しかし、昇さんも当時はまだほとんど駆けだし時代で、わずかに「白夜集」という短編集が一冊出ていた程度にすぎなかった。ところがその後暫くして、瀬沼夏葉（かよう）という人の「チェーホフ傑作集」というのが出版された。この人は、当時のニコライ神学校長瀬沼恪太郎（かくたろう）氏の夫人で、尾崎紅葉の弟子ということであり、この集には、チェーホフの有名な「六号室」を巻頭に「月と人」「記念帖（アルバム）」などの、初期の小篇まではいっている珍しいものだったが、中でも「記念帖」は、紅葉が一読三嘆して、「自分もこういう作を書いてみたい」と言ったとか言わぬとか、そんな逸話までが伝わっていた。

　これらのほか、ロシヤ文学ではやはり、亡くなりはしても二葉亭のものが一番多かった。「カルコ集」という名の変形版の短篇集などはずいぶん読まれたものであった。しかもこの頃からロシヤ文学というものが急に注目されだして、英・仏・独訳からの重訳で、いろんなものがちょいちょい紹介された。レールモントフの「現代の英雄」中の一二三のものが、「公爵令嬢」とか「ぬけうり」とかいう題で、森鷗外やその妹の小金井きみ子訳で出たのもこの前後のことであったと思う。

トルストイはその前からもちろんよく知られていた。「復活」は今書いたとおりであるが、大作「戦争と平和」なども、もっとずっと古く、明治の二十年代くらいに、その一部が抄訳の形で、ナターシャとアンドレイ公爵の恋愛事件などが、「佳人公子の邂逅」とかなんとか古風な題をつけて紹介されていたそうである。なお、日露戦争後には、田山花袋の英訳からの重訳で「コザック」が出版されている。田山花袋の翻訳ということも珍しいが、花袋は日露戦役中、勤めさきの博文館から従軍記者として遼東半島に派遣されていた経験があり、その上「コザック」が、戦争に勇名を馳せたコザック騎兵のことを書いたものだろうという推測から、出版書肆がその翻訳を花袋に依嘱したのだという浮説ばかりでなく、田山という人は有名なセッカチだったから、国民英学会かどこかで独学で仕上げた英語の力量と言い、さぞ誤訳だらけだったろうという笑い話まで私の耳に残っている。これはむろん冗談であるが、しかし一面、日本の新文学もまだまだ底の浅いものだったという一つの例証にはなるかもしれない。

その他、相馬御風が、ツルゲーネフの「その前夜」「煙」などを英語から訳したり、アンドレーエフ（当時の日本にとってはロシヤ文壇の新作家）の「七死刑囚物語」を上梓したりしたのは、もう少しあとのことだったであろうか。

私たち自身のことでいえば、外語一年級の後半からはようやくチェーホフ、プーシキン、アクサーコフなどを教科書として習いだし、二年に進級してからは、どうにかそれ以外の近代作家のものをも、むろん十分ではないがどうにか辞書とくびっぴきで、意味だけはとれるところまで進んだ。——私たち文学仲間は五人であった。米川と同じ備中高梁の中学から来た広島観一郎、北陸出身の園田一忠、越後生れの成見大次、これに米川と私であったが、この連中で二年の夏期休暇中に準備をして、その秋十月から『露西亜文学』という雑誌を出そうという野望を立てた。

私は、前にも書いたが、外語入学前からはじめていた投書というものを、入学後もずっとつづけて、その年のいつごろだったか、『中学世界』で募集した投書家番附で、西の横綱に選ばれたことがある。入学後私は自分の好みに仲間を誘って、投書をやらせてみたが、それはあまり成功しなかった。ただ園田一忠だけは、その頃『万朝報』で募集していた短編小説に投書してよく当選し、それがもとで天狗になり、遂に外語を中途退学して、そのまま新聞記者になるという放れ業を演じて見せたりしたが、のち朝鮮にわたったというだけで、消息を断ってしまった。

話が思わぬほうへ外れたが、投書の関係から、雑誌の資金集めのため、初めに私の名で投書家仲間を勧誘して、会員になってもらった。ところが、はからずもそれで最初二百名に近い会員ができた。雑誌は定価二〇銭で一二〇頁。今考えても相当なものであった。一文の資金も持たぬ学生としては、よくも無鉄砲なことができたものだと驚かれるが、不思議にもそれでどうにかやって行けた。時代がよかったとでもいうのであろうか。

とはいえ、むろん金には苦しんだ。しぜん少しでも費用を節約するために、二号あたりから印刷所を変えることにし、同級生の一人のつてで、弁護士平出修氏に会い、その知合いの印刷所への幹旋を頼んだ。

平出氏はその時、学校からほど近い神田神保町に事務所を持っていた。私はその友人につれられて、二階の応接間で平出氏に会った。私の記憶では、平出氏は四十恰好の小柄な人であった。私はむろん知らなかったが、この人こそたれあろう、当時大逆事件として一世を騒がせていた幸徳事件の弁護士平出修氏その人だったのである。

雑誌『露西亜文学』については、この平出氏との出会いをはじめとして、雑誌にのせる交換広告の件で、学生時代の谷崎潤一郎、和辻哲郎、大貫晶川（しょうせん）、木村荘太など第二次『新思潮』同人に会った思い出話など、なお二三語りたいことがある。平出氏のことどもに次回でまとめさせてもらうことにする。

一期一会の友　明治の思い出（四）

中村白葉

私が初めて会った時の平出修氏は、いかにも練達な弁護士らしく、私の話などろくに聞かないうちに、忽ちてきぱきと用件をさばいて、「では、まあしっかりおやりなさい」ということになった。これで私たちの『露西亜文学』は、前の印刷所より大分安く引受けてもらえることになり、私たちは大いに氏の斡旋と好意を感謝したが、爾来何十年それきりで氏には会ったこともなかった。

たまたま近年になり、新聞雑誌等で幸徳事件の後日談やら真相論を読んだりして、平出修氏がその弁護人であったことを知り、改めて氏の俤を偲んだことを思いだす程度である。

もっとも、幸徳事件そのものについては、長いあいだにちょいちょいいろんな批判を耳にしたことはある。今日から思うと、まったく隔世の感があるが、当時は私たち文学青年でも、大逆といえば途方もない大罪と考え、死刑も当然の帰結と受取っていた。管野すがという女性までが幸徳秋水の情婦として一味に連坐し、極刑に処されたことをも、格別不可解とも思わなかった。第一当時は、神田の神保町通りに軒並ある古本屋をのぞいても、「社会主義」という文字の使われている書物には、ほとんど絶対にお目にかかれぬ時代であった。ただわずかに、吉野作造博士の「デモクラシー」という言葉が新聞雑誌に稀れに散見される程度で、社会主義などは天人ともに許さざる怪しからぬ主義だったのだから、それを思うと、明治も遠くなったの感をいまさら新たにせざるをえない。

一方で自然主義思潮の洗礼を受け、権威を認めず通俗を忌む思想と、人間性の真実、万人の平等を心から信じながら、なお且つ、皇室万能主義に養われて来た私たちの頭には、「一刀両断帝王の頭(こうべ)」などという表現は、口にすることはもちろん、ひそかに考えることも許されない不祥事であった。しかも私たちは、いや私などは、自然主義的考え方の影響から、親は勝手に子供を作ったのだから、子供のほうで親に恩を感じなければならぬ責任はないなどと、近ごろの半可通の若者たちの放言するのと同じようなことを、いっぱし新時代のつもりで得々として揚言していた時期もあった。いや、この点では、今日の若い人たちよりむしろ過激だったかも知れないのである。それればかりではない。人間、年をとってるからえらいという理窟はない、人間はあくまで平等だ、身分に高下もなければ、職業に貴賤もない――などとも豪語して、人生は灰色だ、人間は遂に孤独だ、ひとりで生れてひとりで死ぬのだ。何のための人生か？　人生の目的とは？　意義とは？　人生は畢竟不可解ではないか――

ここまで来て、つきあたるのが、華厳の滝に身を投じた藤村操の「巌頭の感」である。人生は灰色、生の歓びなどはどこにもない、人間は刹那に生きるにすぎぬ。こんなことが歯の浮くような言葉で叫ばれ、しかもそれを一向に、不思議ともナンセンスとも考えなかったのである。で、その頃の若者のあいだでは、世の中には何の興味もない、生きることは無意味だ——こういう顔をして、いつも青白く沈んだ表情で、笑顔などまるで見せないという好みがはやった。はやるということは妙なもので、そういう何事にも無興味らしい顔つきの人間を見ると、なんとなくそれがえらそうに見えた。

今から思うと、それはまるで、人間の愚かしさをまるだしにして生きていたようなものであるが、しかし考えようによっては、人間とは元来そういうものであるかも知れぬとも思われる。今日の学生たちのヘルメットやゲバ棒も、やはり同じ意味でのはやりである。極言すれば、人間の愚かしさそのものの象徴だともいえるであろう。

米川正夫と私との関係にも、それがあった。

その頃の米川は口の重い男であった。よくいえば寡黙で、めったに大きな声はださなかったし、あまり笑いもしなかった。今私はその頃の文学青年像として蒼白き哲学者気取りを代表的なもののように書いたが、実はそれは表面だけで、彼らも実質は若者に変りはなかった。ひと皮むけば、大多数が若者通有の陽気な楽天性を持っていて、すぐはしゃぎもすれば、ばか話もした。——私自身が実はその一人だったからよくわかるのであるが、米川だけは少し違っていた。いや、違っていたように、私には思われていた。

当時の彼は、ほとんどいつも、浮かぬ顔をして黙っていた。だれがどんな話をしていても、何が面白いのかというような顔をして、ちっとも乗ってこなかった。

これが私には、彼がほんとに時代のヒーローであるように、深い思惟を胸にひめた天才のように思われた。私は人と何か笑い話などしている時、米川のこの冷笑的（と私には思われた）な顔が目にはいると、彼に軽蔑されそうな気がして黙ってしまった。そして彼のほうへ行くと、「くだらない、あっち行こう」こう言って「衆愚」のそばをはなれるのが常であった。（後日の行跡から思うと、米川も当時はやはり一人の若者で、実のところは、持って生れた口べたで、仲間の冗談口などに軽く調子を合せることができなかった――というのが真相らしい。）

しかし私の方は、外語を卒業するまで、いやその後も長いあいだ彼を、浮薄な世俗の風習などには一顧も払わぬ、どこか人並とは変ったえらい奴のように思っていた。殊に、女好きなどという言葉とは凡そ無縁な男のように思っていた。もっともこれは私一人でなく、他の連中もみなそう思って、彼を中性と呼んでいた。後年の彼を思い合せると、人間というものは面白いものだとつくづく思う。

ところで、米川の方では私を何と思っていたか――それはよくわからないが、彼の方でも何かで私に一目おいていてくれたような気は今でもしている。仲間の連中が私と米川のことを評していつか「あの二人のようにお互いに遠慮し合っていりゃうまく行くさ。おれたちにゃあんなことはできない」こう言っていたということを後に知った。

このいみじくもいわれた評言は、二人のあいだに一生つづいたといえるかもしれない、まことに奇妙な関係であった。まさか私も、その後相当の年になってからは、米川がこの世の万事に無興味で、冷笑的に世を渡っている男とは決して思わなくなったが、でも、どこかに別の意味で、えらい奴だと思う気持は残っていたし、事実また私の及ばない点も多くあった。思うに、どうやら彼の方にも、そういう気持は最後まで残っていたらしい。

こうして私たち二人は、六十年の交遊生活を、三年前の米川の死の日までつづけたのだった。その後の米川は、私にとって、ただただえがたい、一期一会の友であった。お互いに生きていたあいだは、半年一年と会わずにいても、いつでも会えると思うことで何のさびしさも感じたことはなかったが、彼が死んでからは、私は、一日に何度でも彼を思いだし、そのたびに、ああ、あの家へ行っても、米川はもういないんだなと、考える。そしていつも、やっぱり自分には、あいつが一番かけがえのない友人だったんだなと、考える。

思い出す人々　明治の思い出（五）

中村白葉

後になってよく自然主義の功罪ということが論ぜられた。しかし私が十代の学生時代に受けた自然主義文学の一番大きな影響で今もなおはっきりと頭に残っているのは、人間は一個の存在としてすべて同等、乞食も帝王も変りはないという思想である。人はみなそれぞれに自分の境涯をその個性に従って生き且つ死んで行く、その形はあくまで平等且つ尊厳であるという人間主義の一語につきる。つまり私は、自然主義文学全盛の時代を文学青年として生きるうちに、いつともなく人間の平等性を強く教え込まれたのであった。すぐれた作家の手でひとりの乞食を一個の存在として書かれると、それがみな立派な存在理由をもって、堂々たる人間として受取られるまでになった。そしてこのことは、若い私にとって、実に大きな開眼だったのである。

こういう作家の一人に、私にはゴーリキイの名があげられる。ゴーリキイの書いた名もない一人のバシャーク（跣足男）によって、私は生れて初めて心から人間の尊さを知り、将軍も一兵卒も同じ人間であることを身にしみて感じとったといっても決して過言ではない。一人の人間の生態は、それが何の不純な想念なしに、正面から誠実に描き出された場合、それは一あって二とない、天地間の真実である。つまり私はその時に、文学（小説）は人間を書くものである。一個の人間はその比重において宇宙と同格であるという人道主義的の考え方を、この作家の初期の傑作「チェルカッシュ」から学びとったのであった。そしてこれが私のその後の生涯を支配する観念となった。それ以上枝葉末節にかかわる文学論など、私の問うところではなかった。

人道主義という名で思いだすのは、雑誌『白樺』である。学習院の公達たちの一団によって発行された『白樺』は、やはり一種の同人雑誌であった。しかしこれは、私が外語へはいったころには、もう一般にも売れる雑誌の一つになっていた。『早稲田文学』などとともに、当時の帝大（今の東大）から出ていた『帝国文学』より一般学生たちの人気を集めていた。

もちろんそのころにも文学関係の雑誌は可なりあった。『中央公論』『新古文林』『趣味』『文芸倶楽部』『新小説』等は、一般にひろく読まれていたのであるが、中でも『趣味』は、毎号のように巻頭に昇曙夢訳のアンドレーエフの作品などを掲載して、新味を誇っていたことが新鮮であった。

『白樺』につづくものとして、帝大系には『新思潮』（第二次）があり、早稲田系には、秋田雨雀、国枝史郎らの『劇と詩』があり、私たちの『露西亜文学』もそれらの驥尾（きび）に附して、一時はどうにか売れる雑誌になっていた。そして、この三誌で交換広告を掲載し合うところまで行っていた。

この交換広告の縁で、私には、その頃『刺青』で評判になっていた谷崎潤一郎氏に初めて会った思い出がある。忘れもしない、雨降りあげくの道のぬかった日であった。その日私はひとりで、芝浦にあった芝浜館という大きな旅館をたずねた。『新思潮』の編集所がそこにあり、同人の一人木村荘太がそこの息子だったからである。

私は、掃除の行き届いたきれいなひろい玄関で、どろんこになった靴に気がひけるのを感じながら、長い廊下を幾曲りもした奥まった広い日本間へ案内された。中には四五人の人が集まっていた。薄暗いので顔はよく見えなかったが、その中に、まるで百日かづらでもかぶったような異様な頭をした丸顔の人がいた。木村荘太のあとにつづいてその人が、「ぼく、谷崎です」といきなり言った。ひどくぶっきら棒な調子に聞えたし、それと芝居の石川五右衛門のような頭髪が印象的であった。

谷崎氏のほかにいたのは、和辻哲郎、大貫晶川（岡本かの子の兄）などだったと思う。いちいち紹介されたわけであるが、はっきりした記憶はない。

その頃——明治四十年の初めの日本は、文壇全体もまだ若かった。元老格である坪内逍遙、幸田露伴、森鷗外、夏目漱石といった人たちでもまだ五十になるかならず、全盛の自然主義の代表作家で、老大家扱いの田山花袋、島崎藤村、徳田秋声なども四十前後。若手の双璧として人気を集めていた正宗白鳥、真山青果などはまだ三十そこそこであった。

今はどうか、その頃の文学青年の常として、私たちはよく仲間同士連れだって、用もないのに厚かましく、作家訪問をやったものである。ある日三四人で牛込神楽坂の近くにいた真山青果をたずねたことがある。玄関からすぐ二階へ通されたが、それは当時の学生にもあまり立派とは思われない、六畳ほどのひと間であった。正面に主人と覚しい人が坐っていて、その前に特徴のある長いまっくろな八字ひげをはやした生田長江氏（写真で見覚えがあった）の顔が見えた。

私たちが一人ずつあとからあとからと上って行くと、生田長江がまず驚いて、「真山君、何か会でもあるのか」ときいた。真山氏は東北訛りのある声で、「いや知らん、ぼくは別に」というような返辞をした。私たちは恐縮して、壁ぎわに小さくなった。「ああそうか、愛読者たちか。真山君ももう大家だからな」と言って、からからと笑った。

作家ばかりでなく、私たちは、博識で話の面白かった馬場孤蝶氏をも折々訪問した。ある日孤蝶氏は、最近にトルストイの「戦争と平和」の英訳が来たので、何日かかかって一気に読了したという話をして、「だが、これはあまりに長いね、それに、トルストイの作はくどいから、気の早い日本人にはとても読めまい。訳して出しても読み通す人はまずあるまいね」と言われた。

当年の馬場孤蝶はわが文壇における外国文学の先達だった。ところがこの事があってから五六年後に、「戦争と平和」は新潮社から、昇曙夢、米川正夫の共訳で、四巻になる予定の第一巻が出版されたが、すると忽ち初版を売りつくし、あとが矢の催促で待たれるという意外な状勢になった。さすがの外国文学通馬場先生の目がねにもとんだ狂いがあったものだと、一時私たちの間の語り草になったことがあった。わが国今日の外国文学の隆盛を思うと、まことに今昔の感に堪えぬとでもいうべきか。

いまひとつ、その頃の思い出話――

明治四十年頃だったと思う。『早稲田文学』で懸賞小説の募集があり、長谷川二葉亭の選で中村星湖氏の「少年行」が当選した。これを足場に、星湖氏は新進作家として文壇に進出、間もなく若手人気作家の中心となった。星湖氏は現在も、郷里である富士山麓河口湖畔に、八十五歳の老大人として健在。その当時、氏はまだ数えの二十三四歳ででもあったろうか。やがてその間に書きためた短編をまとめて処女作品集を出された時、それを題して『半生』と名づけられた。その頃、私は外語へはいって間もなくだったが、星湖氏が二十五歳で著書と名のつくものを持たれたということにいたく刺戟を感じ、自分にはとてもそんな芸当は打てないだろうと、羨望と同時に失望を感じた記憶がある。

その後二三年して、明治四十五年三月に、私はどうにか外語を卒業した。そしてその秋一年志願兵として岐阜連隊に入営、翌二年十二月に除隊して結婚、三年早々に東京へ舞い戻って自分の生活をはじめた。たまたまその時、新潮社から「新潮文庫」(第一次、一番古い小型文庫本)が出ることになり、その一部として私は、ドストイェフスキイの大作「罪と罰」の新訳を依嘱された。

こうして私は、期せずして星湖氏と同じ半生——二十五歳で自分の著書を持つことができた。私は感慨無量であった。しかも明治はちょうど私の外語卒業の夏七月二十九日、明治天皇の崩御とともに幕を閉じて、その日から大正と改元されていた。かたがた些か手前味噌のきらいはあるが、こんな他愛ない蛇足——自分だけの喜びを附記して、わが明治の思い出を結ばせてもらうことにしたのである。

明治文学雑記（一）

二葉亭先生、泡鳴氏、孤島氏、宙外氏

中村星湖

「明治文學全集」の附録に何か書いてほしいと、編集部からのお頼みがあった時には、さしてむつかしい事もあるまいと思って、気軽に引受けはしたものの、さていよいよ、ペンを取る段になると、なかなか日記や手紙を書くように、無造作に手っ取り早くは運ばない。

明治百年加一年　　明治百年一年を加えて
吾迎八十五新年　　吾は迎う八十五新年
高齢雖尊心清足　　高齢尊しと雖も心清ければ足る
願以寸行報後先　　願くは寸行を以て後先に報いん

これは今年、故郷河口湖町にいた時の拙作、年頭雑詩の一首であるが、何時の間にか此の年になってみると、記憶は衰えるし、精力は乏しくなるし、書く事も読む事も全く以て埒はあかないのに、かてて加えて、岳麓は寒さがきびしく雪の降る日が多く、あちらの独居生活は年寄りには無理だからと、東京の長男の嫁がわざわざ迎えに来たので、それに連れられてこちらへ来てみる

と、住居や防寒設備に申し分はないが、何か書き物でもしようとするに困るのは、読みたい本や参考資料が、故郷の書斎のように手近に無い事だった。

あちらも、もう桜や桃が咲くだろうから、帰ってあちらでとも思うのだが、そうしているとまた遅くなるので、忘れた事は忘れたとし、知らない事は知らないとして片付けよう。

＊　＊　＊

年度とか、時期とかから、先後を付けるなら、私は明治三十六年の春（二十歳）、甲府中学を卒業すると直に上京して、神田区三崎町に医者をしていた伯父の家に厄介になって、早稲田大学文学部の予科の生徒となったのだから、当時の日本文壇の大家のうちでは、坪内雄蔵即ち春のやおぼろの逍遙先生に真先にお目にかかりもし、やがて大久保余丁町のお宅までも押しかけて行って、随分と色々なお世話になったものだった。

だが、坪内先生のことは暫く置いて、ここでは、長谷川二葉亭先生が、朝日新聞社の露都通信員の名儀で、ロシヤへ赴かれるのを、当時の文壇人や通信関係者たちが、上野精養軒に盛大な宴を張って歓送した時の事から、雑談だか雑文だかのいと口を切ってみよう。

年度は、明治四十二年か、三年かな？　季節は？　どうもハッキリした記憶は浮んで来ないが、二葉亭先生が白っぽい背広を着ておられたのは確かだ。

司会者は丸善株式会社の司書顧問か何かをしていた和服、羽織袴の内田魯庵翁だったと思うが、あの人が行届いた雄弁を振う前に、突然、座席の一隅から若々しい大声が起った。

「オーイ、中島孤島君！　今日は君の云う田舎漢（もの）がワンサと押しかけて来たようだぞ！　しっかりお頼申（たのもう）すよ。」
その銅羅声の主は、有名な神秘的半獣主義の詩人で、ちか頃は小説をも書き出している岩野泡鳴氏で、目下、文壇のブームと云うよりも、一般社会にまでも喧しくなりかけた「自然主義」に大体には賛成しつつも、自らは「新自然主義」の名をふりかざして、カンカンガクガクの議論を展開し、諸種の作品を書きまくっていた。

白粉を塗った若い婦人のような白面の中島孤島氏は、正宗白鳥氏と親しいらしく、その側の座に付いていたが、ただニヤニヤ笑って岩野氏の方を眺めただけで、何とも答えなかった。岩野氏が「田舎漢（いなかもの）」と云う軽蔑の言葉を使ったのは、中島氏が何処ぞの新聞の文芸欄に、田山花袋にしても、島崎藤村にしても、島村抱月にしても、長谷川天渓にしても、この頃自然主義の議論をしたり、作品を書いたりする者共は皆、田舎漢ばかりだ、だから「自然主義」は「田舎漢主義」と云いかえた方が解り易い、と揶揄したのに因るらしかった。

その時のその岩野氏の皮肉な呼び掛けは、何の反響をも起こさなかったが、それより半年ばかり前、大久保余丁町の逍遙先生の許で催された、早稲田文科の校友会では、ここ、精養軒で沈黙している後藤宙外氏すら、顔色を赤らめて反自然主義論を一席打ったのを私は忘れない。精養軒でのこの日の会衆のうちには、森鷗外とか夏目漱石とかの、あらわには反自然派を標榜している大家は見えなかったが、後藤宙外氏や中島孤島氏程度の反骨は少くなさそうだった。徳田秋声氏や小栗風葉氏は別として、川上眉山氏や柳川春葉氏などの硯友社一派は、もともと逍遙先生の『小説神髄』に指導されたろう尾崎紅葉の系統だったとしても、日露戦後の新興勢力である自然派に対しては、反感はもちろん、敵意に近いものを持っていたに違いない。後藤宙外氏と並んでいた広津柳浪翁は……？　その他赤門出早稲田出の老若いろいろな人々もいたが、ここに一々名前を書き立てるにも及ぶまい。

あの送別会で、主賓の二葉亭先生がどんな表情をしておられ、どんな挨拶をされたか、私はハッキリ記憶しない。それより二、三年前に、先生に選んでいただいた拙い作品に就いて、先生の忌憚ないお教えを願ったがよいと抱月先生にすすめられて、私は始めて本郷区西片町十番地のお宅に伺った。その時、先生の並すぐれて偉大な体格をしておられたのに私はまず驚いたが、それとは反対に、大へん沈鬱な表情や消極的な人生観の持主であられるのに、違った意味の驚きを感じた。

「わたしのところで、はじめて猿楽町に開業した頃、長谷川二葉亭さんが近所にお住いでしたが、とても神経質の方で、夜もよくお休みになれなくて御難渋のように、近所での評判でした。」

町の開業医の妻である伯母からそんな話を聞いた事があるので、私はそれと始めてお目にかかった折の印象とをつき合せて、何処か内臓に御病気を持っていらっしゃるのではないかと心配した。

その頃の御様子とは打って変って、精養軒での二葉亭先生は、健康その物のように見えた。誰かが、ロシヤの小説などを見ると、例えばトルストイの物でさえも、あちらの男女は「恋愛の自由」という事を一つの信仰箇条のように考える傾きがあるようで……と云う風の事を云い出すと、先生は大声を揚げてお笑いになって、「子曰ク（シノタマワ）」で子供の頃から育てあげられたわれわれには、有りがた過ぎて、空恐ろしい事でしょう……と笑顔で言葉をつづけた。

それから数日後、二葉亭先生は、新橋駅から露都へ向けて出発された。

「先生、では、お元気で行ってらっしゃい！」

後から追いすがるようにして私がそう云うと、わざわざ一歩二歩立ち戻って先生は帽子に手を掛けて私と目を合せた。私が二十六、七歳。先生は私の父と同年生れだったようだから、多分四十六、七歳になっておられたろう。

手もとにある不完全な私自身の年譜を見ると、「昭和三年（一九二八）四十五歳　四月末日、フランス留学のため東京出発。五月一日、神戸港解纜（かいらん）のフランス郵船シュノンソオ号に乗る。六月十日、巴里着、間もなく万神堂側の一高教授ボルにつきフランス語の会話其他の補習を始む。九月『文章倶楽部』に長詩『印度洋を横ぎりて』を掲ぐ。」とある。

この「印度洋を横ぎりて」は、それより二十年程前にロシヤから帰朝の途中、ベンガル湾上の船中で病死した二葉亭先生を弔った拙作である。（昭和四十四年四月末、東京にて）

（なかむら・せいこ）

明治文学雑記（二）

紅葉山人、逍遙先生、半峰先生、玩具屋主人

中村星湖

私が東京へ出て来た初めの頃には、明治文壇の横綱格として、「紅露逍鷗」の四文豪の名声も身柄も微動だにしなかったように見えた。ただ、「硯友社」と云う大牙城を構えて、鏡花、秋声、春葉、柳浪其他の四天王だか五豪傑だかを胯肱（ここう）とした布陣が、主宰者紅葉山人の過労か病弱かのために崩れはじめていたらしい。そこへ持って来て、日露戦争前後の社会不安などもあって、深刻小説が流行るの、戦争物が人気を呼ぶの、自然主義の宣伝が聞えるのと取沙汰されるうちに、十千万堂を俳号とする紅葉山人も、そう年たけたわけでもなくて、此の世を去ったようだった。

　私は生前の紅葉山人には逢った事はなく、ただ、新聞記事で山人の訃を知り、その葬式の様子を伝え聞いたに過ぎなかったが、一つ忘れられない印象を受けたのは、その葬式の式場へ列席した坪内逍遙先生が、紅葉の遺族、殊にまだみずみずしい色香も残っている未亡人が、あどけないのも交じった遺児たちと一緒に焼香する様子を見て、余りの痛ましさに、顔面蒼白となり卒倒したという記事からだった。

逍遙先生にも不眠の持病が有ったと聞くが、紅葉山人の葬式に立会った時も、そういう病気にかかっておられたのかも知れぬが、感動が烈しい場合には泣きもし、それがもっと烈しければ倒れもする——そういう感情家で先生が有られた事を、私はほかの場合にも見、聞きした。

これはずっと後の事になるが、島村抱月先生が、恩師坪内先生には背いて、松井須磨子と共に、坪内先生の文芸協会を去って、別に「芸術座」という演劇団体を起こした時、その紛争の間に立たれた、当時の早稲田大学総長高田早苗の半峰（はんぽう）先生が、われわれ抱月びいきの前で次のように仰しゃった事がある。

「僕が坪内と君等との間に立って、色々云うことになると、きっと坪内を泣かせるハメに陥入るのだが、ほかに仕方もない、一つ坪内を説得してみよう。」

その時の、半峰先生の「坪内を泣かせる事になる」というのは、何をどう云おうとなさるのか、われわれ殊に私にはさっぱりわからなかったが、恐らく、東京帝国大学での学友として、その後の早大経営の同僚として、これを云えば泣き、これを云えば笑う、お互いの性格気質から推して、云えば必ず泣くに違いないことを敢て云おうとするのだろう、と私は思った。

この事は、解釈のしようでは、坪内先生はあれだけの学者であり、人格者であるけれど、その学問、その人格に拘らず、自分の立場、気分または性格だけを貫こうとする我儘が強いとも考えられるし、普通世間の人は、学問が広いの、正義感が強いのと云っても、大抵は中途半端で、いい加減のものだが、坪内先生にはその中途半端が堪え切れない、正しい心に妥協は許されない、その妥協を嫌う心に妥協を強いられれば、相手が、肉親か親友の、蹴飛ばすことの出来ない者の前では泣くより外はない。

「何でおれが一克か？　我儘か？　血だらけになって正しさを守って来たおれの足跡を見ろ！　世間の奴等は、おれが根津の売淫窟の女を女房にして、一生を貫いているのを笑うだろう。笑いたくば笑え！　おれは痛痒を感じない！　ただ、おれは、おれの子や弟子が、男女関係でふしだらをして、あい手の女や自分の家族にみじめな思いをさせて、その原因をおれのせいにするような誤解には堪えられない。そんな時には、真におれは腹が立つ！　好きにしろ！　と云いたくなる。おれが売春婦を妻にしたのは、真にかの女を愛したからだ。世間の馬の骨か、牛の尻尾におもちゃにさせたくないからだ。かの女はおれに救われたと云っている。おれ自身もそう思っていたし、現に変りはない。」

以上は、高田博士の一言を、私が推理し、拡張し過ぎたように思う読者もあろうが、そうではない。

実は私にはそういう秘密を知った一人の友達があった。その友達の本名はここに記さないが、その人が神楽坂で玩具屋をしている頃、同じ早稲田大学の校友として私は親しくなり、先方は関東大震災当時、病弱の妻を失い、第二夫人を迎えはしたが、その頃から人間の生死や天変地異の無常迅速なのを考えるようになったとの事であるが、一種の発菩提心を感じて、会社員や商店の主人を勤めて老後の安泰を計ろうとした過去の生活方針を一擲し、老後、夫妻だけでこれと云う後継者もなしに熱海に隠居所（双柿舎）を造って、静かに余生を送ろうとしておられる逍遙博士に近づき、その直隣りに自分達も住居を構えて、博士夫妻の三太夫みたいなポストに立つ事になった人だった。

かれの前夫人がまだ在世の頃の「玩具屋」の生活を材料とした、私の短篇小説に『人形』と題する、私の作としてはよほど器用な、可愛らしい作品があった。エロチック趣味が強いと云って、酔詩人児玉花外が町の途中で私を捕えて、「中村君、君はモオパッサンやフロベエルを飜訳したり、あの『人形』なんかを書いたりするのが、本来だとは思っていはすまい。」と、巴里の或る画廊を覗いた二人のパリジアンがそこに飾られていたミレーの「裸女」の画を見て、「生活の為めかも知らぬが、ミレーも裸女を売りに出した」と話し合ったのに似た苦言を浴せた事がある。

だが「玩具屋」の主人は好色家ではあったが、逍遥先生への奉仕を始めたのは、エロ趣味からではなかったし、私と親しくなったのも、私が文士としては生真面目過ぎて、妻子を餓えさせはしまいかと心配してはくれても、我を忘れて堕落すればよいとは考えていなかったであろう。

逍遥先生に対しては、ただの文士としてでなく、「偉人」と云う敬称を使って、ぞっこん惚れ込んでいる態度をかれは失なわなかった。

「奥さんは根津のああいう所の女だったに相違ないが、先生と奥さんとは双方が『初会惚れ』と云うので、一度会った時から離れられない運命だった！」とまでかれは言った。

「たとえ遊里の女でも、一度自分が愛した者は棄てられず、一生連れ添って愛しつづけてやったと云う事は立派な事で、他の人間はおろか、神や仏でもそう云う愛の持続は出来ないだろう。先生は御自分がそれ程誠実だったから、他の遊びやいたずらに近い色恋沙汰を、見たり聞いたりするのは堪えられない。だから、抱月、須磨子の場合でも、あんなに腹を立てて、折角築き上げた文芸協会をも解散してしまった。島村先生の家族や、一般世間に対する御自分の責任感または謝罪感の、非常に複雑なものもあろうが……然し、逍遙門下というよりは、抱月門下という感情の強かった僕等の立場から、あの際、抱月先生に背くわけには行かない理由もあった。」

私はかれに斯う云った事もある。

「世間では、抱月が須磨子の愛に溺れて、あれを連れて『芸術座』を興したのを、わしがひどく怒ったように思っているだろうが、抱月の気持を一番よく知っているのはわしだ！　と逍遙先生はよく仰しゃった」と、或る時「玩具屋」は私に云った。

明治文学雑記（三）

抱月先生、豊隆君、朝顔事件、秋江氏

中村星湖

私の出身が早稲田だったから、その頃の学校関係の先生方にはむろんお目にもかかったし、お世話にもなったが、雑誌記者として原稿の依頼や談話取りに、広い世間へも相当度数出掛け、文壇的の会合にも顔を出す事はあった。しかし、先輩の相馬御風君や、片上伸（天弦）君のようには何処へでもおつき合いをするという方ではなかった。

関東大震災の前、十年ばかり、家族や自分の健康を顧慮して、東京牛込から神奈川県生麦に移転し、雑誌記者の側ら（かたわ）、飜訳や創作に精力を注いだがまた、海や川の釣りに凝って、顔や手足をまっ黒にして、漁師か百姓に間違えられる弊衣破帽で飛び歩いていた時分には、例の「玩具屋」の主人にしても、親類縁者の先輩にしても、「沈黙・寡言はまるで古代ギリシャの、あれは何とか云った哲学者を連想させるが、流行作家となってミイちゃんハアちゃんのお気に召すような物は書けまい」と面と向って忠告もしてくれたし、陰ではもっとひどい罵詈を浴せもしたであろう。世はさまざまで、さきに言及した酔詩人花外のように私がすこし柔かに調子を出すと、堕落でもしたかに喰ってかかる者もあったし、それとは反対に馬鹿に近い生真面目を捨てて芸道を磨けという忠告も身辺にしばしば聞えた。

さきに、上野の精養軒で、神秘的半獣主義者が披露して、会衆の爆笑の口火となりかけた「自然主義」即ち「田舎漢主義」の一条の如きは、あれが信州出身の中島孤島君と云う、生なかの東京人よりも上品でお洒落にさえ見える貴公子風の人だったから、岩野泡鳴君の折角の諧謔(ユーモラス)的な言葉が、多分かれが覘(ねら)った皮肉や逆説の焼点にまで達せず、街頭で子供の投げたカンシャク弾が泥溝に落ちた程度に消え去ったのだろうが、あの場合、あの言葉には、投げられた者も、投げた者も否定し切れない真実味を感じたであろう。

これはあの精養軒の宴会の場合のような、冗談半分のお喋りとは違って、漱石門下の小宮豊隆(とよたか)君と抱月門下の私との間で、久保田万太郎君の短篇小説「朝顔」の批評上の意見または感情の喰い違いから、大分こじれた事になったのを思い出す。

古い事なので「朝顔」の筋もハッキリとは覚えていず、その文章の巧拙も何処がどう、此処がこうと残ってはいない。ただ、下町辺のお店者らしい若者の、朝起きて出掛ける迄に、愛育の朝顔に手入れをし、水をやりなどする事が書かれてあった。都会趣味の音曲や芸事などにも及んでいたろう。小品文としては結構な作と云うべきだったろうが、これを小宮君が特別に賞めていた。私には小宮君のそんなに賞める理由が解らなかった、いつもの彼の辛辣な批評の調子とは違っていたからである。

その事を私は『早稲田文学』の月評でか、ほかの誌上でか、「この作品を取揚げて賞める批評家の気が知れない」とでも云ったのだろう。すると小宮君は『朝日新聞』の学芸欄で、「盲目の批評家」と云う見出しで私に喰ってかかったのである。

芸術品の価値を判断するのに、一人で見る場合には、よいとかわるいとか、感心だとか感心出来ないとか、評語は一定するだろうが、批評家が数人の場合には、一定することはむつかしく、二にも三にも分れてゆく。というのは、批評家にはそれぞれの個性があるし、立ち場があるからである。まして当時の文壇は、赤門、早稲田、三田、白樺其他と分れ分れになっていて、それぞれのグループの指導者が違い、指導原理と云うような物も違い、作家や批評家の個性も違っている以上、作品の評価も区々（まちまち）であるのが当然だろう。それを一々問題にしたら限りはない。

私は「盲目の批評家」であるかないか、自分では知らないが、それを突き止める為に『朝日』の学芸欄にわざわざ投書する気も起こらなかった。其後間もなく、早稲田文学社へ行くと、抱月先生が出て来て、私の顔を見ると、いつになく怒りを含んだ両眼を光らせて云った。

「君は『朝日』の小宮の暴論を読んだろう？」

「はい、読みました、盲目の批評家と云う罵倒文でしょう。」

「うむ。反駁文を書きましたか？」

抱月先生は何時になく、意気り立っていた。

「まだです。御承知の通り、あの学芸欄は、漱石先生の領分で、実際の編集事務は、森田草平君がやっているそうですが、まず、御大夏目さんの承認を得ないことには、駁論を書いても載せてはくれないでしょう。」

「ふうむ、そういう手続きはすべきだろうが、車夫や馬丁ではあるまいし、苟くも一個の人間に対して同じ程度の人間が『盲目の批評家』などとキメ付けるとは失敬千万だ。早速反駁文を書き給え……」

「こちらも過褒ではないか？　ぐらいに軽くあしらっていたらよかったかも知れないが、あれを大した傑作のように持ちあげる批評家の気が知れない、と強くやったものだから、それが癪にさわったのでしょう。とにかく夏目さんは私の近所ですが、まだ一度もお目にかかった事はないので、一遍お邪魔して、諒解を得てからこちらの所信を述べてみましょう。」

「それが好い、黙っているとますます附け上る……」

此の時の抱月先生は、さながら御自身が忍びがたい罵詈、毒舌を受けたかのように立腹しているらしく見えた。『早稲田文学』が自然主義運動の牙城か堡塁か機関であるように見なされた当時、その反対派と文壇や一般からも擬せられていた赤門出の漱石先生の門下と、中島孤島君の悪口ではないが、生真面目過ぎて融通のきかない、田舎漢の寄合いの抱月門下との、鍔ぜり合いだか、泥仕合いだかが、はじまり掛けたので、一方の総大将には違いなかった抱月先生も、どちらも生意気な若い者等の、取るには足らぬ些細な喧嘩口論として、高見の見物をしてはいられなかったのであろう。

それに、抱月先生御自身にも、漱石門下の小宮豊隆に対しては、私憤と云う程ではなくても、聊か含む所があったのじゃなかったかと、私には後から思われる事があった。それは松井須磨子が「故郷」の女主人公マグダを演じた、あのハウプトマン原作の抱月先生訳を、赤門の独文科出身の小宮君が『帝国文学』だか『三田文学』だかで誤訳指摘をした事があって、それに対して抱月先生は何の弁解もなさらなかったようだったが、教育界の硬骨漢として名の高かった向軍治（むこうぐんじ）先生が、『読売新聞』か『国民新聞』かで買って出て、「牡蠣（かき）が鼻涕（はなみず）を笑う」という、皮肉たっぷりの題下に、「故郷」の飜訳の誤りを指摘した小宮の言いぶんにもいかがわしい点が有ると、二重指摘をした事があるように私は記憶する。

　それから、これも後の話になるが、早稲田出身で、一時、第二期『早稲田文学』の記者を中島孤島君と一緒にした事のある近松秋江氏が、漱石門下の木曜会とやらに顔を出して聞いて来たのか、ほかの文壇雀の喋るのを何処からか拾って来たのか、「朝顔を最初に褒めたのは漱石先生だったそうで、それを小宮君が御叮嚀（ていねい）に提灯持ちをした、ところが、中村君が、こんな物を褒めるとは、褒める人の気が知れない、と荒くやっつけたものだから、小宮君、御大将に唾でも吐きかけられたように躍起となって、君を盲目呼ばわりしたものらしい」と私に話してくれた。

明治文学雑記（四）

漱石先生、鷗外先生、前田晁君、女記者

中村星湖

その頃、というのは小宮君との作品批評のイザコザのあった頃、私はまだ生麦へは移転せず、牛込区弁天町の幽霊坂上に住んでいた。漱石先生は坂下を北へ一、二町行った、早稲田南町の静かな裏町に住んでおられた。玄関に立つと、女中らしい女の人が名刺を奥へ通しもせずに、「先生は新聞の方のお仕事で忙しいので、面会日をきめて戸口にも貼ってある通りです、その日以外にはどなたにもお目に掛りません、お気の毒ですが面会日に……」との事だった。

始めて伺ったので、そういう門限だか、家憲だかも知らず、門下生ならまた便法もあったろうが、身柄が身柄だったし、用件が用件だったので、「夏目さんは電話を持っていても、電話は自家用に使うものだから、殊に原稿執筆に没頭している時などには、他の雑用の電話は御免だと、受話機を外している」などいう新聞か雑誌のゴシップも見、聞いていたので、私は直ぐ引返すより外はなかった。

家へ帰ると間もなく、用件を書いた手紙を漱石先生に出した。返事も呉れないかも知れない、

と思ったのはこちらのヒガミで、割合いに早く「漱石山房」用の便箋で、叮嚀な返事をいただいた。

「お申越しの件は承知しました。但し、新聞は、一般読者を目標にして編集されるものですから、小宮一人をあい手にするのでないとお含みあつての御執筆を希望します。」

簡単ではあるが、無駄な泥仕合いに走らないようにと云わぬばかりの、長者らしい教訓を私は敬意を以て読み、それは漱石先生のどの文芸論にもまさる物だと思った。私はその頃、自然主義作家の陣笠組の一人だったようだが、鏡花物や露伴物や紅葉物や柳浪物をも中学生の昔から愛読したし、東京に来てからは、漱石先生の「猫」から始めて、「坊つちゃん」も、「草枕」も、「倫敦塔」も、『朝日新聞』の色々な続き物とて、読めるだけ読んで、最後の未完で終った「明暗」の頃ともなると、自然主義なぞ嫌いだと云う風を見せながら、ただの客観描写ではない、心理描写だが、さすがの漱石先生も、自然主義から示唆された客観描写を採らざるを得なくなったようだ、と私は考えつつ読んだ。

先生、重い病いに臥して修善寺に病を養って後、東京に帰ってついに世を去らるるに近い頃、辞世の句としてではなかったかも知れないが、後人がそれと取って今に伝わる文字がある。

「則天去私」

これは我を棄てて大我（天道、自然）に則るの意味であろう。或いは、昔、先生は鎌倉の円覚寺に参禅したとか聞くが、成句の日の何日であったかは問題でなく、此の句の示す意味に対して、私は頓首、再拝する。

さて、時間的にはやはり後もどりして、私はとにかく漱石先生の許しを得て、小宮君の「盲目の批評家」の答えを書いて、『朝日新聞』の学芸欄に送った。不得要領と見た人も有ろうし、支離滅裂と感じた者もあろう。何でケリが付いたかと云えば、学芸欄係りの森田草平君が、この問題については、読者の迷惑となるのを恐れて、両筆者にこれ以上くどい物言いを差控えてもらうとの附言があった。

其後、早稲田出身の先輩で田山花袋先生主宰の『文章世界』編集者だった前田晁君に逢った時、「よく朝日の学芸欄が、君のあの原稿を載せたねえ」と言った。

「これ迄、一度も逢った事のない夏目さんにこれを幸いと逢おうとしたが、女中が面会日がどうのこうのと云って、直には逢えなかったので、手紙を出して先生の承諾を得てから書きました。悪口雑言の交換もイヤだから、棄てて置こうとも思ったが、島村先生がひどく怒っているので、棄てても置けず……然し、私は感心しました、夏目さんには……」

と私は答えた。

漱石先生は「明暗」を未完のままで他界された。すると、その全集計画が某書肆でたてられ、その編集主任には小宮豊隆君が当る事になったと或新聞の文壇消息は伝えた。

或日、これはまだ私が弁天町から生麦海岸へ移転しない頃の事のように思うが、漱石全集編集部から、一人の女記者が来て、「こちらには夏目先生からのお手紙が来ている筈だそうですが、御保存でしたら拝見させて頂けないでしょうか?」との事だった。

「ええ、小宮君との『朝顔』論争の時、朝日新聞の学芸欄に、一文を載せて貰おうとして手紙でお願いしたその御返事……大切に保存してあります。私は御近所に永年住んでましたが、一度も先生にはお目にかかりませんでした。けれど、『朝顔』の件で、先生のお手紙をいただき、簡単なものですが、有りがたい教えを受けたと思ってます。」

私はそう言って、書斎の棚から、二葉亭先生や、逍遙先生や、花袋先生やの書翰や端書を一緒にした束を持ち出し、その中の漱石書翰を抜き出して、女記者に示した。

短い文句だったから、かの女はたちまちノート・ブックに写し取って、喜んで帰って行った。あれは多分、漱石全集の書翰の部に組入れられてある事だろう。

ただ、残念なのは、東京から生麦海岸へ、海岸からまた東京へと住居を移動した間に、一番ひどくゴタついたのは、大東亜戦争で、至近の焼夷爆弾が防空壕の近くに落ちたので、私自身、半身を土砂に埋められた事もあって、とうとう昭和二十年の春、空襲の烈しくなった東京を、老妻と一緒に脱け出す際に、家財諸道具や書籍類などの造荷運送を、後に残った子供に托したのだが、郷里の陋屋に今ある書棚や本箱には、漱石書翰其他の名家の遺墨類は見当らない。東京に残った子供が、荷造りの時入れ忘れたのか、無用な紙屑と間違えて、屑屋に渡してやったのかも知れない。ああいうのは、早く表具、表装でもして置くべきだった、と後悔しても、今更ら追っ付かない。

漱石先生が御逝去になるより、幾月か前だったろうと思うが、私は牛込柳町辺で電車に乗込んだ一人の老紳士を見て、双方見合せた目と目の間に火花の散るような感じに打たれた。大分、白毛が多くなっていたが、その霜降りセルか何かのインバネスを着た上品な紳士は、「夏目さんに違いない！」と思った。ずっと前から、地顔に接する機会は無かったので、新聞か雑誌の写真から聯想したのだろう、問いかけてもし間違ったら変なものだと思い、挨拶を躊躇しているうちに、乗客が混んで来て近よれなかった。

これとよく似た事は、森鷗外博士の場合にもあった。一度は雑誌の用で、何か最近の感想談でもして頂こうとして、団子坂を登る途中、カーキー色の軍装で、馬丁を従えてお邸から長靴の拍車で馬腹を蹴りながらトットッと出て来られた博士は、間違いなくその人だったが、こちらが気の利かない時間に押懸けたのが悪かった。その後、日比谷の山水楼だか、中央亭だかで、花袋、秋声両先生の五十歳記念祝賀へやはりカーキー色の軍装でサアベルを片手にしながら、受付けに立寄られた博士に黙礼で敬意を表したが、その後ついにお目にかかってお話を承ることは出来なかった。

明治文学雑記（五）

御風氏、白鳥氏、秋声氏、春雨氏

中村星湖

私は馳け出し記者時代にはよく、相馬君の指図で、方々へ原稿頼みや談話取りに出かけた。最初、正宗白鳥氏の許へは、「僕も一緒に行こう」と云って相馬君も一緒に行ってくれた。正宗氏の西片町の下宿に近く、徳田秋声氏の住居もあった。

西片町には以前、二葉亭先生も居られて、その辺の地理には私も通じていたが、「正宗君には、文学社で見知り越しだが、まだ一度もゆっくり話し合った事はない」と云って相馬君は私と一緒に行ったのだった。

二人が顔を揃えて、正宗氏の下宿の部屋でお辞儀をして名刺を出した時、暫く煙草を喫いながら黙りこくっていた正宗氏は云った。

「中村君というのはどっちだ？」

「私です」と答えて、また一つ頭を下げると、私を特に注視するという風もなく、そっぽを向いたままで、「ふーむ」と煙を吹いたのか言葉を出したのか解らない発音をした。知り切っていて、白ばっくれた返事をしたのでもあろう。それからまた暫く沈黙がつづいた。

以前、誰かから聞いた所では、正宗氏は大変かわった人で、来客があっても、あい手が黙っていると何時までも黙っているか、煙草をむやみに吹かすかで、客が用件を述べると、エースかノーかを答えるだけで、場合では、客がそこに永く坐っているに堪えない事がある、それは無愛想と云えば此の上もなく無愛想、お変人と云えば滅法至極のお変人だとの事だった。

岡山県の豪農の長男で、兄弟も幾人か東京へ来ているが、何の弟をも一緒には同じ下宿に置かず、まして況んや病気や金銭欠乏の場合の世話も見てやらない。だから、春陽堂などでは、『新小説』主幹の後藤宙外氏までが、陰では正宗氏の事を「あの毛物扁（けものへん）」という綽名で呼んだとか……

始めて挨拶して「中村君は……」と名ざされた私は、何か話の緒口（いとぐち）を見付けねばならぬ気持から、二三度何処かで逢って、心安くしていた、正宗氏の直ぐ次の弟らしい洋画家の得三郎君の事を持ち出して、「あの君、たまにはこちらへも伺いますか?」と聞いて見た。するとかれ氏は「近頃、全然見えない」ポツリとそう答えたきりで、あとまた沈黙。怒ってでもいるかと思うと、そうでもなさそうだった。

そのうちに、「君ひとりでは困る事があるだろう」と云わぬばかりに、柔かな調子で相馬君が何か継ぎ穂を与えたので、私は助かったと思った。

その後、私が結婚して、やはり幽霊坂上の伯母の家作の二階家の方へ移り住んでいた時分、突然、徳田秋声氏と打連れて、正宗氏が私のところへやって来た。近所の何家かへ来たついでに

「中村が結婚したそうだから、新夫婦を驚かしてやろう」と、これは多分、正宗氏ではなくて、年上で世事に長(た)けている徳田氏がそそのかして正宗氏と一緒に寄ってくれたのだったろう。

その時には、妻が買物にでも出て、家にいないので何のお構いも出来なかったせいか、一向際立った話もなかったと思うが、私が気付いた事は、二階の一室へ二人を通すと、正宗氏はしきりにあたりを見廻した後、床の間が乱雑になっていたのをじっと見詰めていたらしかった。そこにはロクな掛軸も掛けて無ければ、花も活けて無く、ただ私の汚れた黒足袋が脱ぎ棄ててあった。

それをその時は言わずに、後で正宗氏がチクリと蜂が刺すように教えてくれた。

「この間、君の新婚後の生活を見に行ったが、床の間に古足袋を飾って置くんだからな。」

そう云って、あの有名なニヒリストは、それまでに見せた事のない微笑を面上に浮べた。私も気付いてはいたので、一言の返す言葉もなかったが、私にもそんな嘲笑以外の何物でもなかろう観察を、ずっと以前に白鳥氏に対してわざと行ったではないが、偶然に——では漠然たる話になる——対墓庵（抱月先生の薬王寺前の家）で始めて正宗氏を見た時、かれ氏が煙草に火を付ける折か何かに、片手を差出した刹那、ボロボロに切れた縮緬地の襦袢の袖口のこぼれるのを見て、それを誰かに話した事があった。まさかそんな噂話が、下宿住居も永かったらしい正宗氏の耳にまで入って、一本お返しをいただいたわけでもなかったろう。

正宗氏は当時の自然主義新作家のピカ一だったが、それ以上に文芸批評に鋭い遠慮の無い筆鋒を揮(ふる)った。『読売新聞』の美術記者を初めとして、多分、抱月先生が外遊するのでその新聞を去った後、その文芸欄の主宰者にまでなった人で、かれ氏が赤門出の作家、批評家の評論を書いた時には、帰朝後の夏目漱石先生と上田敏先生とを並べて、前者の性格と才能とを讃えていた。外国の作家ではゾラを愛読していたらしく、その「ゾラ研究」と云ったような論文をやはり『読売』で、上京後間もない頃の私は読んだ。『早稲田文学』の「自然主義号」に私が、片上伸（天絃）君から借りたアーサー・シモンズのエミイル・ゾラ論（英文）をもとにしてゾラの事を書いたり、早稲田大学を卒業してからも、永井荷風氏や向軍治先生と一緒に、暁星中学の夜学でエミイル・エック先生（カトリックの宣教師）のフランス語の講習を受けたりした事を知っておられたと見えて、「早稲田文学社」でその後また逢った時、正宗氏は、ゾラの小説の名で、酒場の名でもある「アッソモワール」の原語には「屠獣棒」という訳が日本では使われているが、原語にそういう意味があるのか？　と問い掛けられて、私は「その通りです」と答えたが、実はわざわざそれを調べた事はなかったので、内心ひどくヒヤヒヤした記憶がある。

　考えてみると、明治文学または早稲田大学の関係では、さきにザッと記録した人々の中では、私に取って、一番深く、または長く、または近く、おつき合いした先輩は、この正宗白鳥氏だったかも知れない。

「君は相馬君と同じ文学社に永くいて、よく喧嘩しないねえ？」と私に云ったのもこの正宗氏だったし、「中村君は意地がわるい」と直接ではなく何かへ書いたのもこの人だったし、「中村君は文章が不器用だ」と云ったのもこの人だったし、晩年軽井沢に別荘を持って、偶（たま）に東京へ出て来ると、小石川江戸川アパートに巣を構えて、東京の空気を呼吸するとか、印税の取立てに出歩くとか、何紙かで読んで、一緒に巴里の町々を出歩いて、ルーヴル博物館や、ロダン博物館を案内した頃の事などが思い出されて、昔懐しさに私からハガキを飛ばすと、「御縁が有ったらまた……」などと素っ気ない返事を呉れたのも此の先輩だった。

正宗白鳥氏とその夫人との結婚媒妁人は中村吉蔵（春雨）氏だった。甲府市山田町の和泉屋号の醤油屋の二番娘に白羽の箭が立ったそうだが、吉蔵氏は甲府の事情に通じないので、「星湖君、君はたしか甲府中学の出身者と聞くから誰かつてがあろう、下調べを頼む」と私に吉蔵先輩からのお指図があった。

明治文学雑記（六）
正宗氏夫妻、ボヴァリイ夫人、ミレーの画

中村星湖

私から甲府の旧友に頼んでやった、正宗先輩関係の縁談の下調べは、直ぐに返事が来た。それを媒妁人格の中村吉蔵氏に送ってやると、話はトントン拍子に進んだらしく、白鳥氏は間もなく、その若い甲府からの花嫁を迎える事となり、私の家からそう遠くない所に新家庭を持った。そして半年経つか経たないのに、その花嫁をモデルにした「泥人形」と題する新作小説を『早稲田文学』に掲げた。「文章が綺麗で、白く光る絹糸のようだ、」と抱月先生の前で激賞したのは吉江喬松君だった。「あんな可愛らしい人を『泥人形』の題下で、無遠慮に取扱うとは……ひど過ぎる！」と憤慨したのは、ついその頃、白鳥新家庭を訪ずれて来た、年若い田中介二君だった。しかし、世評は概して好い方だったと私は記憶する。

その媒妁人だった中村吉蔵氏は、正宗白鳥氏に取っては、まるで肉親の兄貴とも見られる、親切で、義理人情にも行き届いた人格者だった。年齢も白鳥氏より幾歳か上らしく見えた。

若い頃は、盛んに小説を書いたが、明治末期にアメリカ留学から帰って後は、劇の方に専心し、

自ら劇の創作をもやり、演出面にも働き、逍遙先生並に抱月先生にも愛顧され、信頼され、西洋劇ではイブセン物の飜訳をし、その社会劇に影響される所が少なかった。

日露戦後、日本の国運はこれ迄にない程隆盛に赴き、出版界にも「円本時代」と云われるブームが起こり、私ごとき者も西洋の名著の飜訳を出版書肆から割当てられ、英文科出で英語もロクにこなせないのに、フランス自然派小説家の鼻祖と称せられるギュスターヴ・フロベェルの『ボヴァリイ夫人』を、「あれは学校卒業後もフランス語の勉強をつづけているようだから、」と云う薄弱な理由で、ボヴァリイを訳す事となった。それは本国フランスでも、むかし、原著者の生きていた時既に発売禁止を受けた書物で、同じ物が日本でも、英語の抄訳本ですら発禁になっていたのを、フランス本国での発禁は反カトリックの宗教的意味からで、日本はカトリックを国教とする国ではないし、小説の筋に有夫の女が他の男と通ずると云うアドュルテール（つまり、日本風に云えば、不義密通）が反道徳的の意味で非難されるのだが、その反道徳を唱道、宣伝する所謂（いわゆる）「誨淫の書」でない、立派な芸術だという被告の言いぶんが通って、あちらでも自然主義小説の聖書視せられている、日本のように「接吻（ベエゼ）」とか「抱擁（アムブラッセ）」とかの愛情表現の文字を嫌って発禁にする国は文明国には一つもない、と云うのが出版書肆並（ならび）に飜訳を引受けた自分の所信だった。然るに、さきにも言った、神奈川県生麦の海岸生活に転ずる前の、東京牛込時代から、私の精力の大半をその飜訳に傾けた『ボヴァリイ夫人』は、大正六年には早稲田大学の出版部から出版されると間もなく発行発売を禁止された。

当時は、内務省警保局の出版物取締りが厳しくて、書肆にしても訳者にしても、それの対策の建てようが無かった。ところが、その後、書肆新潮社が、「円本時代」の波に乗って「世界文学全集」を計画した頃には、外務省の某々高官等の理解ある援護を得て、内務省警保局の内閲を経て、或程度の本文を削除する条件の下に発行が許可される事となった。

数年がかりの早稲田出版部からの飜訳は発禁となり、折角、大新聞へ掲載されるようになった飜訳長篇小説は、モデル問題の為に近親から猛烈な反対に逢って絶筆した、海か川かへ釣りにでも出掛けて、太公望の真似でもしなければならなくなった自分が、この発禁解除によって、「救われた！」と感じたのは、ウソ、イツワリの無い告白である。

それから間もなく、その新潮社の世界文学の計画は拡張されて、発行部数も数十万部となったので、(貨幣価値が違うので、印税は一万二千円しか入らなかった) ウカウカして、すこし贅沢でもしようものなら、二三年とは保てそうになかった。柄にもない西洋物の飜訳で得た金だから、一二年洋行しようと考え、まだ生きていた母親と相談すると、「アアアア思い切って行ってお出で！」と励ましてくれたので、私は前にも記した通り、国を離れたのだった。私がフランスへ遊学すると、直ぐあとを追うように、白鳥夫妻が巴里へやって来た。その事を吉蔵氏からの手紙で私は知った。

巴里で、白鳥夫妻の滞在しているホテルを私が初めて訪問した時、白鳥氏はホテルの玄関の椅子に腰かけて、日本では見られなかった珍らしい黒の背広で、小形の仏和辞典らしい物を持って、その日の『巴里新聞』らしい物を読んでいた。

「妻は今、湯へ入っている。が、まあ、部屋へいらっしゃい。」

そう云われて、その部屋へ入ると、奥さん来客と知ってか、隣りの浴室から、パンツを穿いただけの裸体に下衣と上衣らしい着物を抱いて帰って来た。身元調べにいくらか手伝った私とは、東京でも一、二度逢っているので直ぐにわかったらしく、ダブルベッドの方へあわてて走り込んで身づくろいするらしかった。

その後何年か経ったが、子供は無かった。それは女として一番淋しい事だったろうが、こんな風に、夫婦相携えての外国旅行をするのには、身軽で却ってよいと思ったであろう。

お化粧をしたりして、一寸座を外した主人に代って私に挨拶した言葉の中には、いかにも満足そうな気持がみなぎっていた。「大金を使って、巴里……こんな遠くまで女の身で連れて来て貰えたのは、本当に勿体ない、と思います」と「泥人形」の女主人公は、心から有りがたがっているらしかった。

結婚後間もなく病気になって、里帰りした際には、泣いて親だか姉だかに苦痛を訴えた事もあったという噂を、余程前に聞いたようだったが、それは何かの誤解だったろう、と私は今見る白鳥夫人の健康そうな顔色や、処女のままのような清純な気持に打たれた。

多分、その日のうちに、私は白鳥夫妻をルーヴルの美術館や、ロダン博物館やに案内した。私がそれより前にルーヴルに行った時には、オランダかどこかへ貸出して陳列されていなかった、ジャン・フランソワ・ミレーの「晩禱」［「晩鐘」］も、幸にその日には返還されて飾られてあった。それを指さしながら説明すると、中学初年生のような小柄な洋服姿の白鳥氏は、ツカツカと靴音を立てて走り寄るようにして、ジッとあの鋭い目で、ミレーの描いたフランスの農民たちの敬虔な立ち姿を見あげて、やや暫くは動こうとしなかった。私は青年時代には狂気のようにキリスト教に凝り固った事があったと聞く白鳥先輩が、虚無主義に近い自然主義に鞍換えしてからの風采や相貌を見つづけて来たのではないが、世間に伝わってい、また白鳥先輩が其後執りつづけている態度や方向は一種の反抗、否定の偽悪主義であって、今見るこの正宗氏こそ本来の正宗氏だろうと思った。

私は此時の旅行で、色々な外国人や日本人にも逢ったが、正宗氏夫妻のような稀れ人（完全無欠の人間とは決して思わないが……）を、このような芸術的環境で見得た事を、殊に幸福だと考えざるを得なかった。

明治文学雑記（七）
「ボヴァリー夫人」のこと、むすびの言葉

中村星湖

「自然主義文学の源流として、日本の文壇に迎えられた点では、フローベールの作品はその弟子モーパッサンよりやや劣るように思われる。少くとも花袋はモーパッサンを語るほどフローベールを語っていない。」

これは去年十二月十八日の東京朝日新聞の文化欄に、日比谷図書館長の杉捷夫（としお）氏が掲げられた「旧訳新訳」の書き出しである。そしてこれはこの論文の前提でもあるし、結論でもあるような印象を私は受けた。ところがこれだけでは、フローベールの祖述者と伝えられる田山花袋ともある人が、その弟子のモーパッサン程には師匠のフローベールを語っていない（評論、紹介もしくは飜訳していない？）の意味に取れるが、如何であろう？

私の見た所を率直に申せば、花袋先生は日本の明治時代の小説作家としてフランスのフローベールを学んだし、自らの作品を通じてフローベール自然主義を日本に宣伝し、光被したけれど、評論や紹介には不十分な点があったろう、ましてその伝記や作品の解説や飜訳等に到っては遺憾

な箇所も無かったとは云い切れない。

次に私、青年時代の中村星湖の「ボヴァリー夫人」の飜訳関係では、杉氏は同じ題下で、左の通り云っておられる。

「旧訳の代表ということになれば、何と云っても星湖訳を推さねばなるまい。ことに昭和二年広津和郎の『女の一生』と合わせて、新潮社世界文学全集の一巻として出るに及んで大きな読者層を獲得した。」

斯（こ）う云われては、私として寧（むし）ろこそばゆいような空おそろしいような感じに襲われる。

広津和郎君の「女の一生」の英文からの重訳を、重訳ながら、文学的香気が高いとし、私の「ボヴァリー夫人」のフランス語の原語からの飜訳をぎごちない表現が目につくと云っておられるのは、間違いのない鑑賞眼と敬服するが、フローベールの文体とモーパッサンの文体との根本的差別については、杉氏が一言も触れておられないのは遺憾であった。

「誤訳など問題ではないと云った正宗白鳥の名言を思い出す」と杉氏がつづけて云われたのは、文字の前後関係から見て、私の飜訳に就いて云われた事と思うが、しかしそれではまるで話の筋が通らない。白鳥先輩のその感想を私はてんで読んでいないので、なお更に、変な疑問が起って来る。

杉氏は更につづけて、「伏せ字の多いのは当然として、検閲当局が気を回して、不必要なところまで伏せ字にしている所のあるのは面白い」とも云っておられる。事実を御存じない人には、そうかもしれない。

明治文学の思い出のような物を四、五回分書いてほしいと編集の方から御依頼を受けて、ボツリボツリとここまで書いて来てみたのだが、去年の暮れには、東京都西荻窪から相州小田原に近い秦野市鶴巻の三男の家へ靴を脱ぎ、クリスマス前後に風邪に罹って、咳嗽頻発の日夜もあったが、どうやら、今年の春分までは生きて来た。ここらでこの雑記の結びを付けることとしよう。だがもう年とり過ぎているから、前のつづきのような繰言にしてしまうかも知れぬ。読者これを諒せられよ。

＊　＊　＊

大正の半ばか、昭和の初め頃かの、新潮社の「世界文学全集」の一巻に組込まれる事に決定した「ボヴァリー夫人」の、あのキズ物原稿（さきに、大正の初期に、早稲田大学出版部から出して忽ち、発売頒布を禁ぜられたあれ）は、新潮社から、外務省の某高官の好意ある仲介と斡旋とに依って、内務省警保局出版物検閲係の内閲を経て、風俗、教育、宗教其他に損害を及ぼす恐れある点を、係りの摘発に従って削除すると云う条件で復活が許される事にはなったけれど、それがまた変な方向へ曲って行った。

発禁の原因になった点や部分を、検閲係が指摘し削除した「ボヴァリー夫人」の大切な原稿は、警保局から新潮社へ返されると間もなく、社の編集室から消え去ったと云うのである。

色々と新潮社の編集部内を捜索して貰った所、部内の有力者の一人が、版に下ろす前、僕が一応自宅へ持ち帰って細かく検討して見ると云って、持って行って返さないと云うのである。その男は、私（星湖）の若い頃の短篇小説、茅ヶ崎南湖院で病死した国木田独歩を中心の「彼等は踊る」のなかの踊る一人のモデルにされたのを怨んでであろう、「ボヴァリー夫人」が早稲田大学出版部から出版されて発禁になって間もなく、「新潮」誌上の何とか題したゴシップ欄で、「ボヴァリー夫人」のエンマとレオンの馬車に相乗りして媾曳き中の、二人の動作や紙屑を飛ばす事を書いた所を、ワイセツの甚だしいものだとし、禁止になったのは当然だと罵ったのも、かれ、不思議な名前のBだったし、今度の削除原稿の消失の当事者もかれだったと、当時Bと共に新潮社の編集幹部だった、加藤武雄君から仔細に私は聞いて知っている。

Bは偶然にも私と同姓で、戦後、ここから余り遠くない「大船御殿」と綽名された豪奢な邸宅で病死し、臨終には、「おれはこの世へ何の為に生れて来たのだったか?」と云う言葉を遺したと某新聞で私は見た。加藤君は、晩年、脳をわずらいつつもかなり長く生き、私と共に日本農民文学や農民劇運動に、かげになり日向になり友情と真実とを尽してくれた。

「ボヴァリー夫人」の飜訳については、私の敵となった形のBとは違って、とにもかくにも、新潮社の「世界文学全集」の一巻の中に組入れる事に骨折ってくれたのも多分この加藤君だったろう。

「千歳の思讐(おんしゅう)両(ふた)つながら存せず、風雲長く為(ため)に忠魂を弔ふ、客窓一夜松籟を聴く、月は黒(くら)し楠公墓畔の村」

これは、菅茶山の「宿(ル)二生田(いくた)一」と題する、大楠公追悼の絶句だが、文学芸術の世界にも、これに似た嘆きは残る。

加藤君に限らず、往年の文芸上の戦友の墓参りでもしてあげたいものである。

(昭和四十五年春彼岸三月二十二日、星湖稿了)

私たちの明治から受けたもの

土屋文明

私たちと言っても、ほんの狭い歌よみ仲間のことであり、その仲間も実は、私の周囲の限られた範囲にすぎない。或いはむしろ私一個人のと言った方がよいのかも知れない。

何でも新しく新しくという明治の機運は、のんきな歌よみ仲間たちも、じっとしてはいられない。それぞれの立場からそれぞれの刺戟を与えられたものであったろう。その最も見やすい形で今に残されたものに新題和歌なるものがある。ガス灯を歌にしたり、人力車を歌にしたり、その他ありとあらゆる明治の新物を人事といわず自然といわず歌いまくったのであるが、その作者は旧来の思想と生活の上に立って、ちっとも新時代に同化していない旧歌人であるから、致し方ないといえば致し方ない。一二実作をあげてみても、現代人にはただ滑稽を感じさせるにすぎないだろう。

雨に日にかげをたのまぬ人もなしひらけ行く世のきぬがさの山

蝙蝠傘という題の税所(さいしょ)敦子の歌だ。

人をさへのせて遥かに天とぶや軽き気による術（わざ）ぞあやしき

これは軽気球という題で碩学横山由清（よしきよ）の試みたものである。

末松謙澄（けんちょう）のような新文化の先端に立ったと思われるものは、明治十八年頃の英国留学中に、早くも和歌改良論を故国に寄せて、日本の詩歌も西洋を見ならって、大いに新しくならなければならないことを論じている。（彼の実際作った和歌を見ると、実に古くさくてお話にならない程度のものばかりであるが、それを今更あばき立てる必要はあるまい。）それくらいだから、いくらか文学に関係あるもの、或いはもっと広く知識人といわれる人々は、それぞれの立場から、それぞれの意見を述べて、和歌改良論は一時の風をなしたといってよいだろう。それなら、それ等の新題和歌や和歌改良論が、今日の我々にどういう風につながっているだろうか。

こうした明治の新機運が日本古来の歌に働きかけようとしていた時に、後の我々が実質的にその影響下に立つことになった正岡子規や伊藤左千夫は、どんなことをしていたかというと、子規は漢詩からはじめて和歌俳諧といろいろの文学に手を出していたが、それよりも熱心に心を傾けていたのは、政治家になるための演説の方であったらしい。左千夫の方も、太政官に建白書を書いてみたりする心情から、何とかして明治の新時代に向くように法律修業をしようとしたのに、それがうまく行かないで、新しい産業の方に心を向け、その最も小規模の牛乳業に従事し、それに或る程度の成功をしたというのであるから、二人とも歌よみたちの、あせり気味の、新世界への直接、また極めて皮相の関係づけには無関心であったと見てよいのだろう。

子規が短歌に入った階梯としては俳句があるのであるが、少年時代から、更に旧藩主設立の寄宿生、また同時に大学生の時代を通じて、漢詩をはじめ、和歌も作り、その外あらゆる文学形式に手を出していた子規が、俳句を専業とするような事態になった事情に就いては、実は私は十分な推定を下しかねているのである。商売人なども、明治の所謂成功者といわれる人々が、何というこことなしに、偶然も手伝って、一つの業種にとりついたのと同じく、それが明治の渾沌時代の性格であるといえば、いくらか子規の文学業績を軽蔑するように聞えるかも知れないが、私の真意は決してそこにあるのではない。ただいかなる渾沌の中にあっても、一つの世界を作り出す力をもっていた天才としての子規を見たいのである。そこで想像を自由に馳らせれば、子規は文芸十八番何にでも向いたが、新聞『日本』記者として、他に適当な人のない、或いは競争者たるべき者のない部門である俳句が子規の担当となったので、結局それに専念することになったとも言えるのではあるまいか。これは当時の新聞『日本』の紙面を通観すれば、私の言うところの正しいか正しくないか、すぐ分る筈であるが、その資料に接するのは現在では非常に困難である。若し新聞『日本』の縮刷復刊でも出来れば、それは単に我々の狭い文学界の事情のみならず、当時の政治経済社会の実情について貴重な資料となるのではあるまいか。勿論『日本』だけに限ったことでなく、そうした重要性をもった刊行物は少くないであろうが、今日の技術と資材を以てすれば当時の刊行物の復刊ということは決して不可能のことではないであろうし、今をおいてはまた成し得ぬことになるのではあるまいか。

閑話休題。子規は明治二十三年九月在外公使であった伯父からハルトマンの美学書を貰っている。これは『しがらみ草紙』に鷗外訳の審美論が出た二十五年よりも前、また審美綱領の刊行された三十二年よりは遥かに前であるが、子規がハルトマンを原文からどれだけ読んだかは別として、子規の文学原論である俳諧大要が西洋文学思想に立っているものであることは言うまでもない。その点では子規の俳句も、明治の文物百般が西洋流であるのと少しも異なるところはないのである。

子規の短歌は俳句の延長として見るべきものであるから、俳句が西洋流であると同じく、短歌もまた西洋流であると見なしてさしつかえないのである。従って新題歌人その他総じて子規以前の歌人とは全く断絶したものと見てよいのである。ところが、子規の短歌に万葉集というものがはいりこんで来た。いかに西洋流と言っても、日本在来の定型詩では、日本を全く無視することの出来ないのは、子規の俳句に於いて蕪村があるが如きものである。しかし、短歌に於いての万葉集は俳句に於ける蕪村よりは更に大きい比重をもつことになった。子規の短歌に万葉集が入りこんだ事情はそれ自体として、一つの文学史上の興味ある問題だと思うが、それは今はおくこととして、子規の短歌に万葉集が加わったことは、一面から見ればそこに活路が開けたともいえるし、また他の一面から見れば、これは一つの陥穽でもあったのかも知れない。その判断批評は後世を待つより外ないと思うが、悪いことには、伊藤左千夫が子規に行く前に、桂園流の旧派でもあればよかったのに、生憎と万葉派と考えられる（賀茂）真淵（橘）守部の末流についていたことだ。

明治から西洋流を受くべき筈であった我々は、同時に日本のうちでも一番古い万葉集を受けつぐことになった。私見では、日本の既往文化のうちで、最も西洋的なものは万葉である、その自然主義的な点で、また素朴原始的である点でと考えているが、或いは我が仏にすぎないと言われるかも知れない。

とにかく、我々はこうしたものを明治から受けついだと言うべきであろう。その点で、明治以前とは全く断絶していると断言出来る。なお言わずもがなのことながら、我々が明治以前というか、もっと分りやすく言えば、所謂旧派和歌と断絶したが如く、我々以後の、所謂戦後短歌といわれるものは、我々とは全くの断絶となるものかも知れない。

（つちや・ぶんめい）

文壇名所案内——明治文学五題（一）

岡野他家夫

明治文学における第一期に当る文学界の主流を考えると、先ず坪内逍遙、二葉亭四迷、森鷗外、尾崎紅葉、幸田露伴らの文学活動が断然その中心だったことが看て取られる。

そこで、それらの先駆者たちは、文壇の内側から一体どんなふうに見られていたかを考察することは、明治文学初期の様相を明らかにするための、一つの手がかりになるとおもう。そのような意味から、ここに「文壇名所案内」という、明治二十三年十一月に出た文芸雑誌「江戸むらさき」の第十、十一号に載った、諷刺と諧謔に満ちた、しかもユーモアに富んだ記事を紹介してみたい。

この妙文の筆者は寒唇軒秋風と署名しているが（物いへば唇寒し秋の風——芭蕉の句）おそらく硯友社派の人であろう。というのは、この雑誌は「我楽多文庫」の後を承けた、硯友社系に属するもので、その編集者は広津柳浪で、執筆者の顔ぶれも紅葉山人、（巌谷）漣山人、（川上）眉山人、（江見）水蔭（すいいん）らであったからだ。

「かかずの森」――この森諸所にあれども大久保余丁町にあるを聞ゆる名所とす。異名を老会杜といふ説あれど僻言(ひがごと)なるべし。この森数年前までは鬱々蒼々として言葉茂り、四季咲の詞花勝れて色香可愛かりしが、いかにしたりけん、近年全く落葉してさながら枯木の如く、「有とは見えてあはぬ君かな」の風情なり。森の奥に小説中興神社の小祠あり、加筆の朱の玉垣神寂びて、拝殿の扉門常に鎖(と)ぢたりといへども、信心渇仰の輩折々の参詣絶ゆることなし。神木と崇(あが)め奉るは「学位黏(もち)」といひて黏樹(もちのき)の一種なれど、本朝の産にあらず、欧洲伝来の名木なるよしは本社の由来記にくはし。高野山の慈悲心鳥の如く、此木に限りて巣くふ異鳥あり、三歳鶴鶉といふ。唐土の不飛不鳴鳥是なり。中興神社の鳥居前にて御夢想の練薬「小説神髄」を商ふ。早学問の大妙薬なりとて大に流行せり。一時此森より伐出(きりだ)せし「書生堅木」は、下宿屋、寄宿舎などに適宜の用材なりとて珍重されたり。

坪内逍遙は明治二十二年に、大久保余丁町に邸宅を新築して居住した。東大在学中の明治十五年「東京絵入新聞」に『清治湯講釈』を書いたのを始めとして、『春窓綺話』や『自由太刀余波鋭鋒』などの翻訳書を公刊し、十八年には『小説神髄』と『一読三歎当世書生気質』を発刊して、明治新文学の指標を提示した外、『慨世士伝』『内地雑居未来の夢』『京わらんべ』『妹と背かがみ』などを世におくった。さらに、十九年から二十三年ごろにかけては、東京専門学校（早大の前身）の教授を勤め、読売新聞社の客員ともなったが、その間、「中央学術雑誌」や「読売新聞」「自由灯」「女学叢誌」「今日新聞」「浪華新聞」などに、文学論、美術論、翻訳、創作、随筆などの諸文章を矢つぎ早やに発表するとともに、『可憐嬢』『松の内』『贋貨つかひ』を公刊した。なお

「外務大臣」「無敵の刃」「細君」「一円紙幣の履歴」その他の作品を新聞や雑誌に発表した。
そのように旺盛な文学活動をつづけていた逍遙だったが、彼は感ずるところがあって、それ以後は小説類の筆を絶ってしまった。早稲田に文学科を創設し、首脳者として尽瘁することとなったことなども理由であったかとおもう。「書かずの森」が寂れたと評しているが、その後の逍遙が、演劇方面の仕事に精進して、多くの画期的な業績を示し、また『桐一葉』『役の行者』その他の名作戯曲を書いたこと、さらに『シェークスピヤ全集』の完訳をなしとげたことなどは今更にいうまでもない。

「鴎ケ淵」——鴎ケ淵は「すてるンべるひ」湖の水を堰入れ、塘には「ぶろツけん山」の粘土を用ひ、至て手数の懸りたる名所なり。此淵底深しと専ら伝唱へて、名の知れぬ体の分らぬ怪物が棲むよし。水面濶く長く、長く長く長く、長いことは紺屋の返辞が千軒行列して淀の夜船に乗つて江河を遡るが如し。淵に浮ぶ鴎は「しるれる天神」の神使なれば、人もし誤つて之を驚かす時は、直どころに冥罰を蒙るとて尊崇せざるものなし。(況や洒落半分に之を驚かすに於てをや)去年までは敗荷残柳霜枯の不忍池の如く荒寥を極めたりしを、神官深く憂ひて、今年の春より「ゐくとりあ座」の女優にて「えりす」と呼べる小町、貴妃物かはといふ美人を召抱へて、小意気なる格子造に住はせ、貴人公子の歌舞宴を目的に御神灯を掲げたりしに、大受け大評判。淵の側に「新声社」といふ神殿あり、月に一度づつ例祭を行ひ、魔文退治、妖著消滅の御祈禱あり、その都度参詣人に石摺の御符を施こす、之を「しがらみの御符」といふ。名物団十郎の似顔絵は新板なれども余り売れず。決闘用の短剣は切味鋭しとて喜ぶ人あれど、トンガリ過てゐるとて好まざる向もあり。

塘の陰に小さき森あり、「竹二の森」といふ。なほ若竹の肉堅まらねど、他日改良演劇場の良材ならむかと気を長く楽む人あり。

森の側に「黄金井」といふ井戸あり。湧出る音いかにもしほらしく、さながら箏琴を掻鳴らす如し。

これは森鷗外を諷したものであること、大方の推察に難くないとおもう。ステルンベルヒ湖といい、ブロッケン山という、もちろん若き鷗外のドイツ留学時代に遊んだ山湖である。名の知れぬ得体のわからぬ怪物云々は、鷗外の祖述したハルトマンの美学あたりのことを指しての言であろうか。ゐくとりあ座の女優えりすは、鷗外の出世作『舞姫』(明治二三・一「国民之友」)に登場する女主人公――ベルリンのヴィクトリア座の舞姫のことであるのはいうまでもない。

新声社は、明治二十二年夏ごろ、鷗外が弟の篤次郎、妹の喜美子、市村瓚次郎、井上通泰、落合直文らと共に催した文学会合の名称で、S・S・Sと名づけた。二十二年八月「国民之友」夏期附録の訳詩集『於母影』は、この新声社同人の訳業であり、わが新詩の発生成長に甚大の刺戟と影響とを及ぼした。

「しがらみの御符」は、二十二年十月鷗外によって創刊された「文学評論・しがらみ草紙」である。因にこの雑誌名は、鷗外の「滔々たる文壇の流れに柵をかける」という発意からつけられたものである。

「演劇改良論者の偏見に驚く」「再び劇を論じて世の評家に答ふ」などの演劇論を、鷗外はその頃しきりに書いたものだが、彼独特のスキのない論旨論調は、必ずしも一般に理解できる平易なものではなかった。

塘の陰に小さな「竹二の森」というのは、鷗外の弟で医科大学を出て大学の助手をやりながら、「しがらみ草紙」の発行を手伝った篤次郎、この人は、演劇評論家三木竹二として、後に名をなした。「黄金井」は、鷗外の妹で、「浴泉記」そのほかの訳文などに麗筆をふるった喜美子のこと、東大教授小金井良精博士夫人となったが、『森鷗外の系族』などの著書を遺した。

（おかの・たけお）

醜聞に葬られた美妙斎——明治文学五題（二）

岡野他家夫

菊池寛の作品に「藤十郎の恋」がある。役者の坂田藤十郎が密夫の手練手管の演技を実地に行い、女の反応を試すために人妻のお梶に言い寄る描写が写実的に書かれている。

いったい、作家が作品の種を得るための方便手段として背徳行為を敢てするようなことは、古今東西、全然その例を見ないことではなかろう。明治文壇側面史に、一例を留めた山田美妙斎にまつわる事件を記してみたい。

美妙斎（山田武太郎）といえば、明治第一期の文壇に、尾崎紅葉と並んで硯友社派の花形作家流行作家として、華々しく売出した小説家であった。

明治二十年代の初め、婦人雑誌『以良都女』を編集主宰、やがてまた文芸雑誌『都の花』の主幹として編集・執筆に活躍、新進作家として文名をうたわれた。『読売新聞』（二一・一一）に発表した「武蔵野」も好評だったが、『国民之友』（二二・一）に書いた「蝴蝶」の一作は、渡辺省亭筆の挿絵（裸体美人）とともに世評に上り、美妙斎の名声は俄然文壇と読書界に高まった。

当時、『八犬伝』の八犬士の気質風貌を文壇の人々に見立てた中で、彼は一番若くてピチピチしてる犬江親兵衛だった。彼はまた二葉亭四迷とともに「言文一致」の先唱者とも見られた。小説は勿論、新体詩、戯曲、評論、翻訳と文学各分野でも盛んに活動し、東洋のシェークスピアとまで呼ばれたほどの、稀に見る才子肌の文士だった。それ程の彼美妙斎が、何故に文壇圏外に去らねばならなくなったか。才にまかせて、唱歌、新体詩、小説、脚本、評論、語学研究、辞書編さんなど、その余りにも多角的な活躍のため、勢力が分散して、結局何れも未完成で放置せざるをえない次第となったこともあろう。しかし、文学者としての彼の声価を失墜させた何より大きな原因は、彼自身の私行上の問題であった。それは石井おとめとの事件、そして田沢稲舟との事件に外ならない。

美妙斎は明治二十年代の流行文士であった。たしかに彼は文学的才能ゆたかな花形作家であった。しかし、その彼には背徳的な性格の半面があった。彼は作品の趣向を求めるために男女関係の淫靡を実験して、それを小説に仕立てようとし、女性を籠絡して憚からぬ不所存を敢て行うことが一二にとどまらなかった。

明治二十六七年の頃、彼美妙斎は、浅草公園裏茶店の女石井おとめと馴染んで一女みよをもうけたが妻女としないまま、さらに日本橋の芸者に自分の子を産ませた。しかも同時に他の二三の女性とも交渉をもつなど、実にいかがわしい行為が絶えなかった。それを黒岩周六（涙香）の『万朝報』がスクープして、こッぴどく美妙斎の非行を暴露し糾弾した。

その事件に関連して、二十八年一月二十九日附の『毎日新聞』に次の記事が載った。

「（前略）蓋し可憐の少女が貯金一千円を欺むき収め、これを弄そぶこと二年にして、一旦事のあばかれて新聞紙上に出づるや恬然として彼は、〈妖艶の巣窟たる浅草公園にても、殊に腕前の凄しといはれしおとめ、其の人となりは初めより知りて之を種にせんと思へばこそ近づきたれ。顧れば茲三五年其間の研究にて人事千百、其の怖るべく其の悲しむべく其の笑ふべき所もいささかは覚えつ、窃かに枯骨に肉する感、世暮れて夢寒く、今や残月雲を離れ覚悟の禅味漸く深し。イザヤ久し振りの筆を染めんかと心窃かに期せし際、料らざりき御社新聞の記事に由て早く之を世に紹介され、端なくも御社新聞は奇妙の前触太鼓ならんとは、夫故にこそ此場合、御社の記事の誣妄なることのみ責めず、又腹ぎたなく怒りもせず、已に昨日を以て其小説の稿を起し、破題先づ御社の記事を其儘に転載せり。小説中の人物も亦更に詐らず匿さず総て現存の人を其儘に描き出して、事の真偽を一挙に示すべく、近くは浅草最寄の酒宴茶席などに奉侍する婢女下僕の類に至るまでも筆に任せて列挙せん。〉（下略）と云ふに至つては、文界に身を置くの士、安んぞ慨然たらざらんや。」

　そして記者は、「山田氏たる者記者が忠言に顧りみて、速かに当然の処置を為すべきなり。」と付言した。さすがに流行の花形、洒落のめしてはいるが、慚愧恐縮の念など全然うかがえない。その時、坪内逍遙は、これを文壇の恨事として、二十七年十二月号の『早稲田文学』誌上に記者の名で、「小説家は実験を名として非義を行ふの権利ありや」と題する長文の論文を掲げて、文士の非行を論難した。左にその要点を摘録する。

「小説作者の主題は人なり、人の性情行為なり。非義醜徳も実感を挑発せざるやうに描かるる限りは小説脚本の品題たり。かるが故に小説家は其の材料を得んが為に、非義醜徳に接触するの権利ありや。――所謂実験とは如何。非義醜徳を観察するの謂か、自ら之を行ふの謂か。若し後者なりとせば、窃盗の内秘を描かんとする時は、自らまづ窃盗たり、姦夫の心術を写さんとする時は、まづ姦通を試みざるべからず。然らば悪虐を描かんとしては自ら悪虐し、殺人を状せんとしては自らまづ殺人すべきか。若し果たしてかくの如き理ありとせば、非義醜徳を主題として小説を作する者は、最も恐るべき世間法の賊なり。彼は文壇に於ては如何なる功あらんも、吾人が一日も共に歯することを屑とせざる者なり。吾人はかかる小説家に向かつては、特に警察の厳重ならんことを願はざるを得ず。（中略）若し件の小説家にして、其の恥づべき行の摘発せられたらん時、尚毫も恥づる色なく、揚々自得、我れは小説研究の為に実地経験を行へるのみ、不義醜徳に接触せし、何の非かある、多少汚行ありし何の恥辱ぞ、と公衆に向つて弁じたりとせば如何。吾人は更に論弁する所無き能はざるべし。（中略）社友某々二氏、山田美妙斎氏の弁解を読みて頗る憤慨する所あり。吾人は切に美妙斎氏の、若し果たして不義の実なくば、明白火を睹るが如き弁解書を作らんことを希ふ者なり。吾人豈強ひて弁を好まんや、文壇全体の名誉の係る所、黙止する能はざるを奈何せん。」

この『早稲田文学』の正論痛論に対して、当の美妙斎は一言の応答もしなかった。おそらく反駁の余地など全くなかったこととおもう。

美妙斎は、その前後に、かつての彼の弟子だった女流作家の田沢稲舟と同棲、夫婦関係を結んだが、わずか数ヶ月で彼女をも捨ててしまった。

稲舟は美妙斎のために捨小舟の境界となり、郷里鶴岡の生家に戻って憂き世をはかなんで、そしてついに服毒自殺を企てるにいたった。医師の応急手当で甦えったが、やがて二十三歳を一期として散った。

可惜才能をもちながら、美妙斎は非行ゆえに、やがて文壇から追放されたのだった。

諷刺に富む文壇月旦——明治文学五題（三）

岡野他家夫

作家一個人に対する、作家論あるいは作品論というほどの評論の外に、明治二十年代には、無署名（記者・編集者らによる）の評判記ふうの記事が当時の新聞雑誌に載って、文壇人、読書人の感興をそそった。下記二三の例を見てもわかるように、それらは大概、諷刺に富み、かつ諧謔に秀でた短文であった。

「明治の小説・傑作月旦」が二十年代初期の「女学雑誌」に載った。

〈春の舎大人の『書生気質』は紀州ネルにて縫ひたる西洋寝衣（ねまき）の如し。ダブダブして締りなければ、着心地よしと珍重するもの少なからず。

鷗外漁史の諸作は絹莫大小（きぬめりやす）の肌衣（はだぎ）の如し。肌触りの和かに締りよく、体裁も上品なれども、豈夫（あにそれ）一枚で道中もなるまじ。

紅葉山人の諸作は紺屋の小紋帳の如き乎（か）。中には慄へつくほど気に入りたるもありて、兎（と）にかく婦人どもは見惚れて手離しかぬるべし。

露伴子の諸作は道明（どうみょう）＝（紐製の第一人者、道明新兵衛）の店に下りさうな古錦襴の如し。品物は尊けれども、処々に損じありて第一実用にはならず、好事家か、寺方ならでは向かぬものなり。

竹の屋主人の『商人気質』は古代更紗の下着の如し。柄合は頗る（すこぶる）渋きやうなれど、下着なれば誰にも解らず、其代り大切に蔵つておけば、色の褪める心配も、地が切れる憂ひもあるまじ。

（圏点、筆者）

という短評だが、坪内逍遙初期の代表作『当世書生気質』をパジャマにたとえているのも面白い。森鷗外の諸作というのは、初期の三部作『舞姫』『うたかたの記』『文つかひ』などを指したものだろう。これらは、どれも在外記念の作で、後年の作『雁』とか『阿部一族』などを予想しない時点での評である。

尾崎紅葉と幸田露伴、この二人の作家についての評は、前二者に対するよりも、もっと諷刺に富んでいるとおもう。竹の屋主人は劇評に令名のあった饗庭篁村（あえばこうそん）であるが、その『当世商人気質』は小説の代表作の一つで、「読売新聞」に載った長篇である。下着というところに作風の持ち味を生かした評である。そしてこの月旦の筆者は、明治二十年代の文壇に文芸評論の健筆を揮（ふる）った内田不知庵（魯庵）であった。

「江戸むらさき」（明治二十三年六月創刊の文芸雑誌）第二号の雑録欄に「物は尽」という戯言が出ている。たわむれとはいうものの、一面の真を道破しているので左に抄録する。

〈長いものは　秋夜（あきのよ）と　鷗外の論文
短いものは　兎の尾と　紅葉の小説
深いものは　二人の仲と　二葉亭の想像
衰へたものは　卒塔婆小町と　小説雑誌
仏（ほとけ）くさいものは　抹香と　露伴
大風（おおふう）なものは　須磨桜の制札と　美妙の論文
睨合ふものは　「だんまり」と　小説家同士
恐いものは　無名の菌（きのこ）と　正直正太夫
賑かなものは　憲法発布日と　南翠の小説
見（みえ）ないものは　小町かくし文と　嵯峨舎の小説〉（圏点、筆者）

鷗外の評論とか、二葉亭四迷の想像といった言葉は肯綮（こうけい）に当るし、『ひとよぎり』以下『無味気』『初恋』『流転』などの作を次々と発表して、小説家嵯峨の屋（矢崎鎮四郎）の全盛期と見られたのも束の間で、二十五年ごろから急速に文壇の主流から離れ去ったこと。そして正直正太夫（斎藤緑雨）は、明治文壇きっての毒舌家、辛辣な批評家として知られた人。須藤南翠は政治小説『新粧之佳人』などにも見られるような、鹿鳴館時代の活写という華やかさと斬新さとが目立ったものである。これは筆者の署名ないものだが、当時の文壇通の筆に成った珍奇な文句であろう。

明治二十三年二月十三日附「国民新聞」の記事中に「文壇正札附」（古着屋の伴頭）というのがある。これは当時の一流文学者十七人を衣服帽子などにたとえて品種を当てたもので、やはりまた、作家それぞれの人間と作品、作風といったことを、読者に興味をもって成程と思わせる珍文であるとおもう。

〈春の屋朧――本フランネルの単衣(ひとえ)。
二葉亭四迷――スコッチの野打帽子。
嵯峨の屋主人――紫呉絽(むらさきごろ)の頭巾。
山田美妙斎――白金巾(しろかなきん)のペッチコート。
紅葉山人――誂染(あつらえぞめ)の帯上。
蝸牛露伴――麻の法衣。
思案外史――緋鹿子(ひがのこ)の帯上。
漣山人――毛糸の肩掛。
柳浪子――二子の半纏。
桜痴居士――鳶八丈(とびはちじょう)の夜着。
竹の舎篁村――唐繻子(とうじゅす)の丸帯。
南翠外史――モンパの股引。
思軒居士――メレンス友禅の大風呂敷。
龍渓学人――黒羅紗(くろらしゃ)のダンブクロ。
鴎外漁史――玉スコッチの外套。
忍月居士――赤色のケット。

不知庵主人――細毛糸の肌着。〉

坪内逍遙以下、矢崎嵯峨の屋、幸田露伴、石橋思案、巌谷小波、広津柳浪、福地桜痴、饗庭篁村、須藤南翠、森田思軒、矢野龍渓、石橋忍月、内田不知庵らを、伴頭の選定した正札の品名と合わせて、何度も繰返してみると、これまた実に妙を得た配合だと、つくづく感心する。

も一つ、二十四年四月八日の「国民新聞」紙上に、「文壇五名家見立」が出ている。

学　海　翁　　老木ほど風雅のあるや梅の花

露　伴　様　　白蓮や朱に交はらぬ離れ里

鷗外さん　　おもしろく綾の文字ひく鷗哉

紅葉はん　　床しさや元禄風の花見客

美　妙　君　　花多き中にも目立つ桜哉

学海、依田百川は天保四年生れで、明治初年すでに修史局編集官等を歴任し、演劇方面の功労者であり、『吉野拾遺名歌誉』『政党美談淑女操』などの作を書いた人。明治初期の文学界においては長老的な存在であった。

さて、明治の文人はそれぞれ、以上のような評判だったが、当時それらの人たちの所属する文壇の党派はといえば、二十三年四月六日の「国民新聞」載せる記事によれば、「世塵の外に卓然超出する文学界にも亦党派ありと。曰く新声党即ち森学士を戴くSSSの一派。曰く硯友党即ち紅葉山人を奉ずる『文庫』の一連。曰く根岸党即ち篁村、思軒両大家を以て領袖とする金杉村の一社。新声党は学者株にして博士のヂンナー。硯友党は才子株にして若旦那の俳諧運座。根岸党は大家株にして大通の茶会。新声党は鵞ペンを用ひ鷗遊園に演説会を開き、硯友党は奉書に紅筆を用ひ神保園に茶番狂言を催ほし、根岸党は千蔭様をスラ〳〵と書き鶯渓に大福引を催ほし、各々その党勢を奮はんとする。」（圏点、筆者）とある。明治の文学界の真相を伝えている愉快な一文である。

文壇照魔鏡事件——明治文学五題（四）

岡野他家夫

明治三十年代に、いわゆる「文壇照魔鏡事件」が勃発して、当時の文壇に一大センセーションを巻き起し世間を騒がせた。事の発端は三十四年三月、『文壇照魔鏡第壱・与謝野鉄幹』と題した小冊子が、横浜の、有力なる探偵二十余名を有すと自称する、大日本廓清会という名儀で発行されたことであった。その内容は「腐敗したる文壇の刷新、これが照魔鏡の宣言である。先づ出陣の血祭りに、羊の面をかぶつて餓虎の爪をとぐ歌壇の悪魔の性行を鏡に映して見せよう」云々の論調で、——

一、鉄幹は妻を売れり
一、鉄幹は処女を狂せしめたり
一、鉄幹は強姦を働けり
一、鉄幹は少女を銃殺せんとせり
一、鉄幹は強盗放火の大罪を犯せり

一、鉄幹は金庫の鑰を奪へり
一、鉄幹は喰逃に巧妙なり
一、鉄幹は詩を売りて詐偽を働けり
一、鉄幹は「明星」を舞台として天下の青年を欺罔せり
一、鉄幹は無効手形を濫用せり
一、鉄幹は師を売るものなり
一、鉄幹は友を売るものなり

等々およそ不義背徳の二十一項目にわたって、文壇と、関係者に対して、疑惑と義憤を痛感させるような達意の筆致により、東京新詩社の主宰者で『明星』を創刊した、売出し中の歌人与謝野鉄幹の背徳行為を暴露して、それを痛烈に膺懲する破邪顕正の健筆を揮ったものであった。そして此の小冊子は、新聞および雑誌社、鉄幹の知友、文壇内外の有力者など多数に、発送者不明のまま配布された。

槍玉に挙げられ、中傷され、最大に侮辱され、攻撃された鉄幹当人の激怒憤懣は絶大だった。しかし、「文壇はかくも乱調に陥れり、われ何をか云はん、あゝわれ何をか云はん。毒は毒を以て制せしめよ。」（『万朝報』）をはじめとして、「（第一巻を）読むに大方事実なり。」（『日本新聞』）や、「その説く所、全く架空の漫罵とは見えざるまでに精密也。（略）文壇を廓清せむとの宣言、（略）著者等の意のある所を諒とせざるを得ず。」（『太陽』大町桂月）といった当時の有力新聞、雑誌の、この一書に関連する批判からも推察されるように、文壇人はもとより、文壇外の

識者たちも、書かれた事実に対して半信半疑の態で、何ら弁駁反論することができなかった。

　折も折、該書の出た直後の雑誌『新声』（明治三四・四）に、新声社員高須芳二郎（梅渓）が「文壇照魔鏡を読みて江湖の諸氏に愬ふ」の一文を発表した。「（前略）此に於て乎、所謂降魔の剣を揮て、まづ鉄幹の罪状を摘発するに至りし也。（略）吾人は廓清会諸氏の意気を壮とす、而かも既に彼の名を大ならしむると共に、文壇の徳に背きたる事実の訐発に力めたるを忌むもの也、然れども更に巻を追うて『詩人と品性』の題下に至るに及んで、吾人は廓清会諸氏の見地に同ぜんと欲す。（略）『照魔鏡』の云ふところに依れば、鉄幹は歌人である、色を漁り、酒に溺れて、永く末代の歴史に浮名を流した王朝時代のそれよりも、更らに惰弱に更に淫穢に、更に堕落した……陰険奸悪の歌人である。（略）『毎日』記者は、『此事実の十分の一だにあらば、彼は最早文壇の隅にも置けぬ代物なり』と罵れり。（略）吾人は社会の一員、文壇の一員として、偽詩人鉄幹に向て、明かに懺悔の告白を為すべき責務ありと云ふことを断下す。若し鉄幹にして猶その鉄面皮を楯として、自己の非を蔽はんとせば、最早吾人は渠に向て少しも酙酌を加ふることを要せず、飽迄も社会外に放逐せずんば止まざるべし。これ区々一鉄幹の為めにあらず、社会の為め也、文壇の為め也、而して又我社の宣言に尽くす所以なれば也。（明治三十四年三月下旬、賢明にして、正義を愛し、人道を愛する青年諸氏に愬ふ）」こういう言葉を綴った一文であった。悪人扱いにされた鉄幹は、『明星』の寄稿者であった梅渓の言動に疑念をいだき、彼こそ、蔭の発行者の命をうけて『照魔鏡』を書いた張本人であろうと思い、右の一文を読むに及んで、いよいよそれを信じた。そこで、名誉を傷つけられたとして、執筆者梅渓と、『新声』発行人中根駒十郎

（元、新潮社支配人）を「誹毀罪」で東京地方裁判所に告訴した。

すると翌五月号の『新声』誌上には、記者田口掬汀執筆の、左の十章から成る「与謝野寛対新声社誹毀事件顚末」が載った。

一、誹毀事件の動機＝『照魔鏡』の内容／二、『照魔鏡』に対する輿論の声／三、評論家の執る可き態度／四、文壇に於ける制裁如何／五、流言の公行／六、公判前の経過／七、鼠輩の狂奔／八、公判当日の光景／九、宣告当日の光景／十、裁判言渡書＝評論の権能

この一文はとくに第三で、前記の『日本新聞』『万朝報』『毎日新聞』『太陽』それに『新仏教』等に所載の記事を再録し、「以上は『照魔鏡』に対する論評の声也。而して以上の評言を通じて一致せらるゝ点は、㈠世は暗々裡に鉄幹の罪悪を認知するに躊躇せざる事、㈡照魔鏡著者は文筆上に一種超凡の手腕を有する事、㈢訐発を主としたるは徳義上嘉す可きことにあらずと雖も、醜類の撲滅に就いては、必然許す可きものなりとして認容せる事是也。（略）評家は文壇の木鐸なり、誘導者なり、懲戒者也。其抱懐を発表するに於いて、何等の拘束も制縛も受くるものに非ず。文壇の神聖を腐蝕する醜物に対しては、当然懲戒を加ふ可き権能を有す。否、極力其の剿討を図る可き義務を担ふ者也。（略）国に諍臣なければ其国亡ぶ、文壇一日も痛罵の声を断つ可からず。真摯慎重に事を議するも、痛憤悲歌して策を講ずるも、帰する所は革新の一点に存する也。（略）論じて此に到る。鉄幹は到底言論を以て教導し得可き者にあらず、吾人は只此鼠輩の面上に唾棄し、其頭上に糞土を塗抹するより他に術なき也。思ふに裁判開廷以前は、鉄幹は策略に忙殺せられて、夜も碌々眠らざりしならん。刑事被告人なる我社員は平然として夢穏かなりき。」という

長文の、剴切(がいせつ)にして辛辣な所論であった。もちろん、掬汀のこの論調は、『文壇照魔鏡』に書かれた鉄幹攻撃記事の真相を糾明するというより、むしろそれを事実と前提し、肯定して鉄幹を論難する文章にほかならなかった。

この誹毀事件裁判の結果は、『新声』に執筆した高須芳二郎の文章は、与謝野寛を誹毀するの意思に出でたるものと認むるに足る証憑(しょうひょう)十分ならず、との理由によって、「被告芳二郎、駒十郎ハ共ニ無罪トシ、私訴申立ハ之ヲ却下ス」という判決に終った。

憤懣やる方ない鉄幹は、客観情勢の自己に不利なのに懊悩しながら、『明星』三十四年五月号に、「魔書『文壇照魔鏡』に就て」の一文を発表して、わずかに自分を弁護する言辞を綿々と書き綴ったのであった。

西園寺侯と文芸——明治文学五題（五）

岡野他家夫

明治の政治家中、最も文芸を理解し、文芸界の人々と親しくした人は西園寺公望であった。彼は明治初年にフランス遊学中、『古今和歌集』の和歌八十五首をフランス語に訳し、ゴオチエと共著の『蜻蛉集』をパリで出版（一八八四）したほどの人である。また国木田独歩を駿河台の邸内に寄寓させなどもした。

その西園寺は、文壇人を招待して歓談する会合を開催することになった。その第一回は首相在任中の明治四十年六月十七・十八日、駿河台の自邸に、知名の作家など二十名を招いて開催した。招待する文学者の人選は、竹越三叉、横井時雄、国木田独歩らが西園寺と相談して決めた。

拝啓　益御安泰奉慶賀候　扨乍唐突（さてとうとつながら）我国小説に関する御高話拝聴　旁（かたがた）粗飯差上度候間　御閑暇に候はば来る十七日午後五時半頃駿河台拙宅迄御枉駕（おうが）被下度（くだされたく）　御許諾に於ては至幸に存候

右御案内迄如此に候

頓首

追て日本間に於て食事の積りに御座候間、御平服の儘御出被下度候、諾否御回答を乞ふ

六月十一日　　西園寺公望

という招待状が、人選した二十名に差出された。何しろ現職総理大臣の招待とあって、気むずかしい文学者連、夫々（それぞれ）の思惑や都合で出席者は少なかった。夏目漱石は『虞美人草』執筆中とて辞退の返事、西侯が俳句に造詣深いのを知るままに、俳句を以て返簡を結んだ。

杜鵑（ほととぎす）厠（かわや）なかばに出かねけり

当夜の出席者は独歩ほか、広津柳浪、田山花袋、柳川春葉、川上眉山、小栗風葉の五名だけであった。花袋だけがフロックコート、他は羽織袴の扮装（いでたち）だった。皆人力車で出向いた。西侯邸では八帖と十帖の二た間で席をつくった。座席は到着順だった。横井時雄が主人側として世話をやいた。西侯は五ツ紋の羽織、飛白の単衣に袴姿で、至極くだけた挨拶で宴に移った。膳は和食二の膳付、シャンパン、日本酒など。席には新橋の芸妓お鯉、福寿、桃子ら五六人の美人が酒間のあっせんに当った。主客くつろぎ、いろいろと文学談を交わし、九時四十分散会した。第二日の十八日夜は巌谷小波以下六名――小杉天外、森鷗外、泉鏡花、後藤宙外、徳田秋声が出席した。鷗外は第一師団軍医部勤めの帰りで軍服、他の五人は羽織袴だった。竹越三叉が接伴役として応接した。

主人の西侯は前日と同じ羽織袴で、「雨のなか、よくお出で下され、ありがとう」と挨拶、暫（しばら）く雑談して酒宴にうつった。和食、日本酒、新橋芸者のあっせんも前日と同様。西侯は対手選ばず、興味ある文芸談を試み、「今夕は打寛ぎ、ゆるゆる談話ありたい」と自分から先ず袴を脱ぎ、

諸氏また袴を脱いで寛いだ。食事の一応終ったころ、侯は一帖の絖を展げ、記念のため諸氏の揮毫を求め、一同歓を尽して九時すぎ辞去した。

この会合、第一回の折は雨だったのに因み、西侯の命名で「雨声会」と呼び、四十年十月の第二回以後、芝の紅葉館、烏森の瓢屋、浜町の常盤などを会場として回を重ねた。

第二次西園寺内閣の、明治四十四年十一月十七日に開催の第六回雨声会は殊に盛会だった。十九日附の『東京朝日』『万朝報』などは、「西園寺首相、文士を浜町の常盤に招き雨声会を催し、胸中閑日月あるを示す」の見出しでそれを報じた。この会合の模様を話すと長くなるので、『東京朝日』の記事を引いて代えよう。

「西園寺首相の文士招待会」と題して次のような記事が掲げてある。

東洋の老大支那帝国では、革命の動乱で、一国の興亡この一挙にありと騒いで居るに、隣の日本に総理大臣たる西園寺侯はのん気なもの、小説家文士の一部を一昨日浜町の常盤に招いて、第六回の雨声会を催し、胸中閑日月あるを示されたるは、目出度しとも目出度きかぎりにこそ。当夜の顔ぶれ。定刻五時に先立つこと三十分、先づ巌谷小波はフロックにて腕車を駆り、次で紋付の田山花袋、縞の羽織の竹越三叉、道行姿の小杉天外、カーキ色軍服の森鷗外、格子縞インバネスの泉鏡花、山高帽に外套の島崎藤村、広津柳浪、羽織袴に白足袋の永井荷風、小栗風葉、大町桂月、続いて紋付紺足袋に茶縞袴の西園寺侯自動車を馳せ、内田魯庵、後藤宙外、柳川春葉来り、後殿として紋付羽織袴の斎藤海相馬車にて着す。徳田秋声は故障あり、塚原渋柿園は眼疾、幸田露伴は大和旅行中にて何れも欠席なり。

宴席は備後畳の色未だ青き二階の十二帖と十二帖を打貫き、九尺の床には相阿弥の松月の軸に、松の盆栽、棚には青磁の花瓶に寒牡丹の一輪風情あり。席次は、左側に田山、巌谷、内田、島崎、斎藤、正面は後藤、柳川、広津、泉、永井、右側に小栗、大町、森、小杉、西園寺、竹越居並ぶ。大酒家の大町と小栗、東北訛(なま)りの後藤と斎藤海相、下戸の泉と永井が隣合せになったのも妙、酒は醇なる桜正宗、吸物の塩鴨、口取の鶉、後段に出たる向付の柚味噌等の洒落たる珍味佳肴、何一つ甘からぬものはなし。芸妓は新橋で西侯お馴染のおしん、桃子を始めとして、清香、秀松、おこい、直次、さよ、老松、〆子、桃千代、丸子、和子、升代、のぼるに照葉、栄龍の二名を加へたり。

酒一巡せる七時頃、〆子、おしんの唄、升代、直次、丸子の絃(つる)にて清香立って振の袂も軽く、舞扇を輝かして「山姥」を舞ひ、次に桃子、秀松は「梅の春」を舞ふ。席これより乱れて献酬盛に、西侯は新顔の永井荷風に向ひ、「君のお父さんから、君が小説を書くので忠告してくれと頼まれてゐたが、君が帰朝後文名が揚ったら、もう忠告は止めてくれと云はれたよ」と笑ふ。荷風大に恐縮し、皆にて「我がもの」踊れと勧むれど起(た)たず、泉鏡花に傘(かさ)まで持出して「春雨」を強ひたれど、是れ亦(また)踊らず、其内、室の一隅より蛮声起ると見れば、是なん宙外の「追分」なり。

飯田旗軒訳、ゾラの翻訳小説『巴里』に序として西園寺侯の手紙を掲げたるが、発売禁止となりし滑稽談など出で、九時嘉例とあってくじ引にて順を定め、寄書に移りしが、八番の鬮(くじ)に当りたる斎藤海相は所要ありとて書かずに九時半辞去し、他は十時半まで、へべれけたり。寄書には一人一人の間に芸妓が署名せり。「大川の水に臨める灯の影かすかなり初秋にして――花袋」「初冬らしい枯々とした、併し楽しい時が来た。故郷の畠は霜で真白だろう、槲の葉は風に鳴って居るらしい――藤村」「歌ひ女にノラ語らばや初時雨――魯庵」「菊英洗腸、玉人満座、此亦人生の楽事――柳浪」

総理大臣の主催だけに、さすがにと感歎せずにはいられない豪華さが、この記事からも十分にうかがわれる。雨声会は、その後も行なわれはしたが、それは右の第六回後五年を過ぎた、大正五年四月十九日、「旧柳橋辺の旧酒楼常盤」と永井荷風が「雨声会の記」に誌した、いわば第七回が最終の会となったように筆者は推断する。ともあれ、あの時代に、あのような事をやったのは、やはり西園寺公望の英断だったと思う。

藤岡作太郎の思い出

高木市之助

藤岡先生の略伝、評論等については、既に本全集の第四十四巻で久松潜一博士が委曲を尽してしかも要領よく書いて居られるので、いまさら月報で加える何物もないのだが、ただ私はほんの短い期間じかに藤岡先生の講義を聴いたもので、その辺の生まな思い出を語ることは少なくとも私自身にとっては何度くりかえしても面白くてたまらない。ただそれは先生の逸話や面影ではなく飽くまでも私が受けた個人的なつながりであることを諒とせられたい。

私は明治三十九年に京都の一中を出てそのままお隣りの三高へ入学したが、この京都は先生が明治二十八年から三十三年迄住まわれたという意味で「ふるさと」で、先生の方から見れば、京都は先生の学問の壮年期で、京都や奈良の古文化の歴訪は先生の国文学を培養し、著書として出版は東京移住後であっても、先生の学問そのものを生んだものはやっぱり京都を中心としているこのあたりの風土歴史であった筈である。私の方から言えば、京都に於ける中学高等学校時代は私の学問が芽生え、安定する期間だったらしい。私もまた一般青少年期のように、無自覚なるままにあちこちとあこがれながら芸術文学らしきものの世界をさまよいながら、乱読乱作の謂わば乱行に耽っていたのだが、なにげなくこの乱行を捉えたのが、藤岡先生の『国文学全史平安朝篇』（私の三高一年）『異本山家集』（私の三高二年）『国文学史講和』（同じく三高三年）であった。この出逢いについてはもう少し私の方から言わなければならぬが、私の入試時代は当時全盛期だった『明星』などに魅せられたせいもあって、文学といえば西欧に限られ、『明星』に於ける鷗外や敏のその紹介に夢中になっていたが、そこにはたどたどしい原語の未熟も手伝って、それに受験外語が英語だったため、翻訳付きの英米詩集を受験用問題集と一しょくたに、下鴨の小川辺にハンモックを釣ったりして、半ば受験勉強半ば英語鑑賞？　そして半ば昼寝で暮らした当時を私は今でもまざまざと思い出す。しかし私のこのような西欧文学への夢は三高三年間にあえなく消えかかった。というのは三年間を通じて私達の英作文を受持ったのがさる船乗り上りの英人だったが、彼は私達が苦心惨憺、推敲を重ねて作り上げた英作文を何の造作もなく in を on に或いは of に直して顧みない。これを見ると私達が骨身を削るようにしてでっちあげた名文も、たいした教養もなさそうなこの英人の前には片言（かたこと）でしかないのだ。そこで私はこの文学志望の一学生にとって、研究の対象は、よかれあしかれ母語で書かれた日本文学でなくてはならぬとさびしく断念してしまった（この点今では必ずしもそうは思わないが）。そして恰（あたか）もこの時私の前に出現したのが、先生のあの名著どもの救世主だったので、そしてこのような先生との出逢いは私の一生を国文学者と決定してしまったのだ。

当時開設されたばかりの京都大学の名声はたいしたもので、新進気鋭の少壮学者がそこに屯（たむろ）して意慾に燃える血気の高校青年を惹きよせ、現に私の文科同窓生のすべてが京大に進学してしまい、京都から東大の文科大学に進学したのは私たった一人という現状だった。

ここで一言弁じて置きたいことは、それは先生の当時の学問があのままでも今もなお完璧であるということではない。あのような名著が仮令名著であっても、先生がもし仮りに今なお活躍を続けられたとして先生の学問があのままに定着して居たとは到底期待できないところで、先生が『平安朝篇』緒言の第一項で、

「希くは、世の学者諸君が研究の結果の続々発表せられて世を裨益せむことを。微軀聊かまた驥尾に附して奮励せむ」

と言って居られることによっても分るように、一方に於いて先生の学問は後学を拘束することなく自由の広場に解放すると同時に、他方に於いて先生自身は常に文学論の正道を闊歩躍進されたであろうことを信じている外に他意はないのである。

さてこのようにして決然とたった孤り東大の門をくぐった私を先生は待ちうけては下さらなかった。先生の講義は学年始め（九月）からとぎれとぎれの二三回を数えるだけで中絶してしまい、出講の時もいつもハンカチを喉に巻いて息苦しそうだったが、後日分った噂ではその頃から持病の喘息が悪化したのだそうで、十二月末に大磯、四十三年正月帰京就褥、二月三日に肺炎を起して逝去されてしまったのである。

先生の容姿は三周忌を記念するために編集された『東圃追悼録』所収の諸稿によって誠に彷彿と描かれていて、私も亦先生の早世を惜しまずにはいられないが、ただ御葬儀の当日、小倉の袴

に紺がすりの一学生として参列した私の感想はそのような堂々たる公憤ではあり得ず、もっと私情を混え、もっと怨めしかったようである。私は先生のためだけに、同学のすべてと別れ、七年に亘る山紫水明境を棄てて上京したのだ。その私にせめて一学年の講義をも与えず、唯一回のお宅への訪問すら許さず、誠によそよそしく私を見捨ててしまわれたことに対して、正直に言って御冥福など祈る余裕はなかったようである。あの半世紀前のあの日の感想を卒直に思い出さなければならないなら、それは、『平安朝篇』や講話を読ませて下さった学恩に対する感謝というよりも、むしろそうした卓抜な文学論をじかに講義して下さらなかった先生の短命に対する失望であったであろう。

最後に先生と私とのこのはかない御縁を通じてもなお且つ今も忘れかねるなまの思い出というか回想というか、そんな事について書き添えて稿を終りたい。それは先生が当時始まったばかりの文展に於ける日本画部の審査員であった関係からか、われ等の国文学会では、その開催中に批評会を催したことで、それは私には講義以外に先生に接する最後の機会になってしまったのだが、その席で先生はその年度の審査の経過を話し、故平福百穂(ひらふくひゃくすい)氏の出品作「あいぬ村」を先生が高く評価されたのに画家の審査員達の中では零点につけた人があったという楽屋話なども出て楽しかったが、それはかねがね私が愛読していた先生の『近世絵画史』を肉付けして下さったようなものだった。というのは絵画の評論が或る高次元で文学のそれと相通ずる所以(ゆえん)を目の当り(ま)示唆して下さった私の忘れられないありがたい学恩の一つである。

以上は今にして思えば明治時代の学者や作家に共通な或る多面性だったとも言え、また考え方によっては、そこに認めざるを得ない文化の比較的未分化の段階の証左だと言えるかも知れないけれども、私が先生の思い出として感ずる限に於いてそれは決してそんなものではない。それは、いやそれこそは、先生が私を今日的な専門馬鹿の傾向から救って下さった、痛烈な人間批判であると確信するものである。

（たかぎ・いちのすけ）

私の明治文学ことはじめ――明治文学随想（一）

島田謹二

日夏耿之介氏の年譜をみると、――「一九二一年三十二歳（六月）『転身の頌』已後の詩を一巻となし『黒衣聖母』と題して書肆アルスより刊行す」とある。正確な月日はもう記憶にないが、二十歳の青年になりはじめた私が、この詩人の邸に足繁く参上したのは、この年の夏からか、それとも秋からか。日夏氏はその頃大森の山王に住んでいた。東海道線を品川、大井町と通りすぎて、大森の駅を降りる。なんでも北口を右手に登ってゆく。日枝神社のそばか、山王小学校の近くか、だらだらのぼりの坂を登っていった記憶がある。その頃の山王はまだ閑雅な町であった。平和島もないし、昭和島もない。いわんやモノレールが通う羽田空港などなど。……入新井から穴森にかけては、ところどころに工場のたちならぶ漁師町だった。東京湾だって、今のように汚れてはいない。せいぜい――午後一時の小雨に小濡れて／青春き漁人も白堤に漁どれりけり／舞ひ騰る煤煙の力は大海ふかく潜り／海鴨は主檣の上に回春の賢き夢をみむ／………工場の大鉄錐の轟音と／その姉妹なる自動艇のエンジンとを聴く――という趣はやっぱりまだのこっていた。この詩の一節などかなり詩化がほどこされてはいるが、当年の大森図絵を眺めみるおもいがする。

屋敷の前で落葉を掃いているのは、まだ若い夫人だったろうか。やさしい感じの方だったという思い出がある。

日夏氏は大ヘン博学で、ずいぶんいろいろなものを乱読していたようであるが、それでいて独自な趣味性の一本ちゃんとつらぬいたお人である。語学はどんな先生について習っているかとか、どんな本を読んでいるかとか、好きな芸術はどんなものかとか、問答は型通りだけれど、そのころよりはいくらか知見のくわわった今日からふり返ってみると、なかなか意味の深い古今東西にわたる芸術学校だったろう。そうした講学をさずけられたある日のこと、座には安藤更生（こうせい）がいたように思う。あるいは村井英夫であったかもしれない。二人とも東京外国語学校で同学年である。もっとも安藤は仏語科で、村井や私は英語科であった。その二人が『有明集』の話をしたように思う。そのころ神田の古本屋を歩くと、あの黒い表紙の易風社本はかなりたやすく手に入れることができたからである。「豹の血」という小曲は、なんでも全部暗記しおわっていたのではなかったろうか。

日夏氏は非常に御機嫌がよかった。君らは感心だねえ、そんなものは今の若い者は読まないよ。ことに詩人というやつは無学だから、と遠慮のないことをいいながら、机辺からとりあげてみせたのは、『白羊宮』であった。ぱらぱらとめくって「あゝ大和にしあらましかば」を指さして、泣菫はこの辺が一番良いようです、とも云われた。私の明治文学ことはじめは、この日のことであったといって良い。

＊

おそらくこの詩人は、のちの名著『明治大正詩史』の用意をしていたからだろう。時々明治詩書の話をきかされた。有明や泣菫だけではない。伊良子清白の話もあったにちがいないが、そのころ『孔雀船』の作者のことをきいた記憶がない。日夏氏のもっとも好んだのはおそらく『海潮音』の紹介者であろう。『うた日記』はどうかよくわからないが、『於母影』はいつも推賞するものであった。この博学な詩人はイギリス人の教授のように、いつも結論だけをのべた、簡潔に。……おし返して、そうした結論の生れる理由を問うたら、好きだからいいのだと答えたであろう。しぜんわれわれの明治詩の読み方も、味わい方もそうであった。声調の美しさ、映像のめずらしさ、思想の異常さにうたれれば、それだけでもう及第である。それだけで心にかなった。詩がこの現実の生にどんな効用を持っているか、そんなことはまるで問わない。その意義を周囲の人がさとらねばさとらぬほど、かえって尊かった。夢のような愛着と。まぼろしのような打ちこみかたと。わけもない魂のよろこびと。――それが明治の詩のよみから体得した最初のなにかであった。文芸の初学(ういまなび)とは、昔もいまもこんなものなのであろうか。

＊

まもなく東北大学の学生になって、はじめて明治の詩の曙を、わが生活から実感した。『若菜集』のうたわれた世界は、東北の野山にある。海の声にある。「秋風の歌」も、「天馬」も、「草枕」も、日夕愛誦した。作者が住んでいた同じところに、いまいるのだもの。作者の眺めみた青葉山を、いまのあたりにみているのだもの。この市街のこの道路を、作者と同じようにいま歩いているのだもの。——なにもかもなつかしかった。言外の意味がみんな語りかけてきた。春と秋との自然も忘れられないが、ことに極寒二月の半ば、声も凍る東北の夜寒の中で、私ははじめて詩人の魂にふれたように思う。続いて「春の歌」——春はきぬ／春はきぬ／霞よ雲よ動(ゆる)ぎいで／氷れる空をあたゝめよ／花の香おくる春風よ／眠れる山を吹きさませ——になると、まさに東北の春色そのものである。その土地の風色の中で味わうとき、詩の本旨はいよいよ明らかである。詩にもロカリティがある。明治の中頃の地方の教育界の内情は、一九二〇年代に私の送った仙台の教師生活からも推測がついた。文教の世界と文芸の世界との相互蔑視と反感は、わが日常の生活からも推測された。若い藤村のあり方が、ほぼ同じ年齢の私にはわけもなく同感された。

　東北大学の英文学科に学んでいたころ、土井晩翠のミルトンの講義をきいた。『失楽園』を一歌ずつ読んでゆく。普通の棒よみである。——訳語をつけて、時々簡単な批評をはさむ。漢詩の素読を英詩の上に移したようなもので、過去に詩人だったというその人の経歴が、学生たちに大きな期待を持たせたが、さて心魂をゆりうごかす詩の実効はどのくらいであったか？　むしろ懇親会などの席上での雑談がおもしろかった。ヴァレリーというのはどんな作家です、ときかれたことがある。氏が大好きだったシエリーやユーゴーの作風から比喩的に『シャルム』の詩人を説明すると、すぐわかってくれた、ひとり合点のような気持のあるうけとり方だったと思うが。ユーゴーの詩句は、こちらがつたない記憶で暗誦すると、とても機嫌がよかった。いま顧りみると、「弔吉国樟堂」はシエリーとユーゴーから学んだあとがかなり濃い。しかし西洋人の宇宙観と死生観とは、この明治の若い詩人の手によってすっかり日本化され、新しい詩情の表現を助けていた。晩翠の詩業はやはりなつかしく思い出される。

（しまだ・きんじ）

私の明治詩書ことはじめ——明治文学随想（二）

島田謹二

日夏耿之介氏は、少年の私がはじめて師礼をもって対した人である。少くとも心の中ではそう思っていたから、氏によって『有明集』や『白羊宮』の読み方を説かれたときが、私の明治文学ことはじめにあたる。

ところが日夏氏に会うまでそこばくの歳月があって、私は明治の詩書をいろいろと読みあさっていた。どうやら指折りかぞえると一九一九年秋くらいか、一九二〇年はじめのことであるらしい。何冊かの詩集を読みちらしたのち、すごく気に入った自分の詩集をみつけた。自分のというのは、装幀なり内容なり活字の組み方なり挿絵なり、なにもかも気に入ったということである。それは北原白秋の『東京景物詩及其他』である。その詩集は一九一三年夏に公にされた初版本をさす。『雪と花火』と改題されたのちの版もあるが、それはわたしの意味するものではない。

表紙はしゃれた紺色。背中に白く「東京景物詩」と抜き出してあった。フロンティスピースは木下杢太郎の挿絵である。今思うとゴーギャンの流れをひくエキゾチシズムが濃い。日本髪の雛(すう)

妓と洋装の若い紳士をとりあわせた河上遊楽のデザインは、伊上凡骨が刀をとって彫ったものだったのか、文字通りに明治終りの、世紀末絵画の典型であった。一九一〇年代には「パンの会」と称する牧羊神を祭る若い芸術家たちの会合があったそうであるが、少年の私はもちろんその種の消息にはうとい。

東京人の少年は、わが住む世界をみごとに芸術化する詩境に酔わされた。空気は「ほの青き銀色」、噴水の水はそことなくしたたり、枯草はつつましくしめり、園の配置は円形あるいは楕円、色淡き紫のアーク灯は、靄の中に黄にほめく芝生としたしげに語り合う。沈丁花の匂が刺すように沁むとき、「暮れかぬる電車のきしり」。そして裁判の終った控訴院のあかり。いたるところにまだ見えぬ春が進みでてきている。アーク灯と、芝生と、迷子の病児と。おぼろげな空にしたたる噴水の吐息と。そして月光のひえびえとしたなかの銀笛の夜と……

日比谷公園の薄暮の雰囲気を印象派の詩筆で文字通り東京景物詩に仕立てあげた。思想的なものがないという人もいるけれど、そんなことはどうでもよい。公園の薄暮の雰囲気をこんなふうにはだれひとり書けなかった。これはこれで立派な作品である。上田敏訳で読んだマーテルリンクの『温室』の世界を、すっかり日比谷に転置して、とにかく当時の洋式公園の薄暮の心理風景をみごとに造形している。

それから「露台」というのにも感心した。暮れてゆくほの白いバルコンのなつかしさを「やはらかに浴みする女子のにほひのごとく」とうたい上げている。その露台はたそがれの薄明のなかに、たえず夜のよき香料をふりそそぐ、古き日の悲しみをふりそそぐ、とくり返す。こんなにデリケートな感覚を、こんなに適切なとり合せを、こんなにみごとに明治末期の東京景物を背景に示した詩人はいない。文字通り絶唱である。暮れてゆくほの白いバルコンの連想は限りなくつづく。両手をあてて夢をみる眼病の乙女。鬱金香（うこんこう）のかげにゆれる昔の人の影。官能の甘いうなじを捲きしめる悲しい腕。……「いつしかに、暮るとしもなき窓あかり／七月の夜の銀座となりぬれば／静こころなく呼吸（いき）しつつ、柳のかげの／銀緑の瓦斯の点（とも）りに汝（なれ）もまた優になまめく」という第三聯は、露台の世界をみごとに銀座に引きよせて、東京景物の類のない美しさを発見している。そこに黄なる夕月はふりそそぎ、花くちなしの香のなかに病児のハモニカは物語調に人を酔わせる、というのだから、すばらしいではないか。半世紀をすぎた今日、もう一度これらの作品をくり返すと、白秋のとり合せた世界のみごとなのにおどろく。『海潮音』から脱化したしらべには違いないが、上田敏にはとうてい書けなかったもので、「藍よりいでて藍より濃し」というのは、こういう詩境か。明治末の白秋はたしかに第一級の芸術家であった。マネーやホイッスラーの画境を明治末の東京の中に、ローデンバッハや、マーテルリンクの世界を背景にしてうたいだしたことは間違いない。

その生き身の白秋と親しく語り、かれの知遇をえるようになったのは一九三〇年代であるから、かなりのちのことである。

*

話の先を急ぐから、白秋といえば必ず連想される木下杢太郎のことを語り添えたい。

私が東北大学に学んでいたころ、文学部系統の教授たちの間で、毎月一回芭蕉俳諧の研究会が向山の東洋館で催された。私は筆記役としてその例会の下働きをつとめた。最初の一年が終ったころではないかと思う。木下杢太郎の筆名で知られる太田正雄氏が医学部教授として赴任してきた。杢太郎にもこの会にでてもらおうや、と発議したのは小宮豊隆氏であった。そのはずんだ調子を私はいまだにおぼえている。阿部次郎氏がよかろうという認可を与えて、御苦労だが太田のところへ行って頼んでみてくれという口上を、筆記役は下命された。

　仙台の光禅寺通りというところではなかったかと思う。そこは今は花京院の大通りになっているところらしい。そこの静かな邸で、はじめて木下杢太郎氏に御目にかかった。長身で赤ら顔、少しテレたように早口で話す中年の学者であった。研究会に出席の件は即座に承知してくれたが、用談が終ると、専門は何かとか、フランス文学が好きかとか、エジプトの空こそ碧瑠璃というものであろうとか、今だにおぼえている二、三のことばがヘンに印象的である。

　会の当番として発声する木下氏は、早口のくせにとぎれとぎれに語り出す。文献的には十分考慮しているかどうかうたがわしいような覚束なさがあったが、句の味わいに関しては鋭敏にうけとり、時々自作の体験を加えて具象的に論じた。漱石門下と明星派とは必ずしもしっくりはしない間柄なのか、小宮さんの解釈が一種のリアリズムに傾きがちなのに、時々横やりを入れることがあった……

　私は筆記役を三年つとめて、一九二九年の春、台北大学に赴任した。私の研究室のとなりの国文学図書室には、その頃はまだ珍しかった明治の文学雑誌がうず高く集められているのを幸に、私は専門の勉強の合間に、『明星』や『スバル』や『三田文学』を耽読した。そのうち「きしのあかしや」という筆名でかかれたいくつかの物語がひどく気に入った。空気のように淡い筆つきで、心憎いまで人の心を辿りもし、きわめもし、描いてもいる。ただ書斎の人である私には見もせねば聞きもしない、珍しい世界がみごとに描き出されている。男女の情痴がこんな風にとりあつかえるのかと、振り返ってみると、私の育った東京の下町がいつも背景になっていた。白秋の景物詩よりはもっとリアルに、もっと印象的に。

気に入ったものは隅から隅まで調べぬき、味わいぬくのが私の読書法である。その筆者のものはいろいろな文芸雑誌で読み上げたのち、がまんできなくなって単行本をあさり、ほぼその全作品に通暁した。

何年かのちに仙台で木下氏に御目にかかったとき、思い切って「きしのあかしや」の作品の面白かったことをありのままに話した。ほんとの愛読者の正直な読後感と信じてくれたのであろう、そのときの杢太郎のよろこびはいまも忘れない。「火は火を呼ぶ」という誰かのことばを、あの時ほど如実に感じたことは一度もない。

私の明治小説ことはじめ――明治文学随想（三）

島田謹二

東京生れの旧制中学生の仲間にはよくあったことだと思う。同級生に早熟（わせ）なのがいて、初年級のころから現代小説を手あたり次第に読んでいる。ことに兄貴や姉さんが文学好きで蔵書家だったり、手引きを与えたりすると、いつ仕入れるともなしに文壇関係のいろいろなゴシップを耳にして、そいつをバラまく。わたしの中学初年級は大正はじめだから、そのころ人気の高かった秋声や白鳥や青果らの噂はそんな手合いからいつとなしに広がっていた。こちらには何の素養もないから、心から合槌が打てない。そうか、そうか、と逃げたり、ただだんまりで耳を傾けたりするるだけであった。自然主義文学の味解に必要な人間生活の真相を観察したり興味を持ったりするのに、まだ目がさめていなかったためだろう。

明治小説は、学校より身辺の環境から迫ってきた。親類の若い女性がしゃれた装幀の春陽堂本を持って、「漱石さんはいいわね」と感嘆していた。それは「虞美人草」であったか？「門」であったか？ それとも「道草」だったか？「道草」だとすると、年代が少しおくれるから、わたしの記憶もこころもとない。

　そのうち受験本位の生活が近づいてきたから、現代小説とは縁切りである。身を入れて明治小説を耽読するようになったのは、大学生になってからであった。ここで今更らしく有難いと思うのは、木村毅と柳田泉の両氏に対してである。改造社長を説きふせたのか、それとも山本実彦が、普通人ではやりかねた大事業を実現するのに、この二人の英才の知識をかりたのか、詳しい事情はきいていないが、円本の刊行がはじまった。あの廉価版の普及が、われわれの世代の読書欲をどんなに満してくれたか、思い出す人が多い。思い出すだけではない。その思い出の中には謝恩の暖い気持が伴っている。少くとも私はその一人である。改造社の円本がでたおかげで、名前だけきいていた明治小説の実体にふれ、それをどうやら卒業できた。

　このごろは「五重塔」の一節が教科書に入っていたからという理由で、幸田露伴の小説に手引きされたと名乗る読者に時々出合う。その読後感はほぼ共通して面白かったと伝えてくれる。私は円本のおかげで「風流仏」以下作者の自選作品を通読した。制作の年次は一八八〇年代末からはじまっているから、四十年以上をへてはじめて読んだわけである。表現も発想も現代風ではない。ずいぶん古いなあと印象されながら、ずるずるひかれていった。何といってもすばらしい作者の力量がものをいうせいか。全体としてふりかえると、終始一貫して面白かったというのではない。部分部分に忘れかねる章や節が光っていた。とにかく好きな作者の一人であった。どこが好きかといわれると、その気迫とか、その情趣とかいうものに魅せられたとも考えられるが、どこと明示できない文芸の深さにはじめて開眼されたとみるべきか。

それから露伴叢書を漁ったり、そののち旧版の全集をひらいたりして、一応その作品は読み上げた。「土偶木偶」などは教科書にも使った。明治小説が露伴道人に手ほどきされたのは、われながら面白い。今はなにが一ばんぴったりするかときかれると、誰もあまり問題にはしない「珍饌会」をあげる。この小説はゲテモノの食い道楽をテーマにしている。現代の批評のように形而上学や社会学的理想をすぐ要求する人々がみたら、ばかばかしいにちがいない。でもこれくらい東京語のエッセンスを伝え、東京人の気性を伝え、東京人の好みやきっぷをそのまま伝えた物語は外にないように思う。おそらく十七世紀人にとって、モリエールの喜劇がたまらない味を蔵していたように、東京文学の一神髄はこの作品の中になにもかもこめられているのではなかろうか。荷風の「冷笑」がこの系列に入る。でもあれはもっとモダーンなかわりに、もっと肌ざわりがつめたい。露伴のように暖くない。脱離のさわやかさが乏しい。わたしはやっぱり「珍饌会」の方に軍配をあげる。先日もう一度露伴叢書の前編を、五十年のちにとりだして再読。あらためてこの評価を確認した。

＊

露伴はたしかに東京人がつくった明治小説の雄である。しかし私の枕頭書は、芸才卓抜な泉鏡花だといわねばならぬ。

中学の初年級に親しくしたあの仲間は、そのころはやりの誰かの口まねで、鏡花はマンネリズムだ、ただ技巧一点ばりで、人生の真が出ていないと、こきおろしていた。そんなふうに自然主義系統の文壇から相手にされなくなって、鏡花の方でも文壇には色目をつかわなくなったのちに、時代おくれの私は、その異常な芸才に魅惑されはじめた。

　仙台で私が大学生だったころ、近所に住んでいた医学部関係者の家に遊びにゆくと、豪華な春陽堂版の鏡花全集がずらりと並んでいた。生理学教室の助手だったから、同じ仲間が作品化されているので、あの医者のタマゴは身につまされて、鏡花集をそなえていたのか？　私の鏡花入門の径路は少しちがう。外地に住んで異国の文化と風土の中に暮していたから、対照的に日本の伝統をしたう気持をそそられ、鏡花の文芸をたまらなく面白いと感じた。その中にこそ日本風なものが純粋に実存していることに気づいたからである。

　春陽堂旧版の全集で耽読した。一九三〇年代のはじめである。「日本橋」は、小説と脚本とをあわせ熟読した。花柳世界の事情にまるでうとい学徒だから、お孝も清葉もお千世（ちせ）も、どこまで日本橋女なのやら、体験と確証とのありえよう筈はない。しかし観念的にはわかった。観念が少しずつ血肉をそなえてきた……主人公の葛木など、ちっとも東京人のようにはみえぬ。ひぐまは、もともと北海の産。巡査にいたっては、「芋」にちがいない。人物も、世界も、東京人には全身全霊でのめりこめない。のめりこめないのに、芸の理想の教坊として「日本橋」をながめた作者の夢とあこがれとはやっぱり伝わってくる。その理想化が一気にせまる熱気には、ただただ恐れ入るばかり……

　でも「日本橋」は、大正の文学ではないか？　明治の作品から何をえらぶかときかれたら、「龍潭譚（りゅうたんだん）」をあげる。その後アラン・フルニエの「グラン・モーヌ」を愛読した時期があって、思い出の中では東西・時処を異にするこの二人の芸才を今も時々ならべながら考えている。「春昼」と「春昼後刻」はときどきくりかえして読むが、一番好きなのは、誰が何といおうと「縁結び」である。

私の明治文人ことはじめ——明治文学随想（四）

島田謹二

少年のころは、人間をみることができても、判断を裏付ける知見を持たない。青年になると、激しい感情が邪魔をして、客観的にみることをさまたげられる。時々私淑する先輩に会っても、こちらがとにかくある種の社会的位置を持っていないと、御相手する立場だっておぼつかない。そんなこんなで、わたしも明治文人として立派な仕事をなさった先輩を存じあげたのは、さよう、一九三〇年代の中頃からか。

その文人とは、平田禿木（とくぼく）氏のことである。『文学界』時代の業績は、ほぼその全部をそらんじていた。その前後の関係——詩友とのいきさつも、読書傾向も、イギリス留学中の機微にふれた部分も、わたし流に合点していた。

上田敏の歩いた道を辿り、島崎藤村の材源を推定し、森鷗外の前期の作品の妙味がのみこめてくればくるほど、このひとの辿った道がなつかしくなってきた。氏が日本に帰ってきたのち、いままでの好みががらりとかわってくるところなども、ある種の謎をひめていて、そのころから英文学なるものに打ち込み出したわたしの好奇心をかぎりなくそそりたてた。……

　外地から上京したある暑い夏の日の午後、そのころの禿木氏にはまるで側近のような位置にいたR・F氏のお手引をわずらわして、白山のほとり、そのころ曙町といわれていたお屋敷に伺候した。夢にみるほど憧れた老文人は、かねての空想をはるかにうわまわるような立派な方であった。青年の頃のお写真はよく知っている。どれもみな長身で、やせ形にとれている。もう晩年に近くなっていたせいか、いくらかふとり肉(じし)で、ゆったりとかまえたあり方は、もう引退した銀行の頭取という感じ。色は白い。とても度の強いめがねをかけている。高雅な目付で温容あふれるような感じである。茶菓が出る、客扱いは手慣れたものである。あんなに客をこころからくつろがせるわざを身につけた先輩をわたしは知らない。ああいうのが教養あり、伝統あり、礼儀のある都会人というものだろうか。ありふれた話柄(わへい)のさりげないうけこたえの中に、たえずこちらをためしている。気立てとか、ものの見方とか、学殖とか、いろいろなところに釣り針が降ろされていて、要点はみんなかぎわけられる。じつにそつのない人柄でありながら、それでいてこわかった。

　人間関係は、じつにむずかしい。ときには尊敬の情のすなおに伝わらないこともあるし、ときには思いがけぬ知己を見出すこともある。なかにはふとしたキッカケから、親しかった仲が急に冷くなることだって、よく見聞きする。ひとの世の生きにくいあり方は、つき合いが如実に示している。そんな意味で男女の関係が思うにまかせぬように、同じ道を歩く先輩や仲間との交渉だって、思うごとく続く例は少いのだろう。平田氏の場合には、とるにたらぬ小僧子(こぞっこ)をじつに優遇して下さった。いや、わが身内のものとさえお考え下さった。南海にはなれ住んで、孤独な道を歩く若者を憐んで、暖いことばを連ねて同業の人々に推賞して下さった。なんというありがたい処遇だろう。氏の没後、疎開していた御遺族を、鶴岡の郊外にお尋ねした。そのとき、生前、お手元にあった手紙類は処分されたということだったが、心にかけられたものは別にされていた。わたしの悪筆でしたためられたハガキの類は、全部残されていた。これには胸つかれる思いであった。

そのひとをじかに存じあげたのちには、そのひとの筆にされたものが新しい意味を持つようになった。それは不思議な親しさである。その親しさの光をあびながら、あらためてそのひとの書いたものに接すると、前よりはもっと心に通うものを見出す。「理解」ということばでしめくくられているものには、いろいろな状態があるらしい。愛情をもって読むのが親身(しんみ)の理解を指すものなら、平田文学に対するわたしの気持がまさにそれだろう。それは氏の若い頃の随筆や感想や翻訳に対しても、氏の中年期の英文学の大作を翻訳した仕事に対しても、晩年の氏の独特なエッセイに対しても、変りはない。いままで各種の作品に接して、各種の読み方をこころみてきたつもりであるが、平田氏のお仕事に向うときのような心境は、われながらめずらしい。「古人存(こじんいます)」とでもいおうか。粛然とした気持である。なつかしく、つつましく、しかもたからかな思い――もしも師というものの理想的な存在があって、それを実感したことのある方にだけは、この気持がすなおにわかっていただけるかと思う。

語るに価しないわが生涯であるが、平田禿木氏を存じあげたことは、特筆すべきできごとであった。じかに御目にかかったのはせいぜい十回をこえていなかったろうと思われるが……

*

戸川秋骨氏を荻窪のお屋敷におとずれたのは、たった一回であった。じつにきさくな話し方の闊達な老人であった。禿木氏に対する気持とは違うけれど、やっぱり斯学の大先達だし、いろいろな意味で教えられることが多かった。いや、そのころアカデミズムの中心になっていた学風にどこかなじめなかったから、戸川氏のように町学者をもって任じ、皮肉な見方をずばずば直言されるその御人柄にひかれていたためだろう。一九三八年の秋、日本英文学会の席上できいた「ジョンソン博士——町学者説」も、ユーモアとアイロニーとサタイヤをたっぷりふくんで、語り口はじつに爽快であった。今でも時々なつかしく思い出す。

それとともに、なかからだんだん親しみを感じ出してきたのは島崎藤村氏に対してである。上田、平田、戸川、と『文学界』仲間の考え方や仕事がわかってくると、『若菜集』の成立の経路が手にとるように推定できてきた。中から作品をみるとは、こういうことかと時々苦笑させられた。シェレーやキーツやモリス・ド・ゲランや、とんではシェイクスピアなど、その実体とその読まれ方が合点されてくると、才気豊かな日本の若い詩人がどんな風に外来のモデルからウマク翻案するかが見当ついてきた。うまいものだと感心する一方、不敵なのにギョッとしたり、俗語でいうチャクいなと、いくらかツラにくくなったりする気持もわいてきた。

その藤村氏にはたった一度だけお目にかかった。麴町の新居で慇懃丁重なおもてなしをうけたけれど、対話のソツのないお答えぶりには少し失望した。こちらの先入見がひがんだ見方を与えていたせいだろうか。

馬場孤蝶氏は、もう老いた姿をいくどか講演会の席上でみた。有名な快弁もだいぶ衰えすさんだ感じで、名花の末路をわびしいと感じた。思えば古人との出合いには、やっぱり時機があるものらしい。

私の文学研究ことはじめ——明治文学随想（五）

島田謹二

東北大学では、英文学科の学生であった。それまでおさめた外国語がおもに英語であったからである。それでは英文学をほんとうにものにしたのかと問いつめられると、しどろもどろの答しかできない。作者の名前を知っているとか、テクストの梗概を語れるとかいうことはあったろうけれど、英文学そのもののおもしろさがどこにあるのかは、よくわからなかった。

ラーフ・ホジソン先生の「英文学史」は、講師ご自身が本当に面白さを感じていたのを説くのだから、英文学の妙味がそのまま伝わってきたのだろう。よくはききとれなかったにしろ、こちらの想像力でおぎなって合点した。でも問いつめられると、こちらがテクストを読んでいないのだから、どこまでわかっていたやら？　日本人教授のいわゆる「講義」は、その先生の独断や思念や感想の連続で、われわれ英文学幼稚園児の手をひいて導いてくれるという親切にとぼしかった。世間ではりっぱな学者で通っているが、結論を伝えられるだけでは、われわれ凡庸な学生にとって、あまり役に立たない。

『枕草子』や『方丈記』『徒然草』などの随筆文学に関する国文学の講義をきいてから、親身の文学の妙味に目をひらかされた。三十を越えたばかりの若い助教授であったが、ノートをとっているうちに、一語一句がワケもなく感動させた。文学のおもしろみはこうすると伝えられるのか と、はじめて合点した。『奥の細道』の演習に加わったとき、テクストの読みかたを指導された。生れてはじめての体験である。

そんなこんなで、大学はふらふらと卒業してしまった。文学士になったという掲示をみたときほど、わびしく感じたことはない。地方の大学にしろ、最高学府の実体はこんなものかと悟ったとき、自分の学力のとぼしさ、はかなさをしたたか反省させられたからである。そののち生きてみて、幾度か寂寥感を体験したが、一九二八年三月の末ほど、学問上のさびしさと空虚感とを痛感したことは一度もない。あのわびしさ、あのむなしさ……三年間をなまけたとは思わないが、今の俺はこれだけなのかとわが真相に直面したときの惨めさと、腹立たしさ……。

研究室で一年、お手伝いの生活を終ってから、台北大学に赴任した。そこは外地の新しい大学で、伝統もなにもないかわりに、西洋文学講座には立派な主任教授がいた。まだ四十前なのに、寛厚の長者で、よくめんどうをみてくれた。わたしのようなものでも、はじめて英文学についてしんみに考え、読み、究めるようになったのは、そのあたたかいお人柄の賜物だと今に信じている。わたしは救われた。

＊

大学生だったころの前後から、わが近代文学には何ということなく親しんでいたが、別に組織的にきわめていたわけではない。こちらが日本の国文学にうちこんで研究しようという意志を持っていなかったし、当時の大学には近代文学を学ぶべき研究機関が何もなかった。英文学と国文学とはまったく別々の組織である。国文学といえば、徳川期までの研究をさすのが常識で、明治以降などとりあげる講座はなかったと思う。

直射する亜熱帯の太陽にあえぎながら、無我夢中で研究生活に入った小僧は、いつのまにか習わぬ経を唱えるようになっていた。イギリスやフランスの文学が少しずつ親しくなってくる。背景になる大学の組織と特色が見当ついてくる。研究の手口とテクニックが、無自覚のうちに演練される……。

西洋近代の文学で目をひらかれると、その学びの道から、いろいろ類推する。類推してみると、明治以降の国文学は、いわゆるリテラテュール・コンパレーとして、りっぱに研究の対象になることが実感された。

そのころ、外地の大学は図書費が豊富だったせいか、おとなりの国文学研究室へあそびにゆくと、近代の文献が大量に備えられていた。単行本はいうまでもない。定期刊行物が豊富にそろえられている。その文献がみんな生きてきた。——『鷗外全集』だけでは、もうもの足りない。『しがらみ草紙』や『国民之友』にあたって、初出のヴァリアントを考えないと、作者の真意をさだかにしがたいところがある。これは語るもはずかしいことだが、テクスト・クリティークの初歩を、現代部門について心理的に演練したようなかたちである。S.S.S.〔新声社〕の『於母影』をよむときは、材源になったもとのテクストを調べあてたい。ゲーテやハイネは流布本で読み合せるところからはじめたが、結局訳者の蔵書をぜんぶ調べぬく必要を感じて、その夏、鷗外文庫で塵とほこりにまみれながら、材源さがしにうき身をやつした。そのまえから手がけていた上田敏の『海潮音』は、訳者の手控えやノートをじかにみるようになってから、薄紙をはぐように生地が一枚一枚あらわれてきたときのよろこびは、いまもあざやかである。訳者の原体験に参加したことは、そのまま文学研究の本道に入ったということである。もとの道さえしっかりとふんでいれば、あとはこちらの踏み込み方と応用力の問題になる……。

まもなく、平田禿木や蒲原有明や北原白秋の知遇をかたじけなくした。そのことは、文学を作り、生み出す存在と能力との実体に有無をいわず直面したことになる。かれらの人柄や談話を綜合すると、文学のもつ呪語と密儀のあり方が推定されてきた。門前の小僧もだんだんお経の意味がいつとなくのみこめてきた。

＊

西洋でも十九世紀になってから、細分された言語学とか文献学とかは別に考えたい。文学とは、所詮人生（ヒューマン・ライフ）をもとにして作り出されたもの。研究とは、その世界へ参入して、われひとともに納得できるように、その本質をつかむこと。――そんなことがだんだんわかってみると、文学の研究は人生を生きた人間の仕事で、またそうした人間にだけしか訴えない。いわゆる学問とは、そうした作業を他人も納得できるようにまとめたものにすぎない。しらべてみると、せいぜい百年の歴史しかもたないゲルマン系統の腐儒の型にはまった言い草など、明治の先輩と同じように、文字通り信ずることはあるまい。もっと自由でよい。もっと闊達にゆこう。もっと形式ばらずに進んでみよう。もちろん手にしうる限りの文献は参考する。きき書きも数多くはしらべる。しかし、所詮はこちらの受けとり方と感じ方と生き方次第ではないか。生きているのやら死んでいるのやらわからない概念と体系とのがんじがらめがなければ、学問の世界へ入れてもらえないなら、そんな窮屈な鎖国の領域はこちらからお見限りにする。研究の形骸だけ整然として、内容の充実していない、みてくれだけの厳然たるいわゆる学的業績などはねがい下げだと豪語したのは、こっちもまだ小僧だった頃の気負いというものらしい。もう三十年以上昔の話である。

私の明治文学観——明治文学随想（六）

島田謹二

幕府が倒れて明治の新政がはじまったのは、恐しい圧力でのしかかってきた外国の侵略をはねのけること。——消極的には、海外諸国の軍事力に対抗して、わが自衛の策をはかること。積極的には、新しい日本に必要な新しい体制をととのえること。その二つが中心であったことは、間違いない。そのために必要とされる人材は、政治や実業や軍事や学術の方面に全部動員された。いわば、国内をあげて時務の必要とする方向にむかい、文学や美術のような閑事業におもむくものはまずいなかったといってよい。

明治の日本史をひらくと、この間の消息が見当つく。文学だけに視野を限ると、そこで働いた人材は数も多いし、素質も優秀なように見えるけれど、明治の日本史全体の中において考えると、そんなに良質のものがこの分野に身を投じたとは思えない。

＊

明治の草創期がそうであるのは、不思議ではない。外国崇拝の大勢は日清戦争（一八九四—九五）のころまで続いた。その前後はそれによる新しい文学が芽をふき出した時期である。つまり外来文学が翻案されたり、摂取されたり、消化されたりした胎生雲蒸期である。そのめぼしいものは、硯友社。特に逍遙と鷗外。『文学界』と『明星』がそれらをうけて、珍しい花を咲かせた。紅葉山人の仕事は、代表的だ。新しい風俗小説や口語の自由な表現などの意味はもっと買われていい。しかしこの人も結局欧化主義の権化ではないか。思い出すままにあげても、「むき玉子」「冷熱」「隣の女」「不言不語」など、みんな翻案とみるべきものであろう。今日の紅葉に対する見方などは、あきらかに純創作家ふうに偏しすぎていると思う。紅葉山人の仕事はもっと見直されてよい。明治文学史上のかれへの見方は当然変ってくるはずだと思う。

二葉亭や鷗外の制作も、大体翻案と同種ではないか。つまりかれらの作品は意外に翻案の要素が多いのではないか。すなわち明治文学の初期は翻案翻訳の境地をあまりでなかった。そのことを今までの研究者は見落しているのではないか。

＊

明治文学は、前期と後期に大きく分けられる。それは維新以前から憂国の志士が案じていた外夷の侵略を押し返す力をえた時が分岐点となる。端的にいえば、西洋最大の軍国の一つであるロシヤの太平洋艦隊を、一九〇五年五月二十七日から二十八日にかけて、日本海で全滅させた時がそれだといいたい。これによってはじめて日本は、維新前後百年の労苦を報いられて、国際的な檜舞台に乗り出してきた。——すなわち日本政府の大目標の一つは完全に満される時が来た。明治史は、ある意味で、この海戦を分水嶺にして、勃興、緊張、努力の時代と、降下、弛緩、懶惰の時期と、二分することができると思う。いわゆる明治文学なるものは、そういう視点から眺めるのが一策ではないか。

＊

明治末期に栄えた自然主義の運動、社会主義の苦闘史、いわゆる国民精神のたるみと、広い意味の自由主義的な学風の瀰漫（びまん）は、みな政治史や社会史の変革——日本の国運が安泰になり、長年の忍苦から解放されたことを背景に持っている。……

文壇そのものから見ても、長い間官立学校の教師をつとめた夏目漱石が、諷刺文学「吾輩は猫である」によって急に認められたのは一九〇五年以降である。その年代的意義はすこぶる意義深い。それまでは地方に左遷されて、翻訳や解説に終始した鷗外漁史も、満洲から凱旋して、中央に返り咲き、ぞくぞくと文芸の創作にうちこんだのは一九〇七年以降。そのことも意味深い。

考えてみると、西洋文学の翻訳そのものに始って、模倣から第一歩を踏みだした明治が、二十年代、三十年代になると、さらに数歩を進めて翻案時代にはいったと見るのがむしろあたった見方ではないか。現代の眼で読み直すと、明治中期の作品は翻案に近いものが多い。紅葉がそうである。鏡花が然り。風葉になると、いよいよ甚しい。独歩だって、花袋だって、藤村だって、その種のものを意外にたくさんかかえているのではないか。これは従来の文学史家が、西洋文学の素養を充分に持たないため、発見できなかったので、見逃してきた現象ではなかろうか。この辺のことはもう一度見直してみる必要があると思う。

＊

明治四十年前後に上潮となった明治後期の文学は、ロシヤ思想と北欧劇と南欧小説の移植によって煽られた。愛欲も、友情も、献身も、忠良も、みな洗い直された。反省された。それは解釈なり、批判なり、反省なり、広い意味のクリティシズムを主眼にしている。デモクラシーも、個人主義も、社会主義も、無政府主義も、自由主義も、なにもかも急激に根づいた。花を開いた。国家そのものの存在が不安で、西洋諸強国のためにどんなひどい目にあわされるか分らなかった明治前期には、思いもつかぬ考え方や表現や生活がぞくぞくと発生した。外国輸入の思想と、日本民族の土着の習俗との葛藤が大きな問題となった。反動は当然生れた。抵抗も出た。弾圧もあった。大逆事件がその頂点だろう。国民思想の危機を感じた政府が、戊申詔書を発布した苦衷もわかる。一九一二年七月、明治天皇の崩御と乃木大将の殉死とは、明治の末期そのものを例示する象徴である。しかし大観すれば、芸術は風俗の制約からまだ脱しえられない。思想は伝統の圧力をたえず受けている。しかし明治初期のあり方にくらべると、わずか半世紀の間に、何という大きな相違が現われてきたことか。明治なるものは日本史上実に空前の劇的な時代である。

それにしても、西洋の文学史をたえず雛形にしてきたわれらの文学史は、どうやら本来の機能を果しえなかったようにみえる。そろそろ今までとは違う見方が出てもよい。今日感じられる不満の大きなものは、明治以降の文芸思潮をローマン主義、自然主義、新ローマン主義などの似而非用語でしめくくることにある。猿まねのみにくさを人に示すだけで、もう人を納得させる力を持たない。他の不満は、明治文学の作品の評価に関する。文壇政治的勢力によって評価を定める、文壇に迎えられた評判の良さ悪さをそのまま受入れるなどは論外である。テクストそのものによって、もう一度明治文学の解釈と評価とをやりなおす仕事が現われねばならぬ。その時は、西洋文学の流行を追うたかどうか、その時代の好みにあったかどうかという問題よりは、作品そのものの真に意味するものをとらえて、正しく解釈し、信頼できる評価が生れねばならぬ。恐らくそうした大志向の中心は、われらの間に本ものの日本研究の道が成りたつか否かによって左右されるだろう。

明治の人間

松田道雄

明治という時代をどうみるかについて、私のかんがえは、まださだまっていない。明治生まれとはいえ、幼児として四年しか明治を生きていないのだから、体験として私のなかにある明治は、京都の風物でしかない。

しいて体験のなかから明治をくみたてようとすると、私をかこんでいた明治の人間たちのなかにあったものをとりだしてこなければならない。こちらの思うものをすぐとりだせるような人間というと、両親ぐらいしかない。

ところが、たとえば父を例にとってみると、明治思想史とか、明治文学史とかにでてくる明治の人間の像とあわないところがおおい。

思想史にでてくる明治の人間は、その思想を新聞や雑誌や著書で公表した人たちばかりである。学者とか、ジャーナリストとか、政治家とか、その道の専門の人である。

文学史にでてくる作家は、鷗外のような例外はあるけれども、たいていは文壇という特別な世界にたてこもっていた職業人である。

学者だの、作家だのは、それぞれの資質において明治に生きた人間の限界点までいった人たちで、大多数の明治人は、それらの限界点をむすんでできあがる円形の内側に生きていたといえよう。

私に時代としての明治の像がはっきりしていないといったのは、それらの限界点を十分にみきわめていないところからくる。

むしろ私の場合は、父の人間像がかなりはっきりしていて、その延長のどこかに、思想家や作家がいるにちがいないといった、ぼんやりとした感じが、明治の像である。

父は明治十一年に関東の農村の小さな町に生まれた。家が先祖代々の町医で、祖父は東京で書生をして蘭医になったインテリだったので、父は次男ではあったが、早期教育をうけたようである。そのころの教育といえば、『論語』や『孟子』のかんたんな文章を暗記させることであった。五歳で小学校にあがったというのは、早期教育のおかげだったかもしれない。

中学はその当時は県庁の所在地にしかなかったので、高等小学をおえると、下宿して中学にいった。そこで長塚節(たかし)と同宿した。この長塚節との出会いがなかったら、父は生涯小説をよまずにすんだかもしれない。父の蔵書のなかで、ただ一冊の小説が『土』であった。

中学がおわると東京へいってドイツ語だけをおしえる独逸語学校とかいうところにいって、それから東京の高等学校にはいった。東京ではおなじように田舎からでてきた従弟らと一軒の家を借りて、炊事のおばあさんをやとっていたようだ。これは勉学には失敗だった。東京に日帰りの困難だった時代なので、この家は同郷の人たちの簡易宿泊所と東京見物の基地になってしまった。試験中に案内役をやらされた父は留年のうきめをみた。

医科大学を遠くはなれた京都にえらんだのは、わずらわされずに勉強するためと、始業一時間前にいって前のほうの席をとらなければならない東京の医科大学のせちがらさをきらったためであった。当時の京都の大学は、何かの理由で東京の大学をこのまない人物と、西のほうの「秀才」たちをあつめていたようである。

大学の在学中に日露戦争がはじまったわけだが、大学生は動員されなかったようだし、動員されても近視で兵隊になれなかったろう。

満州事変のはじまったあと、医学部の学生が軍医にとられそうで恐慌をきたしたのと様子がちがっていた。また、日露戦争中も、それほどの危機感はなかったのではないかと思う。一度も日露戦争のとき、どうしたというような話をきかなかった。

学生の時代にであった二人の師が父の一生を決定した。ひとりは同県人で、同郷の学生のめんどうをみて下さっていた法科大学の岡村司教授、もうひとりは小児科の平井毓太郎（いくたろう）教授であった。

岡村教授は当時もっともラディカルな民法学者で、フランス留学からあとは熱心なルソーの礼讃者であった。現行の個人の所有権、相続制度、雇用契約などに懐疑的でいられたようであった。のち文部省からうるさくいわれるのを不快に思われて教授をやめて弁護士の業にかわられた（岡村司については末川博随想全集第九巻『思い出の人と私のあゆみ』所収「巨鹿岡村司先生」をみてほしい）。

平井毓太郎先生は日本の小児科学の創設者のひとりで、ベルツから代診をたのまれるほど信用されていた（平井毓太郎については、拙著『日本知識人の思想』（筑摩叢書）所収「晩年の平井毓太郎先生」を参照されたい）。

父は平井先生からまなんで小児科医となり、岡村先生の主義にしたがって、開業医として自由に生きた。

明治を生きた三人の人、岡村司、平井毓太郎、松田道作をつなぐ共通なものをかんがえると、どうしても儒教がでてくる。

岡村先生はふかい漢学の素養があり、とくに『孟子』を愛された。平井先生は医学者としての発言以外を厳に自戒されていたから、先生から儒教の説教をきいたことはない。

だが過日『近思録』存養篇をよんでいて、

「昔し呂与叔六月中に緱氏より来る。間居中に某（＝頤）嘗に之を窺えば、必ず其の儼然として危坐するを見る。敦篤なりと謂う可し。学者須らく恭敬なるべし。但だ拘迫なら令む可からず。拘迫なれば則ち久しきこと難し」（湯浅幸孫氏『近思録』上三二一頁）

というところにぶつかって、思いだしたのは平井先生の姿であった。夏に開襟シャツ一枚で訪問したとき、でてこられた先生は衿をつけていられた。だがそれはきわめて自然で、応接室での談話のあいだも、服装について私を「拘迫」されるところはなかった。先生の家は伊勢の寺侍であったというから、侍の子として、そのようにしつけられていられたのだろう。

父は読書家ではなかった。本よりも医を愛した。おそくなってからの往診にいやな顔をみせたことはなかった。本をよんでいるとすれば患者の病気のわからないところをしらべるための医書であった。

けれども晩年になって、医者がひまになったときによんでいたのは『国訳漢文大成』のどれかの巻であった。そして『国訳漢文大成』が、父の医書以外にもとめた唯一の蔵書であった。

岡村先生も平井先生も父も、神仏を信じるところがなかった。私はそれを以前は、岡村先生は社会主義から、平井先生や父は医者としての日常経験から、それぞれ唯物論者になったのだろうと思っていた。けれども、多少儒学についての知識ができると、そうでないことがわかった。みんな儒教なのだ。岡村先生だって、孟子の博愛主義から社会主義につながっていかれたのだ。そして自然と道徳とが連続している朱子学が、地球と社会の進歩を信じ、進歩につくすのが善とするマルクス主義に、明治を介してつながるように思うようになった。

（まつだ・みちお）

明治是非

池田彌三郎

明治という時代のかぶがばかにあがっている。

人は、バック・ボーンがあり、情愛に厚く、しつけがよく行き届いていて、たべものの味はよく、品物の製作には名人上手がいて、等々と、際限もなく賞める。しかし、わたしはそれを、ことば通りには受けとっていない。

評者が、現在への評価を低く見て、その一代前の過去をほめるのは、一種の「型」のような気がする。

江戸はよかったが、サツマッポーがはいって来てからの明治の東京はだめ。明治はよかったが大正はだめ。関東大震災の前はよかったが震災後はだめ。戦前はよかったが戦後はだめ。

こういう「型」にいれてみると、明治はよかった、というのも、要するに一つの感傷であって、美化された過去の記憶と目前の現在の現実とでは、現在がいいはずはない。悪いもの、いけなかったものは、すべて記憶の網の目から流れ去り、いいもの、よかったものだけが残っている明治を、今と比較してみても、それは不公平だ。

今、人々のことばがなっていない、という。しかし、明治の時代だって、やはり同じことが言われた。

たとえば「です」はどうか。中流以上の、健全な家庭の人々は、決して使わなかった、ゴロツキのことばであった。それを、明治になって東京に入りこんだ田舎者が、花柳のちまたに出入して、下級芸人のことばを、それと知らずに採用したのである。明治の知識人が、明治のさなかに、それを指摘している。つまり、もっとも聞き苦しい階級方言の混乱は、明治においてもはなはだしかったのである。

おとうさん・おかあさんなどという、日本中に存在しなかった呼称をつくり出したのも、明治のさなかのことである。それを、上流ことばとして、さらに、おとうさま・おかあさまができた。「女性化」は何も今の時代の独占ではない。

明治十七年生れの、高橋誠一郎先生などは、決して、明治をただもうよかったなどとは言っておられない。少年の折の記憶として、日清戦争のころを語って、しな人を殺している惨ぎゃくな絵などが、店頭に並べて売られていた、そういう記憶は、明治の印象を、暗く陰うつにいろどっている、というようなお話を伺ったことがある。

すでに二十年も前になくなったわたしの父も、明治十七年一月の生れであったが、明治明治と人が言い出してから、冗談じゃないよ、と言っていた。だいいちに、東京の町のひどさについてである。ほこりっぽくて、ちょっとした風でも、ひどいほこりが立つ。銀座の商店街では、そのほこりに、鉄道馬車の馬のふんの、さらさらに乾いたのがまじって舞い上り、店頭に吹きよせる。それがちょっとでも降ると、反対に、大へんなどろんこである。みそくそというがまさにどろくそだ。

鉄道馬車の美しい絵などは、明治を美化してなつかしがらせるが、その馬車をひく馬のふんに悩んだのは、銀座通りの商人たちであった。同時に、街上のどろんこは、自動車に「どろよけ」という、日本式発明品をつけさせた。

鉄道馬車が電車に変ったが、その電車の中には、乗客への注意事項がはってあった。次のことは、してはいけない、というのであるが、その中に、「ふとももを出すこと。たんつばをはくこと。」などがあった。つまり、電車の中で、しりっぱしょりをして、ふんどしも出しかねない風体の者がいたからだし、平気で車内にたんつばをはき捨てる者がいたからだ。明治の人々は、すべて行儀がよく、しつけがよかった、などとは言えないのである。ことに、公衆道徳は低かった。それは低かった、というよりも、小泉八雲の同情的弁護のように、礼儀正しい日本人も、まだ、集団生活には不馴れであった、というべきだろう。大衆のしつけ、ということになれば、決して明治はよかったなどとは言えないはずだ。

父などに言わせると、毎年毎年の流行病、チブス・コレラといった病気の流行のことを考えると、今は天国のようだ、というのである。なまものを扱う商売であった父は、年中行事的に、流行病の時には営業禁止の目に会わされたのだから、そんなことの絶えてなくなった今は、ずっとよかったに違いない。

銀座に住んでいても、夏はひどい蚊であり、蠅であった。大正・昭和になってからも、「蠅とりデー」などがあったくらいだから、まして明治の夏はひどかったという。

銀座の町の中に住んでいて、夏、蚊帳というものを使わなくなったのは、昭和も十年になってからのことであった。ともかく「不衛生・非衛生」ということになると、明治は決していい時代などではなかった。

*

このごろの、蒸気機関車の人気をみると、ふしぎな気がする。それはすでに過去のものとなり、実用でなくなったからいいのであるにすぎない。

蒸気機関車のはき出す煙が、どれほど乗客を苦しめたか。「読人不知」の明治の狂歌で、中央線が開通し、笹子トンネルが貫通した。これが「九分」かかったそうだ。それで、

乗客はクフンクフンとせきたん（咳痰・石炭）のガスにむせ入る笹子トンネル

というのである。ともかく、トンネルはつらかった。ことに夏は、窓をあけたり、しめたりで、開けておけば、顔も手もまっくろで、しめきりにはとてもしておけない。電気機関車になったときには、どんなに嬉しかったか、いまだに忘れられない。汽車、ことに蒸気機関車のブームなどは、趣味やおあそびだからいいので、今の快適な旅行にくらべたら、汽車の旅などは、地獄であった。

こういう、蒸気機関車に対する、現実と遊離した、無責任な称揚といったものを、世間の「明治観」の中にみるのは、大正生れのひがみだろうか。

一つの例にあげさせてもらうと、高橋誠一郎先生に十年おくれて、明治二十七年には、小島政二郎さんが生れており、さらに十年おくれて、明治三十七年には、幸田文さんが生れている。明治生れ、といっても、明治四十五年に、二十九歳、十九歳、九歳で大正を迎えた人々では、その明治観も、実感の点ではだいぶ違うのではないかと思う。九十歳、八十歳、七十歳の十年の差は、差ともいえないくらいだろうが、三十、二十、十という年齢時の十年の差はまるで違う。明治生れ、ということばで、一括しているけれども、その明治観には、根本的な相違があることを、十分用心してかかる必要がある。

わたし自身、明治三十七年からさらに十年経った大正三年（明治四十七年）の生れだが、大正が昭和に変ったのは小学校六年生の時であった。だから、大正生れといっても、昭和育ちの部類にはいるのかもしれない。奈良時代の天平だとか、平安時代の延喜の御代などと違って、明治は、まだまだわれわれに近い過去であるだけに、かえってわからないことも多いのではないかと思う。

（いけだ・やさぶろう）

明治と敗残の旧幕臣

加茂儀一

明治政権のもとにおいては、廃藩置県によって士農工商の階級的差別がなくなった結果、貴族と平民の区別はあったが、日本人は天皇を除いては万民は平等であることを建前とする社会が一応は生れたことになっている。しかし実際の生活では、戸籍の面でも平民は元士族と区別され、軍部はもちろん官界においても元士族は幅をきかせていて、明治初年頃には元士族でなくては巡査にもなれないことがあった。

それだけに戸籍面からは士族の肩書がはずされても、いわゆる元士族の連中は気持や生活態度の上では士族、すなわち、さむらい意識から脱しきれなかった。だから彼らはさむらいのシンボルであった刀を仲々すてきれなかった。そのため明治九年に、政府もやむなく佩刀禁止令を出さざるを得なかったし、同年の萩の乱もこうしたさむらいの面子にかかわる政令に対する反抗でもあった。世のなかがかわり、新しい制度ができても、徳川二百七十年あまりの武家政治下でつちかわれて来たさむらい意識は容易には解消されなかったのである。

ましてや天下をとった薩長の元士族は、明治になっても元のさむらい気分丸出しで、機嫌の悪いときや、酔っぱらった挙句のはてに、町人に向って吐く言葉はきまって、「なんだ町人の野郎が」というさげすみの文句であった。明治時代も中頃がすぎて、三十年代になっても巷間ではこんな文句がきかれることがあったことを、私は子供心におぼえている。やはり明治時代の羽振りのよい元士族の官僚連中には、維新のときの戦争に勝った者の気持がかなり強く残っていたのである。

由来、武家の世界では「武勇」が本命であり、勝つことがなくては武士の原理はなり立たない。武家政治がおこって以来、封建社会ではいつも勝つための武勇の奨励であった。源平対立につづく幾多の戦争も結局は、この武勇を競ったはたし合いであった。勝った者が天下をとり、幅をきかせた。しかし戦国時代においては、たとえ負けても、次のいくさで勝つ機会があり、それに勝てば天下を奪いかえすことができたのである。そんな時代には勝負は世のならわしで、負けた者が一生負けたことの責苦でなやまされることはなかった。負けて生活が困り、くやしいと思うならば、時を見てまた戦争をしかければよいのである。戦国時代の武将は、国取りのためにいくさを起したことがあったにしても、武将のもとではたらくさむらいのうちには、かつての負けいくさで味わった恥をそそいで勝者になりたいと思うものもいたのである。戦国時代のさむらいが負けておちぶれても、甲冑や刀だけは手離さなかったのも、そうした根性のためである。

ところで徳川幕府時代になって、天下が統一されるとともに二百七十余年の平和の時代がつづき、その間に幕臣はいわば勝利者としての伝統をうけついだために、負ける者の意識をもたなかった。幕府の政策はいつも勝者の政策であった。ところが幕府は、長州征伐をきっかけにして戊辰戦争において敗を喫し、函館戦争では最後の止めを刺された。ことに函館戦争は旧幕臣を敵にまわして新政府が陸海の総力をあげて戦った封建的名残りの最後の戦争であって、それ以後には体制をゆるがすような国内戦争は起こらなかった。ところで戦争は戦争でもこの戦争は単なる勝敗をかけての戦争ではなかった。それは政権争奪以上の戦争であった。それはいざ戦う段階に達したとき、双方の側において過去の因縁に対する恨みが重なって勃発した争いであった。それは大義名分を越えたはげしい憎悪の感情の争いであり、したがって殺りくと根絶の戦いであった。そうした感情の対立は、後代の人々が単に資料によって戦争を分析することだけでは理解できない。当時官軍に抵抗していた旧幕臣らの戦時中の日常会話がいかに激越した憎しみの言葉にみちていたかは、公式の文書には現われていない。戊辰戦争において官軍が旧幕軍を徹底的にうちのめし、北海道にまで全軍をくり出したのも、そしてまた旧幕軍が負けることを知っていながら函館に立てこもったり、官軍の全艦船を向うにまわして甲鉄艦奪取のため旧幕軍艦一隻をもって宮古湾を奇襲したのも、双方の側におけるこの憎しみの感情が強かったからでもある。

したがってこのような戦争において負けた旧幕将士の末路はひどいものであった。同じさむらい出身でも、官軍側の者はわが世の春を謳っていたのにひきかえ、敗残者の彼らは一切の官職からしめ出されるという憂目にあった。さらでだに廃藩置県で禄を失って生活に困っていた彼らにとっては、生きるに途がなかった。奥羽戦争で破れた者は、身内や元の家僕を頼って山間の村々に蟄居し、それのできない者は町の陋屋にあって世を忍び、あるいは放浪の生活に身をゆだねた。

函館戦争で死処を得なかった者のうちには、蝦夷の奥地へ逃げのび、辺地で落人の生活に身をやつし、ときにはアイヌの家に入りむこする者もあった。私は北海道の辺地で、彼らの子孫からこの落人の生活の話をきいたことがある。そのときに案外北海道の僻地に江戸文化の名残りがあることに驚きと哀愁の念を禁じ得なかった。それは、彼らにとっては、昔の江戸の話をすることが唯一の慰めであったからであろう。

戦国時代であったならば、時節がくれば彼らは旧主を擁して再び戦場に出て、勝って昔年の恨みをはらし、勝者の境地にひたることができたかもしれない。それはさむらいの本命でもあったろう。しかし戊辰戦争はわが国における最後の国内戦争であったから、この時の戦争に負けた者には、二度と勝負をためす機会をもつことができなかった。したがって彼らは一生敗残者の憂目を味わわされた。たとえ世間が彼らに対してどう思っていようと、彼らの心からこの敗残者の気持はぬけ切れなかった。さむらいに徹していた者ほど、その気持はきつかったに違いない。それは敗けたことのない人間にとっては十分理解できない感情である。そしてその感情は家族にもおおいかぶさった重くるしいものであった。

おそらく彼らのこの重くるしい感情は、日清戦争という日本が対外的におこした最初の戦争によってその憂さのはけ口を見出したのかもしれない。彼ら本人なり、子供らがこの戦争で身を賭して戦ったのも彼らがこの重くるしさからの解放のためであったかもしれない。しかしそれでも彼らはこの心の痛手からは一生免れることはできなかったようである。それは彼らがまだ昔の身分にこだわっていたからであろう。そしてそのために世間はとかく彼らの行動を軽べつしがちであった。明治も中頃を越した三十年代においてさえ、「なんだかんだの神田橋、朝の五時頃見渡せば、破れた洋服に弁当箱さげててくてく歩くは、月給九（食）えん、自動車飛ばせる紳士をながめ、ほろりほろりと涙を流し、神や仏よよくきき給え、天保時代のさむらいさんも、いまじゃあわれなこの姿」の歌がはやっていた。敗残者に対する世間のつらい眼は、その頃でもまだ残っていたのである。歌の文句は子供のときに覚えたもので、正確ではないが、ともかく敗けることはつらいものだし、それにもまして戦争というものがいかに大きい傷あとを残したかを思うと、戦争というものがどんなものであるかをつくづく考えさせられる。

（かも・ぎいち）

明治と私

河盛好蔵

私は明治三十五年十月四日（父が出生届を出し遅れたために戸籍では十月八日になっている）に生まれたので、九年と約十カ月、明治時代を生きたことになる。私の郷里は大阪府堺市で、大正九年に京都の第三高等学校に入学して京都に下宿するまで自家を離れたことはないから、私の明治時代は全部堺市で過された。

その頃の堺の町については『畿内見物（大阪之巻）』（明治四十五年七月・金尾文淵堂刊）という本に与謝野晶子が「堺の春」「住吉祭」という二つの随筆を書いている。しかしこの美文よりも、明治四十四年八月に堺で「中味と形式」という演題で講演した夏目漱石が、その冒頭で、堺の停車場から講演会場まで車にゆられてやってきた途中の印象を述べて、「車の上で観察すると往来の幅が甚だ狭い。が夫(それ)は問題ではない、私の妙に感じたのは其細い往来がヒッソリして非常に静かに昼寝でもしてゐるやうに見えた事であります。尤(もつと)も夏の真午(まひる)だからあまり人が戸外に出る必要のない時間だつたのでせう」と言っている言葉のほうが、私の幼い記憶にある堺の町にずっとぴったりする。

私の生家はむしろ町の中心にあったが、それでも往来の幅が甚だ狭くて、いつもヒッソリとしていた。それが大きく拡げられたのは大正に入って大阪と堺の浜をつなぐ阪堺電鉄ができてからであった。

幼少時代の記憶などはいいかげんなものであるが、ある朝、母の背中の上から、わが家の前の狭い道路に整列している兵隊さんを見送った記憶が微かに残っている。母の話によると日露戦争のとき、北海道の旭川師団の兵隊さんが十人ほど私の生家に泊り、輸送船がなかなか出ないので半月あまり滞在したことがあるという。してみれば私が見送った兵隊さんはその人たちであったのだろうか。もしそうだとすれば、私は日露戦争を覚えているということができるわけである。

その兵隊さんたちは家を出るときに、永い間お世話になりました、戦地からきっとお便りしますと口々に言っていたが、一、二枚向うからハガキが来ただけで、戦争がすんでからもなんの音沙汰もなかったのは、みな戦死したのかもしれないと、これも母の思い出話であった。

日露戦争のときにはロシア軍の捕虜が日本のあちらこちらに収容されていたが、堺と海岸つづきの浜寺にも捕虜収容所があって、そこの捕虜が毎日午後になると、日本の兵隊さんに引率されて、堺の浜まで散歩にくるのが日課になっていた。そのとき彼らはわが家の前を通るのであるが、二つ年上の姉が珍らしがっていつも門の前で眺めているのを、この姉は可愛らしい子だったので、捕虜たちが手を振って愛嬌をふりまいて行ったものだと、母から聞かされたことも覚えている。

しかしこのほうの記憶は私には全くない。

私は明治四十二年四月に、生家の近くの小学校に入学したが、この頃からの記憶は割合はっきりしている。とりわけ忘れられないのは十月二十六日に伊藤博文がハルピン駅で韓国人に射殺された事件である。おそらくその日の夜であろう。私の生家は肥料問屋であったが、大戸をすでに下してあったから、夜が更けてからにちがいない。突然けたたましい鈴の音と共に一枚の号外が投げこまれた。私は店の土間にとび下りてそれを拾い、すぐ母に渡すと、母は「えらいこっちゃ。伊藤はんが殺されはった!」と大声に叫んだ。

そのあとのことは何も覚えていないが、あのときの母の声だけはいまでも耳の奥に残っている。子供心にも、よほど大事な人が殺されたのにちがいないと思った。伊藤博文の死は明治の終る最初の前ぶれであったような気がする。幸徳秋水たちの大逆事件はその翌年に起るのであるが、あの事件は一般国民にとっては大へんな衝撃だったように思われる。わが家のような商人の家庭では、幸徳秋水の名を口にするのもはばかられるような雰囲気であった。何一つ知らない小学生にとっても容易ならぬ大事件が起ったらしいことは薄々ながら察せられたが、それは親にも聞いてはいけないらしいことも同時に合点された。私の明治時代の暗い思い出の一つである。

明治天皇の御不例が新聞に発表され出したのはいつ頃からであろうか。岩波版『近代日本総合年表』を見ると、明治四十五年七月六日に、「桂太郎・後藤新平ら、ハルピン経由で渡欧のため東京を出発。七月二十二日露首相と会談。七月二十八日天皇危篤により帰国のため露都出発」とあるから、七月下旬になってから天皇の病状が俄かに更(あらた)まったのではあるまいか。私はすでに小学四年生で、新聞を読むことができたから、たくさんの人が二重橋前の広場に土下座して、天皇の快癒を神仏に祈願している写真を毎日不安にかられて眺めたことをよく覚えている。諒闇のあいだも実に哀しく淋しかった。あの頃、「嘉年の四年菊の秋」で始まる明治天皇の崩御を悼む唱歌があって、その哀切なメロディを私たちはよく吟んだものである。

歌といえば、明治三十五年三月に起った野口男三郎の臀肉事件を題材にした「嗚呼夢の世や夢の世や」という艶歌が明治三十九年頃から日本国中に流行し始めたが、ヴァイオリンの弾き語りで歌われるこの悲しい歌を、私も幼少の頃に、巷を流す艶歌師から、いつのまにか覚えこんで、こっそりと吟んだことを思い出す。私にとって明治時代というのは、活気に乏しい古い町に育ったせいもあるが、思い出しても気が滅入るような、楽しい思い出のあまりない、暗くて、陰気な時代だったように思われる。私の知的形成、感情教育の時代は大正期であるから、そして私の生家も大正期には大いに繁栄していたから、今でも懐しく思い出されるのは大正時代である。

いつか志賀直哉先生が、ちか頃は明治時代はよかったと、さかんに明治を礼讃する声が高いが、自分は明治時代なぞちっともいいと思わない、あんな不便で、非衛生な時代にあと戻りされたら閉口だと話されたことがある。

明治時代は研究すればするほど面白いことが出てきて、その点では興味の深い時代ではあるが、ベル・エポックとして追慕するような時代ではなさそうである。ただ人間だけはどうも明治時代のほうが、ひとまわりも、ふたまわりも大きくて、偉かったように思われる。バック・ボーンもしっかりしていたし、国際感覚も、現代の日本人よりはずっと豊かで鋭かった。それは明治の政治家、軍人、外交官を見ればよく分る。大正、昭和の時代になっても識見の高い政治家や実業家はみな明治仕込みである。これら明治人のおかげで、われわれは明治時代よりはずっと住みよい時代に生きているのである。したがって、いまの時代を次第に住みにくいものにしているのはわれわれの責任である。われわれが人間としてダメになってきたのである。明治時代なぞ少しも恋しくないが、明治の人が懐しい。

（かわもり・よしぞう）

明治時代と漢詩

富士川英郎

　明治以後の文学において、新しく創りだされたジャンルは新体詩である。こんにちわれわれが普通に詩と言っているものの起原をたどっていくと、この明治時代に新体詩と呼ばれていたもの（場合によっては、新詩とも言われていた）にまで溯るわけであるが、なるべく日常の平易な言葉を使って、西洋風の新しい詩を生みだそうという意図のもとに作られた、このいわゆる「新体詩」（もしくは「新詩」）が、その当時、なにに対して「新体」（もしくは「新」）であったのかと言えば、それは江戸時代から引続いてその頃も一般にただ「詩」と呼ばれていた漢詩に対して、「新体」（もしくは「新」）であったのである。そしてこの「新体詩」という呼び名は、明治十五年に刊行された例の『新体詩抄』からはじまって、三十年代に最もひんぱんに使われたらしいが、次の四十年代になると、もうこの呼び名は一般にすたれて、それ以後それは単に「詩」と呼ばれるようになったのであった。そして面白いことに、ちょうどその頃から、それまでは単に「詩」と呼ばれていたものが、逆に「漢詩」という特殊な名称で呼ばれるようになっているのである。

つまり「詩」という一般的な名称が指示する実体が、明治四十一、二年頃を境として、その前後で変化しているのであるが、この変化は明治以後の文学史や、ひいては一般に文化史の流れのなかにおけるひとつの象徴的な移りゆきであったと言ってもよいと思う。

　ここでちょっと脇道にそれるが、いったい明治時代はいつまで続いたのだろうか。管見によれば、文学史的（或は文化史的）には、三十年代の終りまでが明治時代で、「スバル」や「白樺」が創刊された明治四十二、三年頃からすでに大正時代がはじまっていると思う。そしてこの大正時代は実質的には関東大震災で終っているのであるが、それはともかくとして、仮りに右の時代区分が正しいとすれば、明治時代には、一般に「詩」と言われていたものが主として「漢詩」であったということになる。だから、明治時代に活躍した人たちのうちには、大正や昭和になってからもまだ「漢詩」を単に「詩」と言っているひとが往々にしてあった。森鷗外のようなひとでさえも、時にはそういう言い方をしたのであって、例えば大正六年九月の「斯論」に発表された「なかじきり」という随筆のなかで鷗外が、「わたくしの多少社会に認められたのは文士としての生涯である。抒情詩に於ては、和歌の形式が今の思想を容るるに足らざるを謂(おも)ひ、又詩が到底アルシャイスムを脱し難く、国民文学として立つ所以にあらざるを謂つたので、款を新詩社とあらぎ派とに通じて国風新興を夢みた」（圏点は筆者）と書いたとき、「詩が到底アルシャイスム……云々」という「詩」は「漢詩」のことなのである。いつだったか、これをこんにち一般に「詩」と言われているもののことと解して、鷗外の「現代詩観」を論じていたひとがあったように記憶しているが、これは注意しなければならないことである。

ついでながら、もう一つ。角川書店の『日本近代文学大系』第五十二巻『明治大正訳詩集』（昭和四十六年八月）の巻末に「参考文献」が掲げられていて、訳詩集『於母影』に関する文献のうちに、入沢達吉「鷗外先生の詩」（「明星」大11・10）というのが挙っているが、これは鷗外の「加藤雄吉折柬謂将刊尾花集。裁詩代序」という漢詩を紹介したものであって、『於母影』とはなんの関係もないのである。

　ところで、右のように、明治時代に「詩」といえば、それは主として「漢詩」をさしていたということは、漢詩を作ったり、鑑賞したりする人たちが当時はまだたくさんいて、世間一般に漢詩が相当に重んじられていたことを示しているが、この事実が大正以後にとかく忘れられがちになったのは、岩城準太郎以来の『明治文学史』というもののありかたによるところが多かったと言えよう。それらの文学史が明治の文学を、主として開化史の立場から、その西洋化の現象を中心として見ることに専念して、その視野に入ってこないものは、ほとんどまったく閑却してしまったのは是非もないことである。

　明治時代の漢詩文は、もちろん、江戸後期に栄えたそれの伝統をひいているが、明治十年代から二十年代へかけては、むしろ江戸時代を凌ぐほどの盛況を呈していたと言ってもよい。当時の有名だった詩家の主なる者を挙げるならば、小野湖山、大沼枕山（ちんざん）、鱸松塘（すずきしょうとう）、菊池三渓、岡本黄石（こうせき）、成島柳北、森春濤、長三洲、鷲津毅堂、竹添井井（せいせい）、国分（こくぶ）青厓（せいがい）、森槐南（かいなん）、高野竹隠（ちくいん）等、たちまちにして十指を超え、また、文章家には川田甕江（おうこう）、重野成斎、中村敬宇、三島中洲、阪谷朗廬（ろうろ）等をはじめとして、これまた多士済々であった。そして彼らは「新文詩」とか、「新新文詩」とか、「花月新誌」「鷗夢新誌」など、当時数多くあった漢詩文専門の雑誌をその活躍の舞台として、盛にその作品を発表していたが、彼らのそうした詩は或は繊細華麗、或は沈静幽雅であって、情景の機微をよく表現し得たものが多かった。これに比すればあの『新体詩抄』はもちろん、二十年代のいわゆる新体詩の大半は、幼稚にして粗笨、ほとんど鑑賞に堪えないものであったと言ってもよいだろう。当時の知識階級の人たちが、和歌や俳句のほかに、詩といえば漢詩と思って、これを鑑賞したり自分でも作ったりしていたのも、もっともなことであったのである。

ところで、これほど盛だった漢詩文も、明治三十年代に入ってからはそろそろ衰えはじめ、四十年代になると、次第に文芸界の片隅へ（或はその外へ）押しやられてしまった。そしてそれまでそれが享有していた「詩」という一般的な名称を「新詩」に譲ったことは、前にも述べた通りである。明治の末期にはじまったこうした漢詩文の衰退については、いろいろな原因が考えられるけれども、なんといっても、その当時における世代の交替が、その最も有力なものであったろう。つまり漢詩文を作ったり、鑑賞したりする能力のあった世代が第一線から退いたり、死んだりして、それに代って、漢詩文についての教養に乏しいばかりでなく、その青春の夢をひたすら西洋の文物にかけていた世代が現われたのである。だから、これは一つの歴史的必然であったと言えるだろう。それに和歌や俳句のほかに、同じく日本語による詩が、当時曲りなりにも存立したということは、日本文学の発展のうえから見て、当然の、喜ぶべき現象なのであった。だが、それ以前の明治時代に漢詩文が盛に行われていたという厳然たる事実を、従来の『明治文学史』がほとんどまったく抹殺してきたのは、それとは別のことであって、これは江戸時代の国学の伝統をひき、十九世紀のドイツ文献学の影響をうけた「国文学」研究のもつ偏向の結果であったと言えるのではなかろうか。

（ふじかわ・ひでお）

明治人慕情

内藤 濯

明治人らしい明治人といえば、私は何人よりもまず、緒方竹虎氏を思い出す。きのうきょうの政界人とはまったく類を異にして、淡々たる性格が、どんな場合にも好感をもたれた人だった。かずかずの業績を高く買われて、戦後内閣の副総理の地位を占めた人だったが、或る記者会見の席上、「大臣のおっしゃることは、この前言明なさったことと矛盾するじゃありませんか」と鋭く迫られたとたん、何かというと、逃げを打つ政界人の幅を利かす昨今とはちがって、ただもうにっこりしながら、「過ちをあらたむるに憚ること勿(なか)れなんでね」と軽々と応答したこだわりなさが、いよいよ世間の信頼を高めた事実がある。このこだわりなさは、明治人だったればこそと、私はいささかの掛値なしに思う。

そういう緒方氏が伊豆湯ヶ島の旅宿で骨やすめされた一夜の心臓の発作がもとで急死されたことを思うと、私は世間でよく言われる政治の流れを新たにするということその事が、すぐにも現実のことになったのにと、大切な宝をむざむざ取り落したような気がする。

明治人の典型として、緒方氏と共に私の念頭を去りがたい人に、京都の名陶工河井寛次郎氏がある。

よほど以前のことだったが、私は縁あって、五条坂の河井家を訪れたことがある。あいにく主人は留守だったが、座敷に通されて南向きの縁側から庭を眺めると、鳩麦の茂みをすこし離れて、可なり大きな球形の庭石が置かれている。

庭石にしてはいささか変である。目ざわりにさえなる。いったい何をねらったのだろうといくら考えても、たやすくは見当がつかぬ。

家といえば、塗った紅殻を丹念に磨きあげた材木で建てられていて、深々した色が隅々にまで行き渡っている。床の間を見ると、主人の作にちがいない長方形の飾皿が、中ほどのところにきちんと立てかけられている。勝手口へ通ずる鴨居には、渋色に染めた縄暖簾(なわのれん)が、まるで絵を見るようにつるしてある。「家居のつきづきしくあらまほしきこそ、仮りの宿と思へど、興あるものなれ」と、『徒然草』の作者がいったのをそのまま形にしたのだと言いたいほどの広々した住居である。

待つまもなく、出さきから帰って来られた主人は、庭石についての私の尋ねを軽く受けながら、疑いをわけなく解いて下さった。

人と物とを問わず、在るべき場所がなくてはならぬ。ところであの石はまだ、ここだと言えるありかを摑んでいるとは言いがたい。だから私は、週に一度は庭に下りて、あちこちとあれを移動させている。然るべきありかがついには見つかるであろうが、しかしそれには辛抱が要(い)る。一生かかっても、ここだと言える場所が見つからぬかも知れぬ。でもこの私にとっては、永久に在るべき場所を手さぐりする心が何より大切だ。と言うのは、そこから、求める陶器がしぜんに生まれるからだ、と言う陶工の顔には、ただならぬ輝きがあった。

つまり問題は、緒方氏とまるで符節を合わすように、気ぜわしさなりこだわりなりを抑えるための石だったのである。美しさはその形にあるのでなくて、週に一度、陶工の手であちこちと押される動きにあったのである。

未熟の魅力ということがある。私は日本橋高島屋の美術品展示室で、なん度となく河井氏の手に成った陶器の美しさに接したが、生意気な物の言いようだと譏り(そし)を受けても、或る機会に感じた美しさが、そのままつぎの機会に感じた美しさと一ようでなかったと言ってのけたい。前進的な美しさ、それこそは河井作品の見せる魅力だったことが、なんとしても打ち消せない。一九四四年といえば、河井氏が五十四歳になられた年で、戦争のためにほとんど窯を立てることができなくなり、作品の見せつづけた魅力は、もっぱら文筆に移った。その方面の業績は、『六十年前の今』という一巻となって、河井氏独特の陶器の見せる美しさが、そのまま文字と文字との間にほの見えるようで、そこらの文芸書とは自然ちがった味が、今にもこぼれそうに思う。河井氏の言葉を借りていえば、〝つねに振幅が多くて、工業と美術との間を往きつ戻りつしている工芸〟の妙味が、ここでもはったと摑まれている。

「雑草雑話」と題する一章で一巻が結ばれているが、陶芸家河井氏の冴々した眼は、雑話ならぬ雑話になっているとも言えそうである。

まるで貪るようにその雑話をぬき書きしながら、私は工芸一つで一生を過ごして来られた河井氏の〝一面〟によそながら触れておく。

――罌粟(けし)の花は、毒薬の原料にされてから、畑から追い払われてしまった。あんな素晴らしい花や実を取られた子供たちは、なんという不幸なことだろう。毒薬なんかにはしないから、畑へ返してもらいたい。

――山百合は畑へ植えかえると、あの素晴らしい匂いを失ってしまう。生まれた故郷の草山を離れるのがいやで、またいつの日にか帰れるかも知れないと、匂いだけを形見に残したのかもわからない。

――桐の花は知られているわりに見られていない。あれは平地の雑草を嫌って、人知れず高いところで、思う存分自分を咲かせているのかもわからない。

――どれが菖蒲(あやめ)か、どれが杜若(かきつばた)であるのか、子供たちにはどうでもよかった。どれもこれも見事だったからだ。この花は水の画布(カンバス)に刺繡されて、いよいよ見事になった。雨に濡れたらどうだろう。夕日に笑われたらどうだろう。

――曼珠沙華は田の畔の石地蔵がすきだ。むらがり寄ってお祭りする。この花はまた、墓場もすきだ。淋しさに燃えていられる処だからだ。

――海棠はいつでも雨を待っている花であった。あでやかな色に一杯の憂いをためて、上を向かずに、いつもうつむいて、雨を待っている花であった。

――菊は国華と言われたが、早くから人に愛されたので、いろいろな姿に身をやつし、色を競ったのでだめになってしまった。今でもほんとうの菊を守っているのは、畑の隅に捨てられて育ちに育ち、霜に耐えている小菊ではなかろうか。

——鶏頭の花は、遠い国からの古い帰化草と言われたが、子供たちには、そんな外来者どころか、身近で親しい花であった。獅子頭などと言われる豪勢な花の形さえ、愛嬌を貰わないでは居られなかった。雁来紅（はげいとう）だってもそうであった。中庭やうしろ庭の菜園や畑の隅などに、あの色は季節の深さをきざんで行く目盛りでなかったら、なんであろうか。

思いもかけない戦争さわぎのために、窯を立てることはできなくなっても、行きずりに出くわす数かずの花の宿命から、陶芸に親しむのと同じ楽しさに浸った心意気の美しさは、ゆとりとこだわりなさとで生きた明治人のみの持物だったのである。それにしても私は、昨今の世情のこだわりだらけなのに思わず歯がみする。

（ないとう・あろう）

明治前半の小学校教師

福原麟太郎

私の父は一生の殆ど全部を小学校の校長として過した。そして殆ど同じ一つの学校の校長であり続けた。だから今の学校制度では考えられないところもある。

父は慶応三年広島県芦品郡の新市村に生れ、あと七十年ほどは備後の国の海岸に生活した。あの辺では広島が大都市で、尾道という港町と福山という城下町と三ヶ所に学問があった。小学校を終えると、（履歴書には広島県品治郡新市小学校に明治七年一月から十三年の十二月まで七年間在学上等小学科第二級修業と書いてある。）それからあとは近村の塾・思誠館へ通った。先生は大和恕堂。吉備津神社の宮司河村氏にもついた。いずれも漢学塾であったらしい。それからやはり近村の柳田氏について算数学全科卒業と書いてある。数学が得意であったようで、立体幾何の問題を忽ち解いて友人を驚かしている。開平法でも開立法でも算盤でやってみせると、私に語ったことがある。

父はそれから広島の師範学校へ入学した。正式に入学を許可されたのが明治十七年六月十六日で、翌年の七月十五日にはもう中等師範科というのを卒業して小学初・中等科の教員免状を貰っている。時に満十八歳七ヶ月である。そのころどういう規則があったのか知らないが、父は正式入学の三月前に補欠募集でいきなり三年生へ仮入学をし正式入学の時にはもう四年生であったのである。補欠試験には運よく二十二人の補欠応募者のうち三人及第中の一人として仮入学できたのだが、いままで余り正式に学問していないから、試験前二十日ばかり、郷里の新市村の小学校長吉田氏、やはり同郷で後の海軍大佐真田鶴松氏から博物、珠算開平開立、図画、漢学などの補習を受け、試験に「先だつ二日、隣保知人多数の見送りを受け、文具衣類夜具等を下男に担はせ同じ応募生なる隣村の高橋某君と同伴、尾道に向ひたり。」このとき父は落第ということのありうることを考えなかったのを「不思議」だと言っている。「午後三時頃尾道より汽船に乗り（山陽鉄道は神戸から発してやっと福山までしかなかった。）夜半宇島に着、それより通ひ船にて元安川を溯り、今の明治橋附近にて上陸し俥にて旅館長沼に投宿せり。」

それから二年足らず、明治十八年七月十五日には「師範学校中等科を卒業して帰村せり。本入学を許されしより年月を閲すること実に一年四ヶ月なりき。在校一年七ヶ月中教生として附属小学校に実地授業せしこと約三ヶ月なりしを以て学科の修養は一個年半にも及ばず、卒業生とはいへ、知識の浅薄なりしこと推して知るべし。然るにもかゝはらず、卒業当時には、予は学科平均得点九拾八点幾分を得第一席次にて登第したり。……同期卒業総員は僅かに九名なりし。」

右は父の日記中から抄出したものであるが、その次に父は師範学校在学中幸田姓を名乗っていたことについてその理由やその手続きの面倒などを述べている。これは私が簡単にいうと、その当時は誰でも知っていたことであるが、長男は兵役を免除するという法規があったため父は次男であったから、子供のない叔母のところへ形式的に養子に行って幸田を名乗っていたというわけであった。ところが、そういう長男の便宜とさしかえに、師範学校の規則として生徒は卒業後その在籍の管轄内に就職しなければならなかった。その為に書類がぐるぐる廻ったらしいが、父はそのせいで、出生地の新市へ教師として赴任できず、沼隈郡神村小学校の教師となった。しかしてこれが、父の永住の地となったのである。母もその村に生れていた。

父はそこで神村の農家の裏二階に寄寓することとなり、学校へ通勤するようになったのだが、その校舎は塀のついた大きな平家で、門長屋も見えて居り、ワラぶきで、主屋（おもや）と長屋との間は運動場として使えるぐらい広い。それはもう褐色になった写真でわかるのだが、父の記録によると、「初等程度の学校にて五学級に編制し二百人位の児童を有し居たり、教員も児童も皆和服にて、靴を穿（うが）てるものとては村内に一人もなく、予が卒業の時需（もと）めたりし短靴こそ、校庭に印したる嚆矢（こうし）にて、予は常に和服を着て靴を穿ち居たり。予の俸給は金八円にて、久保田校長は金九円なりき。当時沼隈郡中最高給は松永村校長・西川国臣氏の十二円なりし。此頃郡内にて洋服を着用せるは殆ど稀にて、金江校長の高島平三郎（後の児童心理学者）時々着用せるを見しことあり。是迄小学校生徒の体育なるものなかりしが、昨明治十七年より全国各小学校に体操科を置かれ、先づ以て各郡より数名づゝの講習員を師範学校に召集して伝習せしめ、帰郷後各校教員に伝習せしめて実施することゝなり居りしが、……当時の体操は啞鈴（あれい）、球竿（きゅうかん）、棍棒（こんぼう）、木環（もっかん）の諸体操なりき。」

この体操を覚えている老人がいま何人いるであろうか。学校用は木製であったが、個人用ボディビル程度の運動のためには鉄唖鈴を用いた。そしてダンベル（dumb-bell）と呼んだ。明治の終にスウェーデン式体操とオランダ式体操とが流行を競っていたようだが、父が習ったのは、そのどちらであったのか。

明治二十一年、父は神村で結婚した。そしてちょっとの間、五里ばかり離れた新設校に転任した。新設校までの五里を俥に乗ると二十銭であった。しかしすぐまた神村へ帰って松永の小学校へ転任した。神村の隣村の学校であった。（この頃、白米一斗四十五、六銭。）これからあと大正の始まで、その学校に勤続し、近村組合立であったその学校の閉校まで動かなかった。明治二十六年松永尋常高等小学校の訓導兼校長に陞任（しょうにん）する。その翌年この文章の筆者が生れた。その年日清戦役が始まり、戦には勝ちながら遼東還附の恥を感じて悲憤慷慨の文を残している。二十八年である。

「五月十日予は早く既に松永郵便局員より還附の御詔勅発布されたりと聞き驚き怪しみたりしが其日新聞号外出でて、全国民は何とも形状し得ざる錯愕沮喪（さくがくそそう）の気分に閉されたるぞ是非なかりき。万口一声、臥薪嘗胆を唱へ、勝安房（あわ）（海舟）の発句『三国に踏みはたかれよ不二の山』の反撥的気慨を発揮〔したり。〕」

「明治三十一年九月二十六日、小学校教員普通免許状を下附せらる。此免許状を受けしは吾郡の嚆矢にして、各方面より多数の賀状を頂けり。」

「明治三十三年六月三十日、月俸金二十二円となる。」

「同年十二月二十五日、年功加俸年額金二十四円下附せらる。」

ちょっと溯るが、三十一年の八月二十五日、父は『尋常小学珠算新書』三巻を大阪市の製本印刷株式会社から藤井曹太郎、松山直、柏原節次郎、三氏と連名で出版している。この本のことを私はすこしも知らず、その書物も、父の死後発見したので聞いたこともなかった。父はただ名を貸しただけかも知れぬ。発行者は広島県深津郡福山町字胡町八十四番地、原田十吉となっている。原田は福山の本屋である。

この後の父は年を経るに従って学校の成績も上り、賞を頂いたり正八位勲八等に叙せられ初の奏任官待遇を受けるようになったりし、松永の小学校にあること三十三年、昭和十年、東京の私の家で亡くなったのであった。

これは明治前半の日本で小学校の教師がいかに養成され、いかにして教育事業に尽したかを語るために私の父の日記を引用しつつその有様を記してみたのである。父が私や家族のものに度々語った話は、はじめて神村小学校の教員になった際、月給八円を貰ったのだが、それを天保銭（楕円形で中に四角な窓があり、幅2センチほどの青銅貨、価値は一銭よりも稍(やや)安く8リン。そのため、あいつは天保銭だといえば知能不十分の意であった。）で貰うと重くて持って帰れず、小使にたのんで、モッコ（ワラを編んで作り棒の左右に釣ってものを運んだ。）でかついで下宿へ持って帰ったものだという話であった。

（ふくはら・りんたろう）

私の青春時代の明治

相良守峯

私の生まれたのは明治二十八年春、日清戦争が終って全国各地で爛漫たる桜花の下で祝勝会が催されたころであり、また私の中学卒業間際に明治天皇が崩御されたので、私にとっての明治とは、二十歳までの青春時代であって、郷里山形県の鶴岡という片田舎から一歩も踏み出したことのない時代である。いや一歩踏み出したといえば、中学上級のとき、修学旅行で仙台・松島に出かけた折だけで、その時は汽車の通じている新庄という町まで十四里の道を夜通し歩いて、福島回りの汽車で仙台につき、あくる日は仙台一中の生徒とサッカーの試合をし、二対零で勝ったが、私たちが例のごとく裸足で戦ったのには先方の選手も応援団もビックリしたようである。それほどわれわれは質実剛健だったのである。そのころ中学でサッカー部のあるのは、東京以北では私たちの荘内中学と仙台一中だけであった。

　質実剛健といえばそれにはいわれがあるのである。鶴岡は米産地荘内の城下町であり、曾（かつ）ての藩主は譜代大名酒井家であった。明治維新のとき西郷隆盛の軍勢に屈服したのであるが、その時の隆盛の寛大な態度に敬服した荘内の藩士はその後しきりに鹿児島を訪れたようであり、まだ若かった藩主酒井忠篤（ただずみ）は隆盛に勧められて明治五年から十二年まで弟忠宝（ただとみ）を伴ってドイツに留学した。大名であった者の長期留学は初めてであろう。兄忠篤は軍隊にはいり、弟は大学で政治学を修めたが、これは隆盛の指示によるもので、帰国後、日本の軍部や政治の上で大いに活躍させようという意図であった。明治十年に隆盛が死んだので、酒井兄弟七年間の留学も目的が失われ、帰国後は郷里に隠棲してしまったが、質実剛健の気風だけは、われわれの中学時代まで伝えられたというわけである。酒井伯爵兄弟の在独中の写真が、私のアルバムに貼ってある。

　私は、質実剛健な環境に育ちながら、自分自身はいっこう剛健な少年ではなかった。私の大伯父松平親懐（ちかひろ）は酒井家の家老であったし、祖父守典は江川太郎左衛門に入門して砲術を学び、のち地方の役人になったが、こうした武張った雰囲気から醸される封建的な気風は少年時代から苦手で、私には棒切れをふりまわす腕白時代というものはなく、小学校時代からお伽話や雑誌、小説に読み耽る、むしろ内気で無口な少年であった。それではどんなものを読んだかを記憶の中から呼び起してみたい。

　最初に頭にうかんでくるのは巌谷小波の「世界お伽噺」と「日本昔噺」という叢書であるが、私にとって前者の方が魅力があった。というのは、ロマンチックなハイカラ趣味が子供のころから私を支配したという証拠にもなろう。雑誌では『少年』と『日本少年』を毎月親戚から借りて読み、それらを通して都会の少年の垢抜けした生活にあこがれていた。やがて押川春浪の冒険小説や講談本などを好んで読むようになったが、立川文庫の記憶がないのは少し後に刊行されたからであろう。

中学時代にはいると、姉が親に隠して持っていた恋愛小説の類を、こっそりぬすみ読みするようになった。菊池幽芳の「己が罪」や「乳姉妹」、徳冨蘆花の「不如帰」などであり、読みながら涙をながした。蘆花といえば彼の作品は中学時代の私の最も愛読したもので、「自然と人生」や「思出の記」から反戦的な「寄生木」にいたるまで小説と随筆はほとんど読破した。同郷の先輩である高山樗牛の小説「滝口入道」、名文のほまれ高かった随筆「わが袖の記」その他評論の類も中学上級のころ愛読したが、樗牛の実父斎藤親信と養父高山久平は私の祖父の友人であり、時折私の家に来訪した。樗牛は郷土出身の文豪というので私は尊敬しており、ある時知合いの画家に肖像を描いてもらった。出来上った肖像画に添えて画料何円かの請求書がついてきたのにハタと当惑し、だまってそれを父に差出した。父も困った顔をしたが、別段の小言もいわず、庭の植木を一本掘り起して画家の家へもって行った。当時宅の家産が傾きかけていたので植木をもって画料に代えたものらしい。わずか三十一歳で病死した樗牛が評論家としてあれだけの名声を上げたのは天才に違いないが、同じ歳で物故した弟斎藤野の人も、独逸ロマン派研究で業績を示したが、地味な気質のためあまり世に知られないでしまった。

中学上級から高校にかけて私の最も愛読したのは夏目漱石であり、全作品を再読三読して、物によっては文句を諳んじるまでになった。そのうち「猫」「坊っちゃん」「虞美人草」などは中学時代に読んだが、つい先ごろ私は「新春の戯詩」という擬古詩の中に「浜名の湖(うみ)は的皪(てきれき)」という文句を使ったが、この的皪という形容詞は六十年前に「虞美人草」の中から覚えた言葉である。

この作の冒頭、甲野さんと宗近君が比叡山から琵琶湖を遠望する処にこの漢語が出ていたのだ。ほかに夢中になって読んだものに桜井忠温の「肉弾」などいう戦記物がある。

以上のような創作物以外、いや、それ以上にわれわれを熱中させたのは外国文学の飜訳ないし飜案であった。黒岩涙香飜案の「噫無情」（ユーゴーのレ・ミゼラブル）とか「巌窟王」（大デュマ）および訳者失念の「クオ・バディス」（シェンキェヴィチ）、内田魯庵訳の「復活」（トルストイ）、それに若松賤子訳の「小公子」（バーネット）などは当時のベストセラーであったし、森鷗外訳によるアンデルセンの「即興詩人」は名訳として長い生命を保っている。同じく鷗外の訳したゲーテの「ファウスト」は私の中学卒業の年に出たが、当時の私には歯が立たず、高校時代に原文と鷗外訳を対照しながら読んだが、まだまだよくは理解できず、その後いくたびか原文を読みかえし、自分で飜訳もした。今日までこの作品は数十回も繙読したが、これほど度かさねて読んだ本はほかにはない。そのほか鷗外の作で読んだのは「舞姫」や「雁」や、「うたかたの記」、それに「水沫集」に収めてある多数の飜訳である。幸田露伴のものでは「五重塔」など読んだが、これは晦渋で豪奢な文句に圧倒されて内容の面白さはあまり感じなかった。

詩歌の方面で愛誦したのはまず島崎藤村の優婉な「若菜集」その他であり、土井晩翠の「天地有情」の豪宕な格調にも心ひかれた。上田敏の訳詩集「海潮音」の名訳にも感嘆した。短歌で愛吟したのは第一に石川啄木の「一握の砂」であり、「悲しき玩具」はまだ出ていなかった。文学以外の教養の書、当時の流行語「修養」のための本についてはもう述べる余裕がないが、大町桂月の「学生訓」とか、阿部次郎の「三太郎の日記」とか、綱島梁川の「病間録」などを挙げるに留めよう。

なにしろ二十歳前の田舎の中学生のことであるが、それにしてはよくいろいろ読んだものである。当時は自然主義の全盛期であったが、私は花袋も白鳥も藤村も泡鳴もあまり読まず、蘆花や漱石や鷗外などに傾倒したということは、私の生得の好みが少年時代から理想主義・ロマン主義の方向にむかっていたことを示すものかもしれない。

（さがら・もりお）

明治文学に親しんだ頃

斎藤　勇

私にも明治文学を読み耽った時代がある。それは明治三十年代の中ごろ、私が中学三年生から五年生の頃、年齢でいえば十五歳から十七歳頃のことである。しかしれっきとした指導のもとに読んだのではなく、手当り次第に勝手な選び方、勝手な読み方をしたのである。

誰にすすめられたのでもなかったが、『帝国文学』や『明星』を読み出した。むずかしい文学論は十七、八の少年にわかる筈もない。和歌や新体詩などは自己流に読み出しただけで、正しい理解はできなかった。そして鉄幹の『紫』を見て、和歌よりも、新体詩の「日本を去る歌」の方に共鳴を感じた。『みだれ髪』も買うには買ったが、読むには早過ぎた。

『明星』に出た蒲原有明訳「つれなきたをやめ」によって私は初めてキーツという英国詩人を知り、その後幾度となく、この訳を念頭に思いうかべた。『片袖』第一集にある有明の作や『草わかば』などは、与謝野夫妻の前記二冊と共に、今なお手もとにある。その頃、泣菫の『暮笛集』や『ゆく春』も愛読したが、しかし更に強く心ひかれたのは、藤村と晩翠の詩である。

藤村の詩では、『若菜集』よりも『落梅集』が好きだった。今もそう思っている。ことに「常磐樹」はいわゆる新体詩のいかなる名作に比べても遜色があるまい。藤村は、

あら雄々しきかな、傷ましきかな、
かの常磐樹の落ちず枯れざる

と歎いているが、それに反して泣菫は、

銀杏よ、汝常磐樹の
神のめぐみの緑葉を、
霜に誇るにくらべては、
いかに自然の健児ぞや。

と、元気を出している。

晩翠の傑作はやはり「星落秋風五丈原」であろう。叙事詩の秀作が少ない日本では、珍らしい出来ばえである。そののちに読んだ「司馬子長名山蔵書歌」もよいが、「弔吉国樟堂」のうち、

薩摩潟波のあなた、夏や来ぬらし古城の夕、

と始まる一節は、今もなお思い出す。

これら大家の作をくり返しくり返し読むうちに、平凡な少年の胸中にも歌ごころらしいものが生れ、或いは聞き馴れた言葉でなだらかなリズムを出そうとし、或いは簡勁な漢語を駆使して雄壮を期し、また『若菜集』から思いついて対話体の形を試みたりした。しかしそれが皆模倣で、幼稺で、識者の一笑を買う程度のものであることは、改めて言うまでもない。ただし、上に挙げ

た詩人たち、藤村、晩翠、有明、泣菫には西洋詩文の影響がかなり多いので、私は知らず知らずの間に、間接的に西洋詩文の雰囲気にすこしは接した。そしてそれは私がそののち約七十年間、英文学、中でも英詩の愛読と研究とに没頭するようになった一つの機縁であったと言えるかも知れない。ことに晩翠には第二高等学校生として英詩講読の教えを受け、また藤村には一九二八年以後屢々（しばしば）親しく謦咳（けいがい）に接し得る好意を与えられたので、両氏の作品を更によく鑑賞することができるようになったと思って、感謝している。

中学生は小説を読んではいけないことになっていたが、私は蘆花の『思出の記』を読んで良いことをしたと思った。ついでに、あまりにも有名であるから『不如帰』を一読したが一向おもしろくなかった。しかし『自然と人生』や『青蘆集』は（学校で教えられた日本文法に反する書き方が気になったけれども）耽読した。ことに後者の巻頭を飾る「五分時の夢」には深い感銘を受けた。それは凡人も存在の理由を十分にもっていることを教えてくれた。石垣には小石もなくてはならない。小さいからと言って、それを取り除けば、石垣がくずれることもあるという結論になっている。蘆花もその頃のような心境をもち続けたならば、トルストイ訪問後のようなものを書かずに済んだであろう。しかし私は大学入学後間もなく友人たちに誘われて、今蘆花公園と呼ばれる所の百姓屋に行ったが、その時、蘆花は上機嫌でいろいろ宗教のことなどを話してくれた。また大学生の時『寄生木』のやや長い新刊批評を書いたこともある。

石垣の譬話に感激したことにはわけがある。その前に私は樗牛が『太陽』などに書く名文に魅せられていたが、彼が不治の病におかされてからは「美的生活論」を唱えたりニーチェの天才論を伝えたりして、普通一般人の存在意義を認めないようになったので、私は一凡人として立場がないと思いだした。この「五分時の夢」は、大げさに言えば、私を落胆のほら穴から立ちあがらせたのである。しかし蘆花だけがそうしてくれたのではない。大西祝（はじめ）や坪内逍遙の流れを汲んだ綱島梁川が更に明らかに私の進むべき道を示してくれた。私は中学を卒業して間もなく上京の機会があった際、この哲人を牛込大久保余丁町にたずねて、狭い部屋で病床に坐っていた梁川から人生の意義を教えられた。そして私は『病間録』や『回光録』（その中には「偉大なる凡人主義」もある）などのみならず、『聖書』を読み、教会に出席し、一高在学中に洗礼を受け、とにもかくにも一凡人として努力を続けている。

さきに逍遙の名を挙げたが、私は中学三年生の頃『文学その折々』というやや厖大な評論集を買って拾い読みをした。そして西洋文学のことをほんのすこしだが垣間見た。またその中の「人生四季」という随筆をすばらしいと思って、そのまねを書かずにいられなくなったこともある。この大先輩の『英文学史』も同じ頃手に入れて、所々読んだ。シェイクスピア全集の最初の邦訳という偉業をやりとげた人のこの著書に、シェイクスピアはベン・ジョンソンなどとあまり違わない頁数しか与えられていない。それより前に公刊された『梨園の落葉』にいわゆる沙翁（さおう）について幾篇かの説明があるので、わざと詳述を避けたのかも知れない。当時、町に近い梨畑の主人が本屋でこの本の題だけを見て買って行ったという話を聞いた。

鷗外と論戦を続けた「没理想」主張は、『文学その折々』に収められてあるが、議論をするには、鷗外の論文を熟読しろと、早稲田出身の英語の恩師角田（つのだ）柳作先生に言われたことがある。けれども、私はその方面の勉強はあまりせず、『文学その折々』に推賞されている「五重塔」を読んで、心から敬服し、上京する父にねだって、『露伴叢書』や随筆集を買ってもらった。中の「二日物語」「毒朱唇」などに傍線をつけたその本を取出して見て、思い出はつきない。

かように私は中学生の時、明治文学に親しんだけれども、高等学校入学後は、国文学では古いもの、それよりもむしろつとめて英語の本を読むようになった。英文学以外では、サバティエの『アシジの聖フランチェスカ』英訳、スピノーザの『エーティカ』英訳などを熟読した。スピノーザの名著は幾何学の形式で議論を進めているので、中学時代に極端に数学を無視した欠陥を補うことによって、整然たる論理的思考の訓練を学ぶつもりでもあった。

（さいとう・たけし）

明治後期の小学生

さねとう　けいしゅう

明治二十九年、広島県の農村にうまれた。うちは中の下ぐらいの自作農。三度の食事は米三分に麦七分、まっくろで、米のすがたは見えない。米のめしのたべられるのは正月とお盆、お祭りと報恩講ぐらい。それが、たのしみだった。学校にあがるまえだったとおもう、わたしはコンニャクがすきで、一つを全部たべさせろ、という。うちのものは、とんでもない、という。わたしは半日泣きつづけたが、それでも食べさせてくれなかった。それほど貧しかったのだ。

村は二百数十軒しかない小村。あるとき父親について山ぎわにある墓場にゆく。賀茂川が竹原町にながれこんでいるのを指さして、

「マチ（竹原）がミヤコになるときがあるかもしれん。」

といった。いまは、この村も竹原市にくりこまれ、東野村が東野町にかわった。

明治三十六年、小学校に。小学校は六時（字？）庵というお寺を改造したもので、教室には、金ぱくのはげかかったランマがあって、牡丹に唐獅子がほってある。生徒は着ながしに藁ゾウリ、

ただ学帽だけはかぶっている。わたしは兄貴のつかいふるしの革カバンをかけていった。こんなのをかけているのは、すくなかった。

サイソウ当番というのが、まわってきた。つまりは掃除当番のこと。サイソウとは、どんな漢字なのか、だれもしらない。先生もおしえない。気にもしなかった。いまになると、それは「灑掃」（水をまき、ごみを掃く）という、むつかしい文字だということが、やっとわかった。

国語教科書は金港堂発行のもので、ふくろとじ、さいしょが、かたかなで、「ヒ　ヒト　ハト　ハタ」とあったとおもう。

二年生になったとき、ねずみいろ表紙の国定教科書にかわった。

第三巻のさいしょは、

「タンポポ　ハ　ハル　ノハラ　ニ　サキマス。イロ　ハ　キイロ　デス。」

とある。おどろいた。村のどこにさいているタンポポも、みんな白いのに！（あとで、たった一か所、いや一株だけ黄色のタンポポをみつけて、大よろこびをしたんだが……）

いま、『日本教科書大系』近代編・国語（三）をひらいてみると、

「タンポポ　ノ　ハナ　ハ、ノハラナド　ニ　サキマス。タンポポ　ノ　ハナ　ハ、タイテイ、キイロ　デス。」

となっている。よく見ると、これは明治三十八年十月十五日翻刻発行とあるから、改訂されたのであろう。

二年のとき、日露戦争がはじまった。マグサをかって献納したり、作文や図画をかいてヘイタ

イさんにおくった。

日本海海戦の勝利がつたわると、時間中に校長先生がまわってきて、そのはなしをされた。

旅順口がカンラクすると、全校の生徒があつめられた。村の助役さんが、

「旅順カンラク、カンカンミカン！」

といいながら、みかんを一つずつくばってくれた。

日露戦争の勝利祝賀会には、南山占領のまねごとをすることになり、一年二年が高いところにある神社にあつまって、ロシア兵になる。五、六人の在郷軍人に指揮される。

三年生以上が日本兵になってせめてゆく。やっとのことで日本兵になれたことを、よろこんだ。日本兵といっても着ながしにワラジばき、木製のテッポウの取手に、黄いろの紙にボツリ、ボツリとエンショウがつめてあるのをはりつけてあって、せんそうとなると、そのエンショウのところを小石でたたく。パチン、あちこちでもパチン、パチン！

なんねん生のときだったか、広島県知事が村を通過するので、賀茂川堤まで出むかえにいった。一同整列して、最敬礼。人力車の車輪がいくつもすぎてゆくのを見つめているだけで、あたまはあげられない。

「ナオレ！」の命令で、あたまをあげたときは、五、六台の人力車は、むこうのほうをはしっていて、オトモのひとの顔すらわからなかった。

村の少年にとっては、本には魅力がある。頼山陽がうまれていることを、ほこりにしている竹原のマチにも、本屋は一軒もなかった。ベッコウ屋という小間物店がマチの中心部にあった。化

粧品などをならべてあるガラスばりの箱に、小さい本（豆本）が一、二冊おいてある。『ラッパ節』とか『さのさ節』といったようなもの。それでも、本は本である。わたしは本にうえているので、手にとってみたかったが、買う決心もつかないので、とおるたびごとに、ガラスごしにながめてかえるだけであった。

あるとき、その箱をみると、あたらしく『勅語衍義』という本があった。すぐ、ガラスの蓋をあけてもらって、かってかえった。

そういう本にうえた生徒五、六人で、一〇銭ぐらいずつ出しあって、その金を東京の金港堂におくり、『少年界』（一冊一〇銭）をとって回覧することになった。

あてさきが、わたしのうちだったのだろう。それが着くころになると、郵便屋さんのくるのが、まちどおしい。こがらで、目がとびでたような五十男、たしか目だかというあだなだった郵便屋さんは、山のかどをまわってやってくる。その山のかどを、いまかいまかと見つめている。左にまがってくれるとわが家の方角、右にまがられると、きょうはだめ。でも、またあすがたのしみではないか、とじぶんでじぶんにいってきかせる。そんなに本にうえていたのだ。

東京から、その雑誌がとどくと、まいてあるハトロン紙をはがすのがおしいようだ。しばらく手で、おもさをはかったり、消し印を鑑賞したりする。

おもいきって雑誌をとりだすと、プーンとくるインクのにおい！　それが東京のにおいであり、文化のにおいだ！

はじめの一六ページは青とセピアの二色ずりになっている少年小説。その色ずりは、たまらない！

一冊、投書欄まで一日によんでしまう。

回覧がおわると、出資者が順次にじぶんのものにする。

明治四十年三月、四学年を卒業して、尋常科の卒業証書をもらう。

ところが、このとしから義務教育が六年間にあらたまり、本来ならば高等科一年になるところを、尋常五年生ということになった。

六年のときだったとおもうが、外国地理をならった。イギリス、フランス、アメリカなどのことはならったが、せけんで、おとなのひとのいう「セイヨウ」というところは、ならわなかった。

「先生！　セイヨウというのは、どこですか？」

手をあげて、こうきいたことがあった。

四十二年の三月になると、六年制の尋常科を卒業した。尋常小学校の課程を二度卒業したことになる。

二百数十戸の小さな村には高等科がなかった。川下の下野村まで四キロほどの堤の道をかようほかはなかった。

美文にあこがれる

田辺尚雄

私は元来物理学専攻の科学者で、文学には縁の遠い方であったが、一高時代に夏目漱石先生から一年間英語を教わり、先生には非常に親しみを感じていたので、夏目さんの小説は沢山読んでいた。それでも別段に耽読するほどではなかった。

ところで私は日露戦争前後、すなわち一高時代から東大在学中に同時に東京音楽学校の選科に通っていて、同校のオーケストラのメンバーを勤めていたので、当時の歌詞やオペラの訳詞などには音楽を通して非常な親しみを持っていた。そのころの歌詞は凡(すべ)て美文が用いられていたので、私はその美文の美しさにいつも心が引かれていた。つまり文学をいつも音楽的に味う習慣がついていた。

先ず第一に最も強く私を引きつけていたのは高山樗牛である。実はこれは私の親戚であった関係もある。私の父田辺貞吉は沼津藩士で少年の頃勝海舟の部下として咸臨丸に乗込んでいたが、負傷のため海軍をしりぞき、維新後財界に身を投じて大阪に至り、住友銀行を創立して住友家の顧問をしていたが、文学にも音楽にも一向興のない人で、その弟の手島精一は一生を東京高等工業学校の校長として教育界の乃木将軍とまで言われた人で、私の学生中は万事保証人として世話になっていた。その夫人即ち叔母の春子は、目下NHKテレビでよく知られている勝海舟の片腕として活躍している杉純道（亨二）の長女である。その関係で私は学生のころ杉純道（杉のおじいちゃん）から可愛がられたことを覚えている。この叔母の妹里子は杉純道の三女で、これが高山樗牛の夫人である。手島叔母は父の杉純道に似て放胆な女親分のような人であったが、高山夫人の方は清楚とした美人で、二人は姉妹とも思えぬような対照であった。

そんな関係から私は樗牛の文は片端しから皆楽しく読んだ。殊に『滝口入道』は再三繰返して愛読した。大正十四年にわが国で初めてラジオ放送が開始されたその年の秋に『滝口入道』の三日連続放送が行なわれ、朗読者としては当時活動写真弁士（活弁）として最高と称された生駒雷遊が美声を以てこれを朗読することになり、放送局から私に樗牛との縁故でその伴奏を依頼された。そこで私は雅楽器や琵琶、尺八、それにヴァイオリン等を加えて新しい管絃楽を組織してその美文に相応わしい伴奏音楽を作り上げて演奏した。評判もよくてその後大阪放送局でも放送した。その後はこの伴奏音楽を独立せしめて昭和二年に日本交響楽詩『滝口入道』として発表し、東京を初め全国各地で放送された。

私が樗牛の文章の中で最も深く心の奥に刻まれて今だに愛唱しているのは、最後の作『清見寺の鐘声』の小文である。樗牛が病重くして保養のため静岡県の久能山の東麓にある龍華寺に滞在していたときに、興津の清見寺の鐘声を聞いた感想を謳った名文である。私は今もなおその文が深く心に焼きついて居て、その後屢々龍華寺を訪れ「すべからく吾人は現代を超越せざるべからず」と刻された樗牛の碑の前に座して清見寺の鐘声を聞くことを楽しみとした。

次に私の心を惹いたのは上田敏の『海潮音』である。それにはオペラの問題がからんでいる。私が音楽学校の選科に居たころ、日本で始めてのオペラ『オルフェウス』が演ぜられた、そのときのプリマドンナは三浦環（当時は柴田環と言った）。訳詞は外語出の近藤逸五郎で私の先輩として指導を受けていた乙骨三郎、石倉小三郎と共に音楽界を牛耳っていた三羽烏の一人である。訳詞はいかにも美しい。主役のユリディケを百合姫と訳している。それ以来私はオペラに大いに興味を感じて、ビクターの赤盤でオペラの歌や音楽を沢山集めた。しかし私の好きな曲は多くはロマンチックなもので、ワグネルのものでは『タンホイゼル』『ローエングリン』や『ワールキューレ』『ジーグフリード』位で、『トリスタンとイソルデ』はよく判らないで好きではなかった。ところが上田敏の『海潮音』の中にトリスタンとイソルデが愛の死を絶叫するあたりの熱烈な詩を読んで急に『トリスタン』が大好きになり、お蔭で上田敏の名がワグネルの『トリスタンとイソルデ』の「愛の死」と共に深く心に焼きついている。

私は明治四十年に東大の物理学科を卒業してから直ぐ東洋音楽学校の音楽史の講師を勤めることになった。そのときに先輩から勧められて森鷗外訳の『即興詩人』を愛読した。イタリー音楽史の背景として大きな感激を受けた。しかし森鷗外の小説には全く興味がなかった。大正九年に私が宮内省の雅楽所の先生をしていたころ、楽師と共に奈良の正倉院の御物楽器の調査研究をした際には博物館総長であった森鷗外に非常にお世話になったばかりでなく、森さんから漢文の書籍についていろいろ良い指導を受けたことを感謝しているが、その小説には余りなじめなかった。ましてや幸田露伴とくると一層難読に感じていた。

学生のころ夏休みの退屈しのぎには蘆花の『不如帰』や『寄生木』などはよく読んだが、どうも私は理科畑の人間で、文学そのものの真の価値は了解できず、ただその内容の事件だけに興味を持つ平凡な読者に過ぎないことを自ら恥じている。当時小説と言うと科学小説ばかりに興味を持ち、『月世界一周』とか『火星人の襲来』とか『暗黒星』などというのを読みふけり、丁度今の子供が漫画の本ばかり見ているのと同じことであったという気がしている。私が泉鏡花などの小説が好きになったのは大正に入ってからである。殊に古典の邦楽界に身を置くようになってからは、文学に対する考えが大いに変化してきたと思う。

前にも述べた通り、私は子供の頃から美文にあこがれていた。十歳位の小学生のころ、小学唱歌の中で私が最も好きでいつも繰りかえして愛唱していたのは文部省の『小学唱歌集』第二の中にある『鏡なす』という歌で「鏡なす水も緑の影うつす、柳の糸の枝を垂れ、気はれては風新柳の髪を梳り(けず)、氷消えては浪旧苔の髭を洗ふとかや」云々の歌詞が、しかも雅楽調の音階で歌われる文句に心がひかれていた。私の大学時代には土井晩翠の新体詩が好きで、その中でも「紅梅」という詩が最もすきであった。それには当時京都にいて京極流という新様式の箏曲を創めた鈴木鼓村がこれにピッタリの作曲をした（雅楽の黄鐘調(おうしきちょう)）のが何とも言えず私の心を打ち、鈴木鼓村が上京後、私は鼓村についてこの曲を学び、後に宮城道雄さんの前で、私はこの「紅梅の曲」を箏で弾いたことがあった。鼓村はこの他に高安月郊、蒲原有明、与謝野晶子等の詩を好んで作曲していた。いずれもなつかしい歌であった。

私が子供のころには薩摩琵琶の名人が沢山いたので、私も琵琶歌にはかなりなじんでいた。日清日露戦役のころには沢山の新しい琵琶歌が作られたが、私の好きな歌詞は殆んどなかった。やはり琵琶歌では『平家物語』や『太平記』の中の文章の方が好きである。『太平記』の「花落の雪」など名人西幸吉の演奏と相待って私を琵琶マニアに引き込んだものである。

要するに私の美文のあこがれは、いつも文学を音楽に当てて味わう癖があったからであろう。

(たなべ・ひさお)

子規・自殺・俳句

秋元不死男

正岡子規の『仰臥漫録』は晩年の明治三十三年から翌年にかけて断続的に書き次いだ病床日記。生前、誰にも見せなかったもの。土佐半紙綴りの帖を枕頭に置き、仰臥のまま毛筆で書いた。その日の病苦病状、食事の献立、金銭の出入りなどの明細から、来客のこと、出来事、あるいはその折々の俳句をはじめ、視野に入る草花の写生画など、手当り次第に身辺雑事をしるした。体裁は雑然としてはいるけれど、その中から病床生活の模様がいきいきと読みとれる。

その明治三十四年十月十三日（子規歿年は翌年九月十九日）の日記を見ると、母の八重と妹の律が外出したあと、ひとりになってから自殺をはかろうとした消息がしるされている。

「（前略）静カニナツタ此家ニハ余一人トナツタノデアル余ハ左向ニ寝タマヽ前ノ硯箱ヲ見ルト四五本ノ禿筆一本ノ験温器ノ外ニ二寸許リノ鈍イ小刀ト二寸許リノ千枚通シノ錐トハシカモ筆ノ上ニアラハレテ居ルサナクトモ時々起ラウトスル自殺熱ハムラヽヽト起ツテ来タ実ハ電信文ヲ書クトキニハヤチラトシテヰタノダ併シ此鈍刀ヤ錐デハマサカニ死ネヌ次ノ間ヘ行ケバ剃

刀ガアルコトハ分ツテ居ルソノ剃刀サヘアレバ咽喉ヲ掻ク位ハワケハナイガ悲シイコトニハ今ハ匍匐フコトモ出来ヌ已ムナクンバ此小刀デモノド笛ヲ切断出来ヌコトハアルマイ錐デ心臓ニ穴ヲアケテモ死ヌルニ違ヒナイガ長ク苦シンデハ困ルカラ穴ヲ三ツカ四ツカアケタラ直ニ死ヌルデアラウカト色々ニ考ヘテ見ルガ実ハ恐ロシサガ勝ツノデソレト決心スルコトモ出来ヌ死ハ恐ロシクハナイノデアルガ苦（クルシミ）ガ恐ロシイノダ病苦デサヘ堪ヘキレヌニ此上死ニソコナフテハト思フノガ恐ロシイ（中略）今日モ此小刀ヲ見タトキニムラ〳〵トシテ恐ロシクナツタカラジツト見テヰルトトモカクモ此小刀ヲ手ニ持ツテ見ヨウト迄思フタヨツポド手デ取ラウトシタガイヤ、、コ、ダト思フテジツトコラエタ心ノ中ハ取ラウト取ルマイトノ二ツガ戦ツテ居ル考ヘテ居ル内ニシヤクリアゲテ泣キ出シタ（下略）」

脊椎カリエスの病苦と戦った子規がロンドンの夏目漱石に宛てて「生キテヰルノガ苦シイ」と書き送ったのは、この日記を書いた直後のことだが、自殺未遂に終り「シヤクリアゲテ泣キ出シタ」と告白しているくだりは、読んでいて心の痛むのを覚える。

私もいちど頭がへんになって突如自殺しようとしたことがある。それは昭和十六年、俳句事件というのがあって俳人十数名が治安維持法違反で警視庁に検挙された。私もその一人で十ヶ月の留置場生活から拘置所に移され、そこで一年余の独房暮しをした。その独房でのことである。

あれは宮本百合子が小説『風知草』の中でも書いているが、東京は六十年ぶりの猛暑に襲われた。私は独房にいた。ひとつある厚ガラスを張った鉄窓は逃亡を防ぐため、手で押すとわずか五寸位開くだけで、外からの風が細々と入るだけ。だから無風状態になると蒸し風呂地獄になる。

こんな日が何日も何日も続いた。外にいても暑さにあえぐのに、閉めきったも同様の独房にいると暑さに弱い私は頭がへんになってきて我慢がならず死にたくなってきた。刃物などない独房、首を吊る梁もない。だから自殺する方法はコンクリートの壁に思いきり頭を叩きつけるしかない。私は錯乱して距離わずか二間くらいしかないところから壁に向って闘牛のような恰好で頭を下げて突進した。ごつんという頭を打つ音がした。が、痛みがさほどなかったのは、走ってくる距離が短かったからか、それとも防衛本能から思わず両手で壁をおさえてしまうからか、二度くりかえしたけれど駄目だった。そんなことをしたので瞬間、暑さを忘れたのだろう、われにかえったとき、泣き出しそうな妻子の顔が目の前の壁に浮んできた。しかし、私のこんな程度のきまぐれ自殺心は誰にもあることだろう。

やはり、右の事件の最中、このときは留置場で手記を書いていたときだったが、二番目の弟が病院で剃刀自殺をしたという知らせを刑事から受けた。弟は肺を病んで入院していた。直らぬ身と覚悟してのことだった。病院へ連れて行ってもいいと刑事に言われたが、かわいそうな弟の死顔はまともに見られないので断わった。

自殺の原因は種々さまざまだが、要するに苦境を脱しようとしてやることにまちがいはないだろう。思想のゆきづまりから、病苦から、生活苦から、失意の悲しみから、或は老残の恥ずかしさから、その他その原因はいろいろだが、結局は苦しさから逃れたい一心が自殺に追いやるのだろう。尤も、中には反抗や、憤りから、或は生きることの面倒くささから自殺する人もいよう。美しい面影、美しい自然を見てその恍惚感に魅せられ、いのちを断つ人だっていないわけはなかろうが、それだって一種の息づまる苦しさから逃れたいと思う気持がそうさせるのとちがうか。

ところで、文芸の世界で自殺をした著名人は作家に最も多く、つづいては詩人。短歌や俳句のほうで名の知れた人が自殺したという話はついぞ聞いたことがない。俳句界に至っては皆無だ。むしろ、いのちを大事にして長寿を完うする人が俳句界には絶対に多い。なぜなのかと私なりに考えてみると、こんな理由が頭を掠める。

まず、俳句は短詩であること、短いゆえに思想的な内容は盛れない。少くとも桑原武夫氏がその〝第二芸術論〟で指摘したように、人生いかに生くべきか、という課題に答える内容は盛れない。極言すれば芸が大事で、思想らしい思想は俳句作りにはさほど必要ではない。思想の行きづまりが俳人を死に追いやるなどということはない。次に俳句は短詩であって十七字の文学。形式に縛られている。じたばたしたところで十七字は長くも短くもならない。俳人はその定型の不動に充足感を感じる。充足していれば苦しみはないから自殺心は起るまい。第三に俳句には季語・季題を用いるという約束がある。四季自然を専ら相手にするから、自然随順の精神に陶冶される。春がくれば花が咲き、冬がくれば枯れる自然の在り方に心をやれば、人間も自然のように来るべきものを心静かに待つという安心立命的な人格が育ってくる。「人間より自然が好き」(子規)という心境が、いつか自然随順を自分の生き方とするようになる。自然随順は反自殺にむすびつく。第四に俳句は諧謔の文学。おかしさを思う心に自殺心は忍び込まない。第五に俳句は挨拶心に根を張る文学。安否をたずねる心と自殺心は無縁である。第六に俳句は自然や、生物の隠微瑣末な姿に興味を持つことが多い。その不思議さにかかわっている間は、いのちを捨てる気にはなれまい。

こうした諸要素とかかわりのある文学だから、俳句に携わっていると俳人はいつの間にか俳句そのものになる。

自殺の善悪は私ごときものにわかろうはずはない。ただ、俳人に自殺者のいないのは、俳句そのものが反自殺的文学だからだと思うのである。

（あきもと・ふじお）

学生生活と記者生活

土岐善麿

「明治への視点」ということで、およそ六十五年前のことを想い起こしてみると、早稲田大学を出て新聞記者生活に入ったのが、四十一年の秋ということになるから、ずいぶん長く生きてきたものと、まず思わざるをえない。当時の同期生も、親しく交遊したものは、ほとんどみな世を去って、そのうち、文芸的な業績を残したいくたりかについては、次の世代のもの、さらにその次の世代のもののあいだで、たんねんな調査研究がつづけられている状態であり、それらを読むと、ぼくもひそかに青春へ帰るような気のするときがある。他の方面へ行ったもののことは、はじめから関心をよせることもなかったが、詩人としては北原白秋、歌人としては若山牧水が、その名声をこんにちにおいても高く伝えられているし、安成貞雄と佐藤緑葉と福永渙（きよし）とが、もし若くして死ななかったら、ひとりは外国文学の学者として、あとの二人は創作家として、まとまったものを遺したはずであるが、いまは忘れられた存在となってしまった。藤田進一郎、名倉聞一、原田譲二の三人とは、いずれも朝日新聞社の同僚として、大阪と東京とにわかれながらも、ジャーナリスト生活を楽しく送ったあいだであり、これらそのときの卒業生は、教授たちのあいだに、それぞれ、そろって、他の学生とは異る、一種風変りな、というような印象をのこしたらしく、あとで、そのことを笑い話のようにきいた記憶もある。現今ならば、あるいは「留年」というようなことになったかも知れないが、みな、いっせいに卒業することができたのは、大学当局としては、「扱いにくい学生」として、その「個性」を認められ、あえて留年させなかったらしい形跡もある。

それでも、卒業証書を各自に手にしたことは、たしかで、それも、その当日、数人が誰かの下宿に集まり、ひとりだけが学務課あたりへ行って、それを持ちかえり、わけあった情景が、おぼろげに眼の前に浮かんでくる。

そのときもらった「証書」は二通であったらしい。ぼくのは、大正十二年の関東大震災のとき、自宅の戸だなの中で灰になったが、次のようなものであったことが、記録によって資料的に知られる。

一通の文句は、氏名のあとに、「本大学規定ノ学科ヲ完修シ考試登第セリ因テ之ヲ証ス」とあって、「総長伯爵大隈重信　学長法学博士高田早苗」の連署。もう一通は、「薦学状謄本」というもので、「右規定ノ学科ヲ完修シ正ニ得業ノ格ニ合フ因テ之ヲ薦挙ス」という文句のあとに、次のような連名がみられる。

巌谷秀雄、金子馬治、吉岡源一郎、坪内雄蔵、内ケ崎作三郎、藤井健次郎、安藤忠義、菊池三九郎、宮井安吉、杉田義雄、波多野精一、大瀬甚太郎、吉田賢龍、高杉滝蔵、永井一孝、

増田藤之助、藤岡勝二、古城貞吉、佐々政一、紀淑雄、島村滝太郎、

これが「講師」としてしるされてあるから、「教授」とか「助教授」とかいう呼称は用いられなかったものとみえる。しかし、現今の大学制度における「講師」ではなく、「講義を担当した諸先生」というわけで、右にあげた二十一名のほかに、外国人教師が二人あって、それぞれ英仏会話の壇上に立たれたものとおぼえている。

いま、こうした師名を追憶の中に回想すると、まず第一に、ぼくらは、坪内逍遙博士のシェークスピア、その名作の三曲か四曲をおもしろく聞かされたほか、文学概論も、テキストによって講義をうけ、当時新帰朝者として迎えられた島村抱月先生からは、ヨーロッパの文芸運動史を聞き、いくたりかと特に、その自宅に集まって、研究会を開いたことも忘れ難い。イプセンの存在がはじめて日本に伝えられた当時であったから、坪内先生は、特別講義でブランドを語られ、島村先生とは、いまのいわゆるセミナーで、「人形の家」や「ヘッダガブラー」をいっしょに読んだ。

以上の連名の順は、どういう規準によるものなのか、よくわからないが、なお、金子先生の心理学、菊池、古城両先生の漢文学、波多野先生の西洋哲学、増田先生のエマソンとカーライルなどは、ぼくも、あの木造の教室で、まず欠かさず聴講した。宮井先生の英作文と高杉先生の英会話は、多少「おそれ」をなしたものであるが、安藤、杉田両先生のフランス語は、もっと勉強しておくべきであったと、いまもいささか後悔している。これらのほかに、安部磯雄先生からは英語を、煙山専太郎先生からは西洋史を習ったはずであるが、これは予科一年のあいだであったら

しい。

　およそ、こうした環境——といっては、学生生活としてヘンに思われるかもしれないが、一科目一科目の授業というよりも、むしろ、こうした学習的空気の中に、じぶんの知性と感性を適度に養った、というようなことで、それが自由なワセダの教育であったような気がするのである。

　証書には二通とも「完修」とあるが、この「認定」は、おそらく一般的、事務的用語で、「環境」—「環周」—「環修」といっては、日本語を乱すヘタなシャレになってしまうが、そうした気分の四年あまりであったように思う。卒業して、まもなく新聞記者になったことも、就職に奔走したわけでなく、まことに偶然な機会から、入社試験もなくいきなり社会部に属して、日夜、手ごろな事件を追う一方、いわゆるフィーチュアの原稿も無署名で書いたりした。論説委員を最後に、昭和十五年六月の誕生日、定年で三十二年間の新聞記者生活をおわり、あのきびしい「冬の時代」に際会して、貧乏を覚悟の書斎生活を選び、選後、ずっと学究生活をつづけてきたわけであるが、ワセダ、ヨミウリ、アサヒ、こう、これも環境的に回想してみると、明治、大正、昭和の三代にわたって、いまだに古風なジャーナリスト的生活気分は抜けないようであり、それを別に捨てようとも考えないのは、これが明治ッ子の老境であり、健康にもめぐまれた幸福と思っているわけで、「あなたは何が専門か」とたずねられると、サアと返答に窮して、「人間として生きることが専門かな」と、つぶやくように言って、コーヒーをすることになる。ぼくにとっては、こんな程度のことが「明治への視点」であり、清忙の「ひとりごと」でもある。

（とき・ぜんまろ）

上田萬年芳賀矢一の両先生

守随憲治

僕が帝大（当時は東大でなく帝大だった）の国文に入った時、国語科の方に上田萬年先生、国文科の方に芳賀矢一先生が夫々主任教授でおられた。その時分の憶出の記だ。

上田先生という方は、あの時分文学部長だったが、たしか前年まで、文科大学といったので文科大学長といってたのだ。四十歳そこそこで、文部省の専門学務局長を兼ねて居て、時々大学の講義が休講になってたのは、文部省に会議か何かあっての時で、そんな噂を耳にしてた。国語の研究室というのは、文科の教室と研究室の有る建物の、一番入口に近い便利な位置を占めていたので、主任教授、つまり上田先生の部屋が、その中に入ってから、又、別のドアーを開けて入る様になってた。入ると真中に大きなテーブルがあって、吾々学生達が入った時は、テーブルの上に足を投げ出して、ギョロッとして眼を向けて、煙草をくゆらせ乍ら「君。どうだい」といった調子で、初めはびっくりしたもんだ。総長が代った時、「今度の総長は腰が低くて、話し易いよ」といった風だった。国語研究室には、浄瑠璃の丸本が何千冊かあり、別に歌舞伎の台帳も、夫れ位が、廊下の右と左との、天井までの開き戸の中に、ぎっしり詰まって居た。僕が大学に入って、先ずあれをと、ねらったのだ。明治三十二年に名古屋の大物が店じまいの時、全部購入したのだが、上田先生が名古屋を郷里として居た関係で、恐らく子供時分から、大物本などを、好んで漁って居たものだろう。後になって解ったのだが、東大に入れた後の重複分が、京大の図書館に入った。更に其の余りが上野の帝国図書館（今の国会図書館）に入った。当時、東大の図書館の館長は和田万吉さんで、副館長は植松安さんだった。和田さんの図書館学というのが、文学部の講義だった。

上田先生という人は、頭の冴える方だナと感心したのは、大正十二年、震災で帝大の図書館が焼けた時のこと。半ば天災とはいえ、図書館を焼いた責を負って、公人として、和田さんも植松さんも止めた。上田先生が止めさせたのだ。だが止めさせておいて、直ぐ和田さんを岩崎文庫（後の東洋文庫）の長に据えたし、植松さんの方は台湾大学の教授に収めた。和田さんの岩崎の方は停年など無かったし、待遇もよかったろう。台湾の教授も勅任だから副館長よりはいい。副館長は助教授止まりだったのだ。こんな人事は実に美事なものだ。植松さんは、勅任官の事を気がつかなかったらしくて、自分が乗った船に国旗が上ったので「驚いたよ」といってた。和田さんの後の館長は、姉崎正治さんだった。姉崎さんも、上田先生のことを「上田のおやじ」と呼んでた。文学部の中に、宗教学をおいて、姉崎さんを初代の主任教授に置いたのが、上田先生だったから、あの鋭い姉崎さんも、一目おいてたらしかった。

先生の大学での、一番の親友は芳賀先生らしかった。お二人で帝大の国語と国文とを構築した様なものだったから当然だが。「芳賀のおやじはマラ癖の悪い奴で」とよくいってたが、芳賀家とは余程古い附合だったらしい。先生は若い時分、名古屋で芝居に凝ったらしく、上方歌舞伎の通だった。江戸前の歌舞伎は余り好きでなかった様だ。あの時分、雁治郎（先代）が贔屓で、身振りなどをよく記憶されて居た。彼のやった菅原道真が道明寺で二重から、正面を向いた儘で階段を下りる所などを、非常に感心してた。聞いて居て、こちらが馬鹿々々しい位な気の入れ方だった。

次に芳賀先生。芳賀先生はお父さんが長く塩竈の神主だった。ああして考えると、先生が子供時分からの敬神家だったろうと思う。いつも正月伺うと、ビールと蟹を出されて、「これが日本書紀の角鹿（つぬが）の蟹ですよ」と説明された。お国から届いた敦賀産の蟹だという解説なんだ。今の東京では蟹をよく売ってるが、あの時分は、珍らしかった。ビールの肴に佳いといわれて、僕は楽しみだった。強い近眼で、ビールを注ぎながら、ボタボタこぼして平気で居られた。酒好きの癖で、風呂が大嫌いだった。よく何日も入らない事があった様だ。風呂に入れるには、奥さんが随分御苦労されたのだと、よく聞かされた。併（しか）し、宮中に伺う時だけは、朝、身を清める為、入浴されたそうだ。今の陛下が東宮時代の侍講だったから、ある曜日には、定期的に入浴されることにしていたのだ。所が或る時、酔いすぎて、どうしても起きられないことがあって、とうとう電話で、急病という事のお断りをした。先生は、その翌日だったか大変恐縮してられた。あんなに酔って、よく怪我をされなかったものだと思う。竹早町のお宅から、小石川の奥の方に移転された早々の時分、左側の横丁を曲って行くのに、路の左側が一間位の溝だった。先生は、よろけて、そこに落ち込んでしまって、その儘寝ていたとかいう事を聞いた。殆ど水が無い様な溝だったから、よかったものの、眼が悪いから、吾々弟子共は、いつもあぶないと思ってたが、先生自身は案外平気で居られた。ある時、大学で「国文談話会」という懇親会の様なもののあった時、皆は酒かビールが一本宛、先生の前には角瓶がすわった。皆が一本やる間に先生は角瓶をあけるのだ。閉会のあと、吾々幹事が先生を送る為、赤門まで一緒に歩いた。門の外に人力が沢山居た。一台に先生をのせて、あとから吾々が一人か二人、別の車に乗ろうとすると、車夫が「此の先生は、よく知ってますから、大丈夫です」といって、車夫の方でよく心得てるには驚いた。先生の方でも、「大丈夫」といって、独り乗ってしまった。一度、夫（それ）でも離れてついて行った所が、門の前に着いたら、先生はぐでんぐでんに酔って正体なしだった。車夫が「お帰りですよ」といって門を叩く。中から奥さんと女中さんとが、車夫に手伝って、先生を抱えて、靴を脱がすやら、身体をだき起こすやらの大騒ぎだった。しかもこれが始終なのだから奥さんは大変だったと思う。当時、まだ先生の御母堂が生きてられた。嫁に対しては厳重な、昔風のやかましい方だったらしく、先生は奥様のことを心配して居らしった。僕等が二年生時分か、此の御母堂がなくなった。すると、其の翌年か、奥さんがなくなられた。先生は、も少し長く、奥さんを生かして、楽にさしたかった、といってられた。偉大な先生の、ひそやかな愛情である。

　上田先生も芳賀先生も、大学の講義にノートを持たぬ方だった。上田先生は、唇の乾く癖があるのか、いつも舌でベロベロやり乍ら、しゃべって行く。夫を吾々はノートに書いていくと、後で見て、ちゃんと整頓されてるのだ。国語学概論と国文法だかを聴いた。芳賀先生からは、国語と国民性とかいう題の講義と風土記の講読を聴いた。前のは、後に冨山房から出た『国民性十論』だ。冨山房には国文出の長谷川福平さんが居た関係で、教科書を初め、先生の単行本が次々と出ていった。あの時分の、国文の中等教科書では、芳賀先生のものが唯一だったろうと思う。

芳賀先生の色紙を一枚持って居る。

御成婚を賀き奉りて

国民は一つ心にたゝへけり

産巣日の神の

大き御業を

大正十三年一月　　やいち

（しゅずい・けんじ）

土蔵の二階で

寿岳文章

私は、広い意味での学芸の世界の市民となって、教師をしたり、ものを書いたりしながら、今日まで生きてきた。その世界に初めて足を踏み入れたのは、明治四十三年の春。私は満十歳であった。

場所に触れておく必要があろう。今は神戸市にくみこまれているけれど、当時は、六甲山系の峠を三つも越え、二十キロは歩かないと、港町神戸を眼下に望めなかった播磨・摂津・丹波三国の接点にある山村が、その春以来、私の郷里であった。生れたのは、そこから十六キロほど西に当る隣郡の山村であるが、嫁して数年の姉にまだ子供がなかったので、とりあえず私の養子縁組となったのである。

そこは、真言宗高野派の末寺で、敷地はかなり広く、土蔵が二つあった。庫裡の裏のは、幕末頃に建てられて相当に大きく、階下を米庫と道具庫の二つに仕切り、道具庫から登ってゆく二階は、通しの大部屋で、四方の壁面に棚がとりつけられ、書物、陶器、漆器などを雑然と収めていた。小学校六年生の私は、日曜日が来るとこの二階にこもり、棚の書物を手当り次第に取り出すのが、とても楽しかった。義兄の父に当る前々代住職が、青年時代、高野山の学林で聞書きした内典・外典の講釈類も多かったけれど、これは、少年の私に全く歯が立たず、私の興味は、専ら義兄の東京遊学時代に買い求められた雑学書に向けられた。

遊学と言っても、移り気の義兄は、一つの学校を卒業したわけではなく、話しぶりから察すると、哲学館、国民英学会そのほか、気の向いたところを転々としていたらしい。早稲田大学がまだ東京専門学校と呼ばれていた時代の、文科系統の講録風のものを、題目に分類してより綴じにしたのも多く、その何冊かは、今なお私の書庫のどこかに埃をかぶって眠っているはずである。私はこの講録で、坪内逍遙・塩井雨江・武島羽衣・大町桂月などの名を覚え、漠然と文学を手探り始めたようである。徳冨蘆花の『青山白雪』や『自然と人生』も、内村鑑三の『路得記(ルツき)』などと一緒に、義兄の蔵書の中に見つかった。蘆花の随筆集は、早熟の私に、塩井らの美文集『花紅葉』などより強烈な印象を与えたらしく、私は、その頃の雑記帳の一冊を『青山白雪集』と名づけ、『自然と人生』ばりの文章を習作して得意になっていた。

しかし、その形、その活字、その木版さしえが、今もなお私の脳裡にはっきりと印影されているのは、土蔵の二階で何冊か見つけた雑誌『少年園』である。すでに私は、『少年世界』や『日本少年』の愛読者となっていたが、明治二十一年、山県悌三郎編集のもとに創刊されたこの『少年園』には、同じ明治期とは言え、それら後発の雑誌とは全く異質の骨っぽさが漂っていた。表紙であったか扉であったか忘れたが(なにしろ六十五年の昔だ)、今にして思えば、最後の審判のときラッパを吹きならす天使のような面魂の人物が、「良心」を刺し貫くような手つきで、「天知る地知る人知る我知る」とたたみかけてくる図がらの木版画など、有本芳水詩・竹久夢二画の、『日本少年』式リリシズムとは全く違う世界へ私を牽引した。森田思軒・尾崎紅葉・幸田露伴・森鷗外なども執筆者であったと聞くが、そこまでの記憶は私に全く無い。

少年雑誌といえば、明治二十二年から石井研堂の編集した『少国民』も、私の「土蔵の二階」には少しあったかも知れない。この雑誌の明治二十八年一月号（時あたかも日清戦争の大詰め）に、手旗信号のことを載せたため、三十一歳の石井は軍機漏洩の罪に問われ、三か月の重禁錮を求刑（しかし十二月に大審院で無罪宣告）された話は、教科書検定制度の引き金となった明治三十五年十二月の教科書疑獄事件と共に、義兄が何度か食卓で触れたように思う。石井の『十日間世界一周』（明治二十二年）や『漂流奇談全集』（明治三十三年）は、明治期後半に少年の血を湧かせ、「理科十二ヶ月」十二冊や「工芸文庫」二十四冊は、少年の目を文明開化へ向けさせる重宝なレンズであった。戦前私は、この人が吉野作造・尾佐竹猛（おさたけたけき）両博士たちと結成した明治文化研究会の会員であったこともあり、何かにつけてなつかしく、いまこの一文を綴るに際し、手もとの百科事典を引いてみたが、出ていない。片手落ちである。石井研堂は、『明治事物起原』の著者としてだけでも、絶対に落すべきでないと私は考えるのだが、いかがなものであろうか。

養家は貧しく、私が小学校を卒業しても、京都にある宗門立の中学へすぐ送るわけにいかず、三年後、二学年へ編入学するまで、私は、孤独な歳月を田舎ですごした。尤（もっと）も、その間、檀家惣代の嫡男で、師範学校を出て小学校の先生になっている読書ずきの青年が私に目をかけ、所蔵の

「帝国文庫」や「続帝国文庫」を私に開放してくれたので、借りてきては貪るように読んだ。中でも十返舎一九の膝栗毛ものは、ところどころ暗記するまで愛読した。功罪相半ばする一九からの後遺症は、私の文体のどこかにかくれているかも知れない。

しかし、その三年間、私が日課として熱心にとり組んだのは、たしか河野（？）某の主宰する国民中学会（？）から出ていた中学講義録である。ほかにも同種のものはあったと記憶するが、義兄の好みで、これにきまった。私の場合は、中学二年への編入試験を受けるための一つの手段であったが、家貧しいゆえ中学へも進めない農山村の少青年で、講義録をたよりに、知見への目を啓いた例は、案外多いのではないか、明治を語る場合、講義録の存在は無視できないのではなかろうか。私よりもさらに貧しい環境で育ち、寺子屋や小学校でしか学ばなかった二人の姉も、それぞれ女学校講義録で勉強していたようだ。

土蔵の二階と講義録と。これが、明治の末に少年期をすごした私の、なつかしいアールマ・マーテル（慈母校）である。講義録も、結構楽しかった。国語科のところをひらく。「舟は枝川に入る」と始まる、たしか大町桂月の、四号活字で組んだ範文があり、私は自分自身、小舟に乗って水郷の川を行くような、不思議な感興を覚えた。雑誌風の附録があって、それには、中学生時代に『少年園』への投稿家として認められたという歌人・金子薫園が、よく書いていた。この人、あるいは講義録自体の編集にもたずさわっていたのかも知れない。私が、中学にも進まず、まだ郷里にいたころ、文芸書出版の新潮社をすでに知ったのは、歌誌『新声』時代、その発行者佐藤義亮（よしすけ）と相ゆるし、のち調査部長として永く新潮社に勤めることとなる薫園のみちびきによろう。

明星派の全盛時代に、これに反旗をひるがえした薫園とそのグループへ、講義録がとりもつ縁で近づき、天地自然の美しさに射程をしぼる詩歌の世界へ引かれて行ったことは、私にとって幸いであったと思う。

よく言えば温醇、わるく言えばなまぬるい薫園自身の作歌は、いま一首も私の記憶に残っていないが、その師落合直文の歌、たとえば「緋縅(ひおどし)の鎧をつけて太刀佩きて見ばやとぞ思ふ山桜花」「萩寺の萩おもしろし露の身のおくつきどころ此処と定めむ」「父君よ今朝はいかにと手をつきて問ふ子を見れば死なれざりけり」などが、何かの折あざやかに思いうかぶのは、師の歌の見どころを語る薫園の誘掖(ゆうえき)よろしきを得たためにほかならぬ。そして、「母の背に昔眺めしわが身とは知るや知らずやふるさとの月」、これがその頃の私の詠なのか、あるいは薫園を通じて知った萩之家の作なのか、今では曖昧模糊となるくらい、私は落合直文と一つに溶けあっていたようである。そして、明治が大正と改まった翌々年、私は郷里を出た。

(じゅがく・ぶんしょう)

従順だった少女の頃

石垣綾子

私にとって、明治は十歳のときで終わっている。現在の子供と違って、私は特に物事にうとく、ぼんやりだった。少女の目に触れ、小さな心に感じた明治の記憶をたどるだけである。

近くの早稲田小学校にあがった時には、二つ年上の姉がついてきてくれただけで、特別何もしてくれなかった。それに比べて、二つ年下の弟の入学式は一大事件だった。

紺絣の着物に小倉のはかまをはき、制帽をかぶった弟は、晴れの門出を祝福された。父と客専用の大玄関前に立って、わざわざ呼んできた写真師に記念写真を撮らしている。男の子と女の子は、同じきょうだいでも待遇が違うことを、この時にしみじみ感じた。

教室は、男の子と女の子に分かれ、校庭も線が引いてあって、一緒に遊ぶことはなかった。男の子は別世界の人間であった。

早稲田南町の自宅の数軒先に、夏目漱石が住んでいて、三女の栄子さんは同じクラスだった。色白でおとなしく小柄だったので、席が遠く離れ、親しくはならなかった。弟の方は近所のよしみで、漱石の子息、純一さんと伸六さんの遊び友達だった。漱石のことは何も知らなかった私にとっては、この二人も近所の汚ならしい男の子たちにすぎなかった。

偉大な作家であることがわかりかかったのは、漱石の長女・筆子さんが、「猫のお墓」へ私の姉を誘いにきて、おいてきぼりをくった時である。

六年生のころ、担任の教師が、朝日新聞に連載されていた『硝子戸の中』を教室で読みあげ、感激する箇所を二、三度くりかえした。そんなことから、漱石の作品をわからないながら手にしたのを憶えている。

私の生まれた明治三十六年の翌年に日露戦争が始まっている。戦勝の余熱はさめやらず、軍人への憧れがただよっていた。

歩いて二十分ほどの戸山ヶ原に軍隊の射撃場があって「この土手のぼるべからず」といかめしい立札が立っていた。若松町の現在第二国立病院のある所は、音楽隊養成所の陸軍戸山学校で、ラッパの吹奏がよく聞こえてきた。そんな関係から、街を歩くと兵士の行軍によく行き会う。この隊列はほこりっぽく、汗くさくて、私はすれ違うたびに鼻をつまんだ。

「そんなことをするもんじゃありません」

と叱られ、息を止めて我慢していた。

同じ社会の雰囲気にあっても、男の子と女の子の受けとめ方は違っていて、軍国思想は私のそばをすりぬけていった。だが、弟は軍人に憧れ、大将になることを夢見ていた。

軍人謳歌は教室にも持ちこまれ、先生は熱をこめて広瀬中佐の話をする。

旅順攻略に参加した広瀬中佐は、砲煙のうずまく中を旅順口内にもぐりこみ、部下の杉野軍曹の姿が消えると、彼の名を呼びつづけたまま、海底のもくずに沈んでいったというのである。軍神としてあがめられ、軍人精神の象徴として叩きこまれていった。

女の子であるために、そういう雰囲気にあまり巻きこまれなかったけれども、『軍神広瀬中佐の唄』はよく覚えている。学芸会でこの唄を歌う一人として選抜された私は、聴衆を前に壇上に立って、声をかぎりに

「スギノハイヅコー、スギノハイヅコー」

と歌った。

私は模範生で生徒の手本とされ、級長・副級長をかわりばんこにやらされ、その役目として、放課後、居残って雑巾がけの指導をする。体のいい掃除婦の役目も名誉と感じるほど従順だった。私の父は教育者で、家庭内では父の権威が強く、言葉も「お帰りあそばせ」などと特別の敬語を使い、父の命令は絶対であった。

母を早く失った私は、甘える人がおらず、いつも寂しかった。父に賞められたくて、何でも言うことを聞き、明治社会の風習、女としての考え方にすっぽり包まれていた。

外では男の子と遊ぶことは禁じられていたが、家の中では、よく弟を相手にままごと遊びをやった。私は妻の役を引き受けて、ままごと料理を作り、弟を主人公に仕立てて、父のようにきちんと坐らせた。

そういう雰囲気に育った私は、先生の教えを守り、反抗するなど考えられなかった。

学校で天長節の日は、御真影が飾られ、背の低い校長は咳払いを一つやってから、もったいぶった声で教育勅語を読みあげる。御真影の紫の幕が引かれると、講堂に集まった生徒は最敬礼をさせられ、直立不動の姿勢で立っていなければならない。ぎこちない校長先生の仕草は子供心にもなんとなくおかしく、くすくす笑いたくなるのを押さえるのが一苦労だった。

明治天皇の死も私にとっては別に重大事ではなかった。その日から、国民は一年間、喪に服さねばならず、私たち生徒も喪章のリボンを胸につけることになった。登校する時、あわてて、この喪章を付け忘れると、びくびくした。明治天皇の死は、この喪章の負担として記憶に残っている。

乃木大将夫妻の殉死も、世間の騒ぎは不可解だった。軍人の妻は、夫に従って我が身に刀を突き刺す痛さに堪えなければならないのか。それなら軍人なんかと結婚するもんじゃないと思っただけである。

喪に服する一年の歳月が過ぎて、面倒くさい喪章から、やっと解放されるとほっとしたとたん、昭憲皇太后の死で再び喪章付けが始まり、やっかいでいやなことだなと思った。苦痛に感じだした私の内に、わずかながら反抗の芽が芽生えだしたのだろう。

従順だった私が疑問を持ちだしたのは、教科書にある『水兵の母』という話を聞いた時である。軍艦のデッキで、出征する一人の水兵が女文字の長い巻き手紙をひろげて涙を流している。そこへ通りかかった上官が、

「なんだ、めめしい。女からの手紙を読んで泣くとは」

と、きつい声で叱責する。

後になって、その手紙は息子の安否を気づかう母からの便りであることがわかり、親孝行息子とされる。

私は「たとえ恋人からの手紙であろうとも泣いてなぜ悪いのか。泣くのがあたりまえじゃないか。なぜいけないのか」一人心の中で考えこんだ。「先生」と手をあげて質問する勇気は、模範生の手前出てこなかった。

少女期を明治に育った私は、日常触れるものの中から矛盾を感じはじめている。はっきりした形ではないが、その時に抱いた疑問が一つの糸のようになって、私の目ざめを促す結果になったのではあるまいか。明治の後に迎えた大正デモクラシーは、明治生まれの私を育て、人間として、女としての自覚をもたらす地盤となった。

「明治大帝」として教育はされたが、同時代の明治人のように、その教えは心にしみこまず、義務的に受けとっただけである。私が世間知らずの子供すぎたのか、年のわりに発達が遅かったのか、いずれにしても天皇崇拝の〈毒気〉をまぬがれたことはよかったと思う。

（いしがき・あやこ）

私の明治

湯浅芳子

先ごろ西への旅の途中京都に立寄り、博物館で桃山時代の漆芸品を観たあと、ぶらぶら博物館の裏手を歩いて豊国神社の表石段のところへ出た。この石段のあるところから真っすぐ東へ頭をふりあげて仰げば豊国廟のある阿弥陀ヵ峰である。この一直線は、逆に西へ辿れば、加茂川を横切り河原町の枳殻（きこく）御殿に突当る。五条と七条の中間にあるこの一筋は当然六条なのだが（また事実河原町以西では六条と呼んでいる）、昔から（正確に言えば私の幼かった頃から）ここは正面と呼んでいる。阿弥陀ヵ峰、豊国廟からの正面というわけなのだろうか。この正面の加茂川橋に近い処で、私はたしか三歳から九歳までの幼い日を過ごした。

俗に「大仏前」と呼ばれている豊国神社前の広場は、私の幼時から七十年余を経た今日でもあまり変ってはいない。尤（もっと）も博物館の裏手に当る一帯はいわばスラム街で、夜は「夜鷹」が出ると噂され、昼間も近寄ることをしなかった区域だったが、今では小綺麗な町家続きになっている。しかし正面の広場はかの「耳塚」もその真向いの鳥寺もちゃんとあった。「耳塚」は近年修築したらしく、またその近くに「明治天皇御駐輦（ちゅうれん）の地」というのが出来ているのを発見した。そこはもと私の母校である貞教小学校の跡で、明治初年（何年だったか忘れた）この学校へ明治天皇の行幸があったということらしい。この小学校はのちずっと西、加茂川べりに近い辺りに移転し、私はそこへ通い、またその小学校に隣接した町に住んでいたので、学童たちのあげる喚声や騒音は手にとるようにきこえてくるのであった。

七十年余を経て、私はこのあたりを感慨深く歩き、正面橋の袂にきて、旧友の家に声をかけた。昔、「おふやん」と呼んだ同級生は橋の袂に酒屋を営む家のおばあちゃんである。私と同年の八十歳だがカクシャクたるものだ。しかしこの近辺で、幼年時代に遊んだ仲間はもう誰も生きてはいない。街のたたずまいも変っている。街なみは変っていないのだが、家々の職業も、従って店つきもみな変っている。明治三十年代のそのころは、家々の職業は主として職人だった。鍛冶屋、塗師屋、植木屋、傘屋（ちょうちん屋）、床屋、といった具合で、橋に近く「せんべい屋」「焼芋屋」「煙草屋」「煮売屋」があった。「煮売屋」というのは一膳めし屋のことで、葭簀（よしず）張りの中の床几にかけて食事をする客の足もとの床（ゆか）下には川が流れていた。煮売屋の奥は伊藤という素封家で、精米所を経営していた。加茂川の東側に沿うて流れる疏水をそこへひいてある。「井出川」と呼んだ。その井出川の堰の上を軽業のように渡って井出川へおっこちたことがある。摘んだ雑草を握りしめたまま流れてゆくのを助けられた。褌一つの焼芋屋のおっさんに抱きかかえられて、ちょうど風呂場にいた母のところへつれてゆかれた。そのとき体にかけてくれた風呂の湯の暖い快さをありありと覚えている。

そのころ母は子供たちと伊藤さんの借家に住んでいた。父は隔日に帰ってきた。帰らぬ日はつい四、五丁先の問屋町の店で泊った。店とは背中合せの鞘町に住居を新築するまでの五、六年を父はこんな形で二人の女に愛をわけ与えて暮した。母は若かった。眉剃りのあとの青々とした、丸まげの美しい母だった。以前は「おはぐろ」を施してさえいた。私の六歳か七歳くらいまでのことだったろう。「四谷怪談」の舞台で見る「おはぐろ」の道具を母が使っていたのも憶えている。その「おはぐろ」を母がやめたとき、やめるな、と言って泣いたのもおぼえている。

　私たちが住んでいた家は南側の、橋詰から数えて五軒目くらいで、せんべい屋と鍛冶屋に挟まれていた。東京風で言う「しもた屋」はこの辺ではこの家きりで、おそらくもとは伊藤家で「控え家」に使っていた家であったろう。いわゆる通り庭は奥深く、境を貞教小学校に接していた。中庭を挟んで六帖二間の離れがあり、離れの奥にも坪庭があって、あるときそこに蛙を呑みかけている蛇を発見した兄が加勢を頼んできて、とうとう蛇を退治したことがあった。この家の家賃は当時どのくらいだったのだろう。月末になると、文箱に入れた家賃を伊藤家へ届けにゆくのは私の役で、私はそこで飼犬のジョンと遊ぶのがたのしみだった。おそらくシェパードだったのだろう。大きい、しかし穏やかな犬で、街へもときどき出てきていた。

　私たちが住んだ家の真向いは床屋だった。「清国人耳そうじ」と書いた札が出ていて、表に面したガラス窓近くに辮髪の中国人の姿が見えた。耳掃除する様子を窓から覗いた。長い辮髪に中国服を着た男は、ていねいに耳掃除をしたあと、ピンセットのようなものをブルンブルンふるわせ、耳の中に入れてあるタンボの柄にあてて刺戟する。快感はあるが甚だいかがわしい作業だった。一時流行った「清国人耳そうじ」は間もなく絶え、辮髪の中国人が中国の織物を売り歩く姿を見るのも長くはなかったが、これらは日清戦争（明治二十七、八年）の結果が齎らした現実であったろう。日清戦争が終ってから生まれたのだが、日露戦争は八歳から九歳への出来事だったからよく憶えている。しかし遠い満洲での戦争だし、報道機関も新聞の朝刊きりのこの時代では、占領を知らせる号外のけたたましい鈴の音と呼び声に戸外へ飛び出すくらいの騒ぎで、後年のいわゆる「大東亜戦争」などとはくらべようもなかった。出征兵士の壮行など、静かな京都の街では見かけることもなかったようだ。今も歌われている「ここはお国を何百里」の軍歌は作者が京都の人であったせいか、一部三銭か五銭の軍歌のシリーズは出る毎に五条の本屋まで買いに行った。しかし日露戦争の戦果に寄せる一般市民の関心は、後年の戦争の時よりも真剣であったような気がする。難攻不落を伝えられた旅順口の陥落の報らせは、明治三十八年一月元旦、学校へ新年の祝賀式に集まっていた時だったが、この吉報に躍りあがって万歳の歓声をあげたことを記憶している。

ともに八十歳の齢を重ねるまで生きてきた旧友と私とは、ここには何が、あそこには何が、と古い記憶を呼び起しながら懐しい街並を歩いた。昔も今も乾物屋を営む店も、また恐らく私など生まれぬ先からあったろう「道楽」という古いのれんの料理屋も現存している。しかし曾ては、ときどき鍛冶屋のトンチンカンがきこえてくるくらいで静かだったこの街は、日常の食料品を売る店が軒をならべ、うなぎや鱧のつけ焼き（照りやき）を売る店さえみえて、まるで錦小路を小さくしたようなたたずまいであった。一般市民の食生活の向上が窺え、私たちが幼年時代をすごした頃のあの質素な食事を憶い出さずにはいられなかった。

〝私の明治〟は、このあと明治四十五年、私の十六歳のときまで続くわけである。

（ゆあさ・よしこ）

南条文雄のことども

増谷文雄

　わたしは明治三十五年（一九〇二）の生れで、もうすっかり時代おくれの老骨となってしまった。だが、話が明治のころの仏教のことなどとなると、じかにこの眼で見、この耳で聞いたことなどを交えて、わたしの記憶も急に若返ってくる。はやい話が、この「明治文學全集」の『明治宗教文學集㈠』に登場する方々のなかにも、直接にお話をうかがったり、講義を拝聴したという方を、何人かお見受けする。そうしたなかから、今日は、この全集にとりあげられなかった南条文雄（一八四九―一九二七）のことについて、すこし書いておきたいと思う。

　ご覧のように、わたしの名前は、南条先生のそれとおなじく「文雄」である。そのことについては、時にひとの質問をうけることもあるが、まさしく、これは、わたしの得度すなわち僧籍編入にあたって、南条文雄にあやかるようにというので与えられた僧名である。その理由は、わたしもたびたび父から聞かされたことであるが、そのころ、南条文雄は、わが国のはじめての梵語学者として、また、わが国最初の文学博士の一人として、ひろくわが国の仏教界に知られていたので、汝もまた学ばば、南条文雄のごとくなれ、ということであったという。つまり、南条文雄は、そのころでは、もっとも学僧らしい学僧の一人であったということができる。

＊

南条文雄には、『懐旧録』と題する自叙伝がある。それを読んでいると、なんとなく、明治の仏教史の一節を読んでいるような心持になる。

彼は、いまの岐阜県大垣市の真宗大谷派の誓運寺に生れた。慶応二年（一八六六）十八歳のころには、大垣藩の僧兵となったこともあるが、同四年（一八六八、改元して明治元年）には、京都の高倉学寮に入って、仏教学を学んだ。さらに、越えて明治四年（一八七一）には、越前南条郡金粕村の憶念寺神興の養子となり、得度して文雄と称した。また、やがて翌年には、法令によって南条を姓として、南条文雄となった。

しかるところ、明治九年（一八七六）六月、南条文雄は、笠原研寿とともに、横浜を出発して、英国に留学することとなった。それは、大谷派本願寺の新法主現如上人の命令であって、この命令が二人にむかって発せられるにいたった事情はこうである。

いうところの明治の廃仏毀釈は、慶応四年（明治元年）にはじまり、それより数年にわたる明治政府の宗教政策は混迷をきわめたものであって、これを仏教教団の側よりいえば、仏教がこの国で経験したことのない未曾有の危機であった。現如上人が明治五年（一八七二）九月、みずから石川舜台（しゅんたい）等をしたがえて、飄然として横浜港を出発し、万波をこえて欧洲視察の途にのぼったのも、この時勢の重大なるに鑑み、いかにして仏教のすすむべき道を拓くべきか、それを海外の新知識のなかに求めようとしたものであった。

ところが、その欧洲視察の途上、彼らは、フランスのある図書館において、「みなさんは仏教国の方々だから……」ということで、梵本の古経を見せてくれた。だが、悲しいかな、一行のうち誰もそれを読むことのできるものはなかった。そこで、石川舜台をとどめて、それを研究せしめようとしたが、それも事情が許さず、中止して帰朝した。現如上人はそれを非常に残念におもい、帰国すると、改めて、なお若くして優秀な頭脳をということで、この若き二人を選んで、梵語学習のために留学せしめることとなったのである。

二人は、ロンドンに着くと、しばらく英語の修得に専念してのち、やがてオックスフォードにマックス・ミュラー（Max Müller, 1823-1900）を訪うて、その許においてサンスクリット（梵語）を学習したいと申し入れた。だが、その申し入れはすげなくも拒けられた。その理由は、この言語の学習が現時の諸学のうちでももっとも困難なものであって、優秀なる頭脳をもってするも、その業を卒えるにはなお十年は必要であるということ。しかるに、いま極東の諸君が、その貧弱なる脳漿を傾けてこの言語を学ばんとするのは、ただ莫大なる学資を徒費するにおわるであろうということであった。二人は、すっかり力を落してロンドンの宿舎に帰ったことであった。

そこで、一つのエピソードであるが、その時、そのことを聞いて、その宿舎に二人を訪れたものがあった。それは、その時なお若かりしパーリ語の学者リス＝デヴィッズ（Rhys-Davids, 1843-1922）博士であった。彼は、まずその新著『仏教』（Buddhism, 1877）を二人に贈り、二人を慰めながら、しきりに、仏教を学ぶためにはまずパーリ語の学習から着手すべきことを勧めた。

だが、二人はそれに応じなかった。その理由は、彼らのこの度の留学は、まさしく、梵語を学びきたれという現如法主の命になるものであったからだということである。

そして、さいわい、二人の重ねての懇請が容れられて、ついにマックス・ミュラーのもとで学ぶことが許されたとき、二人はけっして貧弱なる脳漿の持ち主ではなかったことを証明した。わが国の学者の名誉のため、いささか専門的ではあるが、彼らの業績の二三についていえば、まず南条文雄にはつぎのような労作がある。

1 Buddhist Texts from Japan, II. Sukhāvatī-Vyūha : Description of Sukhāvatī, the Land of Bliss : edited by F. Max Müller and Bunyiu Nanjio, 1880.
これは'Anecdota Oxoniensia'（オックスフォード逸書）の'Aryian series 2'にあたるもので、日本において発見された梵文古写本阿弥陀経の刊行である。

2 Buddhist Texts from Japan, III. The Ancient Palm-Leaves containing the Prajñā-Pāramitā-Hridaya-Sūtra and the Ushṇīsha-Vigaya-Dhāraṇī ; edited by F. Max Müller and Bunyiu Nanjio, 1881. Anecdota Oxoniensia, Aryian series, 3.
これもまた日本において発見せられた貝葉（ばいよう）般若心経と仏頂尊勝陀羅尼（だらに）の刊行である。

3 A Catalogue of the Chinese Translation of the Buddhist Tripiṭaka, the Sacred Canon of the Buddhist in China and Japan ; 1883.
これは明蔵目録の英訳であって、「南条目録」と通称せられる。それは、外人の漢訳仏典研究に不可欠のもの。それ以前には、ロンドン大学のサムエル・ビール（Samuel Beal）の'The

Buddhist Tripiṭaka'(1876)があったが、この南条目録の出るに及んで、もはやそれを用いるものなきにいたった。

だが、他方、笠原研寿は、肺患のため、明治十五年(一八八二)帰国し、その翌年若くして病歿し、研究の功を大成することができなかった。

一方、南条文雄は、明治十七年(一八八九)の春帰朝。その十月には、そのころ東京にあった大谷大学の教授として、英語と梵語を教えていたが、翌年二月には、東京帝国大学に講師として聘せられ、梵語を講ずることとなった。それが東京大学において梵語の講ぜられた初めである。その辺が、明治のわが国における梵語事始というところであろう。

(ますたに・ふみお)

幼少の頃の読書から

山室　静

私が小学校に入ったのは大正二年だ。明治生れといっても、明治の雰囲気はほとんど知らない。もちろん、明治の文学書などに親しむわけもない。

ただ、兄たちが読んでいた巌谷小波の世界御伽噺の「狐の裁判」とか「ほら先生のほら話」とかは、私ものぞいておもしろく感じた記憶がある。あれはたぶん小学校に入った年か、その前年だろう。当時私たちは雪の深い越中の魚津という所にいて、一夜に一メートルも二メートルも雪がつもるのを見ていたので、あのビュルガーのほら話の、雪の中出ていた小枝のようなものに馬をつないで眠ったところ、あくる朝みたら、馬が教会の塔のてっぺんにぶら下っていたというあたりに、特に感興をそそられたのを覚えている。

当時家にあった書物を思い出してみるに、父は中学で漢文の教師をしていたし、漢詩人として多少は知られていたので、漢籍はかなり持っていた。しかし、幼なかった私の記憶にはないが、兄の回想によると、その頃はもはやあまり書物を読むことはなかったようで、「老子」一冊があればいいと言っていたとか。漢詩は『読売新聞』と『日本』に時折出していたという。当時は漢詩欄がたいていの新聞にはあって、新体詩より優遇されていたものだ。

父は私がまだ小学校一年生の時に死んだから、あまり記憶がない。それでも残した書物の中に、三宅雪嶺の『宇宙』や正岡子規の遺著があったところをみると、多少は明治の新文学にも心を動かされるところがあったのだろう。メモに使っていた小さい手帖には、作りかけの漢詩のほかに、俳句の試作も十数首あったかと思う。

しかし、いずれにせよ父は古い文人趣味の人で、新しい明治文学の流れにそう関心があったとは思われない。従って明治文学関係の書物も、上に挙げたくらいをたまたま手にしてみたに過ぎなかったろう。

母の方は、少しは新しい小説なども読んだ筈と思うが、たしかなことはわからない。母の蔵書には、桐箱入りかなにかの『日本文学全集』などはあったが、新しい小説類はほとんどなかったと思う。子供が次から次へと生れ、そこへ父が借金だけを残して早く死んだため、本など読んでいる暇はなかったのにちがいない。母の従兄弟くらいに、島崎藤村の後援者として知られる神津猛(たけし)があるから、藤村はかなり読んでいていいのだが、少くともそんな様子は見せなかった。ずっと後になって、私が中学を卒業する前後のころ、母に若い頃の愛読書をたずねたことがある。と、柳亭種彦の「修紫田舎源氏」という答えだったのに呆れたものだった。

つまり、私の少年時代の環境は、とくに文学的なものではなかったのだ。それでも父が詩などを書いていたせいか、また母も当時としては新しい教育を受けていたせいか、私の家では子供が何を読んでいようと、まったく干渉されることはなかった。読む本も、種類さえ問わなければ相当の数があった。

私は父の死後まもなく、母の許を去って父の姉の家で養われることになった。養家は代々医を業としていた田舎での名家だったが、医書は別にして一般教養書や、まして文学書はほとんど皆無だった。それでも伯母は、小さな手文庫のようなものを持っていて、『山家集』その他三、四の本を時折コタツの上に広げていた。伯母は私の父より十歳ほど年長で、明治維新を十三、四歳で迎えた筈だが、当時としてはインテリの方で、なぐさみに読む本が欲しくなると、私をよく近くにあった遠縁の○家まで、手紙に欲しい本の名を書いて使いに出した。そんな使いのある時、彩色のある絵入りの三、四冊本を○家で渡してくれたので、途中で広げて読んでみようとしたが、あのくねくねした木版本の書体はどうにも読みすすめなかった。でも題名だけは覚えている『白縫物語』だった。幕末、明治初期に大変人気のあった小説らしいが、その後も今日にいたるまで、この作はのぞく機会がない。

伯母は私が雑誌などをのぞくのを喜ばなかったが、新聞連載の講談を読むのは黙認していた。こんなのが当時の士族くずれの女の意地だったのか。私としては居候の身で、本や雑誌を買ってくれとせがめる筈もなかった。この家で小学二年から中学一年の時まで、満六年を過したが、一冊の本も雑誌も買ってもらった記憶がない。

でも、その頃も多少は本を読んでいる。年に一度か二度母の家へ行って、兄たちが以前に読んだ本や雑誌を引張り出して読むとか、学校の職員室から——当時まだ学校図書館といったものはなかった――借り出したり、級友の持っている本を借りるとかして。そうやって読んだ中に、二つ三つ強く印象に残ったのがある。一つは絵本仕立てになった『刈萱物語』で、もう一つはたしか碧瑠璃園という人の『近江聖人』という博文館の少年文庫の一冊だ。どうやら、母たちと別れて養家に養われている自分の身の上を思い合せて、石童丸の父を訪ねてのさすらいや、中江藤樹の少年時代の母と別れての異郷遊学に、感傷の涙をそそいだのらしい。

私が小学校を終える頃には、新しい児童雑誌『赤い鳥』が出はじめてセンセイションを起したらしいが、私のいた信州の田舎まではまだ波動が及ばなかったので、当時は表紙すら見たことがなかった。

純文学の作品としては、小学六年の頃に漱石の「吾輩は猫である」を読み、中学一年か二年かに藤村の「破戒」を読んだのが最初だろう。しかし、まだ私は強く惹かれるにいたらなかった。私はむしろ古典ものの方が好きで、中学二年からは日本文学大系といったものを中学の図書室から借り出して次々に読んでいった――どこまで理解できたか怪しいものだが。とにかく、「万葉」、「古今」、「新古今」、「平家物語」、「山家集」、芭蕉、一茶、「伊勢物語」、「徒然草」等々をのぞいた。江戸文学に入ると、少しくべたつき気味なのが気になったが、「八犬伝」、「一代女」、近松などはまだよかった。ところが、紀海音だか並木五瓶だったか忘れてしまったが、莫連女（ばくれんおんな）が情人を待って股の間で酒を温める場面にぶつかって、「なんてきたならしい」と思って、それきり江戸文学を読むのを放棄してしまったのを思い出す。

その後思春期に入って、西鶴本の伏字などを埋めるのが友人の間にはやったことがあるが、ついぞ私は誘われてもそんな気になったことがない。いまでも、ねちっこい恋愛ものや愛欲ものを読むのは大の苦手だ。

私が近代文学の魅力に捕えられたのは、中学四年生の頃からで、鷗外訳の「即興詩人」や「冬の王」、藤村の「春」「家」「新生」などの諸作に感銘したのが出発点だった。評論では北村透谷の「内部生命論」などに深く啓発された。しかし、概して言えば、私は小説はあまり好まず、評論にもさして意がなく、北原白秋、高村光太郎、山村暮鳥、室生犀星、千家元麿、また島木赤彦、木下利玄などの詩歌を愛読してきた。一時、柳田泉、木村毅、神崎清氏らの驥尾に付して明治文学研究に力を入れたが、いまはさっぱりと御無沙汰している。

（やまむろ・しずか）

明治は甦える

平川祐弘

昭和六年生れの私が、明治時代について多少の感触を子供心に覚えたのは、小学校四年生の時に、納戸にあった改造社の円本「現代日本文学全集」で『夏目漱石集』や『徳冨蘆花集』を読み出してからだ。あの全集にはルビが振ってあったから、それで十歳の子供も読めたのだ。漢字は自分では書けずとも読めるようになるものだ。私は外国人の留学生には改造社の半世紀前の「現代日本文学全集」を古本で買うことをいつもすすめている。ルビを振るというのも「明治の智恵」の一つだと思う。「吾輩は猫である」は第三章までがとくになつかしい。それというのも改造社の円本にはそこまでが抄されていたからだ。「坊つちやん」も痛快で、子供心に楽しかった。蘆花の「思出の記」も生気溌溂としていて記憶に残った。先日オックスフォードで日本文学のブライアン・パウエル氏の奥さんと話していたら、やはり「思出の記」を面白がっていた。もっとも私は西山先生の、

「糞汁の臭を嫌ふ男は話が出来ぬ」

という台詞や、塾生の主人公菊池慎太郎が梅の樹に肥料（こやし）までかけさせられる条（くだ）りを苦笑的な共感をもって読んだ一人だ。山の手生れの東京のお坊っちゃんで「肥料かつぎ」を体験したのは私たちの世代が最後だろう。いまの子供たちにとって「肥料」は「ひりょう」で、もはや「こやし」ではない。しかしそこまではさすがにパウエル夫人とは話しかねた。

学生時代には森鷗外は全集で相当読んだ。昭和二十九年にフランスへ留学したのだが、その時、森鷗外や木下杢太郎の留学の先例を心中のどこかで模範のように考えていた気がする。そのころの私は徳川以前の日本に対しては、言語がよく通じないということもあって、冷淡だった。ところが昭和三十年の二月、ノルマンディーのフランス人の家に呼ばれた時、お土産に買って行ったG・B・サンソムの『日本文化史』の仏訳を自分でも読み出したら、外国経由で日本のことが面白くなり出した。先日もサンソムが唐の長安へ留学した日本人学生の心境を叙した条りをなつかしく読み返した。サンソムは実に魅力的な文章であらましこう書いている。

> 唐代のシナは政治的には世界でもっとも強力な、もっとも進んだ、もっとも見事に統治された国であった。一国の生存の物質的な面を見れば当時のシナはあらゆる点で圧倒的に日本を引き離していた。唐の国境はペルシャの辺境やカスピ海やアルタイ山脈にまでひろがっていた。多くの国の人々が唐の宮廷に現れた。唐代の彫刻や絵画にはペルシャや、さらに遠くギリシャの影響まで見られるものがある。その当時の長安の街路にはインドから来た仏僧も、カシュガル、サマルカンド、ペルシャ、安南、東京（トンキン）、コンスタンティノポリスの使者や、朝鮮や日本か

ら来た官吏や学生の姿も見られた。その数は次第にふえつつあった。

そしてサンソムは、それに引続いて、日本から渡海した留学生が大唐の文化に驚嘆し、自国の現状に絶望し、しかもこの先進文明国に劣らぬ国に母国を造りあげようとする決意や心境を描いた。その決意は十九世紀の後半に渡欧した日本人留学生の決意でもあったし、また敗戦後の日本から渡仏した私自身の心境でもあった。過去の長安の街路は現在のパリのブルヴァールのように思えた。

明治への視角が開けたのは自分自身が外国にさらされたからだ。私はすぐにサンソムの第二作で日本の近代化を広角の視野の下に論じた『西欧世界と日本』をロンドンのクレセット書店から取寄せた。そして私自身も明治の先輩の国造りの事業の跡を敬意をこめて再考するようになった。明治の留学生の「和魂洋才」という強がりの主張が、千年前の平安朝の留学生の「和魂漢才」のヴァリエーションだということを予覚したのもそのころだった。私は森鷗外についても、文学者という側面だけでなく、科学者、軍人、官吏という面にも注意するようになった。

私たちの世代は十代半ばに日本の敗戦と価値の転向を体験したので、日本人であることに自己嫌悪を感じた時期があった。昭和二十五年に東京大学に新設された教養学科フランス科へ進学したころは、フランス的中華思想の強力な磁場に吸いつけられて、価値判断の基準が西洋本位になりかけた。私がソルボンヌへ留学して西洋本位の論文を書かなかったのは、一年で奨学金が切れてアルバイトに追われたからだが、私は論文を書くなら、少くともその文章は自分の日記や手紙の日本語よりももっと感興に富める文章でなければならない、と思っていた。論文も一つの自己表現であり作品でなければならない。私はいまでもインターナショナルな道義にそむくような偏狭なナショナリズムには反対で、広く「知識ヲ世界ニ求メ」る一人だが、学問の中心はあくまで自分自身に忠実に、自分自身をより良く生かすことだと思っている。

こんな事もあった。私たちの世代が日本に反撥し、明治の意味を否定したのは、いってみれば父や祖父に対する反抗だった。しかし外地で日本の国鉄技師や日立の技師の通訳をしていると——それはひどく疲れる仕事だったが——日本の産業化はこうしたエンジニヤーたちの努力で行われたのだ、という実感が湧いた。自分がかつて小生意気にたてついた父も、硫酸製造が専門だったが、戦前のドイツでこのようにして技術を学んだのに相違ない。そう思うと過去の日本、父や祖父の日本と和解する気持が湧いて、性急に明治百年の意味を全否定するよりは、その中のいかなる要素が日本を大東亜戦争の愚行へ駆り立てたか、もっと事実に即して具体的に調べるべきだ、という気持になった。

私が帰国した直後の昭和三十六年、島田謹二教授が比較文学の手法を文士以外の人物に応用して『ロシヤにおける広瀬武夫』(朝日新聞社)を刊行されたが、それは私たち外国留学派の弟子にとってはまことに欣快事で、その書物の公刊によって日本の比較文学研究は独自の、幅のある活動を開始するようになった。

山梨勝之進大将は明治十年のお生れで、ロンドン会議に海軍次官として軍縮のために努力し、海軍を追われた方だが、『広瀬』の刊行を喜ばれ、いろいろお話をうかがった。その講話は周到に準備され、シェイクスピアの句も白楽天の詩も引用がぴたりぴたりと決って、それは見事なものだった。山梨大将の講話集はまだ活字本になっていないけれども、あのような智恵に満ちた講話の中にこそひょっとして明治文学の珠玉はひそんでいるのではあるまいか。明治文学全集にはいるべきか昭和文学全集にはいるべきか知らないが『鈴木貫太郎自伝』なども、私には有難い一冊の書物のように思える。文士や教師が文芸意識や論壇意識をもって書いたものだけが文学や学問ではあるまい。私は今日の若い読者が日本に平和をもたらした鈴木首相について知ることの少いのを遺憾に思う一人だ。

（ひらかわ・すけひろ）

明治女性の友情――平塚らいてう先生と徳永恕先生と

山崎朋子

明治の女性というテーマを与えられて、わたしの胸にまっ先に浮かんで来たのは、平塚らいてう先生と徳永恕（ゆき）先生のお姿であった。らいてう先生は昭和四十六年五月に八十五歳で、徳永先生は昭和四十八年一月に八十六歳でそれぞれ永眠されたが、わたしには、生い立ちも違えば果された仕事も全く異るこのふたりの女性を、引き離して考えることはどうしても出来ない。

わたしが徳永先生にはじめてお目にかかったのは、昭和三十六年頃であったと思う。女性史の立場から日本の保育史を調べてみたいと思い、そのためには徳永先生が守り立ててこられた東京新宿の二葉保育園の歴史を知る必要があり、わたしは、先生が住居とも仕事場ともされた二葉保育園をお訪ねしたのである。熱心なクリスチャンであり寡黙な実践の人であった徳永先生は、御自身の仕事については語られることきわめて少なく、そのためわたしの取材は、徳永先生とのいわば根気くらべになった。今春、都下調布市に移転したが、新宿追分口の繁華街のすぐ裏手――かつてのスラムの面影を未だ残している街の中にあった二葉保育園に、わたしは幾たび先生をお訪ねしたかわからない。

しかし御自身の仕事については口の重かった先生も、友好のあられた人びと――とりわけ野口幽香、守屋東、相馬黒光、山川菊栄といった方々についての思い出話は、ほかに恰好な話相手がなかったからだろうか、好んでわたしに話して下さった。そんなある日のこと、わたしは先生のお話にかつて一度も平塚らいてう先生の登場しないことに気付いて、話題をらいてう先生の方に向けてみたのである。すると、驚いたことに、白髪の下の徳永先生のお顔はみるみる紅潮し、薔薇色に頬を染めながら次のような話をして下さったのだった――

――徳永先生がらいてう先生の名前を知られたのは府立第二高女――今の竹早高校に学んでいた頃、例の「煤煙」事件が世間の好奇の目を集めたときのことであったが、その後雑誌「青鞜」の創刊や奥村博史氏との結婚などでいわゆる新しい女として有名になったらいてう先生のことは、徳永先生の脳裡から片時も離れることがなかったという。といっても、それは決して興味本位の態度からではなく、らいてう先生が世間の揶揄や中傷に負けず毅然として新しい自己の生き方をつらぬかれたその勇気と人間に対する愛情に深く傾倒されたからであった。徳永先生は、らいてう先生の思想とひととなりを知るために、らいてう先生の書かれたものなら著書はもちろんのこと新聞、雑誌の短文にまで目を通され、「青鞜」も創刊号から愛蔵されていたのである。

このらいてう先生が、大正四年、徳永先生の働く二葉保育園の近くの四谷伊賀町に越して来られ、間もなく長女の曙生さんを出産されたのである。年表を繰ってみると、らいてう先生三十九歳、徳永先生三十八歳のことだ。徳永先生は、自身は生涯独身で恵まれない子どもたちを保育しようとの決心をすでに固めておられたが、この曙生さんの誕生は新しい男女関係のひとつの結実としてわがことのように喜ばしく、お祝いせずにはいられない気持に駆られたという。そこで徳永先生は、保育園の安い給料のなかから贈物をととのえ、それに「曙生さんの誕生をお祝いして」と記したカードを一枚挟むと、らいてう先生のお宅へ届けた。そしてこのプレゼントは、毎年十二月九日――曙生さんの誕生日が来るとかならず行われ、曙生さんが女学校を卒業する年までつづけられた。しかも徳永先生は、いつも目立たぬようにそっと玄関先へ届けられ、問われても遂に一度も名乗ることがなかったというのである――

思いがけない話に心を奪われていたわたしは、ここまで伺うと、徳永先生に「それで、らいてう先生はその贈り主が誰であるかということを、今もって御存じないのですか?」と質問せずにはいられなかった。すると、徳永先生は、「さあ、どうでしょうかねえ。どなたからかわたしのことをお聞きになったかもしれませんが、わたしからこの話をしたのは、山崎さん、あなたがはじめてなのよ」と答えられたのである。

それから旬日してわたしは、思い切ってらいてう先生に書面をさしあげ、一度お目にかからせていただきたいとお願いした。わたしは、女性史の研究者としてかねてよりらいてう先生の謦咳に接してみたかったし、徳永先生の深い思いをらいてう先生がご存じかどうかも伺ってみたかったからである。晩年のらいてう先生は、健康のすぐれないこともあって滅多に人に会われなかったが、幸運にも参上を許されたわたしは、成城のお宅へうかがい、その折、徳永先生の贈物の話をした。すると、美しく微笑まれたらいてう先生は、「わたしも、曙生のサンタクローズは実は徳永先生ではないかしらと思いつづけて来ました。でも、お名乗りにならないお気持を考えて、敢えて確めず今日まで来てしまったのです。わたしは、あの贈物にどれ程励まされたか分りません。プレゼントを頂いていたのは、市川房枝さんたちとはじめた新婦人協会の仕事と育児に追われていた時分――わたしの一生で一番大変なときだったんですもの。生きているあいだに一度徳永先生にお目にかかって、心からお礼を申し上げたいと思っているのですよ」と話されたのである。

　昭和期に生を享けたわたしのような人間は、会いたければ手紙を書くなり電話をするなりしてすぐにでもその願いを満たしてしまう。けれども、このふたりの明治の女性は、決してそのようにはなさらないのである。あくまでも相手の気持と立場を尊重して、おのずからに時の至るのを待とうとされるのだ。しかし、わたしは、八十路の坂を超えられたおふたりを考えると気が気でなく、らいてう先生のお宅へ伺うと徳永先生の健康状態をお話し、二葉保育園へ出かけては徳永先生にらいてう先生の御様子を報告した。あたかもおふたりを結ぶ伝書鳩のように、わたしは両先生の許を往復し、何とかして対面が実現するようにと願いつづけたのである。そのあいだには、らいてう先生御愛用の「松石楠」とかいう漢方薬をわたしが徳永先生にお届けし、大の薬嫌いの先生がそれだけは服用されたというひと幕などもあったのだった。

　ところが、そうしたわたしの焦慮をよそに、おふたりの相逢われる日は、ある日突然に訪れたのである――それは昭和三十九年の二月二十日、らいてう先生の御夫君奥村博史氏の告別式の日であった。喪服に身を包まれた徳永先生は、自動車を拾うと告別式の行われているらいてう先生宅を訪問、受付を避けてひとり中庭の方へ廻ると、生垣の外からひっそりと祈りを捧げられたのである。そのとき何気なく庭先へ目をやられたらいてう先生は、紅梅の蔭に白髪の動くのを見てとっさに庭へ立ち、その白髪の人を徳永先生とたしかめて座敷へ招じ入れられた。そしておふたりは、弔問客のひとり残らず立ち去ったあと、奥村氏の遺影の前で、感慨深いひとときを過されたということである。

このひとときが、徳永先生とらいてう先生の七十年近い友情における最初にして最後の面談であった。両先生去られてより早くも数年、明治はいよいよ遥かなものとなりつつあるが、このふたりの明治女性の友情は、わたしの心にますます鮮明に生きて来るように思えてならないのである。

（やまざき・ともこ）

父の眼を通して視た明治像（一）

尾崎秀樹

昭和生まれの私が明治期の文学について、体験的な発言をするのはおかしなことである。もしそれが許されるとするならば、明治七年生まれの父の見た明治像について、語るぐらいなものだろう。

父は尾崎秀太郎といった。若い頃は白水と号し、中年以後は古邨あるいは秀真を称している。飛騨の白川村の出身で、近くに白川と黒川の二つの川が流れており、白水の号もそれにちなんだものらしい。次兄の尾崎秀実が白川次郎というペンネームを用い、スメドレーの自伝的小説『女一人大地をゆく』などを訳したのも、そのことにもとづいている。

はじめは医師を志望し、美濃太田の開業医の医書生をつとめたが、濃尾震災で計画が齟齬してしまった。その頃漢詩文に熱中し、東京のある雑誌の懸賞に応募して、久留米の宮崎来城とともに入選、上京の決意をかため、笈を負って東京へ出た。

八王子、飯田町、両国などを転々とし、両国橋のたもとで病院を経営していた近藤常次郎博士のもとに書生として住みこみ、済生学舎に通った。近藤常次郎は『仰臥三年』という著書をまとめ、話題をよんだ人物でもあり、たしかその本の序文は森林太郎が書いている。

しかし文筆への夢を捨てきれず、依田学海について漢学を学び、医師試験のほうも第一次だけ受けて、第二次を放棄するありさまだった。明治二十六年八月に創刊された『医海時報』の編集に従い、内務省衛生局長だった後藤新平の知遇を得た。その後まもなく後藤新平は相馬事件に関連して鍛冶橋監獄所に収監され、翌年保釈出獄したが、その間差入れなどの使い走りをやったらしい。後藤が後に台湾の民生局長となったおり、招かれて日刊紙の漢文部主筆となったのも、その縁故によるものだった。

明治二十九年一月に新少年社から創刊された『新少年』に、影の主筆として迎えられたのは二十二歳のときのことだが、当時はなかなか年少気鋭の編集者だったようだ。

『新少年』という同じ誌名の雑誌がその前年に益友社から出ている。これは月刊誌だが、父の関係した『新少年』は半月刊だったと聞いた。記憶があいまいなので正確なことはわからないが、主筆は江口嘉尚といい、麴町に事務所があった。日清戦争によって国運が伸張した時期でもあり、第二の国民としての少年たちの自覚をたかめたいというのがこの雑誌の発刊の趣旨でもあった。

わずか四〇ページほどの小冊子だったが、冒頭に論説を掲げ、学術、文学、史伝、地理、文苑、講義、雑録、文林、評論の十項にわけて編集された。父が主として担当したのはこのうちの文林欄であり、鹿島桜巷の協力を得て、少年読者たちの投書に目を通し、優秀作を毎号掲載した。

鹿島桜巷とはその後も交渉がつづき、報知新聞社でも机を並べたが、台湾へ移ってから音信がとだえた。私が父の目を盗んでチャンバラ小説やミステリーを読んでいると、父はそれを目ざとくみつけ、「読むなら鹿島桜巷を読め。桜巷は明治時代に探偵小説も時代小説も全部やったものだ」と言った。

桜巷の名前は最近、新選組を大衆的な場で最初に論及した作家として新しく見直されている。先頃再版された『新選組実戦史』がそれだ。読物ふうに書かれた近藤勇伝としては、この『実伝剣戟近藤勇』（旧名）がいちばん早い。近藤勇の生家を訪ね、関係者からいろいろと取材した話をもとに、その生涯をたどっており、愛妾だった深雪太夫との奇遇などにもふれている。

明治三十年春に『新少年』は誌面の刷新を行い、以後、文林欄は尾崎白水にゆだねられた。半年分十二冊の誌代四十五銭を前納すると、社友の資格が得られ、作文の添削をしてもらえるというので、地方在住の文学青年たちは争って社友になった。まだ二十代の若い編集者である白水は、あまり年齢の違わない投稿少年たちの熱意にこたえて、懇切丁寧な添削を行い、寸評を加えた。

当時の投稿少年の一人に、後に國学院大学の総長となった河野省三がいた。彼は書いている。

「白水は尾崎秀太郎氏で、後年渡台して『台湾日々新聞』の記者から主筆を経て、終戦近くまでその社の顧問となり、学問的にも一種の台湾通となるのであるが、如何なる因縁か私の文章に対する親切熱心な補導者であつた。私が高小四年生から中学二年生になつた一両年位の間に、二人の間の交通は相当頻繁になり、私の文章も割合に上達の跡を示した。高小四年即ち明治三十年の秋、私の兄は、前年来の病が癒えず、東京城北中学三年生として永眠したのであるが、河野家を嗣ぐべき運命の子となつた私を、教育に熱意のあつた父は一段と可愛がり、自然に折々上京することのある関係から、晩酌を楽しむ『尾崎さん』と自然に親しくなつた。殊に母は兄の看病や自分の入歯や観劇のために時々上京してゐたが、父の知人が神田区仲猿楽町に居つたので、私が中学二年級、満十六歳の秋であつたが、姉と三人腕車を揃へて尾崎さんを狭い露地の新少年社に訪ねたことがある」(『教育の友』)

事務所は麴町から神田へ移っていたのか、それとも編集室だけが仲猿楽町におかれたのか、そのあたりの事情はよくわからないが、ともかく父が狭い露路奥の新少年社に、留守番を兼ねて寝泊りしていたことは事実である。仲猿楽町に住みはじめた頃はまだ独身だったが、父はまもなく近所に住む後家さんに惚れられ、おしかけ女房同様に居つかれて結婚した。

当時は投書雑誌が若い読者層に迎えられた。『少国民』『少年世界』『中学文園』『少年文園』『少年倶楽部』『中央文壇』『学生園』などがあり、地方からも『文壇』『新文学』などが出ていた。なかでも地方在住の青少年層に人気があったのは、名古屋から出ていた『文壇』で、十名以上の読者がいれば、支部を設けることを許された。埼玉県騎西に住む河野省三は、『文壇』の第六十支部長で、支部員が三、四十名ほどもいた。

月一回集って懇談するうちに、新しく投稿雑誌を創刊しようという話になった。そこで接骨医として知られていた蓮江病院の子息である梅之助、慶蔵兄弟をはじめ、七、八人の者が集まり、明治文学会を発足させた。尾崎白水は河野少年にたのまれて、その会の顧問となり、明治三十二年三月に創刊された『明治文学』でも添削をひきうけている。

その間に白水は『少国民』の編集にもタッチした。明治二十九年に『小国民』から『少国民』

に改まったこの雑誌は、一時的な苦難期をくぐり抜けて、やがてふたたび活力をとりもどした。一日発行の分は太華山人が担当し、十五日発行の分は石井研堂が編集した。こういった編集の分担制は、必ずしも読者に喜ばれなかったらしく、『少国民』は学齢館から北隆館に経営が移る。父が同誌の編集に本腰を入れるのは、この北隆館時代になってからで、つづいて同社から創刊された『少年倶楽部』という投書雑誌にも関係している。

（おざき・ほつき）

父の眼を通して視た明治像（二）

尾崎秀樹

父は漢学を依田学海に学んだほか、和歌は高崎正風、国学は渡辺重石丸（いかりまる）の教えを受けた。渡辺重石丸は豊前中津の出身で平田派の学統をひき、鉄胤のもとで塾頭をつとめたこともある国学者だった。明治になって麴町富士見町に道生館という塾をひらいたが、父はこの道生館を訪ねたのであろう。

なぜ渡辺重石丸の門を叩いたか、その間の事情は父から聞かずじまいだったが、祖父松太郎が、平田派の影響下に排仏毀釈運動に参加したことがあり、その後村の氏神の宮司役を兼ねていたので、あるいは祖父から何らかの指示をあおいだのかもしれない。

渡辺重石丸は、兄の重春とともに明治末までチョンマゲで通したほどの国粋派で、乃木希典など、深く彼に傾倒したひとりだ。断髪令の下ったときに、

日の本もかみなき国となりにけり
　夷の風の渡り来しより

と歌い、傲然と胸をはり、結髪を改めずに所信をつらぬいた。

同門に川柳で一家をなした阪井久良伎がいたが、或る日父と酒を飲むうちに西洋かぶれの風潮に慨嘆した挙句、富士の見える丘に大使館や教会が建つのはケシカランという話になり、その飲み屋の大提灯をとりはずし、それに燈を入れ、白昼、その大使館の前を「この世はくら闇となった、この世は闇である」と、どなって歩いたと聞いた。この久良伎とは報知新聞でも机を並べている。

多分仲猿楽町の新少年社に住んでいた頃のことだと思うが、久良伎や鹿島桜巷らと「桃太郎」会というあつまりを持った。金子薫園や巌谷小波も顔を出したようだが、ともかく何のジャンルであれ、日本一の人物になろうというのが、この会のねらいだったようだ。

父は酒をのむとよく、小学生の私にむかって、何でもいい、日本一にならなくちゃいかんとさとし、その例として、この桃太郎会の話をした。小波は児童文学の草創けとなり、久良伎は川柳で一派をなした。いろんなことに手を出して、ついに一流になり得なかった自分と同じ轍を踏まないようにというのだが、これは老いのくり言だったのか。

北隆館発行の『少国民』は定価六銭、学齢館時代の編集方式を一応踏襲したが、営利面を主とした関係もあって、用紙は次第に粗悪となり、記事内容も学術的であるより興味本位な読み物がふえた。石井研堂も手をひいたが、その前後父は、読者の投稿の撰に当った模様だ。

『明治文学』は不幸にも二号雑誌でおわったが、父の書斎「皿山詩窟」は、かろうじてこの雑誌の奥附に名をとどめている。泉岳寺から伊皿子坂を登り、その途中から右折したあたりには、当時何軒も寺が並んでいたがその寺の一つに父はすんでいたらしい。

明治三十二年には報知新聞社へ移った。当時報知新聞は、家庭むけ雑報や、社会面に力を入れ、積極的に紙面の刷新を行っている時代だった。つまり箕浦勝人・三木善八体制による報知の第一次大衆化時代にあたる。

日清戦争当時まであった上局・下局の区別が廃止されて編集局が発足し、熊田葦城（いじょう）を編集長に、新しい人材もあつめられ、記事内容の一新、家庭面の新設欄の拡大・補充が行われていた。細川風谷、阪井久良伎、鹿島桜巷など、いずれもこの時期の入社である。

熊田葦城はアゴひげをのばした恰幅のいい人物で、論説はもちろん、雑報記事にも眼を通し、読者の投書なども一々検閲するほど仕事熱心で、汗をふきながら机にむかっている姿は、文字どおり仕事の鬼という感じをあたえた。人格は高潔で、社内外に人望も厚く、部下の原稿についても、適切な批評を下したという。

営業関係は頼母木（たのもぎ）桂吉がおさえ、硬派の編集は田川大吉郎が掌握した。父は桜巷や久良伎にさそわれたのだろうか、社会面の雑報記事を担当し、とくに「医者の来るまで」という家庭衛生欄を執筆したと聞いたが、まだ原物にお目にかかっていない。

父が入社した時、すでに婦人記者第一号の羽仁もと子は、ばりばり仕事をしていた。佐藤紅緑は父より少しおくれて入社したが、その頃の報知新聞社会部は、明治末の都新聞社の編集局とも共通する活気を呈しており、記者のほとんどが文章の達人だった。

もっとも裏から見ると、ひどく頼りない部分もあり、梅ヶ谷、常陸山時代の相撲記事をあつかう桜巷など、シロウトまるだしで、さすがに気になったのか、相撲通の栗島狭衣（すみ子の父）にたのみこんで、相撲がはねた後、回向院の賽銭箱のかげで落合い、その日の講評をきかせてもらって記事にするありさまだった。

父はよく熊田葦城や福良竹亭の噂をした。竹亭は明治二十六年入社の先輩だったが、父はその人柄に傾倒していたようだ。中学時代に、父から竹亭の『新聞記者生活五十年』を読むようにすすめられた記憶がある。最近話題になっている八甲田山遭難事件の際、報知新聞社から派遣されたのも、この竹亭だった。

ついでにいえば、この事件のおり各社のつかった電報料一覧をみると、東京朝日新聞が四百円、時事新報が六百円、それにくらべると報知の五十円（のちに五十円追加になった）は、いかにも少なすぎる。この対比からも当時の報知の経営規模のせまさが、ある程度想像される。

明治三十四年には、後藤新平のたっての頼みで、台湾に渡っている。ちょうど妻が二度目の出産を間近にひかえてのことであり、単身赴任し、子どもたちは、父が現地に落着いた後に渡台した。この時の子が、のちにゾルゲ事件で処刑された尾崎秀実である。

後藤新平は児玉源太郎に乞われて、台湾総督府民政局長（のち民政長官と改称）に就任すると、土匪招降策や保甲制度を実施し、さらに馴知策の一環として新聞の育成に努めた。後藤が渡台するまでに、台湾には長州系と薩摩系の新聞があって、総督政治を助けたり攻撃したりしていたが、植民統治の世論を喚起する目的もあって、その一元化を企て、明治三十一年には、台湾日日新報が誕生した。

父の談話をそのまま借りると――

「児玉さんと後藤さんは、総督政治のボロを内輪から火を出す様では困るから、是非新聞政策を完全にしなければならないと云はれて、三十一年から両派を合して、今日の台湾日日新報を創立したのです。これが非常な成功であつたのですが、それでもまだ台南、台中辺には反対の新聞があつて、遠矢にかけて悪口を云つて居るのがありますので、これら全部の新聞を纏めて総督直系の新聞を拵へなければならんと云ふので、私はその種とりに呼ばれたのです」(『後藤新平伝』)

新聞の御用化策に招聘されたかたちだが、こうして父は中央の文壇論壇と袂を分つことになるのだ。

〈明治本〉の周辺

稲村徹元

昭和四十三年刊の『日本出版百年史年表』付載の統計表では、明治年間の出版物——ただし十四年以降。内務省納本統計による——は総数において約七〇万点（冊）数えられている。国立国会図書館編刊『明治期刊行図書目録』（六巻　昭四六〜五一）においても、同様に、明治前半、十年代の出版物の収録数には弱いが、それでも総数一二万タイトル（種）に及ぶという。これら明治四十五年間の出版物に加うるに、たとえば『明治文学史』（岩城準太郎　明三九）や『明治大年表』（小川多一郎編　大三）のような先駆的資料をはじめとして、ツイ近刊でいえば、田中貢太郎『林　有造伝』（昭一四の成稿。土佐史談会　昭五四・二）のような個人の伝記や、城下町累代の富商のあゆみを伝えた『金沢　武蔵家おぼえ書』（東京　中村春江　昭五四・四）のような私刊本にいたるまで、枚挙にいとまなく明治（史）についての〝関係文献〟が生産され続けている。

昭和四十年代初頭、いわゆる〈明治百年〉を迎えた頃、ちょうど国立国会図書館のカウンターで目録や文献の利用案内に立った折、諸方面から殺到する〝明治もの〟の質問に際してこれを諸種の文献にむすびつけるのに、戦時により断絶した多様な関係書をいかに手際よく引き出して短時間の裡に適書の書名にたどりつくかに困却したものである。当時、なまじに『明治世相編年辞典』などの編述に名を連ねたばかりに、たとえば、花井お梅の肖像をと問われれば宮武外骨の『公私月報』に載っていたかなと思い浮かべたり、西南の役で弾痕をあびた熊本城の写真を――それも既刊の『画報近代百年史』（日本近代史研究会　昭二六～二八）に無いものを――と求められれば、書庫の一劃に集められた写真図帖の集積を繙いたりしたのも、今ではなつかしく資料探索の勉強になった思い出である。

系統立った公刊の史料や――『明治天皇紀』はまだ刊行されていなかった――、執筆者の顔触れに失当の巻少なしとせぬとの専門家の論評もあるにせよ、最近復刻が出始めた『明治文化史』十四巻（開国百年記念事業会　昭三〇～三二）のごとき大著にばかり〝史実〟が収められているとはかぎらぬ。往年の雑著とばかり、今は顧みられぬ既刊の冊子でも、明治の当代の所産とすれば、執筆者・題材ともども後人のうかがい知れぬ肉声のいぶきが、血の通った臨場感によって溢れていよう。

今次大戦の終末、政局収拾への共感からか、ここ十数年来、勝海舟ら旧幕臣への再評価が著しいが、彼等に先駆して当初の渉外難局に当った岩瀬忠震（ただなり）の死因について「一逸話あり。鼠を捕へて撮影せんと欲し――その嚙む所となり（毒に当つて）死を招いた」と記す伝記もある（川崎紫山『幕末三傑』明三四）。井伊大老に斥けられて閉居三年〝憤死〟と伝える方が、幕閣硬骨の吏僚らしいが、案外こうした記述に、籠居のつれづれとはいえ新しい写真機を弄ぶ開明的な人間の側面を見出す思いがする――新刊の『国史大辞典』第一巻所載〈岩瀬忠震〉の項（吉田常吉執筆）には『幕末三傑』が参考文献に挙げられている――。

博文館の成功あたりを境として量産普及がさかんとなった明治の出版物には、むろん書き手読み手ともどもに広大なひろがりが予想できる。それらの中には、今日では専門外の者には予想もできぬ出版物であっても、まったく意外な視点からのむすびつきによってその存在が知られ、必要性を見出す例も少なくない。

『閲蔵知津（えつぞうちしん）』という書名の字面をながめて〈大蔵経所収経典の解説〉と理解するのは年輩の者でもそうはいまい。明治三十年十二月末から翌三十一年十二月にかけて刊行されたこの六冊の和装書の存在は、三十年十一月十四日急逝した森田思軒にとって関心をひく出版であったらしく、森鷗外にその旨を尋ねたとみえる。

鷗外から思軒あての、使持参のため消印なき二十五日付封書の一節に、「出板ハ十二月ヨリ月一冊」とあるのが、この年十月二十五日を下限と推定するに用いられるのも、文学と無縁な明治本（仏教書）の果す一例であろう（『森鷗外・夏目漱石・三木露風未発表書簡集』所収。昭四七）。このように当代文士間のなにげない日常のやりとりでも、年月の確定傍証に資料（出版物）の果す役割がいかに多いことか。

伝記調査には、執念の果て路傍の商家を問うて偶然、一葉の縁辺に訪ね当るような和田芳恵の僥倖のごとき機会もあろうが、上掲のような数十万の出版物中から、特定人物についての文献情報をとり出して、あたかもモザイク細工のように再構成を試みることは容易でない。しかし、分野地域を問わず多くの研究に寄与すべきこまかい努力（作業）が、やがては実り豊かな明治文化研究の裾野を拡げるのに役立つにはちがいない。三橋猛雄の労編『明治前期思想史文献』（明治堂書店　昭五一）は、一々、架蔵の文献に直接当り、当該書の抄記、評価をもって解題したユニークな編修であるが、戦前までの著述には数多く見られた序跋の特性を生かして、その筆者名をも克明に記載している。たとえば栗本鋤雲（匏菴）が河津孫四郎訳『西洋易知録』（明二）に序を与えていることをも鋤雲の名によって検索できる索引をも用意するなど、書誌の作業として劃期的試みといえよう。

「君ハ薩州ノ生マレニシテ」とか「客歳米欧ノ旅ヨリ帰リテ」等々の片々たる措辞から意外と無名（失名）の著者の履歴を知ることの多いのを編者（三橋老）が熟知していたからに他ならぬ所産であろう。

「明治時代についての歴史的研究は今やそれ自身が歴史的に整理されてよい。あるいはされなければならない時期になっているようである」と学者が記してからでも（江口朴郎「研究史整理の必要について」『明治維新史研究講座』月報一号　昭三三・五）すでに二十年の月日が経っている。今や『明治天皇紀』索引共十三冊が利用でき、『明治文化史』十四巻も復刻され出した時期である。一方ではいぜんとして、「煽動型常套語を点綴する机上作文」で記され、「辞典本来の使命に不適」と評されるような近現代史の解説があとを絶たぬようだが（谷沢永一「辞典は明細な事実を簡潔的確に記載すべし」『銀花』三八号　昭五四・六）、広い視野と関係文献の博捜をきわめて——蘇峰の『近世日本国民史』も大佛次郎の『天皇の世紀』をも無視せぬような——、体裁としては往年の本庄栄治郎編『日本経済史文献』数巻のような書誌解題の大成が望まれる。ほど近い『明治文學全集』の完結もその礎石の役割を果すにちがいない。

——五四・六・五——

（いなむら・てつげん）

政治小説の位相

紀田順一郎

私が明治ユートピア史研究という角度から、政治小説と取組んだのは、例の明治百年ブームの頃であるから、もう十年余も昔のことになる。

当時、準拠すべき第一の資料は柳田泉『政治小説研究』（一九三五〜三九）であったが、ほかに何があったかといえば、テキストとして改造社版『現代日本文学全集』の第一巻『明治開化期文学集』によって「佳人之奇遇」と「雪中梅」「緑蓑談」の三篇を数え得るのみ、という寂しさであった。私は非常な努力をして古書即売展から十数点を入手したが、柳田氏の「政治小説年表」に収録された六百数十点から見れば九牛の一毛にしかず、ただ溜息をつくほかはなかった。

その後、明治文学史の幅が拡張されるにしたがい、各種の文学全集には政治小説の巻が組み込まれるようになった。本全集にも二巻を費して九作家、十二作品が収録された。別に『福地桜痴集』『矢野龍溪集』が独立して一巻をなしており、昔を思うと劃期的なことである。前述の円本では書名の通り開化期文学の一種としてしか理解されていなかったのであるし、戦後間もなく出た『現代日本小説大系』では矢野龍渓の「経国美談」が「序巻」に収められたのみである。序巻といえば聞えはいいが、その次に第一巻が来るのであるから、要するにハミ出し扱いである。

こうした状況から見ると、最近の事態はかなり進歩したといってよい。稀覯本だった『政治小説研究』も増訂復刊された。

しかし、それだからといって政治小説の研究者が飛躍的に増え、研究内容も進歩しているとはいい難いようである。理由はいうまでもない。テキストの入手難により、柳田氏を超える実証的研究が不可能なことにある。非文壇文学として軽視されて来た政治小説は、評価確立の機会を得ぬままに年月が経過し、その間に戦災をはさんでいるので、大部分が湮滅してしまっている。今日、研究者の要請にこたえ得る形で、政治小説をコレクトしている蔵書機関は一つもない。個人も同様である。

私は一九六四年（昭和三九年）、一度だけ柳田氏の家を訪れたことがある。どうしても入手できぬ書目をあわよくば拝借したいという、甚だムシのいい動機で出かけていったのだが、私がいくら本の話題に水を向けても、氏は何気なくそらしてしまうのだった。話のつぎ穂を失ったとき、氏はポツンといった。「みんな焼かれました。戦争さえなければ……」この思いは『政治小説研究』新版の序文に「アメリカという奴は憎い奴だ」という言葉となって凝縮している。

ところで、この序文の中に、政治小説を文学史の中にいかに位置づけるかという、氏の考え方が述べられている。それは一口にいうと「文壇圏外の文学」であり、大衆文学の一系列ということである。この概観と『座談会明治文学史』（一九六一）における氏の発言とを結んでみると、もう少し明確な視点が浮びあがってくる。

すなわち、明治維新の解放によって、武士中心の文学と民間の文学とが合体し、発達する機会が生まれた。「全体としては、日本というものの将来を国民が希望をもって考えていたと同じように、この国民の切に望んでいた日本の将来に対する夢、その夢を託すべきものとして、そういう意味で国民文学として発達すべきものであった」。ところが、それがいろいろな事情で妨げられ、逆に逍遙のような存在が西洋の「本式文学」の影響下に文壇文学を形成していき、国民の希望や夢は十分に描ききれず、文壇外文学として残ることとなる。この背景として自由民権運動の挫折ということも考えねばならないというのである。

柳田氏のこの見解は、明治二十三、四年ごろの矢野龍渓と内田不知庵との論争を念頭に置いている。龍渓は文学を国民文学的なものでなければならない、国民を楽しませるものでなければならないといい、不知庵は文学というものの第一の使命は人生の写実であるとして、以後の大衆文学と純文学の対立の原型をつくった。

ただし、後世の論争が芸術至上主義に対するに単なる面白さという次元で行われたのに反し、明治の論争では国民の希望や夢をどのように汲みあげていくかということが、常に意識されていた。したがって、第二次大戦後、純文学、大衆文学が曲り角にさしかかったことが認識されたとき、「再び政治小説を」(中村光夫氏)という提言が説得力を持ち得たのである。

政治小説を民権文学としての角度から、その戦闘的・否定的ナショナリズムによって、もう一つの近代を拓く可能性を持っていたとして評価したのが飛鳥井雅道氏である。その著『日本の近代文学』（一九六一）は、「近代文学のはじまりを、はっきりと自由民権の文学におきたいと思う」とし、政治小説が文学を遊びや性の限られたジャンルから解放し、政治や民族を含む人間のあらゆる可能性に関与し、文学として責任をもつ事態を現出せしめたと評価する。

しかし、「近代」成立の要素を個人の確立と見る史観からすれば、「佳人之奇遇」の主人公のように日本民族を一つの人格として体現したような存在は「前近代」もしくは「非近代」でしかなく、「近代」小説の文脈からはハミ出しとして扱うほかはなかった。前述の『現代日本小説大系』の編成は、こうした意識を反映している。

飛鳥井氏は、民権文学にあらわれた個人を「集団の代表者としての個人」という積極的な概念でとらえ、「社会に無批判な個人の放蕩で近代は出発できなかった。個人が行動し、集団と結びついた時、既成の文学のからが破られた」とし、これをもって政治小説を近代文学の出発点とする理由としている。

しかし、この主張は揶揄によって迎えられ、何ら本質的な展開を示すことなく終った。一つには、日本の場合、社会ないしは人間関係の近代化が非常に遅れ、いわゆる近代はそのまま半封建的性格を帯びているがゆえに、社会的文脈を逸脱した地点での個我の解放を焦るあまりに、集団的個我というものを切り捨てざるを得ないという、不幸な状況が存在したからである。

政治小説を近代文学として認めるか否かということは、私たちの現在獲得している個我の不完全さに勇気をもって直面することが可能かどうかということである。つまり、それは史的事実の問題だけではなく、現代の私たちのあり方に関わってくるのだ。私たちは、明治の先達が閃光のような短い奇蹟的な瞬間に、啓示として表現してくれた集団的個我という理念を、この百年間ついに回復することなく、歴史的な追体験さえも全く不可能なほど衰弱し果ててしまったのである。「再び政治小説を」と叫ぶ者はもはや絶えた。今は二十代の若者が、SF的興味から政治未来記をあさる姿を、時たま眼にするばかりである。

（きだ・じゅんいちろう）

明治初期の職員録

朝倉治彦

『職員録』は、官版の公務員名簿で、これは内閣印刷局官報課編集発行であることは言うまでもないが、創刊は明治十九年十二月刊行まで遡ることができる。その内容は、十一月末現在の課長以上である。編集は内閣の官報局で、『法令全書』同様、『官報』の附録として出版されたのであった。官庁を中央・地方にわけ、それぞれ甲・乙として、当初から一部二冊であった。定価を付して、単行販売としたのは、翌年八月刊行本からで、博公書院に発売させたのであるが、二十六年から販売を官報販売取次所に変更した。三十三年三月の閣令一号で、「法令全書及職員録販売ニ関スル件」が制定されて、官報販売所の販売とし、印刷局官報部第二課に発売・発送の二掛を置き、三十四年十二月には第二課を発売課と改称、次第に組織を整えて、現在に至っているのである。

しかし、官庁の職員録は、明治十九年に始まったのではなく、それ以前から、官板として同類のものが刊行されていたのである。それは、京都刊の公卿を扱った『雲上明覧』、江戸刊の武士を扱った『武鑑』を継ぐようにして、似た装幀で、慶応四年から板行されているのである。
この手のものは、職員録にほぼ統一されるまでは、東西に役所があり、新政府直轄としからざる藩とがあるため、種々の名称で板行されており、尾佐竹猛(おさたけたけき)氏は、それらについて調査結果を発表し、新政府を主としたものとして、明治元年では『太政御職明鑑』と『官員録』とを掲げている。前者については『図書と出版文化』(昭和五二年刊)中に、報告したので、御参照願いたい。尾佐竹氏の解題より、調査は進んだつもりである。
官員録の最初は、『太政官日誌』第二十一号だと、尾佐竹氏は断定している。これは間違いない事実である。
『太政官日誌』(現在東京堂で復刻中)には、京都板(村上・井上刊)と江戸(東京)板(須原屋・和泉屋刊)との二板(これ以外にもあるが、一応二板として置く)があって、江戸板の方が少し小さいが、内容に変りはない。第二十一号は、慶応四年五月の板行で、内容は、中央・地方に分けて、
議政官、行政官、神祇官、会計官、軍務官、外国官、刑法官
京都府、大坂府、長崎府、箱館府、越後府、大和奈良県、摂津兵庫県、近江大津県、美濃笠松県、飛驒高山県、丹後久美浜県、豊後日田県、備中倉敷県、肥後天草富岡県、日向富高県
の順に、判官事以上の姓名を列記してある。一面十一行、則ち、一頁十一人である。
六月、七月、八月の刊本は知らない。尾佐竹氏は九月からだと述べている。九月から十二月まるでいわゆる月刊である。

『官員録』は横本で京都板と江戸（東京）板とがある。京都板は表紙本文共紙で、江戸板よりやや大きい。京都板は、直接印刷の外題の下に、「辰十二月五日改」の如く印刷されているから、問題はないが、江戸板は、外題に月だけの印刻があって、年は袋の方にある。袋はほとんど残らないから、まして、外題簽を失った場合は、一見年月を判定することができない。従って、京都板で押えてから、江戸板を判定するという手続きをしなければならない。京都板、江戸板両者とも、確認はできないが月刊と考えて差支えないと思われる。

明治元年のでは、京都板は村上・井上合板と、井上単独板とを見ているが、村上単独板の存在も考えられる。江戸板の場合も、須原屋・和泉屋合板には未だ接していないが、これはある筈である。従って須原屋単独板、和泉屋単独板の存在も考えなければならない。単独板は、自分の売り分という意味であろう。

従って、元年の九月以降は、京都板で説明せねばならない。九月、十月、十一月、十二月四点とも、丁数は、全て三十一丁である。同板で、異動に従って所々入木改刻してある。

中央官庁は、『太政官日誌』第二十一号と同様である。則ち、太政官では、

議政官、行政官、神祇官、会計官、軍務官、外国官、刑法官、東京鎮将府

東京鎮将府は、十一月から東京城在勤と変り、東京にも議政官、行政官、会計官、軍務官、刑法官の五官が設置されていた。

地方は、

京都府、東京府、伊勢渡会府、大坂府、長崎府、神奈川府、箱館府、新潟府、奈良県、兵庫県、

大津県、笠松県、高山県、久美浜県、堺県、日田県、倉敷県、柏崎県、伊那県、佐渡県、参河県

十一月から、奈良県は奈良府と変っている。

明治二年は、一月から十二月まで全て実見できたが、毎月京都板、東京板二種宛、完全に調査し得たというわけではない。

一月は、村上単独板で、四十六丁、中央官庁は前に同じであるが、東京城在勤の条はなくなり、地方では、甲斐府、伊豆相模韮山県、武蔵県、下総下野真岡県、安房上総県、上野岩鼻県、常陸下総県、下総県、摂津県、河内県が増加している。二月も、村上単独板で、四十六丁、官庁の中央・地方とも機構は一月と同じであるが、新潟府が越後府と改称されている。三月も村上単独板、四十七丁、中央官庁は変化が見えないが、地方では下総葛飾県、越後新潟県、隠岐県が新しく登場している。四月も村上単独板、四十七丁、中央・地方共に変更なし。五月は須原屋・和泉屋合板、五十五丁、中央では行政官教道局に学校関係の記載が見え、四月に設置された民部官が新たに加わり、地方では、武蔵品川県、下野日光県、武蔵大宮県、上総宮谷県、常陸若森県、武蔵小菅県、摂津豊崎県、若松県の新しい諸県名が見える。六月も須原屋・和泉屋合板、四十六丁、官庁名は前月に同じ。

七月八日に官制の改革が行なわれて、神祇官、太政官の二官と民部、大蔵、兵部、刑部、宮内、外務の六省となったので、直ちに、以降官庁名はこれに改まり、少佑令史まで収録してある。官員の姓は源平藤橘で記されることとなった。右の二官六省のあとに集議院、大学校、弾正台、皇

太皇宮職、皇后職、留守官、開拓使、按察使が続いて、地方の記載はなくなる。一面十二行である。

三年は、一月、七月、十二月の三点を未だ見ていないが、十一月から上下二冊となり、この年から『職員録』と改名、公務員も増えて百丁を越すようになる。四年になると『袖珍官員録』が登場する。また三年からは『府県職員録』が別に出版されていたことが確認できる。

明治初期は、改廃異動が激しいので、これらを丁寧に整理し、官制と比較し、規則類に照合し、人事の異同をたしかめて、事実の決定をせねばならないであろう。

職員録は、文学とは直接関係はないが、文学を調査研究するに、時折参照せねばならない。また時代を考えるに無視できない。しかし、伝存少なく、しかも散乱しているため、全てを簡単に見ることに困難がある。東京では国立公文書館、東京大学史料編纂所に多く所蔵されており、地方では大名の旧蔵書中に含まれている場合が多い。これは旧藩主が知事となった為であろう。いずれ、整理して、容易に活用できる状態にまでしたいと考えている。

（あさくら・はるひこ）

戯作の修辞学――源内・諭吉・漱石

芳賀　徹

　徳川の日本から明治に遺贈されたものの一つに、諷刺戯作の精神があるのではなかろうか。いま、平賀源内、福沢諭吉、夏目漱石と三人の名をあげてみる。一七六〇年代から一九〇〇年代まで、約一世紀半のへだたりがあり、活躍した分野もジャンルももちろん三者三様である。だが、そこにはいきいきとして三者に一貫する共通の精神のスタイルがあり、文体があるように思われる。源内の最初の戯作小説『風流志道軒伝』（一七六三）に寄せられた「叙」にいう、「詼達（かいたつ）多端、洸洋（こうよう）自（おのずか）ら恣（ほしいまま）にす」（ふざけちらしながらも意深遠）――一言でいえば、この八ツ当りの筆鋒の痛快さ、それが三知識人の文章をつらぬいている。
　たとえば、その『風流志道軒伝』の一節に、茶の湯から尺八、鼓にいたるまでの世の遊芸を片っ端からこきおろしたあげくに源内は言う。

　只人の学ぶべきは、学問と詩哥と書画の外（ほか）に出でず。是さへ教あしき時は、迂儒（うじゅ）学究とて、上下（かみしも）を着て井戸をさらへ、火打箱で甘藷（さつまいも）を焼き、唐（から）の反古にしばられて、我が身が我が自由にならぬ具足の虫干見るごとく、四角八面に喰ひしばつても、ない智恵は出でざれば、却つて世間なみの者にもおとれり。是を名付けて腐儒（くされがくしや）といひ、また屁ッぴり儒者ともいふ。されば味噌のみそくさきと、学者の学者くさきは、さん〴〵のものなりとて……（巻一）

中村幸彦氏によると、門弟たちの井戸浚いに加わったのは伊藤仁斎だそうである。甘藷はもちろん青木昆陽である。だが、その井戸浚いに裃を着せたのは源内であり、甘藷を火打箱というケチな容れもので焼くことにしたのも源内だった。この有名な学者たちへの暗喩がピンと来ぬ人々にも、なにかあるなと思わせながら、源内のレトリックは彼らをはなはだ具象的に戯画化してしまう。「具足の虫干」、「四角八面」と畳みかけられれば、そこに浮かび上ってくるのは、「居敬窮理」とかいって、なにごとにも外来の観念で勿体をつけ、したり顔で屁のようなことを言う学者先生の、今も昔も変らぬ愚かしさである。

学者がみなそんなものであるはずがない、と気がついてももう遅い。五七・七五を適当に踏まえた源内ぶりの早口は、揶揄・皮肉の連発で、すでに読者を説得してしまっている。同じように具象戯画を連射して、世間の一面をおもしろおかしく誇張し単純化して説破する修辞学は、『学問のすゝめ』（一八七二～六）の福沢諭吉もしきりに使った戦術だった。その例は枚挙にいとまないが、いま一節だけあげてみれば——

人望は智徳に属すること当然の道理にして、必ず然る可き筈なれども、天下古今の事実に於て或は其反対を見ること少なからず。藪医者が玄関を広大にして盛に流行し、売薬師が看板を金にして大に売弘め、山師の帳場に空虚なる金箱を据へ、学者の書斎に読めぬ原書を飾り、人力車中に新聞紙を読て宅に帰て午睡を催す者あり、日曜日の午後に礼拝堂に泣て月曜日の朝に夫婦喧嘩する者あり、滔々たる天下、真偽雑駁、善悪混同、孰れを是とし孰れを非とす可きや、甚しきに至ては人望の属するを見て本人の不智不徳を卜す可き者なきに非ず……（十七編）

「藪医者」からの列挙は、まるで『北斎漫画』の数ページを繰りひろげたかのようだ。人力車中の新聞や、礼拝堂と夫婦喧嘩は、福沢がこの場で思いついた明治版「虚栄の市」のカタログの一端であろう。この「人望論」の一編は、長年つちかわれた智徳の発現としての人望は、従来の士君子のようにこれを虚名として故意に避ける必要はない、近代人は「持前正味の働」を発揮して積極的に社会と立ち交れと述べ、その手段として言語の明快、顔色容貌の活潑愉快までも説く、書中もっとも面白い一章である。その主眼からして、虚名虚栄のポンチ絵を右ほど長々と誇示する必要はないはずである。だが、それを敢えてやり、それこそ「四角八面」に固苦しくなりがちな「新学問論」に、多彩(ピトレスク)なおかしさと辛みとをそえて読者を誘いこむのが、福沢の一貫したレトリックであった。「人にして人を毛嫌ひする勿れ」という結論を、彼はこのテンポ快速、輪郭鮮明な戯作体雄弁にすでにみずから実践していたのである。

漱石の『吾輩は猫である』（一九〇六）がこの戯作体饒舌の一線上にあることはいうまでもない。作中ことごとくこれ揶揄、諧謔、戯画、誇張、揚げ足とりの乱射速射で、一例を選ぶのに困るほどだが、辛うじて詩人たちの自称する「インスピレーション」をからかった一節をあげれば

——プレートーは彼等（＝詩人たち）の肩を持つてこの種の逆上を神聖なる狂気と号したが、い

くら神聖でも狂気では人が相手にしない。矢張りインスピレーションと云ふ新発明の売薬の様な名を付けて置く方が彼等の為めによからうと思ふ。然し蒲鉾の種が山芋である如く、観音の像が一寸八分の朽木である如く、鴨南蛮の材料が烏（からす）である如く、下宿屋の牛鍋が馬肉である如くインスピレーションも実は逆上である。逆上であつて見れば臨時の気違である。巣鴨へ入院せずに済むのは単に臨時気違であるからだ。所が此臨時の気違を製造する事が困難なのである。……（八）

プラトンが出てきて詩人の高貴なる霊感が讃えられるのかと思うと、たちまち急降下して、それが山芋や朽木や鴨南蛮と同列に並べられてしまう。高尚・真摯と世に崇められているもの、いわゆる「ブラック・アングル」から唐突にもっとも卑俗な水準に引き下し、故意に混同して笑いのめすのは、源内・諭吉以来の諷刺戯作の常套手段なのである。蒲鉾、観音像、馬肉の牛鍋との畳みかけも、次には何が出てくるかと本題からはずれて面白がらせるうちに、読者をわが陣営に引きこんでしまう、その一つの手である。いくらなんでも鴨南蛮の鴨が烏であるはずはない。が、そんなこと構っちゃいられないと急進し、詩人の霊感は逆上、つまり「臨時気違」と手並鮮やかに決めこんでしまう。

現社会に広く容認された価値の秩序を、滑稽のうちに転倒させ混乱させて、別な真実を露見、とまでいかなくとも垣間見させるのが諷刺戯作の精神であろう。それはアウエルバッハの『ミメーシス』が分析するヴォルテールにも通じる。源内・諭吉・漱石と、この戯作の系譜に並べてみると、三者それぞれにまた新しい顔を見せてくるようにも思われるのである。

（はが・とおる）

明治の海外旅行記

吉田光邦

三年半ほど前から、おもにわたしの勤める研究所（京大人文科研）の若い人たちと、十九世紀の情報とそれによる社会変動の研究をつづけてきている。十九世紀といえば日本は幕末、明治と大きな変動期であった。いわゆる明治期の研究は、すべてこの変動に対して焦点が絞られてきた。ところが十九世紀は、なにも日本ばかりが変動期にあったのではない。アメリカは南北戦争、イギリスはヴィクトリア女皇の時代、フランスはナポレオンの帝政と、世界の至るところでさまざまの変動があった。中国でも清朝の末期、洋務、そして変法とはげしい動きのあった時期である。アヘン戦争はいうまでもないことだが。

こうした変動を生みだした原因のひとつに、近代技術の定着があげられよう。それによってスエズ運河も開通し、アジアと西欧の間の関係は、大きく変化したのであった。そして二十世紀の初めにはシベリア鉄道による、新しいルートも開ける。さては蒸気船の発達による海上交通の著しい発展がある。ペリー艦隊の来訪もそれによるものであったし、のちのグローブ・トロッターズと呼ばれる、世界一周の旅行の流行も、定期航路の発達によるものであった。つまり十九世紀は、日本ばかりか、北半球諸国の大きな変化の時代であった。これが今日の先進国を形成したのである。そしてこれら先進国の間での、平和なななかのはげしい競争を演ずる場が、一八五一年にはじまる万国博であった。

わたしどもの共同研究では、毎回の研究会のはじめにめいめいが分担して、この時期に刊行された日本関係の洋書を、順次に内容紹介することにしている。そのために十九世紀に刊行されたそれらの書を、かなり以前から収集してきた。その努力の甲斐もあって、今では約一〇〇〇部にちかい書物を集めることができた。このなかから共同研究に集まる人たちが、それぞれの専門に応じて興味をもつものを紹介してゆくわけである。その大要は、研究所の紀要（人文学報）で、逐次報告していっている。

そんな視覚からこの明治文學全集を眺めていると、ずいぶん入念な企画、ていねいな編集にもかかわらず、いささかものたりぬ点のあることに気づく。それは明治期にずいぶん多く刊行されれた、海外旅行記がほとんど見当らぬことである。紀行文学はあってもそれは国内に限られている。また龍渓矢野文雄や、夏目漱石らの在欧中の通信類はそれぞれの冊に入ってはいる。しかし海外旅行記が多く書かれ、それがひろく読まれていたことは、明治期の読書界の一特徴ではなかったろうか。昭和のはじめ、滝沢敬一の一連の「フランス通信」が、多くの愛読者をもっていたように。

しかもその旅行記はまことに広い範囲にわたるものであった。そのうち南太平洋や、西アジア、インドなどに関するものは、かつてわたしの『両洋の眼』と題する著書で紹介してみたことがある。たとえば、あの軍神とされた広瀬武夫にも『航南私記』と題した、南太平洋を練習艦隊で航海した折の記録がある。新体詩めいたものも交えて、いかにも青年士官らしい気分のあふれたものである。あるいは福島安正の、数次にわたるアジア大陸踏破の記録も、漢詩などが加わってずいぶんおもしろいものがある。そのほか日本人で最初にメッカに入った、山岡光太郎のアラビア縦断記、中央アジアの西徳二郎、井上雅二、日野強など、十分に記録文学、紀行文学としての価値をもっている。

さらにヨーロッパやアメリカについてみると、これはまた驚くほど多数である。そのうちでも池辺義象（よしかた）の『欧羅巴』などは出色のものであろう。国学者、歴史学者であった池辺は一九〇〇年のパリ万国博に派遣され、前後数年、ヨーロッパにいた。そのころの旅行記である。しかも浅井忠、和田英作、岡田三郎助の色刷り挿画入りというみごとなものである。

国学者を本領とする池辺の文章は、独特の風韻がある。彼は福本日南と同宿し、午後にはフランス語を学んでいた。このことを池辺は次のように記している。

「昼を過ぐれば　この国ことばの博士入り来にけり　常には二人は物識り人なりけり　能く書きけり　能く語らひけり　されど博士の前にては　忽ち聾にななむかはりける　目しひになむなりにける

夕になれば　この憤りはらさむとて　セーヌ川辺をさまよひけり　さてさまざまの大和歌うたひ　亥の刻ばかりになむ　家に帰りける」

この文には当時の留学の人たちの空気を思わせるところがある。またパリの夏の朝の散歩の折は、

「シャンゼリゼーの大路を上りゆくに　昼夜かけてさばかり雑沓する道路も　未だ人影数えるばかりなるもめづらし」

と記し、その人影は道洗う人、新聞及び牛乳配達人、パン車、荷車、食物車、騎兵憲兵、巡査ぐらいでしかなく、この地は「夜ふかし必要　早起き無用の習慣」なので、

「あなうたて　朝飯くはず　朝寝する
人をよく見れば　紳士なりけり」

と、ざれ歌まで一首ものしている。

のちに彼はパリからほとんど全欧を一巡する。その旅行記もこの書のなかにふくまれるが、その観察は精細、しかも独自のユーモアがあって、微笑させられるところが多い。

ユーモアあるものとしては、浅井忠（ちゅう）の滞仏日記もおもしろい。これは浅井の遺稿集『木魚遺響』に入っている。彼は杢助と称し、グレーで写生をつづけながら、俳句を作ったりしていた。これにくらべると、同じ画家でも、橋本邦助（ほうすけ）の『巴里絵日記』は、しばしばきまじめな文がある。「此頃絵を見るのがいやになつた。ルーブルへ往つて……絵を見て歩くのが苦痛だ……名画を視て苦しい様じや、僕は遂に立派な画家にはなれないかもしれない」というような文がよく目につく。パリに旅した多くの画学生の空気が、ふと見えてくるような日記である。

与謝野鉄幹と晶子の共著で『巴里にて』も大部のものだ。ただしこれは大正三年の刊行だが、その序にいきなり「予等は日夜、欧羅巴にあこがれてゐる」とあるのは、そのころの文学者のも

っていた、共通の感情だったにちがいない。

『肉弾』の著者、桜井忠温の兄、桜井鷗村にも『欧洲見物』の一本がある。この序文で鷗村は、フルベッキがあまり日本に永く住みすぎて日本について書けなくなった。日本の国情風俗を書こうとするなら、八週間以上滞在してはならぬといったことをあげ、日本の洋行者はもっと西洋見聞記を書くべし、という。鷗村の欧洲旅行は七か月、往路はシベリア鉄道、帰路はインド洋経由の船旅。明治の末にはこのルートをとる人が多かった。

鷗村はこのときロンドンで第四回のオリンピックを見物した。これはクーベルタンによる近代オリンピック復興以前のもので、もちろん日本は参加していない。そのほかシェークスピア、ワーズワース、バーンズ、スコットらの故里を訪うのは、当時の旅行者のほぼ共通のコースであった。

こうした旅行記で、日本の西洋に対する視角は養われていった。そしてそこにはいくつかの類型のあることがみられる。それは欧洲が日本を視るときの鏡像でもあった。

（よしだ・みつくに）

明治の色

高階秀爾

大正二年に刊行された『赤光』の巻末の文章で、斎藤茂吉は、この歌集の題名の由来を、次のように説明している。

本書の『赤光』といふ名は仏説阿弥陀経から採つたのである、書く迄もなく彼経には『池中蓮華大如車輪青色青光黄色黄光赤色赤光白色白光微妙香潔』といふ甚だ音調の佳い所がある。……『しやくわう』とは『赤い光』の事であると知つたのは東京に来てから、多分開成中学の二年ぐらゐの時、浅草に行つて新刻訓点浄土三部妙典といふ赤い表紙の本を買つた時分のころである。そのとき非常に嬉しかつたと記憶して居る。本書に赤い衣を着せたのも其が関係がある。

事実茂吉は、赤い色が好きだったのであろう、この歌集のなかでも、

のど赤き玄鳥(つばくらめ)ふたつ屋梁(はり)にゐて足乳(たらち)ねの母は死にたまふなり
いちめんに唐辛子あかき畑みちに立てる童(わらべ)のまなこ小さし

など、強烈な赤のイメージが随所に見出される。

それはもちろん、茂吉の個人的な好みであったろうが、もしそうだとすれば、その好みは、同時代の他の詩人、芸術家たちにも共有されていたように思われる。『赤光』に数年先立つ北原白秋の第一、第二詩集『邪宗門』（明治四十二年）と『思ひ出』（明治四十四年）の絢爛多彩な詩句を貫く最も鮮烈な色彩は、やはり赤だからである。例えば、各頁を赤い罫線で囲った『思ひ出』のなかの有名な

GONSHAN. GONSHAN. 何処(どこ)へゆく、
赤い、御墓(おはか)の曼珠沙華(ひがんばな)

をはじめ、「その花あかく、根はにが」いちゆうまえんだの百合の花や、「朱の盆」に盛った「紅き実」、あるいは「赤き蒸汽の船腹」「首すぢの赤い蛍」「蕊(しべ)赤きかの草花」「色あかきデカメロンの書」「赤き赤きアランビヤンナイト」「血のごとく赤きロンドン」「あかい夕日」「赤い小太刀」「あかき林檎」「赤足袋」など。また、さらに強烈で異国的な『邪宗門』の「色赤きびいどろ」

「血に染む聖礫（くるす）」「赤き僧正」など。むろんその他の色が登場して来ないというわけではないが、初期の白秋は、自ら自己の情緒を「紅の戦慄に盲ひたるヴィオロンの響……、赤き絶叫のなかにほのかに啼けるこほろぎの音」と語っているように、「赤き眩暈（くるめき）の中」に陶酔していた。その白秋や杢太郎を中心に、画家の石井柏亭や後に高村光太郎も加わった「パンの会」で、いつも「空に真赤な雲の色／玻璃に真赤な酒の色……」の唄が歌われたというのも、まことにこの時代の雰囲気をよく示している。

　赤を主調とした強烈な色彩に対する詩人たちのそのような好みは、ちょうど同じ頃、美術の世界で、ゴッホ、ゴーギャン、マチスなど、いわゆる後期印象派やフォーヴィスムの画家たちが相次いで紹介され、画家たちに大きな影響を与えたのと無縁ではないであろう。画家の主観性を強く擁護して日本フォーヴィスムの源流となった光太郎の記念すべき評論「緑色の太陽」が『スバル』誌上に発表されたのは、明治四十三年の四月であり、光太郎はその前後に、ほかにマチス論やゴーギャン論も発表している。白秋や茂吉の赤に対する執着は、斎藤与里、萬鉄五郎などの激しい原色表現と見合っているのである。

　明治の末年から大正にかけての時期が、赤と朱に陶酔した時代であったとすれば、その前の明治三十年代は、紫と青の時代だったと言えるであろう。事実、この時代の中心となった白馬会系の画家たちは、その画面の色調故に「紫派」と呼ばれたし、紫以外では、青を好んだ。そのことは、黒田清輝の「湖畔」、藤島武二の「蝶」、青木繁の「海の幸」など、この時期の代表的名作を思い出してみれば明らかであろう。

紫はまた、この時期の詩人たちにとっても大切な色であった。藤島武二の装幀、挿画による鳳晶子の『みだれ髪』（明治三十四年）は、冒頭の章に「臙脂紫」という題名を冠している。（色の名前が章題になっているのは、この臙脂紫だけである。）

臙脂色は誰にかたらむ血のゆらぎ春のおもひのさかりの命
紫に小草が上へ影おちぬ野の春かぜに髪けづる朝
紫の虹の滴り花におちて成りしかひなの夢うたがふな

武二は、この『みだれ髪』のために、扉絵も含めて八点の単色挿画を寄せているが、その色分けは、青三点、紫二点、オレンジ、黄、灰色各一点で、青と紫で半分以上を占めている。有名な表紙だけは、ハートをモティーフとしているため、赤を用いているが、その赤も、臙脂色に近い赤である。

晶子が特に「臙脂色」を冒頭の章に掲げたのは、おそらく与謝野鉄幹への応答の意味があったからであろう。『みだれ髪』より数ヶ月早く刊行された鉄幹の詩歌集は、扉頁も目次も奥付も紫色に刷り、紫の綴じ紐を背中に見せて、題名もずばり『紫』としているからである。

野のゆふべ花つむわれに唄強ひてただ『紫』と御名つげましぬ
むらさきの襟に秘めずも思ひいでて君ほほゑまば死なんともよし

つまり、鉄幹と晶子は、紫を介して相聞歌を交わしていたと言ってよい。

鉄幹は、よほど紫という色が好きだったと見えて、紫と赤とを比較する歌まで作っている。同じ『紫』のなかの、「君に問ふを忘れてゐたり紫とくれなゐと何れ恋にふさへる」というのがそれで、「何れ恋にふさへる」と問いかけのかたちになっているが、鉄幹にとっては、その答は明らかであったのだろう。

明治四十年、この紫の時代の最後を飾るのにふさわしく、東京勧業博覧会で、「紫派」の一人岡田三郎助の「紫の調（しらべ）」が一等賞を得た。この作品は、現在、「某夫人の肖像」としてブリヂストン美術館に蔵せられているが、当時は大変な人気を得て、三越のポスターになったほどであった。紫への趣味は、いわば一般大衆のレヴェルにまで拡がったのである。

しかも岡田三郎助は、その後同じ年の第一回文展に「紅衣夫人」を出品している。あまり無理にこじつける必要もないが、その二年後に白秋の『邪宗門』が登場して来ることを思えば、三郎助のこの紫から紅への転進は、何か暗示的である。もうひとつ例を挙げれば、同じく明治四十二年に朝日新聞に掲載された漱石の『それから』も、色彩表現の上から見れば、青から赤への転換を軸とした小説と言ってよい。青木繁の絵を好み、赤い色は「稲荷の鳥居を見ても余り好い心持はしない」代助が、めくるめくような赤の渦巻のなかに投げ出されるところで小説は終っているからである。時代には、やはりそれなりの色というものがあるのではないだろうか。

（たかしな・しゅうじ）

執筆者一覧

大江健三郎（おおえ・けんざぶろう）一九三五－　小説家
村松剛（むらまつ・たけし）一九二九－九四　評論家・フランス文学者
江藤淳（えとう・じゅん）一九三二－九九　文芸評論家
会田雄次（あいだ・ゆうじ）一九一六－九七　歴史学者・評論家
佐伯彰一（さえき・しょういち）一九二二－　アメリカ文学者・文芸評論家
高坂正堯（こうさか・まさたか）一九三四－九六　国際政治学者
山口瞳（やまぐち・ひとみ）一九二六－九五　小説家・エッセイスト
中村光夫（なかむら・みつお）一九一一－八八　文芸評論家
篠田一士（しのだ・はじめ）一九二七－八九　英文学者・文芸評論家
荒正人（あら・まさひと）一九一三－七九　評論家
杉浦明平（すぎうら・みんぺい）一九一三－二〇〇一　評論家・小説家
高橋和巳（たかはし・かずみ）一九三一－七一　小説家
杉森久英（すぎもり・ひさひで）一九一二－九七　小説家
中村真一郎（なかむら・しんいちろう）一九一八－九七　小説家・詩人・文芸評論家
村野四郎（むらの・しろう）一九〇一－七五　詩人
中村哲（なかむら・あきら）一九一二－二〇〇三　政治学者
吉田健一（よしだ・けんいち）一九一二－七七　英文学者・評論家・小説家
高田博厚（たかた・ひろあつ）一九〇〇－八七　彫刻家
安東次男（あんどう・つぐお）一九一九－二〇〇二　俳人・詩人・評論家

永原慶二（ながはら・けいじ）一九二二－二〇〇四　歴史学者
本間久雄（ほんま・ひさお）一八八六－一九八一　英文学者・国文学者・評論家
森銑三（もり・せんぞう）一八九五－一九八五　歴史学者・書誌学者
生方敏郎（うぶかた・としろう）一八八二－一九六九　随筆家・評論家
荻原井泉水（おぎわら・せいせんすい）一八八四－一九七六　俳人
服部嘉香（はっとり・よしか）一八八六－一九七五　詩人・国語学者
中村白葉（なかむら・はくよう）一八九〇－一九七四　ロシア文学者
中村星湖（なかむら・せいこ）一八八四－一九七四　小説家
土屋文明（つちや・ぶんめい）一八九〇－一九九〇　歌人・国文学者
岡野他家夫（おかの・たけお）一九〇一－八九　書誌学者
高木市之助（たかぎ・いちのすけ）一八八八－一九七四　国文学者
島田謹二（しまだ・きんじ）一九〇一－九三　比較文学者・英米文学者
松田道雄（まつだ・みちお）一九〇八－九八　小児科医・評論家
池田彌三郎（いけだ・やさぶろう）一九一四－八二　国文学者・民俗学者
加茂儀一（かも・ぎいち）一八九九－一九七七　科学技術史学者
河盛好蔵（かわもり・よしぞう）一九〇二－二〇〇〇　フランス文学者・評論家
富士川英郎（ふじかわ・ひでお）一九〇九－二〇〇三　ドイツ文学者・比較文学者
内藤濯（ないとう・あろう）一八八三－一九七七　フランス文学者・翻訳家・評論家
福原麟太郎（ふくはら・りんたろう）一八九四－一九八一　英文学者・随筆家
相良守峯（さがら・もりお）一八九五－一九八九　ドイツ文学者
斎藤勇（さいとう・たけし）一八八七－一九八二　英文学者
実藤恵秀（さねとう・けいしゅう）一八九六－一九八五　中国研究者
田辺尚雄（たなべ・ひさお）一八八三－一九八四　音楽学者

秋元不死男（あきもと・ふじお）一九〇一‐七七　俳人
土岐善麿（とき・ぜんまろ）一八八五‐一九八〇　歌人・国語学者
守随憲治（しゅずい・けんじ）一八九九‐一九八三　国文学者
寿岳文章（じゅがく・ぶんしょう）一九〇〇‐九二　英文学者・書誌学者・随筆家
石垣綾子（いしがき・あやこ）一九〇三‐九六　評論家・社会運動家
湯浅芳子（ゆあさ・よしこ）一八九六‐一九九〇　ロシア文学者
増谷文雄（ますたに・ふみお）一九〇二‐八七　仏教学者
山室静（やまむろ・しずか）一九〇六‐二〇〇〇　詩人・文芸評論家・翻訳家
平川祐弘（ひらかわ・すけひろ）一九三一‐　比較文学者
山崎朋子（やまざき・ともこ）一九三二‐　女性史研究家・ノンフィクション作家
尾崎秀樹（おざき・ほつき）一九二八‐九九　文芸評論家
稲村徹元（いなむら・てつげん）一九二八‐　書誌学者
紀田順一郎（きだ・じゅんいちろう）一九三五‐　評論家
朝倉治彦（あさくら・はるひこ）一九二四‐　書誌学者
芳賀徹（はが・とおる）一九三一‐　比較文学者
吉田光邦（よしだ・みつくに）一九二一‐九一　科学史家
高階秀爾（たかしな・しゅうじ）一九三二‐　美術史家・美術評論家

『明治文學全集』全巻内容

集
附明星派文學集
52 石川啄木集
53 正岡子規集
54 伊藤左千夫／長塚節 集
55 夏目漱石集
56 高濱虛子／河東碧梧桐 集
57 明治俳人集
58 土井晩翠／薄田泣菫／
蒲原有明 集
59 河井醉茗／横瀬夜雨／
伊良子清白／三木露風 集
60 明治詩人集㈠
61 明治詩人集㈡
62 明治漢詩文集
63 佐佐木信綱／金子薫園／
尾上柴舟／太田水穗／
窪田空穗／若山牧水 集
64 明治歌人集
65 小杉天外／小栗風葉／
後藤宙外 集
66 國木田獨步集
67 田山花袋集
68 德田秋聲集
69 島崎藤村集
70 眞山青果／近松秋江 集
71 岩野泡鳴集
72 水野葉舟／中村星湖／
三島霜川／上司小劍 集
73 永井荷風集
74 明治反自然派文學集㈠
75 明治反自然派文學集㈡
76 初期白樺派文學集
77 明治史論集㈠
78 明治史論集㈡
79 明治藝術・文學論集
80 明治哲學思想集
81 明治女流文學集㈠
82 明治女流文學集㈡
83 明治社會主義文學集㈠
84 明治社會主義文學集㈡
85 明治史劇集
86 明治近代劇集
87 明治宗教文學集㈠
88 明治宗教文學集㈡
89 明治歷史文學集㈠
90 明治歷史文學集㈡
91 明治新聞人文學集
92 明治人物論集
93 明治家庭小說集
94 明治紀行文學集
95 明治少年文學集
96 明治記錄文學集
97 明治戰爭文學集
98 明治文學回顧錄集㈠
99 明治文學回顧錄集㈡
別巻 總索引

全99巻・別巻（全100冊）
特別限定復刻 分売可
詳細は小社サービスセンターにお問い合わせください。

筑摩選書 X003

明治への視点 『明治文學全集』月報より

二〇一三年四月一五日 初版第一刷発行

編者 筑摩書房編集部
発行者 熊沢敏之
発行所 株式会社筑摩書房
東京都台東区蔵前二-五-三 郵便番号 一一一-八七五五
振替 〇〇一六〇-八-四一二三
装幀者 神田昇和
印刷 株式会社加藤文明社
製本 中央精版印刷株式会社

ISBN978-4-480-01569-3 C0321

筑摩選書
0001
武道的思考
内田 樹
武道は学ぶ人を深い困惑のうちに叩きこむ。あらゆる術は「謎」をはらむがゆえに生産的なのである。今こそわれわれが武道に参照すべき「よく生きる」ためのヒント。

筑摩選書
0002
江戸絵画の不都合な真実
狩野博幸
近世絵画にはまだまだ謎が潜んでいる。若冲、芦雪、写楽など、作品を虚心に見つめ、文献資料を丹念に読み解くことで、これまで見逃されてきた〝真実〟を掘り起こす。

筑摩選書
0003
荘子と遊ぶ
禅的思考の源流へ
玄侑宗久
『荘子』はすこぶる面白い。読んでいると「常識」という桎梏から解放される。それは「心の自由」のための哲学だ。魅力的な言語世界を味わいながら、現代的な解釈を試みる。

筑摩選書
0004
現代文学論争
小谷野 敦
かつて「論争」がジャーナリズムの華だった時代があった。本書は、臼井吉見『近代文学論争』の後を受け、主として七〇年以降の論争を取り上げ、どう戦われたか詳説する。

筑摩選書
0006
我的日本語
The World in Japanese
リービ英雄
日本語を一行でも書けば、誰もがその歴史を体現する。異言語との往還からみえる日本語の本質とは。日本語を母語とせずに日本語で創作を続ける著者の自伝的日本語論。

筑摩選書
0007
日本人の信仰心
前田英樹
日本人は無宗教だと言われる。だが、列島の文化・民俗には古来、純粋で普遍的な信仰の命が見てとれる。大和心の古層を掘りおこし、「日本」を根底からとらえなおす。

筑摩選書 0009

日本人の暦　今週の歳時記

長谷川櫂

日本人は三つの暦時間を生きている。本書では、季節感豊かな日本文化固有の時間を歳時記をもとに再構成。四季の移ろいを慈しみ、古来のしきたりを見直す一冊。

筑摩選書 0010

経済学的思考のすすめ

岩田規久男

世の中には、「将来日本は破産する」といったインチキ経済論がまかり通っている。ホンモノの経済学の思考法を用いてさまざまな実例をあげ、トンデモ本を駆逐する！

筑摩選書 0011

現代思想のコミュニケーション的転回

高田明典

現代思想は「四つの転回」でわかる！「モノ」から「コミュニケーション」へ、「わたし」から「みんな」へと至った現代思想の達成と使い方を提示する。

筑摩選書 0012

フルトヴェングラー

奥波一秀

二十世紀を代表する巨匠、フルトヴェングラー。変動してゆく政治の相や同時代の人物たちとの関係を通し、音楽家の再定位と思想の再解釈に挑んだ著者渾身の作品。

筑摩選書 0013

甲骨文字小字典

落合淳思

漢字の源流「甲骨文字」のうち、現代日本語の基礎となっている教育漢字中の三百余字を収録。最新の研究でその成り立ちと意味の古層を探る。漢字文化を愛する人の必携書。

筑摩選書 0014

瞬間を生きる哲学　〈今ここ〉に佇む技法

古東哲明

私たちは、いつも先のことばかり考えて生きている。だが、本当に大切なのは、今この瞬間の充溢なのではないだろうか。刹那に存在のかがやきを見出す哲学。

筑摩選書 0016

最後の吉本隆明

勢古浩爾

「戦後最大の思想家」「思想界の巨人」と冠される吉本隆明。その吉本がこだわった「最後の親鸞」の思考に倣い、「最後の吉本隆明」の思想の本質を追究する。

筑摩選書 0017

思想は裁けるか

弁護士・海野（うんの）普吉（しんきち）伝

入江曜子

治安維持法下、河合栄治郎、尾崎行雄、津田左右吉など思想弾圧が学者やリベラリストにまで及んだ時代、その弁護に孤軍奮闘した海野普吉。冤罪を憎んだその生涯とは？

筑摩選書 0018

内臓の発見

西洋美術における身体とイメージ

小池寿子

中世後期、千年の時を超えて解剖学が復活した。人体内部という世界の発見は、人間精神に何をもたらしたか。身体をめぐって理性と狂気が交錯する時代を逍遥する。

筑摩選書 0019

シック・マザー

心を病んだ母親とその子どもたち

岡田尊司

子どもの心や発達の問題とみなされる事象の背後に、母親の病が隠されていた！　精神医学の立場から「機能不全に陥った母とその子」の現実を検証、克服の道を探る。

筑摩選書 0021

贈答の日本文化

伊藤幹治

モース『贈与論』などの民族誌的研究の成果を踏まえ、贈与・交換・互酬性のキーワードと概念を手がかりに、日本文化における贈答の世界のメカニズムを読み解く。

筑摩選書 0022

日本語の深層

〈話者のイマ・ココ〉を生きることば

熊倉千之

日本語の助動詞「た」は客観的過去を示さない。文中に遍在する「あり」の分析を通して日本語の発話の「イマ・ココ」性を究明し、西洋語との違いを明らかにする。

筑摩選書
0023
天皇陵古墳への招待
森 浩一
いまだ発掘が許されない天皇陵古墳。本書では、天皇陵古墳をめぐる考古学の歩みを振り返りつつ、古墳の地理的位置・形状、文献資料を駆使し総合的に考察する。

筑摩選書
0025
芭蕉 最後の一句
生命の流れに還る
魚住孝至
清滝や波に散り込む青松葉——この辞世の句に、どのような思いが籠められているのか。不易流行から軽みへ、境涯深まる最晩年に焦点を当て、芭蕉の実像を追う。

筑摩選書
0026
関羽
神になった「三国志」の英雄
渡邉義浩
「三国志」の豪傑は、なぜ商売の神として崇められるようになったのか。史実から物語、そして信仰の対象へ。その変遷を通して描き出す、中国精神史の新たな試み。

筑摩選書
0027
「窓」の思想史
日本とヨーロッパの建築表象論
浜本隆志
建築物に欠かせない「窓」。それはまた、歴史・文化的にきわめて興味深い表象でもある。そこに込められた意味を日本とヨーロッパの比較から探るひとつの思想史。

筑摩選書
0029
農村青年社事件
昭和アナキストの見た幻
保阪正康
不況にあえぐ昭和12年、突如全国で撒かれた号外新聞。そこには暴動・テロなどの見出しがあった。昭和最大規模のアナキスト弾圧事件の真相と人々の素顔に迫る。

筑摩選書
0030
公共哲学からの応答
3・11の衝撃の後で
山脇直司
3・11の出来事は、善き公正な社会を追求する公共哲学という学問にも様々な問いを突きつけることとなった。その問題群に応えながら、今後の議論への途を開く。

筑摩選書 0031
日本の伏流
時評に歴史と文化を刻む
伊東光晴
通貨危機、政権交代、大震災・原発事故を経ても、日本は変わらない。現在の閉塞状況は、いつ、いかにして始まったのか。変動著しい時代の深層を経済学の泰斗が斬る！

筑摩選書 0034
反原発の思想史
冷戦からフクシマへ
絓 秀実
中ソ論争から「68年」やエコロジー、サブカルチャーを経てフクシマへ。複雑に交差する反核運動や「原子力の平和利用」などの論点から、3・11が顕在化させた現代史を描く。

筑摩選書 0035
生老病死の図像学
仏教説話画を読む
加須屋誠
仏教の教理を絵で伝える説話画をイコノロジーの手法で読み解くと、中世日本人の死生観が浮かび上がる。生活史・民俗史をも視野に入れた日本美術史の画期的論考。

筑摩選書 0036
伊勢神宮と古代王権
神宮・斎宮・天皇がおりなした六百年
榎村寛之
神宮をめぐり、交錯する天皇家と地域勢力の野望。王権は何を夢見、神宮は何を期待したのか？　王権の変遷に翻弄され変容していった伊勢神宮という存在の謎に迫る。

筑摩選書 0037
主体性は教えられるか
岩田健太郎
主体的でないと言われる日本人。それはなぜか。この国の学校教育が主体性を涵養するようにはできていないのではないか。医学教育をケーススタディとして考える。

筑摩選書 0038
救いとは何か
森岡正博
山折哲雄
この時代の生と死について、救いについて、人間の幸福について、信仰をもつ宗教学者と、宗教をもたない哲学者が鋭く言葉を交わした、比類なき思考の記録。

筑摩選書 0039

長崎奉行
等身大の官僚群像

鈴木康子

江戸から遠く離れ、国内で唯一海外に開かれた町、長崎を統べる長崎奉行。彼らはどのような官僚人生を生きたのか。豊富な史料をもとに、その悲喜交々を描き出す。

筑摩選書 0040

100のモノが語る世界の歴史1
文明の誕生

N・マクレガー
東郷えりか 訳

大英博物館が所蔵する古今東西の名品を精選。遺されたモノに刻まれた人類の記憶を読み解き、今日までの文明の歩みを辿る。新たな世界史へ挑む壮大なプロジェクト。

筑摩選書 0041

100のモノが語る世界の歴史2
帝国の興亡

N・マクレガー
東郷えりか 訳

紀元前後、人類は帝国の時代を迎える。多くの文明が姿を消し、遺された物だけが声なき者らの声を伝える――。大英博物館とBBCによる世界史プロジェクト第2巻。

筑摩選書 0042

100のモノが語る世界の歴史3
近代への道

N・マクレガー
東郷えりか 訳

すべての大陸が出会い、発展と数々の悲劇の末にわれわれ人類がたどりついた「近代」とは何だったのか――。大英博物館とBBCによる世界史プロジェクト完結篇。

筑摩選書 0043

悪の哲学
中国哲学の想像力

中島隆博

孔子や孟子、荘子など中国の思想家たちは「悪」について、どのように考えてきたのか。現代にも通じるこの問題と格闘した先人の思考を、斬新な視座から読み解く。

筑摩選書 0044

さまよえる自己
ポストモダンの精神病理

内海 健

「自己」が最も輝いていた近代が終焉した今、時代を映す精神の病態とはなにか。臨床を起点に心や意識の起源に遡り、主体を喪失した現代の病理性を解明する。

筑摩選書 0045

北朝鮮建国神話の崩壊
金日成と「特別狙撃旅団」

金 賛汀

捏造され続けてきた北朝鮮建国者・金日成の抗日時代。関係者の証言から明るみに出た歴史の姿とは。北朝鮮現代史の虚構を突き崩す著者畢生のノンフィクション。

筑摩選書 0046

寅さんとイエス

米田彰男

イエスの風貌とユーモアは寅さんに類似している。聖書学の成果に「男はつらいよ」の精緻な読みこみを重ね合わせ、現代に求められている聖なる無用性の根源に迫る。

筑摩選書 0048

宮沢賢治の世界

吉本隆明

著者が青年期から強い影響を受けてきた宮沢賢治について、機会あるごとに生の声で語り続けてきた三十数年に及ぶ講演のすべてを収録した貴重な一冊。全十一章。

筑摩選書 0049

身体の時間
〈今〉を生きるための精神病理学

野間俊一

加速する現代社会、時間は細切れになって希薄化し、心身に負荷をかける。新型うつや発達障害、解離などの臨床例を検証、生命性を回復するための叡智を探りだす。

筑摩選書 0050

敗戦と戦後のあいだで
遅れて帰りし者たち

五十嵐惠邦

戦争体験をかかえて戦後を生きるとはどういうことか。五味川純平、石原吉郎、横井庄一、小野田寛郎、中村輝夫……。彼らの足跡から戦後日本社会の条件を考察する。

筑摩選書 0052

ノーベル経済学賞の40年（上）
20世紀経済思想史入門

T・カリアー
小坂恵理 訳

ミクロにマクロ、ゲーム理論に行動経済学。多彩な受賞者の業績と人柄から、今日のわれわれが直面している問題が見えてくる。経済思想を一望できる格好の入門書。

筑摩選書 0053

ノーベル経済学賞の40年（下）
20世紀経済思想史入門

T・カリアー
小坂恵理 訳

経済学は科学か。彼らは何を発見し、社会にどんな功績を果たしたのか。経済学賞の歴史をたどり、経済学と人類の未来を考える。経済の本質をつかむための必読書。

筑摩選書 0054

世界正義論

井上達夫

超大国による「正義」の濫用、世界的な規模で広がりゆく貧富の格差……。こうした中にあって「グローバルな正義」の可能性を原理的に追究する政治哲学の書。

筑摩選書 0055

「加藤周一」という生き方

鷲巣力

鋭い美意識と明晰さを備えた加藤さんは、自らの仕事と人生をどのように措定していったのだろうか。没後に遺された資料も用いて、その「詩と真実」を浮き彫りにする。

筑摩選書 0056

哲学で何をするのか
文化と私の「現実」から

貫成人

哲学は、現実をとらえるための最高の道具である。私たちが一見自明に思っている「文化」のあり方、「私」の存在を徹底して問い直す。新しいタイプの哲学入門。

筑摩選書 0058

シベリア鉄道紀行史
アジアとヨーロッパを結ぶ旅

和田博文

ロシアの極東開発の重点を担ったシベリア鉄道。近代史に翻弄されたこの鉄路を旅した日本人の記述から、西欧へのツーリズムと大国ロシアのイメージの変遷を追う。

筑摩選書 0059

放射能問題に立ち向かう哲学

一ノ瀬正樹

放射能問題は人間本性を照らし出す。本書では、理性を脅かし信念対立に陥りがちな問題を哲学的思考法で問い詰め、混沌とした事態を収拾するための糸口を模索する。